LE SACRIFICE DU ROI

Livie Hoemmel

LE SACRIFICE DU ROI

PLON
www.plon.fr

92, avenue de France
75013 Paris
Tél. : 01 44 16 09 00
Fax : 01 44 16 09 01
www.plon.fr
www.lisez.com

Mise en pages : PCA
Dépôt légal : mai 2023
ISBN : 978-2-259-31624-8

« Le génie et les ténèbres sont faits pour s'affronter.
Tu avais raison, David Bronstein. »

Ce livre raconte un épisode surprenant de la guerre froide : quand, à l'occasion du championnat du monde d'échecs, le champ de bataille entre l'Est et l'Ouest s'est déplacé à l'intérieur de soixante-quatre cases.

A posteriori, *cette transposition eut le mérite de ne faire qu'une seule victime, Bobby Fischer.*

Nous lui rendons hommage, au nom de tous ceux dont la vie, grâce à lui, a été épargnée.

Ce livre lui est dédié.

Avant-propos

Au sein de ce récit vous sera révélé un manuscrit. L'histoire que son auteur nous dévoile est un tatouage sur sa peau ; au fil du temps, celui-ci s'est mis à saigner. Le liquide qui s'en écoule nous donne les clés d'une trahison, la plus détestable de toutes, celle qui a conduit au châtiment de son meilleur ami.

Cinquante ans après les faits, l'écrivain vient témoigner à la barre. Mot après mot, la chronique d'une mort annoncée se précise, livrant en pâture son complice de toujours, le meilleur joueur d'échecs de tous les temps, Bobby Fischer, à un adversaire redoutable et formidablement sanguinaire. Ce rival qui a mis un terme à l'épopée de Bobby, personne ne s'en est réellement méfié. Plusieurs raisons peuvent être avancées, mais l'une d'entre elles est de taille : il s'agit d'une dame.

Qui aurait pu croire, alors, que le génie à l'apogée de son art puisse s'incarner dans le corps d'une femme ? L'audace, la créativité, l'universalité avaient jusque-là été la chasse gardée des hommes, comme en attestent les exemples émaillant l'histoire : Shakespeare, Vinci, Mozart, Newton, Einstein… Il était donc improbable qu'on reconnaisse en Olga Komarova l'étoffe de l'héroïne qu'elle se proposait d'incarner.

L'auteur du manuscrit en a pris conscience et cela lui a donné des ailes. Assis à sa table de travail, il a fini par comprendre qu'il n'a eu d'autres choix que de trahir son ami, les forces en présence étant disproportionnées et la menace invisible.

Dès lors, il nous livre un *mea-culpa* et assume sa responsabilité, pour faire jaillir la plus belle des définitions du génie humain.

Ce livre est sa rédemption.

Prologue
Mon roi

Bobby Fischer n'est pas celui qui a été choisi pour marcher sur la Lune : il est celui dont le génie l'a conduit à marcher sur l'échiquier du monde.

Les échecs ont, longtemps, représenté un tel symbole d'excellence que le titre de champion du monde octroyait à l'homme, et à la nation qu'il représentait, une forme de suprématie intellectuelle. Mais, à l'époque où l'Empire soviétique dominait la discipline, un grain de sable est venu s'immiscer dans les rouages du communisme. L'ennemi juré, les États-Unis, a contesté cette domination. Au sein du Kremlin, l'affaire a pris une ampleur insoupçonnée.

Qui aurait pu penser que cette bataille ne serait révélée que cinquante ans plus tard ? Au regard des faits, il a fallu une certaine dose de folie pour rendre public cet épisode de la guerre froide, resté classé « secret défense ». C'est sans aucun doute la force d'un mystère : à toute personne en divulguant la clé on reprochera aussitôt son imagination débordante.

Dans ce monde où tout est cousu d'étranges coïncidences, ce jeu en lui-même est énigmatique. Au premier tour, on ne dénombre pas moins de quatre cents combinaisons possibles. Au deuxième, leur nombre grimpe à plusieurs dizaines de milliers et, après huit coups, il se compte en milliards. Il faut bien l'avouer, ce divertissement n'en est pas un : c'est un art qui suscite la passion… et, parfois, la folie. Mais comment ne pas se perdre dans ce labyrinthe ? Tant de pratiquants n'en ont jamais trouvé la sortie, errant à l'intérieur des variantes sans se douter qu'ils laissaient filer leur vie au profit d'abstractions mathématiques insolubles.

Pour éviter de s'égarer dans l'arborescence des spéculations, je ne connais qu'un moyen : concentrer toute son énergie vers un unique but. Le corps entier s'engage alors dans la bataille, la température monte ; la vision périphérique se brouille tandis que le rythme cardiaque s'affaiblit. Peu à peu le bruit environnant disparaît, laissant la place au doux bourdonnement d'un cerveau en effervescence. C'est tout l'être qui est en train de livrer combat. La première fois que j'ai vécu cela, j'avais seize ans. J'en ai aussitôt fait part à mon meilleur ami, qui lui aussi jouait avec ferveur aux échecs. Il m'a répondu : « Il n'y a rien de plus beau ! Cet état, je le recherche en permanence… pour devenir le meilleur joueur de tous les temps. » Ce dont je ne me doutais pas, c'est qu'il y parviendrait.

Je pourrais énumérer pléthore d'autres anecdotes autour de ce jeu, elles font toutes partie de la légende, comme celle de l'Autrichien Wilhelm Steinitz, ancien champion du monde qui était persuadé de pouvoir rivaliser avec Dieu. Afin de L'inciter à accepter le défi, il Lui donnait un pion de plus. Avait-il peur de gagner et de s'attirer les foudres divines ? Le Créateur était-Il mauvais perdant ? Ou Steinitz était-il si génial qu'il était obligé de laisser l'avantage au Seigneur ?

Si ces histoires étonnantes sont nombreuses, c'est qu'il y a une part d'addiction, comme de mystique, dans cet art. Aujourd'hui encore, une enquête YouGov révèle que six cents millions de personnes y joueraient régulièrement et plus de huit cents millions de temps à autre. Dans trente pays, les échecs font partie du programme scolaire.

Pourtant, le 11 mai 1997, lorsque la foule a applaudi la victoire de l'ordinateur Deep Blue sur Garry Kasparov, considéré comme le représentant humain le plus doué pour cet art, la communauté a craint que l'attrait pour ce jeu ne s'essouffle. Et pour cause, l'ordinateur n'est qu'un super-calculateur : il se contente d'*inventorier*, de *recenser*, de *déterminer* la plus forte probabilité de gagner. Le meilleur joueur serait donc celui qui possède la plus grande capacité à sonder l'infinité des variantes, un point c'est tout. Au bout du compte, les échecs auraient été inventés pour faire briller les monstres de silicium.

J'étais présent ce jour-là. Quelque part dans la salle, une poignée de grands maîtres faisaient bande à part. Ils se demandaient si le résultat aurait été différent contre un autre adversaire. Peu à peu, dans ce petit cercle d'initiés, un autre point de vue s'est dessiné :

— Pour avoir une chance de l'emporter, il faudrait que notre joueur ait une conception des échecs instinctive, que son style soit comparable à la pureté d'un Bach, que ses idées soient le fruit de la raison autant que de l'imagination, que son approche de l'art nous donne une valeur ajoutée : l'intuition.

Tout l'auditoire, suspendu aux lèvres du vieux maître, s'est arrêté de respirer. Il a finalement conclu :

— Un seul sur cette Terre réunit dans son jeu ce savant mélange de science et de conscience : BOBBY FISCHER. Oui, Bobby aurait pu triompher d'une lignée de microprocesseurs !

C'est avec joie que je suis intervenu dans leur discussion :

— Merci ! Il existe encore des gens qui font la différence entre le titre de champion du monde, le talent, des facultés hors normes et le génie… Bien sûr, seul Bobby Fischer serait en mesure de battre l'ordinateur ! Laissez-moi pour l'occasion citer Kant : « Le génie consiste dans un heureux rapport entre l'imagination et l'entendement, qu'aucune science n'enseigne, qu'aucun labeur n'acquiert. »

Ils m'ont souri et, à ce moment précis, je me suis promis de révéler au monde l'histoire que j'avais jalousement gardée : celle de cet homme, Bobby Fischer, qui par son intelligence unique a transcendé l'un des jeux les plus nobles conçus par le cerveau humain.

Lors de la sixième partie du championnat du monde d'échecs de 1972, un fait invraisemblable s'était produit. Subjugué par le talent de son adversaire, Boris Spassky s'était levé pour l'applaudir. Le champion soviétique venait de perdre, alors même qu'il pensait n'avoir commis aucune erreur ! Il avait su à cet instant qu'il n'avait pas la moindre chance de conserver son titre ; le génie intuitif de son concurrent lui avait été brusquement révélé. Le nouveau héros de ce jeu était américain et il se nommait Bobby Fischer.

Par une curieuse analogie, c'est lors de la sixième et dernière partie du match l'opposant à Deep Blue que Garry Kasparov, digne représentant de l'espèce humaine, s'est effondré. Nerveusement épuisé, il s'était « suicidé » dès l'ouverture et avait perdu en dix-neuf coups ! Kasparov était pourtant un roc inébranlable. Mais l'ordinateur a été sacré champion du monde. Que s'était-il passé ?

Pour le comprendre, il nous faut revenir à un moment clé de la première partie lorsque, à la sidération générale, la machine a *sacrifié un pion* sans obtenir de réelle compensation. Kasparov se prend la tête entre les mains. Perdu, il divague : cette offrande est-elle le signe d'une intelligence supérieure ? IBM a-t-il enfoui une caractéristique improbable dans les lignes de codes : l'inspiration ? Le sacrifice positionnel à long terme n'est pas concevable pour un dispositif qui ne sait que calculer. C'est un geste trop raffiné, trop sophistiqué pour une machine binaire.

Notre champion vacille sur sa chaise. Dès lors, il n'a de cesse de tester son adversaire sur un point. Il va tenter de découvrir la vérité, de répondre à la question qui le tourmente : Deep Blue est-il capable de *pressentir* la voie à emprunter pour gagner ?

Kasparov en oublie l'essentiel : jouer aux échecs, trouver la meilleure réplique, le plus beau tracé de lumière qui aurait donné un ascendant à l'espèce humaine.

A posteriori, il semblerait que ce « sacrifice » puisse s'expliquer par un bug de la machine. Incapable de choisir entre plusieurs coups dotés strictement des mêmes évaluations, Deep Blue a joué un coup au hasard – tel un acte divin. De cette collision entre deux mondes que tout oppose le Russe ne se relèvera pas.

Le Créateur a-t-Il voulu donner une leçon de vie à l'humanité ? Mieux encore, qui a réellement joué contre Garry Kasparov ? Une légende est née ce jour-là… Dieu, en amoureux des échecs, n'aurait pas pu résister à la tentation et se serait immiscé dans la partie incognito. Comment ne pas croire en ce conte de fées ? Les échecs ne sont-ils pas le seul jeu qui, dans un espace clos de soixante-quatre cases, ouvre des possibilités exponentielles ? En d'autres termes, un lieu unique à la frontière de deux univers, le fini et l'infini. Un passage étroit dans lequel, fugacement, il est possible de ressentir une présence supérieure.

Mais, en réalité, nous ne savons pas programmer l'apprentissage prédictif, ce type d'enseignement permettant aux humains et aux animaux d'acquérir du bon sens. Garry Kasparov n'a pas pris ce paramètre en compte ; c'est, à mon humble avis, la raison de sa défaite.

D'autres que moi se rappellent la formule attribuée à Tertullien : *Credo quia absurdum* (« Je crois parce que c'est absurde »). À ses détracteurs qui lui opposaient que les vérités de la foi, inconcevables et manifestement aberrantes, telles la Trinité ou la virginité de Marie, étaient le signe d'un dérèglement intellectuel, le Père de l'Église répliquait que le caractère inexplicable de ces affirmations et leur absurdité manifeste étaient en réalité le signe d'une intelligence transcendante, que l'esprit humain ne saurait saisir… Il y a là, non seulement une question technique, mais une interrogation métaphysique dont les programmateurs d'IBM ne se sont pas privés de débattre ! Un algorithme, aussi complexe soit-il, peut-il abolir le hasard et le libre arbitre du joueur d'échecs ?

En 1997, le match et la discussion avec les grands maîtres terminés, je me suis dirigé vers la sortie quand un jeune homme a posé la main sur mon épaule et m'a dit :

— J'ai écouté votre intervention devant tous ces grands joueurs. D'après vous, seul Bobby aurait pu battre l'ordinateur. Mais laissez-moi vous dire que chaque forteresse devient un jour une prison. Au début, vous croyez contrôler le jeu et, à la fin, c'est le jeu qui vous contrôle. Bobby n'a pas dérogé à cette règle, il est devenu l'âme damnée des échecs… Et le pauvre homme n'est plus en état de jouer.

Connaissant la vérité, j'ai eu très envie de lui répondre : « Non, Fischer, à ce moment-là, n'avait pas sombré dans la folie ! » Mais cette histoire est trop précieuse pour être confiée aux oreilles d'un inconnu.

J'ai souvent repensé à cet homme, et à tous ceux qui s'étaient contentés de cette explication trop facile : ils méritent une réponse claire sur la prétendue descente aux Enfers de Bobby, mon grand ami d'enfance. Alors, bien des années plus tard, je suis reparti à New York, là où tout avait commencé. J'ai couché page après page une autre vision, une autre réalité, un monde lavé des préjugés, des conclusions hâtives et, je l'espère, un monde plus pur.

On ne peut réduire Fischer à un championnat du monde gagné en 1972, à une confrontation légendaire perçue comme une version miniature de la guerre froide, à une anecdote de plus. Bobby n'était pas seulement un excentrique qui faisait sortir tous les enfants d'une salle car il avait perçu le froissement d'un emballage de bonbon : oui, j'ai lu cela quelque part. Harold C. Schonberg, reporter pour le *New York Times*, a écrit très justement : « C'est lui et presque lui seul qui a fait prendre conscience au monde entier que les échecs, pratiqués à ce niveau, étaient aussi passionnants que n'importe quel autre sport. Aussi excitants qu'un combat à mort, aussi esthétiquement satisfaisants qu'une œuvre d'art, aussi intellectuellement exigeants que les plus hautes des activités humaines. »

Au prix de ma tranquillité, pour toi Bobby, pour toi mon roi, j'ai terminé ce manuscrit. C'est alors que les ennuis ont commencé. Visiblement, la signature impersonnelle – le vieil homme – avait ravivé d'anciennes blessures.

La Russie n'a jamais pu faire son deuil, et les pages à venir ont été vécues comme une offense par les hommes de Poutine. Je dois l'avouer, à une époque où les échecs sont de nouveau à l'honneur avec une série, *Le Jeu de la dame*, vue plus de cent millions de fois, la Russie se devait de réagir avec force. Cette nation pourra-t-elle néanmoins s'opposer à la sortie du livre ? Je ne le crois pas et, de toute façon, Socrate avait raison : « Mieux vaut subir une injustice que la commettre[1]. »

Alors, si vous lisez ces lignes aujourd'hui, c'est que la vérité a enfin triomphé.

1. Propos rapportés *in* Platon, *Gorgias*.

1

Le Kremlin

Les feuilles mortes se ramassent à la pelle
Tu vois, je n'ai pas oublié.
Les feuilles mortes se ramassent à la pelle
Les souvenirs et les regrets aussi[1].

Moscou, automne 2018

Chaque matin, après avoir nagé et fait toute une série d'exercices, le président russe monte l'escalier et gagne son bureau d'un pas vif. C'est un moment privilégié, le calme avant la tempête. Son expression est trompeuse : les sourcils légèrement rehaussés donnent à son visage un air de dogue, alors qu'il est détendu. Ceux qui ne le connaissent pas pourraient penser qu'il est fatigué par l'effort consenti. Bortnikov, directeur du FSB[2], le sait mieux que quiconque : s'il a une mauvaise nouvelle à lui annoncer, c'est le moment idéal. Aujourd'hui, il a décidé de venir en personne pour voir la réaction du Président. En cause, un rapport émanant d'une antenne située en France, à Paris. Un de leurs meilleurs agents, un certain Alexandre, a envoyé un dossier aussitôt classifié à

1. Jacques Prévert, Joseph Kosma, « Les Feuilles mortes ».
2. Service fédéral de sécurité de la Fédération de Russie.

haut risque par le FSO – le service fédéral de protection des personnalités. Les faits trouvent leur origine il y a presque cinquante ans, mais il n'y a pas de prescription lorsqu'il s'agit de l'honneur de la grande Russie, de la possibilité d'être détrôné par un mythe – pire, d'être mis à terre par une femme.

Quand le Président s'assoit dans son fauteuil, il commence par feuilleter les trois classeurs reliés posés sur son bureau. C'est le briefing matinal des agences gouvernementales : FSB, FSO, SVR (le service des renseignements extérieurs). Aux États-Unis, cela correspond au *daily brief*, à savoir le moment où des informations d'importance vitale sont transmises dans le Bureau ovale. Au Kremlin, le processus est plus expéditif. Le Président parcourt les résumés d'un air impassible. Un trait de caractère hérité de seize ans de KGB. Rien ne peut provoquer une démonstration de colère, pas même un agacement. L'homme cultive une image, celle d'un demi-dieu que, par définition, rien ne peut surprendre, encore moins contrarier de quelque manière que ce soit. C'est cette armure qui avait convaincu Boris Eltsine de l'embaucher. Seul un être imperméable aux émotions serait apte à diriger ce service si spécial. De plus, Poutine était quelqu'un de loyal, qui ne rechignerait pas à couvrir ses lieutenants.

La révélation de ce matin allait-elle faire vaciller le président aux nerfs d'acier ? Voilà la question qui obsédait Bortnikov. Une histoire vieille d'un demi-siècle, une éternité, pouvait-elle avoir une emprise sur cet esprit aiguisé ? Lorsque le classeur en question fut refermé, il n'avait pas encore de réponse. Les deux se regardaient sans dire un mot, et plus les secondes s'égrenaient, plus il semblait indéniable que l'homme fort de la Russie était troublé par la nouvelle.

Comme à l'accoutumée, la porte du bureau était restée entrouverte, et c'est à cet instant que l'agent qui avait récolté les données a signalé sa présence. Il se tenait dans l'encadrement. Bortnikov l'avait fait venir en pensant à juste titre que le Président voudrait s'entretenir directement avec lui.

En cet automne 2018, des manifestations dues aux réformes bancales des retraites agitaient tout le pays. Mais ce problème n'était apparemment pas aussi urgent que la nécessité d'un entretien avec le capitaine Alexandre.

Le Président regardait par la fenêtre quand il a pris la parole :

— En grand spécialiste de la France, vous devez bien connaître cette chanson : « Les feuilles mortes se ramassent à la pelle, tu vois, je n'ai pas oublié[1] »…

— Oui, « les souvenirs et les regrets aussi ».

— Bon, vous croyez qu'elle est encore vivante ?… Vous parlez d'un manuscrit. Vous l'avez, bien sûr ?

— En réalité, mon travail n'est pas fini, je ne suis pas encore certain qu'elle soit en vie, mais il y a trop d'éléments troublants. J'aurai une réponse définitive dans quelques mois : nous avons mis sous filature la seule personne qui peut nous mener à elle.

— Laissez-moi vous mettre en garde : si, comme vous le pensez, elle n'est pas morte lors de l'explosion, elle va jouer avec vos nerfs. Nous devons nous attendre au pire de la part de quelqu'un capable de ressusciter après tant d'années… Au fait, dites-moi, parle-t-on de l'implication de la CIA dans ce manuscrit ?

— Non, seul le KGB est incriminé dans la chute de Fischer… Mais ce manuscrit est curieusement construit. C'est l'une des raisons qui me poussent à croire qu'elle n'est pas derrière cette plume. L'auteur en est bien Arthur. Un ancien de la maison, un vieil homme aujourd'hui.

1. En français dans le texte.

— Intéressant…

— Oui, monsieur le Président.

— Mais vous vous trompez ; si c'est bien Olga, il est normal qu'elle choisisse la voie la plus risquée et la plus innovante. Trouvez pourquoi ce récit a été structuré ainsi et vous aurez fait la moitié du chemin ; l'autre partie, la plus complexe, consistera à comprendre si cette première interprétation peut correspondre à un chemin intellectuel emprunté par Olga.

— Merci pour votre analyse. Elle me sera précieuse.

— Entourez-vous de nos meilleurs éléments et tenez-moi au courant en temps réel. D'autres légendes circulent à son sujet depuis quelques années, n'y prêtez pas attention.

— Très bien. Je ne peux donc pas vous demander lesquelles…

Le téléphone a sonné, la ligne sécurisée a subitement mis fin à l'entretien. En refermant la porte, Alexandre a entendu le Président prononcer le nom d'Olga Komarova. *Les nouvelles vont vite*, s'est-il dit. Une demi-heure plus tard, alors que la secrétaire lui avait demandé de patienter, il était de nouveau invité à entrer. Poutine se tenait debout, une tablette dans les mains. Il semblait consulter ses états de service. Alexandre en a été félicité. Mais, surtout, il a recueilli une nouvelle information du Président lui-même : Olga avait diverses passions, l'une était la physique et l'autre, plus surprenante, le monde des senteurs. Le capitaine pressentait que cela allait lui être utile. Après leur bref échange, Poutine a posé sa tablette et, le regardant droit dans les yeux, a conclu par ces mots :

— Retrouvez-la, Alexandre, mettez-la hors d'état de nuire. Je compte sur vous.

2

Le petit prince des ténèbres

Cannes, 20 juillet 2019

Ce matin-là, je me suis réveillé avec l'intuition qu'un fait étrange allait se produire. Mais je suis un vieil homme nostalgique, un fragment de ce que j'ai été, qui n'a plus d'ennemis à combattre ni de famille à aimer. Alors, à bien y réfléchir, que pouvait-il m'arriver de si insolite ?

L'été battait son plein sur la Côte d'Azur. Au pied du balcon s'étirait la Croisette, archétype du glamour pour les touristes du monde entier. J'étais venu là car j'avais rendez-vous avec l'insaisissable Olga. Je l'avais admirée ces cinquante dernières années, à défaut de l'aimer. Onze ans déjà nous séparaient de notre précédente rencontre. La dernière fois que je lui avais rendu hommage, c'était à ses funérailles.

Olga était censée avoir trouvé la mort dans l'explosion d'un entrepôt militaire au Venezuela. Les services russes étaient convaincus de l'avoir définitivement réduite au silence après une traque de plus de dix ans. Mais comment pouvaient-ils en être persuadés ? On n'avait pas pu identifier les corps. Je crois surtout qu'ils étaient exténués par cette femme qui les avait nargués aux quatre coins du globe. Combien d'entre eux n'en étaient jamais revenus ? Combien d'autres avaient été humiliés, dégradés, en rentrant au pays ? Le Président lui-même, alors jeune lieutenant-colonel du KGB, l'avait laissée passer à plusieurs reprises entre les mailles du filet.

L'Union soviétique a disparu depuis plus de trente ans. Des décombres du communisme, et d'une société qui a perdu tous ses repères, a surgi une meute d'aventuriers. Leur objectif était de s'approprier par tous les moyens de colossales fortunes, puis de les mettre à l'abri dans des paradis fiscaux. On les appelle les oligarques. Olga a été la première d'entre eux, une pionnière qui a accumulé des centaines de millions avant de disparaître d'un coup de baguette magique.

Toutefois, le message qu'elle m'avait adressé, trois semaines plus tôt, ne laissait que peu de place au doute : pour me le faire parvenir, elle avait utilisé les mêmes canaux qu'au temps de la guerre froide. Cette méthodologie était un indice de plus, il ne pouvait s'agir d'un canular. À bien y réfléchir, personne d'autre n'aurait pu avoir l'idée brillante de me contacter par ce biais.

La veille, dès mon arrivée au Carlton, l'un des prestigieux palaces cannois, le réceptionniste m'avait remis une enveloppe. J'y avais découvert une photo de Bobby Fischer, accompagnée d'un mot : *À notre ami commun, le petit prince des ténèbres.* Mon cœur avait bondi dans ma poitrine. Olga était la seule à appeler ainsi mon ami d'enfance.

Encore trois jours, et j'allais la revoir, plus exactement soixante-dix-huit heures. Mais tout se déroulerait-il comme prévu ? Le destin n'avait-il pas déjà décidé de mon sort ?

Elle m'avait donné rendez-vous au Bâoli, un restaurant branché, en face du port Canto. Je voulais déjà m'y rendre, m'imprégner du lieu qui serait le témoin de la résurrection d'Olga.

Mais auparavant, je dois vous raconter l'histoire qui l'a amenée à surnommer Bobby « le petit prince des ténèbres ». Je me souviens de notre « conversation », en mars 1974 ; j'étais son otage, elle mon bourreau. Olga avait réussi à raviver mes souvenirs, puis à me les voler pour accomplir sa mission… Mais comment aurais-je pu deviner ses intentions ?

Toutes les deux heures, nous faisions une pause cigarette. Bien sûr, elle continuait à me poser des questions :

— Et alors, notre cher Bobby, a-t-il d'autres passe-temps que les échecs, par exemple la lecture ou le sport ?

Je me suis soudain rappelé le roman que je lui avais offert pour ses quinze ans : *Candide*, du philosophe français Voltaire. Non, à part des manuels d'échecs, Bobby ne lisait pas. Pourtant, cet ouvrage était devenu son livre de chevet. Olga, curieuse de comprendre ce que mon ami avait tiré de ce court récit, attendait avec impatience que je lui dévoile son analyse.

Bobby, comme Voltaire, était convaincu que, si Dieu n'intervenait jamais dans les affaires des hommes, ceux-ci n'en étaient pas moins pétris de vices et de penchants malsains. Et néanmoins, parfois, ils pouvaient réserver quelques belles surprises, du courage, de l'audace, de la grandeur.

Olga a alors pris la parole :

— « Tout est pour le mieux dans le meilleur des mondes possibles » est bien évidemment une formule malicieuse… Le mal est inhérent à notre monde. Bravo, Bobby, tu l'as compris. Tu es désormais à mes yeux une haute figure de l'abstraction : le petit prince des ténèbres !

L'heure était venue de descendre sur la Croisette. Vers 18 heures, la chaleur était moins oppressante pour mes vieux os… J'avais envie de voir ce fameux Palais des festivals. Je n'en étais pas loin, dix minutes à pied en longeant la mer.

Malheureusement, je n'ai jamais atteint ma destination. J'en avais bien eu l'intuition : rien ne se passerait comme prévu puisque j'avais rendez-vous avec une histoire vieille de cinquante ans !

Tout s'est enchaîné très vite. À la hauteur de l'hôtel Majestic, j'ai traversé pour rejoindre la Croisette, un scooter m'a bousculé, j'ai perdu l'équilibre, basculé en avant et je suis tombé dans les bras d'une femme, qui a plaqué un mouchoir sur ma bouche.

Et puis, cela a été le trou noir.

3

Marie-Louise

Dix-neuf mois plus tôt, rue de l'Assomption dans le XVIe arrondissement de Paris, les services secrets russes firent une découverte majeure dans l'appartement parisien d'une certaine Marie-Louise. Sans cette bévue, je n'aurais jamais été inquiété. C'est donc là que la partie a recommencé, quarante-cinq ans après le sacre de Bobby Fischer.

*

Paris, 23 décembre 2017

Marie-Louise avait toujours pris la vie du bon côté. La mort de son mari, quelques années auparavant, n'avait pas entamé sa détermination à être heureuse. Le décès tragique de sa fille, peu après, n'avait pas non plus eu raison de sa nature profonde. Cette aptitude au bonheur était un don qu'elle cultivait dans la solitude d'un appartement haussmannien avec vue sur la tour Eiffel, en compagnie de son chien Georges.

Elle était très catholique, mais s'abstenait de se rendre à l'église, sans pour autant oublier de prier chaque jour que Dieu faisait. Sur un petit autel aménagé au-dessus de son bureau, une statue de la Vierge, les bras ouverts, le regard posé sur son lit, la protégeait durant son sommeil. Professeure agrégée de physique, Marie-Louise avait cessé d'exercer très tôt pour se consacrer à l'éducation de ses enfants et à son mari. Aujourd'hui âgée de soixante-treize ans, cette dame au port de tête altier, aux cheveux blancs teintés de reflets bleus, accueillait les premières lueurs du jour avec ravissement.

La veille au soir, intriguée par un bruit provenant de la cage d'escalier, elle avait jeté un œil par le judas de la porte et elle avait entrevu Esmeralda, sa voisine de palier. Marie-Louise avait cligné des yeux et souri. Une année entière s'était écoulée depuis leur dernière conversation.

Tout opposait ces deux femmes, l'une était réservée, voire timide, l'autre avenante et souriante. C'était une sacrée prouesse, songeait la vieille dame, de s'être liée d'amitié avec quelqu'un d'aussi mystérieux.

Avant de trouver le sommeil, Marie-Louise s'était remémoré avec tendresse leur dernier réveillon du nouvel an. Elles étaient restées ensemble à discuter jusqu'au petit matin. Au cours de sa vie, jamais personne ne s'était réellement soucié de son bien-être. Pas même son mari, qui la considérait pourtant comme sa tendre épouse. Ses enfants, quant à eux, n'étaient guère fiables. Lorsqu'elle avait été gravement atteinte d'un cancer, avant d'en guérir miraculeusement, ils n'étaient pas venus souvent lui rendre visite. Seules les questions d'héritage semblaient vraiment les préoccuper.

Avec Esmeralda, elle avait enfin trouvé une oreille attentive, un regard fraternel et ce don qu'ont certains de vous envelopper dans un cocon chaleureux. Ne pas se sentir jugée mais comprise avait sans doute été le catalyseur d'une réaction chimique. Jamais auparavant elle n'avait osé à ce point ouvrir son cœur.

*

Au petit matin, à 6 h 45, Marie-Louise a préparé un plateau comprenant une mandarine, des œufs brouillés, un café, un verre de jus d'orange fraîchement pressé, un croissant, et quelques marguerites pour égayer l'ensemble. À 7 heures, elle a déposé ce petit déjeuner sur le paillasson de sa voisine et sonné deux fois à la porte. Sans attendre de réponse, elle s'est réengouffrée chez elle.

Marie-Louise avait hâte de passer du temps avec celle qui, sans le savoir, avait donné un nouveau souffle à sa vie. Elle ne connaissait pas grand-chose d'Esmeralda et, malgré sa discrétion habituelle, elle s'était lancée dans quelques recherches : l'appartement d'à côté était la propriété d'une société civile immobilière immatriculée au Panama.

Il existait des centaines d'Esmeralda Gutieres sur les réseaux sociaux et aucune ne ressemblait à sa voisine. Au cours de leurs discussions, elle avait compris que cette femme immensément belle avait eu un passé amoureux tumultueux, n'avait pas d'enfants et aimait les animaux.

D'autres traits de caractère affleuraient : elle adorait lire et avait une passion pour la machinerie infernale que constitue notre univers. Toujours soucieuse d'en savoir plus sur les mécanismes engendrés par la lumière du Soleil qui rendaient possible la vie sur Terre, elle n'avait de cesse de lancer des débats scientifiques. Esmeralda allait jusqu'à se demander si le temps ferait un jour marche arrière, si les effets précéderaient les causes… Elle lui faisait penser à une savante, à mi-chemin entre les atomes et les étoiles, embrassant l'infiniment petit comme l'infiniment grand.

Marie-Louise était assez décontenancée par l'érudition de cette femme, en particulier l'ampleur de ses connaissances en physique quantique et en relativité générale. Son obstination à relever le plus grand défi de la science – qui consiste à trouver une théorie unitaire combinatoire – la laissait sans voix. C'était assurément l'une des raisons de l'admiration sans bornes qu'elle vouait à sa voisine de palier.

À 7 h 52, le plateau avait disparu. L'œil collé au judas, Marie-Louise en a été enchantée. Vers 11 heures, les vestiges du repas ont été déposés contre sa porte, avec une carte de remerciement.

À 11 h 15, elle a ramassé le plateau pour en extraire l'objet de toutes ses convoitises. Elle s'est installée dans son fauteuil et a lu :

Chère Marie-Louise, j'espère que cette année fut bonne, que tes problèmes de santé appartiennent désormais au passé. Je saurai bientôt si tu as fait ce voyage autour du monde qui te tenait à cœur, et ce qui a égayé ton quotidien.

Pour le réveillon de Noël, je te propose de partager un plateau de fruits de mer chez toi, en compagnie de Georges.

Dans l'espoir que cette proposition te convienne, je te remercie de ta délicate attention matinale.

Marie-Louise s'est empressée de lui écrire un mot, qu'elle déposerait le lendemain matin devant sa porte, avec le petit déjeuner. Elle se réjouissait déjà de tout ce qu'elle allait pouvoir raconter, mais ce qui l'excitait le plus était d'en apprendre davantage sur cette femme insaisissable.

S'il était un domaine où elle pouvait juger du bien-fondé des hypothèses d'Esmeralda, c'était la physique. Le fait de ne pas avoir exercé pendant de nombreuses années ne constituait pas un handicap. Marie-Louise n'avait jamais délaissé cette passion et s'était tenue informée de toutes les avancées significatives, ces quatre dernières décennies. Néanmoins, le sujet de prédilection de son amie allait encore bien au-delà, touchant à des questionnements qui ne cessaient de tourmenter les scientifiques du monde entier. D'où vient l'univers ? Comment et pourquoi a-t-il commencé ? Connaîtra-t-il une fin, et si oui de quelle manière ? Comme Esmeralda le disait, son but était de dérober à Dieu Son secret le plus précieux.

Au tout début, Marie-Louise avait pensé que cette dame était folle, mais de longs discours sur l'espace-temps, les trous noirs, le principe d'incertitude et une démonstration sans faille aboutissant à la conclusion que l'univers était en pleine expansion l'avaient convaincue : sa voisine était une grande scientifique qui n'avait jamais fait mention de ses découvertes dans les revues spécialisées.

Esmeralda lui faisait penser à une glycine, un arbre sans tronc, sans colonne vertébrale, sans passé ni famille. Qui était-elle ?

Malgré ses incertitudes, Marie-Louise a pris, au fil des heures, une sage décision : ne pas chercher à trop en savoir. Sa frustration s'est dissipée peu à peu et seul le plaisir de la revoir l'animait désormais.

*

Le lendemain, à 18 heures, le livreur a déposé sur la table du salon des amuse-bouches, deux bouteilles de champagne Blanc de Blancs de la maison Ruinart, une de cognac, un plateau de fruits de mer et un bouquet de fleurs très particulier – des tournesols, introuvables à cette époque de l'année.

À 19 h 30, les deux femmes se sont étreintes, ravies de la soirée qui les attendait. Marie-Louise a raconté en détail son récent tour du monde, lui a fait part de sa volonté de ne pas manquer un seul de ses trois cours de yoga par semaine. Des élans de liberté qu'elle devait à sa seule amie. Elle n'a pas oublié de la remercier chaudement pour avoir donné un sens nouveau à sa vie.

23 heures : la soirée allait bon train. Entre rires et plaisanteries, la seconde bouteille de champagne avait été sérieusement entamée, laissant apparaître dans leurs yeux tout son pétillant. C'est à ce moment précis qu'Esmeralda a rompu le charme et baissé le ton pour lui demander un service insolite : pouvait-elle conserver à l'abri des regards indiscrets la sacoche en cuir qu'elle avait apportée ? Déconcertée, Marie-Louise s'est exclamée :

— Pourquoi ne la gardes-tu pas chez toi ? Tu as un coffre-fort, moi non.

Sentant qu'il était impératif de la rassurer, Esmeralda lui a dévoilé le contenu de la sacoche : un manuscrit, une lettre cachetée et une clé USB. Aussitôt tranquillisée, sa voisine lui a lancé :

— Pas de problème… Je peux lire le manuscrit ? Est-ce toi qui l'as écrit ?

La réponse a été sans appel :

— S'il te plaît, non. Interdit.

Peu avant minuit, au moment de se séparer dans une franche accolade, Marie-Louise a osé une confidence :

— Tu sais, pour te rendre service, même si tu y avais glissé de la drogue, dans ta sacoche, je l'aurais gardée ! Ne te trompe pas à mon sujet, mais notre amitié vaut bien quelques folies…

Sa voisine l'a regardée avec tendresse avant de lui rétorquer :

— Aucun juge sain d'esprit ne pourrait te condamner pour trafic de stupéfiants, ma douce Marie-Louise !

Un dernier rire a clôturé la soirée quand Esmeralda lui a précisé, avant de la quitter :

— Cache bien le manuscrit, la clé USB ainsi que la lettre à trois endroits différents.

*

Le lendemain, à 7 h 45, Marie-Louise sortait déposer le plateau rituel devant la porte de son amie quand la tasse, le verre de jus d'orange et l'assiette ont heurté le sol en marbre avec fracas. Paniquée, la veuve, qui venait de tout lâcher, est rentrée précipitamment chez elle.

Et a appelé la police.

Un quart d'heure plus tard, deux agents, pas franchement enthousiastes d'être de service le jour de Noël, observaient la porte fracturée que leur désignait la dame d'une main tremblante. Ils ont dégainé leurs armes et sont entrés dans l'appartement.

Après avoir inspecté toutes les pièces, l'un d'eux est revenu sur le palier et a lancé :

— C'est un sacré foutoir, ils ont tout retourné ! On n'a pas trouvé votre voisine… Vous êtes sûre qu'elle a dormi chez elle, madame ?

Au bord de l'évanouissement, Marie-Louise a réussi à trottiner jusque chez elle. Sa raison de vivre, sa seule vraie amie, venait de lui être arrachée.

Dans l'après-midi, une lueur d'espoir est pourtant venue illuminer sa journée. La solution était évidente ! Elle allait lire le manuscrit contenu dans la sacoche. Cela fait, elle serait mieux armée pour comprendre ce qu'il s'était réellement passé.

— Un peu de courage ! s'est-elle écriée en s'emparant du texte.

La couverture représentait une femme et un homme, jeunes, qui se regardaient à la dérobée. Il n'y avait aucun doute à ses yeux, il s'agissait d'Esmeralda. Mais l'emblème de l'Union soviétique accroché à l'encolure de sa veste la laissait perplexe. À sa connaissance, sa voisine n'avait aucun lien avec la Russie. L'homme, quant à lui, se distinguait par l'énergie singulière qui se dégageait de sa personne, une sorte d'aura, un halo de lumière. Comme le drapeau des États-Unis agrémentait son col, la symbolique de ce livre prenait vie. C'était un affrontement entre l'Est et l'Ouest, assurément en pleine guerre froide.

De part et d'autre des deux pièces d'un échiquier, un roi et une dame, on pouvait lire le titre : *Notre amour est gravé en lettres capitales, par la verticale de ton cœur*. La toile de fond représentait une vue de New York, la photo ayant été prise du réservoir de Central Park, dans lequel l'eau reflétait les silhouettes des buildings. La symétrie entre le haut et le bas soulignait l'idée d'une dualité, d'un combat. *Ou d'une histoire d'amour*, songea Marie-Louise.

En étudiant le visage de ce couple, un flot d'émotions entrelacées d'images l'a envahie, et l'une d'elles l'a frappée en plein cœur.

Celle d'un jeune gamin de Brooklyn devenu le héros de toute une nation.

Oui, c'était bien ça, cet homme sur la couverture n'était pas n'importe qui : il avait offert à l'Amérique l'une de ses plus fières victoires, enflammant le cœur d'un peuple au même titre que Neil Armstrong marchant pour la première fois sur la Lune.

C'était Bobby Fischer !

Il était temps de prendre une double ration de café noir : une longue lecture l'attendait.

Au petit matin, Marie-Louise a refermé le manuscrit avec l'impression d'avoir effectué un incroyable voyage dans le temps. Elle venait de lire l'histoire de la mise à mort du plus grand joueur d'échecs par les services secrets russes.

C'était envoûtant, grandiose, et il était évident que la mystérieuse disparition d'Esmeralda était liée à l'héroïne de ce livre, Olga Komarova.

Épuisée, la vieille dame a fermé les yeux et s'est endormie sans pouvoir se libérer de cette question entêtante : Olga Komarova était-elle sa voisine de palier ?

*

Le lendemain, Marie-Louise a repris l'analyse du texte. Elle a d'abord fait des recherches sur le Net, lu tout ce qui avait trait de près ou de loin à Bobby Fischer. Cet homme au firmament de sa gloire avait conquis le titre de champion du monde d'échecs en 1972 en battant un Russe. Il avait humilié l'Empire soviétique en pleine guerre froide, « en le dépossédant de son hégémonie intellectuelle », comme l'écrivait l'auteur.

Tout cela était bien vrai, mais ce qui l'intéressait était les détails de son enfance, notamment un mystère qui n'avait toujours pas été éclairci. Ce génie des échecs avait joué, adolescent, une partie spectaculaire, considérée dès lors comme la plus belle jamais disputée, une œuvre d'art aux yeux de tous. Pour autant, elle n'apparaissait pas dans le premier recueil de ses soixante meilleures parties. Bobby s'était toujours refusé à la commenter, au grand désespoir de la communauté.

Cinquante ans après, cette décision était expliquée dans le manuscrit, ce qui en faisait un document d'une valeur inestimable pour les passionnés d'échecs du monde entier. Plus encore, si les autres faits relatés étaient exacts, ce texte pouvait expliquer la disparition d'Esmeralda. Si elle en était bien l'auteure, les services secrets russes l'avaient sans doute retrouvée et appréhendée.

Marie-Louise avait l'intuition d'être sur la bonne piste.

Dès lors, une seule décision s'imposait : trouver un éditeur pour publier cette œuvre et venger ainsi la disparition de son amie.

*

Une semaine plus tard, la vieille dame était loin d'avoir abandonné son enquête. Il lui restait quelques cartouches : une clé USB protégée par un mot de passe et une lettre qu'elle n'osait ouvrir, sentant qu'il s'agissait des dernières volontés d'Esmeralda. Tant qu'elle ne la lisait pas, elle pouvait encore se tromper. *Un peu de courage*, se répétait-elle avec insistance. *Cherche d'autres indices !*

Elle a alors eu l'idée de pénétrer dans l'appartement de sa voisine. Sans doute renfermait-il des informations sur son identité. Après tout, si son amie était réellement la femme décrite dans ce manuscrit, après plusieurs décennies passées à berner les agents du KGB, elle avait sûrement un plan de secours. Malheureusement, la police avait fait poser un nouveau verrou.

Vers midi, un serrurier payé par l'audacieuse Marie-Louise avait remplacé la serrure. Elle l'a payé en liquide, fière d'avoir transgressé la loi une seconde fois.

Elle a même esquissé quelques pas de danse pour s'en féliciter, tout en jonglant avec les clés.

La caméra installée au plafond ne l'a pas découragée. À 14 heures, elle a pénétré dans le logis aux mille mystères. Elle n'en est sortie que cinq heures plus tard, pour dîner chez elle. Hélas, elle n'avait rien trouvé de significatif dans cet appartement au style impersonnel. Seule la cave à vin, une pièce assez vaste dotée de grands crus par dizaines, avait retenu son attention. Dans le dressing, un large coffre-fort était resté ouvert, vide. Le lit était défait : Esmeralda avait bien dormi là. La robe qu'elle portait le soir du réveillon était disposée sur une chaise, elle s'était donc mise en pyjama avant l'attaque. Le bureau face à sa chambre ne comprenait aucune connectique pour un ordinateur. Cependant, un pan de mur plus sombre, qui n'avait pas subi la décoloration du soleil, révélait l'absence d'un objet.

Après le dîner, elle ferait une nouvelle incursion chez Esmeralda. En attendant, elle avait emporté une bouteille de son amie pour stimuler ses réflexions.

Georges était un chihuahua du Mexique, race connue pour son odorat très développé. Ces tout petits chiens avaient été particulièrement appréciés dans les mines de charbon. En cas d'éboulement, ils se montraient capables de percevoir un filet d'air venant du dehors, à des kilomètres, et d'indiquer aux ouvriers où donner des coups de pelle pour trouver la sortie la plus proche. Raison pour laquelle les travailleurs mexicains d'antan les vénéraient. Bien sûr, Georges ne connaissait pas le passé glorieux de ses ancêtres. Caractériel, imbu de sa personne, il n'aimait pas qu'on lui donne des ordres. Mais il était aussi fidèle, et n'aurait pas hésité à se laisser mourir si sa bien-aimée avait disparu. Sa deuxième plus grande qualité était de ressentir l'état d'esprit de sa maîtresse et, à cet instant, il était inquiet.

À 21 heures, il s'est donc faufilé derrière Marie-Louise. Il aurait pu l'attendre chez elle, car il savait qu'elle revenait toujours. Avait-il un pressentiment ? Pensait-il lui être d'une quelconque aide ce soir-là ?

Deux heures durant, Marie-Louise a fouillé partout en quête du moindre indice quand elle a entendu Georges aboyer. Catastrophée de ne pas s'être aperçue que son chien l'avait suivie, elle s'est approchée pour le prendre dans ses bras et lui demander pardon. Mais le chihuahua a de nouveau grogné en lui montrant le peu de dents qui lui restait : il faut dire qu'il avait déjà quinze ans. Marie-Louise a immédiatement compris qu'il voulait lui indiquer quelque chose. Georges en a profité pour gratter l'une des boiseries du dressing qui donnait dans la cave à vin. Puis il s'est assis derrière elle en frétillant de la queue. Marie-Louise n'a eu d'autres choix que de se mettre à genoux contre la paroi en bois, qu'elle a poussée de toutes ses forces. Comme rien n'y faisait, elle a palpé la cloison pour chercher une différence de densité, en vain.

Au moment de se relever, elle a pris appui sur l'un des barreaux qui servaient à ranger des chaussures, et le miracle a eu lieu. Un clic lui a permis de faire pivoter le panneau. Une *panic-room* ! Une pièce de deux mètres de hauteur, d'un mètre de profondeur et de quatre de long, tenant lieu de refuge en cas de danger. Un néon y diffusait une lumière jaunâtre. Marie-Louise a avisé avec bonheur les traces qu'Esmeralda avait laissées le soir de sa venue. Une bouteille d'eau, qui avait servi d'urinoir, s'était déversée au sol.

Georges a aboyé en signe de victoire.

Marie-Louise était enfin rassurée : sa sœur de cœur avait une fois de plus déjoué les plans des agences gouvernementales et avait dû s'enfuir au moment opportun, quand la menace avait disparu. Ce soir-là, la vieille dame a de nouveau prié, pour elle, pour Georges et pour Esmeralda.

La nuit venue, le chihuahua s'est endormi sous les caresses et le regard admiratif de sa maîtresse. Mais le lendemain, son flair légendaire ne leur a été d'aucun secours lorsque deux hommes à la mine sombre ont sonné à la porte. L'un d'eux, costume bleu, chemise blanche, le cheveu clairsemé, le regard vif et déterminé sous de fines lunettes rectangulaires, a pris poliment la parole :

— Bonjour, madame, nous avons quelques questions d'usage à vous poser, pourrions-nous entrer ?

Une heure plus tard, les deux étaient ressortis, une sacoche à la main. Ils savaient qu'ils venaient, par un concours de circonstances obscur, de réaliser une grosse prise. Tout en descendant l'escalier, l'un d'eux pensait déjà à une promotion au sein du FSB, tandis que l'autre exprimait franchement le fond de sa pensée :

— Mon vieux, j'espère que ce truc ne va pas nous péter à la figure…

Celui qui détenait le manuscrit avait hâte de s'enfermer à l'abri des regards indiscrets pour entamer sa lecture. L'exaltation décuplait ses forces, mais il n'avait plus le temps d'attendre. Essoufflé, il s'est assis à l'intérieur d'un banal café-restaurant. Dans le vacarme d'un Paris bouillonnant, il a abordé les premières lignes. Assis à la même place, absorbant des tasses de café les unes après les autres, accompagnées de pourboires généreux pour ne pas susciter le mécontentement du gérant à l'heure du dîner puis à la fermeture, il a fini par avaler la dernière page dans la douleur. Cette souffrance était celle d'un spectateur qui assiste à la descente aux Enfers d'un homme extraordinaire. Bobby Fischer, son idole et celle de tout un peuple – les joueurs d'échecs –, était pris au piège de la manipulation mentale d'un être supérieur.

Le nom de code de ce lecteur – le premier du FSB – était Alexandre. Il repensait à toutes les légendes qui avaient circulé à l'époque sur la chute de Fischer. Il n'y croyait guère. La plus folle racontait qu'une femme avait pris en main le destin de l'Union soviétique. Qu'un matin pas comme les autres, elle lui avait rendu le titre de champion du monde d'échecs, pour le bonheur des Russes, pour leur plus grande fierté. Les rumeurs les plus fantasques affirmaient qu'elle avait déposé à leurs pieds la définition du génie humain avant de trahir son peuple, de l'humilier.

À présent, tout était clair. La multitude de détails ne laissait planer aucun doute. C'était vrai. L'Alchimiste avait bien existé et il s'agissait d'une femme.

Alexandre devait à tout prix retrouver et détruire chaque exemplaire de ce manuscrit, avant que la vérité n'éclate à la face du monde.

4

La part des anges, vaporeuse et silencieuse

Ils voulaient des réponses.
J'allais leur en donner.

Cannes, 20 juillet 2019

Je me suis réveillé allongé sur un lit, la bouche pâteuse, avec, au pied d'une malle, mes chaussures dans des embauchoirs. Comprenant immédiatement que j'avais été enlevé en plein centre-ville de Cannes, j'ai scruté la pièce et repéré des caméras au plafond. Sur une table étaient disposés une bouteille d'eau, un verre, un tapuscrit, une paire de lunettes. Bonne nouvelle, j'avais accès à une fenêtre au volet roulant partiellement baissé. Je me suis empressé d'appuyer sur le bouton pour le relever, et j'ai aperçu la mer au loin.

Je me trouvais au deuxième étage d'une villa ou d'un immeuble. Ces conditions de détention me semblaient trop convenables, même s'il était impossible d'ouvrir la fenêtre. Dans une poussée d'optimisme, je me suis dirigé vers la porte en chêne pour vérifier si elle était fermée mais, évidemment, j'étais prisonnier.

Dans ces moments-là, il est impératif de garder son calme, chaque mouvement étant analysé par des professionnels, des spécialistes en science comportementale.

Je n'en avais aucun doute, le FSB était à la manœuvre. Je me suis approché de la table pour lire la lettre, qui ne contenait que quelques mots en cyrillique : *Прочтите и поделитесь своим мнением*[1]. J'ai alors pris le manuscrit écrit en français, dont le titre *Notre amour est gravé en lettres capitales, par la verticale de ton cœur* a déclenché en moi un fou rire. Ne sachant quoi faire d'autre, je l'ai reposé et suis retourné m'allonger.

La sensation de malaise s'est estompée peu à peu au profit d'une certitude : Olga était en vie, ils s'en doutaient et voulaient m'utiliser pour l'atteindre. Comment allaient-ils procéder ?

J'avais hâte de savoir qui aurait le fin mot de cette histoire, mon cancer ou l'acharnement des hommes du Président. J'eus une pensée pour une amie morte au combat en 2006, Anna Politkovskaïa. Lisez son livre *La Russie selon Poutine*, un chef-d'œuvre qu'elle a payé de sa vie…

23 h 50 à ma montre, je m'étais assoupi quand un homme d'âge mûr a fait son apparition. Il se tenait devant moi, le manuscrit à la main. Costume bleu, chemise blanche, le cheveu clairsemé, le regard vif sous de fines lunettes rectangulaires, il a choisi – fait étrange – de s'adresser à moi en français.

Il m'a demandé de m'asseoir à la table en me précisant qu'un repas allait m'être servi. Je me suis exécuté lentement, avec désinvolture, un sourire placide aux lèvres, presque craintif. J'ai remarqué à son poignet une montre de luxe de la marque Ulysse Nardin, l'Astrolabium, modèle Galileo Galilei. Mais qui était cet individu ? Cette décoration valait près de quarante mille euros. Pourtant, faire étalage de signes distinctifs n'était vraiment pas le genre de la maison.

1. « Lisez et donnez votre avis. »

Leçon numéro un de « Sup de K », l'école supérieure du KGB, celle d'Andropov : il est de notre devoir de créer un effet miroir avec notre proie. J'allais donc devoir fouiller en profondeur pour découvrir l'identité de cet homme, aux chaussettes roses en fil d'Écosse.

L'interrogatoire allait commencer, un de plus au compteur. L'agent a pris le premier la parole :

— Tout d'abord, laissez-moi me présenter : mon prénom est Alexandre, je suis en poste sur le territoire français depuis des années, j'ai fait mes études à la Sorbonne. Ma spécialité est l'espionnage industriel. Je connais bien la Côte d'Azur, ayant fait de longs séjours tout près d'ici, à Sophia-Antipolis… Comme vous pouvez l'entendre, je m'exprime en français, une langue que vous maîtrisez à la perfection, tout comme moi. Ce n'est pas anodin, je voudrais me faire une idée précise de votre champ lexical. En d'autres termes, savoir si c'est vous qui avez écrit ce manuscrit… Un dîner va vous être servi, nous reprendrons cette discussion quand vous l'aurez fini. Pour le vin, je me suis permis de choisir à votre place, un corton-charlemagne 2007 du domaine Bertagna, un de vos favoris… Bon appétit, à tout à l'heure !

J'ai esquissé un signe de la tête en guise de remerciement. Dans les secondes qui ont suivi, Alexandre a quitté la pièce et une nappe blanche a été déployée avec élégance et délicatesse. Bizarrement, j'avais hâte d'en finir et de retrouver mon maître de cérémonie. Mais je n'ai pas pu résister à un troisième verre de ce précieux cépage, comme au saumon en papillote. Bonne adresse, je reviendrai ! *Za zdorovie*[1] !

À son retour, peu après, Alexandre a laissé la porte ouverte derrière lui.

1. « Santé ! »

— Comme vous pouvez le constater, ceci n'est pas un interrogatoire classique. Fini, le protocole où l'on exhibe des justificatifs du Comité pour la sécurité de l'État et où l'on finit par citer inlassablement : « En vertu des articles 167 à 177 du code pénal, blablabla… », avec une cigarette Droug à la bouche, qui vous arrache les poumons. Mon but est de vous faire plaisir et le vôtre est de répondre en toute sincérité à une seule et unique question : êtes-vous l'auteur de ce tapuscrit ? J'ai dit tout ce que j'avais à dire, la parole est à vous.

— Oui, ils sont loin, le quartier général de la Loubianka et les techniques douteuses d'interrogatoire ! Vous vous rappelez ce fameux article 70 du code pénal, bien mieux que l'ancien article 58-10. La voie royale pour envoyer un individu au goulag pour huit ans, sur un simple soupçon ! OK, c'est du passé… Attachez-vous plus d'importance au fait qu'Olga puisse être en vie ou aux révélations faites dans ce texte ?

— *Révélations* ? Vous n'êtes pas sérieux, personne ne peut croire ce qu'il y a là-dedans ! Et ne soyez pas naïf, qui s'intéresse encore à cette époque, aux échecs, à des notions aussi abstraites qu'une définition du génie humain ? Non, c'est le plaisir immédiat procuré par le pouvoir et l'argent qui nous anime tous. Un bon repas, un grand cru, des filles belles et dociles, voilà notre nouvelle conception du bonheur, du génie… Ces lignes sont donc le cadet de nos soucis, elles ne divertiraient que de rares intellectuels cherchant désespérément une échappatoire au monde moderne… Qui pourrait croire que les échecs ont joué un rôle majeur pendant la guerre froide ? Qui oserait prétendre qu'une des deux grandes puissances mondiales a été terrifiée par un gamin miséreux de Brooklyn ? Quelle maison d'édition se risquerait à publier ça sans être attaquée de toutes parts ? Soyez raisonnable et un peu plus lucide ! Nous avons tout simplement un contentieux à régler avec Olga, du moins si elle est encore en vie. Et nous sommes persuadés que seule une femme peut être l'auteure de ce texte. Alors maintenant, donnez-moi votre avis… Oh ! Et juste une précision avant d'en finir, l'article 70 du code pénal permet d'envoyer quelqu'un en détention pour une durée de sept ans, et non pas huit.

— Tout à fait, sept ans, vous avez raison… Ce vin est absurdement exquis, monsieur Alexandre.

Il était bien de la maison : il avait relevé instantanément mon imprécision. Plus question de rester assis. Le moment était venu de lui prouver que la morale n'est pas un parfum volatil destiné à séduire les âmes sensibles, que la vérité et le mensonge ne sont pas des valeurs interchangeables, qu'aucune échappatoire n'était possible.

— Alexandre, nous étions la Russie, un peuple que tout opposait aux États-Unis. Notre raison de vivre, l'idéal communiste, résidait dans l'appartenance à des valeurs plus complexes telles que la patrie, la famille, la culture… Les échecs, à travers le titre de champion du monde, étaient notre fait de gloire ! Ils nous garantissaient le bien-fondé de notre système de pensée, c'était la preuve par l'évidence de notre suprématie intellectuelle… Comment peut-on être tombés si bas aujourd'hui ? Nous sommes devenus pires que notre ennemi juré ! Alexandre, vous n'êtes qu'un pourceau d'Épicure, incapable de comprendre les enjeux et le message délivré par Olga. Les fondements de notre système soviétique ont placé les individualités au service du collectif. Or, par la réussite de son plan, elle a démontré que nous devions basculer dans une nouvelle ère, celle où le collectif serait placé au service d'un seul homme, un être supérieur dont on célébrerait les vertus. À elle seule, Olga a abattu l'ancien régime pour le faire basculer dans une reproduction de ce que le capitalisme a de pire… Elle a vengé la mort de ses parents en la faisant payer à tout le peuple russe et aux générations futures !

Alexandre faisait de son mieux pour dissimuler son agacement, mais sa respiration saccadée le trahissait. Un point de rupture se profilait à l'horizon. Il fallait que j'en rajoute une couche :

— Au IVe siècle avant notre ère, dans sa classification des différentes formes de gouvernement, Aristote définissait l'oligarchie comme le pouvoir d'un petit nombre veillant sur ses seuls intérêts. Et Vladimir Poutine a construit un système où l'oligarchie est au service d'un seul homme, lui-même. Il est le digne héritier d'une stratégie mise au point par Olga. Cette femme, par son plus beau fait d'armes, nous a fait croire au génie, à un être suprême, au divin. Dès lors, plus rien n'a été comme avant. Elle a semé une graine qui, en poussant, nous a menés à notre propre perte, à vous et moi face à face aujourd'hui, à Poutine et sa démonstration stalinienne du pouvoir.

— Ça n'est pas à l'ordre du jour, alors répondez à la question que je vous ai posée… Et merci pour le compliment, j'ai toujours aspiré à être un pourceau d'Épicure !

— Vous attachez trop d'importance à ma personne et à un livre noirci par des effluves mystiques. Mon arrestation est une farce, libérez-moi quand j'aurai fini de boire cette excellente bouteille… Partez vous consacrer à l'essence même de votre métier, défendre les droits des oligarques, leur permettre d'agir en toute impunité. Vous avez du pain sur la planche…

— « Un livre noirci par des effluves mystiques »… Notre grand amateur de cognac fait donc allusion à la part des anges, à un champignon maléfique ! Vous employez un vocabulaire qui me laisse à penser que vous êtes l'auteur de ce manuscrit, et pourtant un tel mélange d'insolence et de sincérité ne suffit pas à me troubler. Je vais vous égaler. Écoutez ! En 1991, l'État était propriétaire de la Russie à 100 %. En 1994, 75 % des richesses étaient devenues privées. Aujourd'hui, en 2019, l'État s'endette pour préserver les richesses colossales d'une poignée d'entre nous. Un service très spécial a même été créé pour les protéger, le FSO. Croyez-vous que cela me dérange ?

C'est à ce moment précis que j'ai découvert son identité. Une erreur de plus, qui me rendait perplexe. Il voulait que je sois au courant, il voulait sentir le relent de la peur, du désespoir s'insinuer en moi : cet homme aux chaussettes roses était trop adroit pour se trahir avec ses initiales gravées sur le briquet qu'il avait nonchalamment abandonné sur la table, après s'être allumé une cigarette. J'espérais me tromper. Né en Ukraine, il était entre autres le bras armé de l'actionnaire de référence d'Alfa Group, Mikhaïl Fridman.

J'ai choisi de ne pas lui dévoiler mes soupçons :

— C'est donc bien ça. Aujourd'hui, le fait de voler votre peuple ne vous suffit pas, vous le revendiquez, tout comme la Crimée… Je vais répondre à la question que vous m'avez posée, si vous répondez à la mienne. Ce manuscrit a-t-il une valeur quelconque pour vous ou est-ce le fait qu'il pourrait avoir été écrit par Olga qui le rend si précieux ?

— Très bien, jouons cartes sur table, vieil homme. Nous avons été humiliés par une femme qui s'est introduite au cœur du pouvoir, elle nous a fait perdre beaucoup d'hommes et, comme si cela ne suffisait pas, elle détient des informations pouvant mettre à mal la réputation de grosses sociétés détenues par des oligarques. Alors oui, ce texte a une valeur incommensurable, nous y voyons une tentative de plus de nous narguer. En fait, nous ne l'avons pas oubliée, elle est le coupable idéal, notre plus vieux dossier classé A[1] par les « services compétents »... Ce récit, je l'ai lu et relu dans l'espoir d'y découvrir la preuve formelle : sa signature, son ADN. Et la persévérance finit par payer. Je crois bien avoir trouvé une contradiction qui confirme ma thèse. Vous êtes sûrement arrivé à la même conclusion. Confrontons nos analyses... Faites-le pour votre père, merde !

— Je vous sens crispé, monsieur Alexandre. Il ne faut pas, c'est bien moi qui en suis l'auteur. Si c'était elle, pourquoi n'aurait-elle pas voulu signer de son nom ? Pourquoi écrire en français alors que son public est la Russie et la communauté des échecs ? Soyez optimiste, vous l'avez déjà abattue au Venezuela, les morts ne parlent pas, n'écrivent pas, et vous me donnez l'impression de ne pas croire aux fantômes...

— Ne jouez pas au con avec moi ! Comme à son habitude, elle sème le doute, la garce... Et puis, comment expliquer ce style littéraire, ce mélange des genres, ces envolées lyriques, aux antipodes de ce qui plaît au lecteur d'aujourd'hui ?

Je me devais de lui répondre instantanément. Je sentais le poids des caméras scrutant le moindre renseignement, la moindre inflexion de ma lèvre supérieure, l'infime battement de cils trop rapide ou trop lent à leurs yeux. Les loupes grossissantes ont fait accéder au rang de science cette méthode d'investigation. Un algorithme a même été créé par le FSB pour analyser le langage corporel. Il peut déceler un geste infinitésimal non conforme, et bien souvent l'interprétation des experts est crédible. Un taux de certitude avoisinant les 95 % aujourd'hui ! Il ne faut pas jouer au plus malin, comme le dirait Alexandre, car

1. Priorité absolue.

plus l'indice est petit, plus il est fiable. Mais, à part ne pas vouloir lui révéler le fond de ma pensée, c'est-à-dire qu'Olga était sûrement en vie, je n'avais rien d'autre à cacher.

J'avais dorénavant la sensation, vu la dimension de la table, et étant donné cette proximité, ce contact visuel, qu'une partie d'échecs avait lieu. À chaque coup, à chacune de ses déclarations, en fonction du temps de réflexion que je m'octroyais, je lui prouvais ou non mes difficultés à évoluer dans un système de jeu complexe dont il avait choisi les règles, comme l'ameublement de cette chambre. Je n'en avais pas immédiatement pris conscience. Ridicule, la vie n'est pas une partie d'échecs nous entraînant dans un tourbillon… Néanmoins, ressentant cette déficience de mots comme une reddition, j'ai répliqué avant qu'il ne se lève et ne déclare le combat fini, avec une victoire éclatante de sa part :

— Si je suis votre raisonnement, votre ligne de jeu, Olga est un être froid, calculateur, elle est imbue d'elle-même et sa motivation première est de renaître par un livre dont elle tient la plume et le lecteur. Alors, pourquoi cet écrit est-il un hommage à Bobby Fischer ? Est-elle devenue soudain une femme sensible et aimante ?

— C'est simple, je vais franchir un cap et, au nom de notre amitié grandissante, vous faire part d'une autre réalité. Sans nier les faits relatés dans ces mémoires, je vais y ajouter une autre composante pouvant à elle seule faire basculer le point de vue de l'opinion publique : l'implication des États-Unis dans ce processus d'anéantissement du plus grand pousseur de bois de tous les temps… Vous semblez surpris…

— Je ne comprends pas.

— Il est bien là, le problème. Il ne vous est jamais venu à l'esprit qu'à travers cet hommage elle ait décidé de salir uniquement la Russie ? Il n'est aucunement fait mention de l'engagement des politiciens américains ni de la CIA dans ce bouquin !

Où se trouvait le point de rupture, je ne le savais pas encore.

Dans ce corps à corps, je venais d'obtenir ma première victoire. Alexandre devenait nerveux, et cherchait mon regard comme pour me défier. Sa spécialité n'était visiblement pas la collecte de renseignements. Je me suis surpris à sourire. Il s'est massé la nuque. La joute verbale allait durer encore plusieurs heures, il ne fallait pas baisser la garde. J'ai osé une demande très particulière :

— Y a-t-il un moyen d'obtenir un cigare accompagné d'un bon cognac ?

— Je le savais bien. Tôt ou tard, il faudrait dégainer l'arme secrète… J'ai un Hennessy Paradis en réserve. Pour le cigare, vous ferez votre choix.

Alexandre est sorti chercher les munitions. Toujours dans l'espoir de mieux cerner mon maître de cérémonie, je me suis demandé quelle stratégie j'aurais adoptée à sa place. Comme lui, je serais parti d'un principe immuable : si l'on veut faire parler quelqu'un, rien n'est plus efficace que la gentillesse.

Pour ceux qui ont suivi l'école Andropov, c'est une évidence issue des travaux réalisés par Hanns Scharff, qui a mené un nombre incalculable d'interrogatoires sous l'Allemagne nazie. Sa technique de collecte de renseignements, insurpassable, consistait à créer une proximité avec ses proies. Il n'hésitait pas à se montrer cordial, allant même jusqu'à partager les plats cuisinés par sa femme. Plutôt que de brusquer, de contraindre l'autre à délivrer une information, mieux valait le persuader qu'il ne nous apprendrait rien, à l'exception de quelques détails…

Pour tenter de bien comprendre la situation, j'ai décidé de me glisser dans la peau de mon adversaire : montre en or, chemise ouverte, chaussettes roses et narines défoncées par la coke. Je me suis mis à renifler de temps à autre, comme si j'avais le nez qui piquait. Dans cette forme de jeu de rôle schizophrénique, il me fallait tout d'abord évaluer les forces en présence. Il était clair que, malgré mon allure fatiguée, Alexandre me voyait comme un renard, quelqu'un qui avait pratiqué le contre-espionnage pendant dix-huit longues années – ma longue barbe blanche en attestait. Il avait très peu de chances d'obtenir un résultat, j'avais beau être vieux, j'allais le balader, c'était couru d'avance. Devait-il se servir de la force ? À quoi bon ? Il me rendrait service, j'avais un cancer et ne voulais sûrement pas me voir dépérir. L'état des lieux ne plaidait pas en sa faveur, pour autant il lui fallait choisir une tactique : le bluff ou l'honnêteté, l'agacement ou le calme, la froideur ou l'amabilité. Laisser la porte entrouverte ou fermée à double tour.

J'ai trouvé ! Si j'étais Alexandre, je me montrerais compréhensif, attentif et en même temps inflexible, pour mettre l'accent sur mon côté loyal. Je fonderais la réussite de cette mission sur ma capacité à ancrer en ce vieillard un préjugé : que j'étais un homme intègre. Il me semblait qu'il serait judicieux de m'énerver et de le lui faire comprendre – un gage de plus de ma sincérité… Oui, bien sûr, me montrer gauche au point d'allumer une cigarette avec un Dupont en or marqué à mes initiales. Avoir de discrètes auréoles sous les bras afin de prouver mon amateurisme, mon incapacité à feindre, à tricher, à manipuler. Pourquoi pas ?

Persuadée de ne courir aucun danger, ma proie deviendrait malléable. Elle finirait même par se sentir offensée par la médiocrité de son adversaire. Pour réparer cette injustice et par instinct joueur, le vieux baisserait la garde en savourant cette bouteille et en disséminant des éléments de réponse qu'un « charlot comme moi » devrait être incapable de déceler.

J'ai pris peur en revenant à la réalité : Alexandre était à l'opposé de l'image qu'il donnait. C'était un virtuose du renseignement, celui qui ne pose pas seulement les questions, mais qui crée un personnage, une scène, une atmosphère. Heureusement, j'avais découvert son jeu avant qu'il ne soit trop tard.

Alexandre est réapparu, les bras chargés. Il a posé une cave à cigares sur la table, la bouteille de cognac et deux verres. Nous nous sommes jaugés du regard un long moment. Il a esquissé un sourire, j'ai fait de même. Il m'a confirmé toute l'étendue de son talent en fronçant légèrement les sourcils – il avait compris ! La lecture des micro-expressions de mon visage venait de lui envoyer un signal. Je n'avais pas su les contenir. J'en ai aussitôt obtenu la confirmation.

— Je dois l'avouer, vous êtes redoutable. Je n'aurais peut-être pas dû vous laisser seul. Il ne faut pas vous donner la possibilité de respirer ! J'ai commis une erreur, peut-être plusieurs, critiquer Olga me semble tout à coup grossier.

— Alexandre, quinze minutes, c'est trop long, comme absence… Moi qui vous prenais pour un amateur, j'ai maintenant plus de respect pour votre travail. Bon, essayons de recentrer le débat. J'ai une question : qui est au juste Bobby Fischer, pour vous ? Votre réponse m'intéresse. Je suis sincère.

— J'ai beaucoup à dire et je risque de vous étonner. Vous pensez peut-être qu'il ne représente pas grand-chose pour quelqu'un ayant mon parcours ? Vous vous trompez encore une fois.

Alexandre a marqué un temps d'arrêt, choisi un cigare – un Trinidad Fundadores – et l'a fait rouler entre ses doigts pour en apprécier le taux d'humidité. Il a sorti de sa poche une guillotine afin de lui couper la tête. La qualité du tirage dépendait de cette opération, qu'il ne prenait pas à la légère. Je le regardais avec gourmandise. Les notes terreuses, les bouffées plus onctueuses, entre le cacao et les fruits secs, allaient lui faire passer un moment de pur bonheur. Un extracteur de fumée s'est mis en route, faisant siffler l'air au contact de la grille trop étroite. Imperturbable, Alexandre m'a donné sa vision du jeune gamin de Brooklyn devenu, en 1972, le défenseur emblématique du monde libre :

— Je suis moi-même russe et donc joueur d'échecs. Mon père m'a appris les règles alors que je savais à peine lire, il perpétuait une tradition, un mode de pensée, une philosophie. J'ai grandi en élevant peu à peu mon niveau de jeu, jusqu'à être cet adolescent qui, par une belle soirée d'hiver, a enfin battu son paternel. Un peu plus tard, par la pratique de cet art, par son enseignement, je suis devenu un homme. Pourquoi, me direz-vous ? L'amour de mes parents et une bonne éducation n'auraient-ils pas suffi à mon épanouissement ? Non… Les échecs ont eu le mérite de combler d'autres lacunes. De m'inculquer le goût de l'effort, le sens du sacrifice, la notion d'harmonie, une forme de lucidité autocritique, de capacité à prendre des décisions rapides en tenant compte de mes forces et de mes faiblesses. C'est en me perfectionnant dans cet univers que j'ai fini par être celui qui se tient devant vous… Alors à la question : « Qui est Bobby Fischer ? », je vous répondrai ce que tout Russe se doit de penser. C'est le plus grand joueur de tous les temps, un combattant hors normes, un gladiateur… Fidel Castro, pour s'être plié à toutes ses exigences, Henry Kissinger pour l'avoir supplié de jouer en 72, comme tous les adeptes de ce sport, lui vouaient une admiration sans bornes. Ses exploits, grand maître dès l'âge de quinze ans, puis champion du monde, ne sont rien en comparaison des traits de génie qu'il a tracés sur ces soixante-quatre cases… Voilà, je réponds honnêtement aux questions qu'on me pose. Faites de même. Dites-moi pourquoi l'implication de la CIA dans la déchéance de votre ami ne figure pas dans ce tapuscrit ?

— Pourquoi complexifier l'histoire ?

— Pourquoi ? Au nom de votre amitié pour Bobby ! Vous étiez inséparables, enfants… En réalité, je pense que vous ne la connaissez même pas, cette autre face de la médaille. Vous voulez peut-être que je vous en fasse un résumé ? Et, si Dieu vous en donne le temps, vous pourrez l'écrire pour contrer le manque d'objectivité d'Olga. OK, vous ne serez pas aussi flamboyant qu'elle, mais vous aurez l'avantage de connaître et de dévoiler toute la vérité.

J'avoue avoir été profondément déstabilisé par son discours. Les États-Unis n'avaient joué aucun rôle dans l'anéantissement de leur champion du monde d'échecs ! Pour autant, à cet instant, Alexandre ne jouait pas, j'en aurais mis ma main à couper. Il a détourné le regard, scruté le plafond, ou plus exactement l'une des deux caméras circulaires sur sa gauche. Sans un mot, il s'adressait à son équipe, leur demandait de faire leur boulot. Dans quelques minutes, il prendrait son téléphone pour consulter ses messages.

Il ne me restait qu'un moyen pour dissimuler mon étonnement, un sentiment quelque peu contradictoire : l'énervement. J'étais pris au piège, dans les cordes, mon corps vacillait. Son raisonnement était limpide : toute la vérité n'avait pas été dévoilée et seule Olga avait un motif valable d'occulter l'implication des services secrets américains. Ce mensonge par omission faisait d'elle l'auteure du manuscrit ! Mais il fallait se méfier de cette logique implacable, monsieur Alexandre : vous non plus, vous n'aviez pas toutes les cartes en main.

L'énergie d'un deuxième souffle est venue me rendre du courage, de l'audace. En reprenant la parole, j'ai eu la sensation désagréable d'être arrivé au bout du chemin :

— Vous êtes une personne à géométrie variable, capable de dire tout et son contraire avec un certain aplomb…

— Je suis un joueur d'échecs désireux d'épingler à son tableau de chasse une femme qui, dans le monde réel, n'a jamais perdu la moindre partie. Vous devez m'aider à l'empêcher de nuire… Allons, répondez à ma question sur l'implication des États-Unis.

— Si vous étiez réellement un joueur d'échecs, dans une position perdue d'avance, vous abandonneriez par respect pour votre adversaire. Si vous dérogez à ce principe, si vous êtes obnubilé par la victoire au mépris des règles de courtoisie, vous êtes un profane, irrespectueux de l'esprit de ce jeu.

— Je dois vous avouer que j'ai fait mettre au frais une autre bouteille, un chassagne-montrachet, un cru Clos Pitois 2009. Je sais que vous l'appréciez particulièrement, non ? On va nous l'apporter d'un instant à l'autre… Il y a dix ans, j'ai eu la chance de passer une soirée dans ce château : j'étais invité à un mariage, une fête exceptionnelle ! Sous ces voûtes en pierre, c'était très beau, magique. Et là-bas, j'ai été particulièrement bien inspiré. J'en ai rapporté soixante-quatre bouteilles dont, à vrai dire, je ne me lasse pas… Tenez, savez-vous pourquoi on plante un rosier en tête des rangées de vignes ?

— Vous allez me l'apprendre.

— Parce que le rosier et la vigne sont victimes d'un même parasite, incroyable, non ? L'oïdium, fatal pour les raisins. Mais le rosier est touché beaucoup plus rapidement et, dans ce cas-là, il suffit de traiter rapidement la vigne pour sauver la récolte. Je vous parle de ça parce que c'est un peu mon job, à moi aussi, de planter çà et là des rosiers, et de les surveiller…

— Vous m'avez fait venir pour parler viticulture ?

Alexandre s'est interrompu, le temps de consulter son dernier message. Je n'oublierai jamais son visage : tout était dit avant qu'il ne prenne de nouveau la parole.

— Laissez-moi vous raconter…

*

Un verre à la main, je me suis détourné d'Alexandre. Le front collé à la vitre, en cette nuit de pleine lune, je contemplais la mer.

Avant d'en finir avec cet échange, il est temps de vous dévoiler le contenu du manuscrit, les vingt-quatre chapitres responsables de ce troublant face-à-face. Ils sont autant de pièces alignées devant moi, mes petits soldats contre l'oubli et l'ignorance. Ils nous chantent les exploits guerriers de nos plus belles batailles. Mais leur mélodie favorite relate un combat unique, une mise à mort, un rameau tombé du ciel, la part des anges, vaporeuse et silencieuse.

Quand vous aurez terminé votre lecture, vous vous interrogerez : est-ce une fiction ou la terrible réalité ? Les échecs sont-ils un jeu ou un art ? Bobby Fischer est-il bien le plus grand joueur de tous les temps ? Vous ferez votre propre enquête pour en arriver à une certitude : Brejnev ne se trompait pas. En cas de défaite, cela aurait été assurément la guerre civile. Et Poutine avait raison, il lui fallait récupérer toutes les preuves !

Je ne saurai sans doute jamais comment cet ouvrage a atterri entre vos mains. A-t-il été publié ? Avez-vous, pour vous approcher de la vérité, toute la distance nécessaire qui vous sépare d'un esprit cartésien ? Car oui, il vous faudra une dose de folie pour comprendre cette histoire. Si tel est le cas, vous pourrez pénétrer au cœur d'un monde tangible et inconcevable, abattant les cloisons que la société oppose à nos rêves.

Je ne vais pas prolonger le suspense plus longtemps. Car même si nous nous connaissons depuis peu, peut-être êtes-vous inquiet pour moi ? Sachez que j'ai été libéré après trente-six heures d'un long calvaire. Un commando de six hommes s'est introduit dans la maison. Des mercenaires, les meilleurs qui soient, des Serbes. L'assaut n'a duré qu'une minute, les grenades contenant un gaz neurotoxique risquant d'endommager le paquet qu'ils venaient récupérer. Je me suis réveillé sans pour autant avoir dormi, enfin débarrassé de cette sensation nauséabonde due à l'inhalation du gaz. Le temps de nos retrouvailles a pris la forme de sa main posée sur mon front, de sa voix douce venue apaiser mes angoisses, d'une île paradisiaque surgie des flots après la tempête. Ma poitrine était conquise.

Je t'avais face à moi.

De splendides yeux bleus dont la profondeur me rappelait un horizon parfait où scintillerait l'azur.

De notre dernière rencontre, des années plus tôt, j'avais encore une fois retenu cette phrase : « Les hommes peuvent réserver, parfois, quelques belles surprises : du courage, de l'audace, de la grandeur. »

N'en déplaise à monsieur Alexandre.

LE MANUSCRIT

NOTRE AMOUR EST GRAVÉ
EN LETTRES CAPITALES,
PAR LA VERTICALE DE TON CŒUR

Jamais vous ne pourrez effacer de votre mémoire
qu'un homme sur cette Terre,
le plus grand joueur d'échecs de tous les temps,
dans un moment de lucidité extrême,
a mis mat son propre roi pour sauver sa reine.
Il a signé de son dernier souffle la plus belle bataille
qu'il nous soit donné de raconter.
Son nom est Bobby Fischer.

Quand toute une nation vous acclame et vous implore de vous asseoir et de jouer ;

Quand vous êtes l'actuel champion du monde et le défenseur emblématique du monde libre ;

Quand à vous seul vous pouvez faire basculer une grande nation dans la guerre civile ;

Quand, jeune gamin de Brooklyn, vous êtes devenu l'incarnation du rêve américain…

Pourquoi abandonner sa couronne sans combattre ?

Bobby Fischer avait-il peur de perdre ?

Était-il aux portes de la folie ?

Les règles ne lui convenaient-elles pas ?

La bourse de cinq millions de dollars n'était-elle pas assez prestigieuse ?

En lisant cet ouvrage, vous entrerez de plain-pied dans les souvenirs d'un vieil homme venu se confesser.

Il vous livrera les détails d'un moment unique durant lequel l'essence même de la guerre froide s'est concentrée dans un espace clos de soixante-quatre cases, cadre du plus noble labyrinthe d'abstractions jamais créé : les échecs.

Au cours de ce voyage, un complot à nul autre pareil vous sera dévoilé. Vous accéderez en témoin privilégié à un fait majeur, une histoire tenue secrète pendant cinquante ans.

Vous serez sidéré par la folie des hommes et stupéfait par les moyens mis en œuvre.

Vous n'en sortirez sans doute pas indemne.

Quis necavit equitem ?

L'idole de tout un peuple

Dans le long couloir qui le mène à sa chambre, Bobby marche seul – il ne veut personne à proximité. Son garde du corps, Saemi Palsson, l'a compris d'un simple regard. Lombardy, son ami et conseiller, le laisse filer, lui aussi. Quelques secondes plus tard, Bobby est assis sur son lit, enfin délivré des regards inquisiteurs. Il songe au chemin parcouru. Ce moment, il l'a recherché toute sa vie ; il est temps de le savourer. La partie ajournée, en ce 31 août 1972, ne laisse aucune chance au Russe Boris Spassky d'entrevoir la victoire, ni même une nulle. Demain, Bobby aura atteint son but ; il parviendra au chiffre magique de douze points et demi. Le long voyage d'un enfant de Brooklyn s'achève ici. Le regard dans le vide, il voudrait crier sa joie, mais il ne ressent absolument rien. Comment est-ce possible ? *C'est normal*, se dit-il, *mon esprit ne réalise pas ce que je viens d'accomplir.* En regardant par la fenêtre, il attend patiemment que l'information vienne percuter son cerveau, son cœur, son âme.

Les minutes s'écoulent. Il est maintenant 4 heures du matin, et Bobby ne parvient toujours pas à trouver le sommeil. Il se remémore toutes les histoires qui ont entouré ce match, et surtout l'une d'entre elles. Quelques semaines auparavant, la délégation soviétique l'a accusé d'influencer son champion du monde avec des subterfuges. Les Russes pensaient que Spassky était la victime d'attaques électroniques, électromagnétiques ou chimiques. Voilà pourquoi il perdait. La police islandaise s'est saisie du dossier. Des scientifiques ont analysé la pièce aux rayons X, prélevé des échantillons ici et là. Des hommes en costume gris et parka beige, les services secrets russes, veillaient au bon déroulement des opérations. De temps à autre, ils indiquaient tel endroit qui méritait d'être fouillé de fond en comble. On a trouvé dans la chaise du Russe un objet qui n'apparaissait pas dans celle de Bobby… La prétendue « arme secrète » s'est révélée n'être qu'un simple morceau de rembourrage en polyuréthane utilisé par le fabricant. Muni d'un sac en plastique, un policier a néanmoins enregistré cette pièce à conviction avant de l'envoyer au laboratoire.

Après plusieurs heures de recherches, comme les enquêteurs ne découvraient rien de probant sur la scène, on a décidé de vérifier les projecteurs placés au-dessus. « Une dernière cartouche pour tenter de prouver au monde que les Américains sont des tricheurs », a déploré Donald Schultz, un homme de l'équipe de Bobby. Afin d'accéder aux projecteurs, une échelle était nécessaire. Bien trop longue à trouver au goût des Russes. Il n'en a pas fallu plus au KGB : ils étaient maintenant persuadés de tenir une piste. Lorsque le policier islandais a fini de dévisser le globe, il a crié qu'il y avait quelque chose à l'intérieur ! La découverte tenait dans le creux de sa main. Les agences gouvernementales des trois pays se sont précipitées pour l'étudier. Quand l'homme a touché le sol, le bras tendu, la paume ouverte, chacun a pu apercevoir deux mouches mortes… Saisissant le ridicule de la situation, quelqu'un a déclaré haut et fort :

— Bon, faisons-les autopsier : je veux comprendre pourquoi elles sont mortes.

Bobby n'aurait jamais pu imaginer un tel scénario. Les Soviétiques cherchaient des excuses, des raisons à cette débâcle, un alibi.

« Ne se rendaient-ils pas compte qu'il y avait un monde entre moi et les autres ? », m'avouera-t-il quelques mois plus tard.

Au petit matin, aspirant désespérément à un peu de bonheur, Bobby se réfugie dans ses souvenirs d'enfance, auprès de sa mère Regina. Presque instantanément, les traits de son visage se détendent, et la fierté, l'euphorie qu'il espérait l'envahissent. Il comprend pourquoi il a escaladé des montagnes pour en arriver là.

Regina est venue lui rendre visite quelques semaines plus tôt, lors d'une phase critique du championnat du monde. Bobby savoure encore cette heureuse surprise : tenir dans ses bras celle qu'il aime le plus au monde, celle qui le pousse à se transcender.

La pauvre femme était escortée par des hommes des services secrets, et affublée d'une perruque blonde afin de ne pas être reconnue. Mais elle avait un message pour lui. C'est dans cette même chambre de l'hôtel Loftleidir qu'elle a appris à Bobby une insupportable nouvelle. La Russie avait osé menacer Regina de représailles s'il venait à l'emporter ! Pleine de courage et d'audace, elle a alors demandé à son fils de ne plus faire durer le suspense, d'anéantir Boris Spassky. La partie suivante a été comparée à une symphonie de Mozart. Même Spassky a été subjugué par le niveau de son adversaire. D'un regard lancé aux hommes de son clan, il leur a avoué son admiration. Mues par le désir de vengeance, les écluses du talent hors normes de Bobby s'étaient ouvertes.

La Russie a commis une erreur monumentale en ayant recours à des techniques d'intimidation, se répète Bobby, furieux.

J'ai pourtant appris des années plus tard que cette mise en scène avait été orchestrée par la CIA. Si l'on se fie à ses explications, il fallait provoquer un électrochoc pour réveiller un combattant endormi. Cette fois-ci, les crapules ont été les Américains et non les Russes. Le camp du bien, le camp du mal, il n'a jamais été si simple de les distinguer. Mais il fallait reconnaître que c'était malin de leur part : tout ce qu'avait accompli Bobby jusqu'alors, c'était pour l'amour de sa mère.

Vers midi, le téléphone sonne. Au bout du fil, Harry Benson, un photographe du magazine *Life*, lui déclare que c'est officiel : il a gagné. Bobby lui répond simplement : « Ah, merci. » Quelques minutes plus tôt, de son camp de base, Boris Spassky a annoncé à son entourage qu'il abandonnait cette vingt et unième partie – dès le lendemain, l'Union soviétique serait en deuil !

Mais avant de se rendre au palais des sports, Bobby ne retient pas ses larmes. Il éprouve un vide immense. Désormais, plus personne n'est de taille à se battre contre lui. Il se sent seul au monde et c'est frustrant.

Le 1er septembre 1972, à 14 h 47, Bobby monte sur la scène du Laugardalshöll pour signer la feuille de match. Lothar Schmid, l'arbitre de la rencontre, a une annonce à faire :

— Mesdames et messieurs, M. Spassky nous a communiqué son abandon à 12 h 50 par téléphone, une voie légale et conforme à la tradition. M. Fischer a remporté la partie numéro vingt et un et, par conséquent, le match.

Bobby entend la foule se déchaîner, scander son nom. Aux yeux de l'opinion publique, il devient le héros de la guerre froide, un chevalier ayant, à lui tout seul, mis à genoux l'Empire soviétique. Bobby hoche la tête en direction des spectateurs puis, presque instantanément, disparaît. Pas le moindre mot, seulement le regard d'un homme un peu gêné d'être dans la lumière.

Deux jours plus tard, comme prévu, un banquet est organisé en son honneur au palais des sports de Reykjavik. Avec un retard de plus d'une heure, le nouveau champion du monde arrive dans un somptueux costume marron. Les mille personnes venues apercevoir leur idole ont toutes les yeux braqués sur lui. Bobby boit un liquide appelé hydromel islandais, un mélange de vin et de cognac, pour se donner du courage. Il n'a aucune envie d'être là, mais il a deux chèques à récupérer.

Puis, avec l'accord du président Richard Nixon, le maire de New York, John Lindsay, propose à Bobby de lui organiser, dès son retour aux États-Unis, une grande parade dans le fameux Canyon of Heroes, sur Broadway, dans le sud de Manhattan. Un honneur réservé à des personnalités telles que Franklin Roosevelt ou les astronautes de la mission Apollo. Bobby sourit tout en refusant l'hommage.

Un mois après son sacre, il décide néanmoins de revenir à New York, pour s'asseoir à l'endroit exact où, vingt-deux ans plus tôt, il a déclaré haut et fort : « Mon nom est Bobby Fischer et je serai champion du monde ! Vous m'entendez ? » Un parfum de chèvrefeuille, de tilleul et de chlorophylle embaume l'atmosphère. Un écureuil aux yeux clairs vient lui tenir compagnie dans les premières lueurs du jour. Une idée saugrenue lui passe alors par la tête. Bobby éclate de rire, puis monte sur la table et crie de nouveau cette même phrase, mot pour mot. C'est là qu'un bonheur immense l'envahit. L'écureuil disparaît, remplacé par le visage de sa mère, rayonnant de fierté.

Mais quand il se rassoit, ses préoccupations sont tout autres. Il se demande comment la Russie va réagir. Sa vie et celle de ses proches sont-elles en danger ? Le titre mondial sera remis en jeu dans trois ans ; les Russes vont-ils attendre patiemment jusque-là ? *Non*, conclut-il, *ils vont analyser scrupuleusement chaque partie pour arriver à la conclusion qu'ils n'ont aucune chance de me battre. Je suis le plus grand joueur de tous les temps, champion du monde à tout jamais de la discipline de l'esprit qu'ils croyaient pouvoir considérer comme leur art.*

A-t-il raison ? Une belle dose de paranoïa doublée d'un ego surdimensionné, diront certains ; les prémices d'une forme de démence, penseront d'autres.

À des milliers de kilomètres de là, un nuage lézardé d'éclairs vient de surgir. Et Enigma de naître.

I

Olga, tu seras reine

1

Et Enigma fut créée

En 1972, en pleine guerre froide, un Américain de vingt-neuf ans devint champion du monde d'échecs en battant le Russe Boris Spassky, sous les yeux médusés de la Terre entière. Bobby Fischer venait de mettre un terme à une suite ininterrompue de champions du monde soviétiques depuis 1948. La Russie, qui avait déjà perdu la course aux étoiles et dont l'économie vacillait, se vit contrainte de déposer aux pieds de son ennemi juré l'emblème de sa fierté nationale.

Brejnev, le leader de l'URSS, était persuadé que cette défaite risquait de provoquer une guerre civile. Il décida donc de jouer une carte maîtresse pour endiguer la crise. Une campagne de dénigrement fut orchestrée par l'ensemble de la sphère médiatique. En Russie, Bobby Fischer devint peu à peu un usurpateur, puis un voleur qui, par son comportement, avait dénaturé l'essence même des échecs. Voilà pourquoi les Soviétiques avaient perdu leur titre : leur champion avait été l'ombre de lui-même. Spassky avait été manipulé et déstabilisé au point de jouer comme un enfant, honte aux États-Unis ! De ce raisonnement sans faille naquit une promesse des dirigeants de l'Union soviétique à toute la Russie : « En 1975, le titre sera de nouveau en jeu, et notre fier représentant le reprendra en écrasant Bobby Fischer. »

L'opération médiatique fut un succès. Il avait fallu neuf mois pour calmer les ardeurs de la rue. Mais Brejnev exultait.

Tout n'était pas fini pour autant. Le leader communiste allait devoir mettre sa menace à exécution et donner une bonne leçon aux Américains. Cette nation décadente avait osé piétiner un jeu qui en réalité est un art, l'opium d'un peuple. Fut ainsi créée au sein du Kremlin une cellule réunissant des figures emblématiques de l'URSS. Brejnev la nomma Enigma. Elle avait pour unique but de reconquérir le titre, deux ans plus tard. Y figuraient Mikhaïl Solomentsev, le président du Conseil des ministres, ou Iouri Andropov, le patron des services secrets. Nikolaï Podgorny, le président du présidium du Soviet suprême, décida, lui, de rester en retrait.

*

Après le match de 1972, Fischer vécut dans le New Jersey, où il était si convoité qu'il ne pouvait plus se déplacer sans un garde du corps qui tienne à distance les fans et les journalistes. Puis il s'installa l'année suivante à Los Angeles. Il avait définitivement atteint son but, et une nouvelle priorité se dessinait à l'horizon : se cultiver, peut-être même tomber amoureux et fonder une famille. Il enchaînait les sorties et les rencontres sans jamais passer à l'acte. On le vit passer du temps avec Stanley Rader, le bras droit du fondateur de la Worldwide Church[1], qui possédait une superbe villa à Beverly Hills et voyageait en jet privé. À l'époque, cet homme régnait sur les quatre-vingts millions de dollars investis par ses fidèles, qu'il plaçait selon les lois divines de la rentabilité.

Bobby commençait sa journée en lisant les innombrables lettres qu'il recevait et qui avaient été triées au préalable. On lui proposa soixante-quinze mille dollars pour apparaître dans une publicité pour un shampoing. Mais la demande la plus farfelue lui offrit la somme de cinq millions de dollars pour affronter un certain Anatoli Karpov, lors d'un match qui devait durer un mois. L'idée émanait du gouvernement zaïrois. En dépit de cette somme astronomique, notre ami ne donna aucune réponse. Il n'était donc pas aussi vénal que certains le pensaient. Quant à ses liens avec l'Église universelle, ils se rompirent en 1973 à la suite de plusieurs fausses prophéties (un cataclysme, une Troisième Guerre mondiale…).

---

1. Église universelle.

Mais le théâtre des opérations se trouvait désormais à Moscou. Il faut reconnaître que, dans la création méthodique de la cellule Enigma, les Russes avaient fait preuve d'une certaine grandeur. Petit Poucet espiègle, je vous en livre l'ossature.

Tout d'abord, un point de vue échiquéen était nécessaire. Vladimir Alatortsev, grand maître et fin théoricien, en était une pièce maîtresse. Lev Abramov, par son passé et son niveau à ce jeu, fut logiquement le numéro deux. D'autant qu'il avait été en contact direct avec Bobby lorsque celui-ci était venu à Moscou. Les membres de la cellule le surnommaient ironiquement « M. Costume-Cravate ».

Il fallait également un regard cartésien, qui s'incarna en un homme d'une cinquantaine d'années, trapu et rondouillard. Un mathématicien, que nous appellerons Grigor. Son allure était en contradiction avec son visage, son menton pointu, ses pommettes creuses, ses yeux légèrement enfoncés, son nez en bec d'aigle. Pleines d'esprit, de malice et de vivacité, ses prises de parole allaient donner à la cellule une dimension étincelante. Il venait directement du centre Bondarenko[1], et ses recherches le propulsèrent au rang de troisième homme.

Dans la prise de décisions, aucun paramètre ne devait être négligé. Neuropsychiatre de quarante-deux ans, Ruslam y tenait un rôle essentiel. Sans lui, la cellule n'aurait pas été aussi performante. Dans les moments critiques, il usait à merveille de ses compétences pour apaiser les tempéraments explosifs de cette meute. Les cheveux châtains, le front haut et lisse, les sourcils fins et parfaitement dessinés, les yeux en amande, le menton rond, il émanait de lui une certaine harmonie. L'unique incohérence venait de ses immenses oreilles décollées, aux lobes allongés, une bizarrerie qui sapait son pouvoir de persuasion. C'était le numéro quatre.

Constantin, un écrivain capable de pénétrer les méandres de la pensée par sa seule imagination et ayant réalisé des films de propagande exemplaires, s'adjugea la cinquième place. Un beau gosse typiquement russe, avec sa longue

1. Équivalent russe du CNRS.

chevelure blonde et son air désinvolte. Son signe distinctif était une barbichette parfaitement taillée.

La dernière place, très convoitée, revenait de droit à Mikhaïl Solomentsev, l'émissaire du pouvoir central. Léonid Brejnev voulait qu'il le tienne au courant des moindres avancées du projet. Il ordonna que l'alchimie de ce groupe d'élite vienne le foudroyer de ses trouvailles.

Bien sûr, en cas de succès, la récompense serait mirobolante. Quant aux sanctions en cas de défaite, mieux valait ne pas en parler.

On leur demanda de se dévouer corps et âme à leur mission. La paranoïa, à son point d'orgue, se traduisit par l'interdiction de converser avec toute personne extérieure à la cellule, à l'exception bien sûr du commandant en chef, Brejnev. On les avait tous logés à l'hôtel National, dans des suites somptueuses truffées de micros afin de s'assurer de la loyauté de chacun.

La cellule fut nommée Enigma en hommage aux messages codés que les Russes et les Allemands s'échangeaient pendant la Seconde Guerre mondiale… même si c'étaient les Anglais qui en avaient trouvé la clé, avec l'aide des Français. Là aussi, il s'agissait de déchiffrer un algorithme : celui de la programmation du jeune Américain. En rendant celui-ci prévisible, la victoire serait assurée.

Tous les trois jours, le mathématicien Grigor lançait les deux mêmes questions :

— *Primo*, pensez-vous qu'Anatoli Karpov soit le mieux placé pour affronter Bobby Fischer en 75 ? *Secundo*, en l'état actuel des connaissances, avez-vous assez de matière pour vous prononcer sur le pourcentage de réussite de notre jeune prodige ?

Après de longues discussions, un autre joueur, Viktor Kortchnoï, sembla le candidat le plus indiqué, mais le neuropsychiatre y posa son veto. Quant à Boris Spassky, son furieux désir de revanche pouvait jouer en leur défaveur. Tigran Petrossian, pour sa part, avait un style de jeu cloisonné qui minimisait ses chances de réussite. En outre, renseignements pris, il n'avait aucune envie d'être envoyé à l'échafaud.

Au bout de quelques semaines de tergiversations, la seule avancée notoire consista à truquer les phases éliminatoires pour propulser Anatoli Karpov sur le devant de la scène. Né en mai 1951 à Zlatooust, dans l'Oural, il avait remporté dès l'âge de quinze ans le tournoi de Leningrad et était devenu grand maître, égalant le record de précocité de Boris Spassky. Il avait été formé à bonne école, pur produit de la prestigieuse institution de l'ancien champion du monde Mikhaïl Botvinnik. Il était également plus jeune que Bobby, ce qui fut un élément décisif car il était animé de la fougue indispensable lorsqu'on affronte le génie humain. Malheureusement, tout n'était pas aussi simple et, lorsque la cellule convoqua son entraîneur, les paroles de Botvinnik ne se montrèrent guère rassurantes :

— Ce garçon est un gros travailleur. Il arrive à compenser ses lacunes grâce à une ténacité impressionnante. Mais pour ce qui est de son niveau, je le trouve médiocre. Je ne comprends pas pourquoi vous me demandez ce que tout le monde sait déjà. Il est incapable de battre Fischer, néanmoins, à sa décharge, personne ne pourra le faire. C'est le plus grand joueur de tous les temps !

Stupeurs et tremblements au sein de la cellule. Brejnev écumait :

— Vous me décevez ! Et, *par pitié*, arrêtez d'employer le mot de « génie » quand vous parlez de Robert James Fischer.

Ce « par pitié » était avisé. Il lui donnait un quart de seconde d'apaisement pour ne pas éclater avec des mots encore plus violents. La panique envahit la cellule Enigma. Lors du rapport suivant, ils conclurent à l'unisson qu'Anatoli Karpov affronterait Bobby Fischer. C'était la moins mauvaise des solutions. Au moins, ils avaient avancé.

Abramov et Alatortsev furent alors sommés de déterminer le pourcentage de réussite de ce plan. Ils estimèrent les chances des Russes inférieures à 40 %. En réalité, aucun d'eux n'avait osé dire la vérité. Mais les écoutes dans leurs chambres révélèrent qu'ils craignaient que ce chiffre ne dépasse pas 1 %. Iouri Andropov, le redoutable patron du KGB, leur passa un savon et leur révéla le nom d'un septième membre de la cellule, jusque-là tenu secret – le sien. Rendez-vous compte, cette adjonction de toutes les forces vives de la Russie dirigées contre un seul homme : Bobby Fischer !

Le temps passait, et il devenait de plus en plus évident qu'il n'y avait pas d'échappatoire à ce labyrinthe. Brejnev réclama un audit auprès des dix meilleurs joueurs russes : il voulait savoir s'ils avaient l'ombre d'une chance.

Déjà des idées folles circulaient, et certains en étaient arrivés à envisager l'insoutenable : « Nous devons l'éliminer physiquement, c'est le seul moyen ! Si Bobby Fischer livre le combat, il gagnera à coup sûr. Nous en sommes désolés. »

Brejnev imagina aussitôt qu'un assassinat risquerait d'élever Bobby au rang de dieu des échecs. Ses gestes en devinrent frénétiques, car il ne voyait aucune autre solution. Il se présenta pourtant un matin, à 8 heures précises, pour encourager ses troupes :

— Aussi facile que cela puisse paraître d'un point de vue technique, je m'interdis de perdre ainsi, à tout jamais, le titre de champion du monde. Éliminer notre adversaire, bien plus qu'un aveu d'impuissance, serait une erreur tactique fondamentale. Le prochain championnat élirait un pseudo-vainqueur et le véritable champion du monde resterait, à jamais, Bobby Fischer !

*

Les mois qui suivirent, la cellule se désagrégea lentement. Personne n'avait plus rien à proposer. Envahi par le stress et le doute, la mine blafarde, chacun dépérissait à vue d'œil. Des élucubrations voyaient le jour avant de s'effondrer devant la triste réalité. Bobby était trop fort, son talent ne pouvait que ridiculiser le prétendant russe.

C'est alors que, dans un instinct de survie, Léonid Brejnev demanda au patron des services secrets :

— Vous me parlez sans cesse de génie, mais êtes-vous susceptible de m'en trouver un seul en Russie ?

Andropov ne put dissimuler une seconde de stupéfaction, avant de lui lancer avec un sourire qui dénotait une certaine assurance :

— Mais nous sommes la Russie, une terre qui abrite des milliers de génies !

Il ne voyait pas où Brejnev voulait en venir. Était-il en train de perdre pied ? Avait-il encore sa raison ? Les traits creusés, la voix atone, tout en lui laissait transparaître une forme d'épuisement. Le délitement mental de la cellule Enigma semblait avoir aussi atteint le dirigeant du Parti communiste. Mais Iouri préféra faire abstraction de cette impression troublante et se rappeler que Léonid était un grand homme. Comme il en avait l'habitude dans ce genre de situation, il se répéta la devise du KGB : « Loyauté au Parti, loyauté à la Patrie. »

Depuis la réponse de Iouri, Brejnev arpentait fiévreusement la pièce. Il finit par s'arrêter et déclara d'une voix de stentor :

— Puisque vous en avez des milliers à votre disposition, il vous sera facile de m'en trouver un seul. Je vais être conciliant et vous donner le temps que vous estimerez nécessaire à cette quête.

Son ton était sans appel. Andropov, saisi par le respect qu'il devait à cet homme, se contenta d'acquiescer sans donner son point de vue. Les deux se quittèrent avec une longue et franche poignée de main, lourde de sens.

Andropov avait déjà compris qu'il ne s'agissait pas d'une plaisanterie ni du fruit d'une imagination fantasque. Mais le coup de grâce lui fut assené par Mikhaïl Souslov, qui entra dans la pièce au moment même où il s'apprêtait à en sortir. Quatrième de la hiérarchie du Politburo, derrière Podgorny, Brejnev et Kossyguine, Souslov était considéré comme « l'idéologue en chef du Parti communiste ». Il militait d'ailleurs pour un contrôle strict de la littérature. Au fil du temps, il était devenu le bras droit de Brejnev et, s'il se trouvait là, ce n'était pas un hasard. Sans même le saluer, Souslov lui ordonna de trouver une aiguille dans une botte de foin : une construction mentale hors du commun.

Son intervention prouvait que la décision n'avait pas surgi comme par magie du cerveau de Brejnev, mais avait été mûrement réfléchie. Il fallait donc se mettre au travail, quitte à délocaliser la police secrète du 2, place Félix-Dzerjinski, vers la cellule Enigma, hébergée au Kremlin.

Iouri Andropov, le chef des services de la sécurité, mérite qu'on s'attarde sur son parcours car il fut le premier à exercer de telles fonctions sans être exécuté. Guenrikh Iagoda, Nikolaï Iejov, Lavrenti Beria, Viktor Abakoumov, chacun de ses prédécesseurs, depuis 1926, avait subi ce triste sort. Lui y échappa, et pour cause : s'il était extrêmement intelligent et cultivé, il avait aussi l'agilité du serpent et le venin du scorpion. Il avait déjà coordonné avec Nikita Khrouchtchev la répression de l'insurrection de Budapest en 1956, qui avait fait trois mille morts. À l'origine des programmes de psychiatrie répressive destinés à briser les dissidents du régime, il les avait fait pourchasser et interner. Alexandre Soljenitsyne lui-même avait été arrêté par ses soins après qu'Andropov eut mis la main sur *L'Archipel du goulag*. D'autres noms illustres avaient subi ses foudres, tel Andreï Sakharov, le physicien nucléaire qui avait eu le tort de militer en faveur des droits de l'homme.

Gérant à lui tout seul quatre cent mille employés, dont deux cent mille gardes-frontières, Andropov avait tissé le plus important réseau international d'agents, capables d'infiltrer tous les milieux, qu'ils soient intellectuels, politiques, religieux, militaires, maçonniques, étudiants ou industriels. Voilà le genre d'homme qu'il était, derrière ses grosses lunettes noires, un verre de whisky souvent à la main.

Andropov se dirigea vers l'hôtel National pour réclamer une réunion extraordinaire d'Enigma. Dans la demi-heure, la cellule au complet découvrait sa nouvelle priorité : dénicher la perle rare pour la présenter aux instances supérieures. Très vite, la pièce fut envahie de cartons. Chacun piochait dans les cartes signalétiques recensant les faits et gestes de toute personne considérée comme hors normes, et dotée d'un degré d'instruction élevé.

Avant même de s'atteler à cette tâche, d'âpres discussions s'étaient engagées. Les membres avaient en effet accueilli la nouvelle – « trouver un génie » – de façon mitigée. Alatortsev et Abramov pensaient qu'on nageait en plein délire, ou tout du moins qu'on était hors sujet. Grigor, le mathématicien, s'alignait sur leur point de vue. Il se demandait comment un physicien ou un biologiste aurait la moindre chance de remporter un championnat d'échecs. Et puis, les questions fusaient : quels étaient les critères permettant de déterminer la personne adéquate ? Quelle serait au juste sa mission ? Qui diable devaient-ils aller chercher pour contrer l'Américain ?

Par chance, le neuropsychiatre et l'écrivain, rompus à l'art d'explorer les méandres du cortex humain, étaient, eux, conquis. Et leur euphorie contamina les autres. Ils avaient compris l'abstraction de la théorie : la recrue serait incorporée au dispositif de la cellule et deviendrait le catalyseur d'une puissante réaction chimique, capable de décupler leurs capacités à tous et de leur faire entrevoir ensemble la solution. Un filet de lumière se profilait au bout d'un long tunnel.

Leur enthousiasme leur fit lire des centaines de rapports. Dès qu'un candidat potentiel était envisagé par l'un d'eux, il levait la main et prenait la parole pour présenter ses arguments, que les autres écoutaient religieusement. Cet élan les maintint éveillés la première nuit. Un repas leur fut même servi sur place. La quantité astronomique de cartons à explorer semblait un gage de réussite. Souvent, ils s'arrêtaient, impressionnés par le parcours, la perspicacité, le talent, l'abnégation, la singularité de certains profils, mais ils n'étaient jamais totalement convaincus. Au bout de cinq jours de travail, épuisés, ils n'étaient plus que l'ombre d'eux-mêmes.

Solomentsev avait perdu huit kilos et son pantalon flottait sur ses hanches. Le samovar, fonctionnant à plein régime, leur fournissait d'impressionnantes quantités de théine qui les empêchaient de dormir. La pièce empestait la transpiration tandis que les bouffées de chaleur provoquées par cette succession de fausses joies achevaient de les décimer peu à peu. Après douze jours de travail, Andropov les obligea à se mettre au repos pendant vingt-quatre heures.

Brejnev et Souslov avaient raison : ils cherchaient une aiguille dans une botte de foin. À la demande d'Andropov, le département de la Sécurité intérieure vint à leur rescousse : trente-six militaires de tout âge et de tout grade furent mis au service de la cellule. Andropov était en effet convaincu que la réussite de la mission ne tenait qu'à l'implication d'un éventail de personnalités très différentes, et nul ne savait qui serait susceptible de trouver la perle rare. Mais la semaine qui suivit s'acheva sans réelle avancée.

Sur ce, Brejnev vint leur rendre visite. Ils s'attendaient tous à un discours agressif, or le dirigeant se révéla bienveillant. Il était là pour remobiliser ses troupes. Comment aurait-il pu oublier qu'ils étaient en guerre et que la bataille finale aurait lieu deux ans plus tard ?

— Je viens vous expliquer ce que j'attends de vous... Depuis quelques mois, depuis qu'au dernier championnat du monde d'échecs Robert James Fischer l'a emporté sur Boris Spassky, mettant fin à un règne de près de vingt-cinq ans, la population russe est en deuil. Notre suprématie intellectuelle nous a été ravie par un Américain, notre ennemi juré. Et nous en avons eu le cœur brisé... J'ai appris par ailleurs que l'attitude de ce joueur avait été indigne. Notre pauvre représentant n'a pas su réagir et s'est comporté comme un enfant sans défense. Mes conseillers m'ont assuré qu'un tel événement ne se reproduirait pas en 75 et, de fait, que nous allions reprendre ce qui nous revient de droit. Malheureusement, ces individus ne sont pas des professionnels des échecs et ils m'ont induit en erreur... Grâce au travail que vous avez fourni, je sais maintenant que nous n'avons aucune chance de triompher. Fischer est un génie, à l'égal d'un Mozart. J'ai donc pris l'initiative de rechercher quelqu'un de son acabit, et cela uniquement dans le but de comprendre la construction intellectuelle d'un tel phénomène... Je ne suis pas sûr, contrairement à mon camarade Iouri Andropov, de parvenir à l'identifier. Mais nous sommes russes, alors nous gardons espoir ! Nous sommes des patriotes et, s'il y a une brèche dans la forteresse Fischer, nous la trouverons ! Sachez que chacun de nous, à son niveau, s'est engagé à laver cet affront. Mais peut-être nous sommes-nous emballés et, dans nos déclarations, avons-nous manqué de lucidité ? Nos concitoyens nous ont crus sur parole. S'ils découvraient que nous leur avons menti, une guerre civile éclaterait, et je leur donnerais raison ! À cause de cette histoire grotesque, notre maison flambe... Nous allons éteindre l'incendie en cherchant sans relâche la personne la plus convoitée de Russie. J'ai foi en vous, et l'Église orthodoxe se joint à moi pour vous souhaiter bonne chance.

Remontés à bloc, les membres d'Enigma se sentaient tels des chevaliers arpentant la Russie à la recherche du Saint Graal.

*

Les effectifs avaient encore augmenté quand, par une matinée de printemps, un jeune artiste, devenu militaire par on ne sait quel mystérieux processus, proclama haut et fort :

— Ça y est, j'ai trouvé ! Vous pouvez tout arrêter.

La scène se déroulait dans leur propre pièce de travail, où il était venu s'installer car il n'y avait plus de place dans la salle attenante. Cette révélation faite, le dossier circula de main en main. Chaque lecture se concluait par un regard approbateur. Lorsque l'idée fut confrontée à l'esprit pragmatique et cartésien de Grigor, le cœur de la cellule s'arrêta de battre. Ils étaient suspendus à la sentence du mathématicien. Après une attente interminable, un geste en soi anodin – un léger haussement des sourcils du camarade – fit naître l'espoir dans leurs âmes.

Comme ils n'avaient toujours pas de verdict ni aucune envie de se remettre au travail, le moment leur sembla bien choisi pour rappeler toutes les tentatives avortées. Ce n'était pas faute d'avoir proposé des personnages illustres, tels le mathématicien ou le biologiste le plus talentueux de Russie. Brejnev avait décliné chacune de ces offrandes sur l'autel de notre ambition. La sentence s'énonçait d'une simple phrase, devenue tristement célèbre au sein de la cellule : « Oui, je comprends bien, il est le meilleur dans sa discipline, mais cela ne fait pas de lui un génie, ne trouvez-vous pas ? »

Mikhaïl Solomentsev, le président du Conseil des ministres et membre honorifique de la cellule, n'avait jamais été d'un grand secours, mais il était devenu à la fois son porte-drapeau et l'émissaire du dirigeant Léonid Brejnev – ce qui soulageait d'un poids le très dévoué Andropov.

À chaque candidat potentiel, Solomentsev partait tambour battant, et nul n'avait besoin de le persuader que, cette fois, la victoire était à portée de main. La fiche était consciencieusement glissée dans son attaché-case. Puis il le refermait et tapait les codes de verrouillage à l'abri des regards. Cette étape franchie, il donnait à chacun une ferme poignée de main. Après ce rituel immuable, il ponctuait sa sortie d'un : « Merci pour votre dévouement, ce fut un plaisir de travailler avec vous. »

À son retour, il s'asseyait dans son fauteuil, étirait les jambes, joignait les mains derrière la nuque. Il bernait son auditoire par sa mine réjouie puis, dans un rôle parfaitement exécuté, il imitait la voix du commandant en chef et répétait mot pour mot la phrase fatidique.

Seul le nom de Sakharov, le brillant physicien, avait provoqué une réaction différente et dérogé à la règle. Solomentsev avait commencé par leur mettre l'eau à la bouche. Il n'avait pas pris le soin de s'asseoir avant de leur dire : « Brejnev a enfin changé son discours, je vous félicite, merci pour votre travail ! »

Il avait enchaîné avec un trait d'esprit qui avait provoqué des heurts dans l'assemblée. Le regard pétillant, il avait en effet repris la sempiternelle phrase de Brejnev, mais légèrement modifiée : « Voilà le verdict : "Oui, je comprends bien, il est le meilleur dans sa discipline, mais le fait d'être aussi *un dissident* ne fait pas de lui un génie, ne trouvez-vous pas ?" »

La cellule avait donc, cette fois, atteint des sommets dans l'incompétence. Il ne restait au président du Conseil des ministres que l'ironie pour exprimer son désespoir.

Un seul avait éclaté de rire – Constantin, le metteur en scène, le plus littéraire du groupe. Lui aussi s'était permis de pimenter le débat par des incursions sur un terrain glissant. Il s'était exclamé : « J'adore votre humour ! Si un jour vous décidez d'arrêter votre carrière de politicien, monsieur Solomentsev, j'ai une place pour vous dans ma prochaine réalisation cinématographique ! »

Andropov, qui par chance était présent, avait dû jouer le rôle d'arbitre et, en patron du KGB, avait remis un semblant d'ordre. La réaction de Brejnev lui avait tout de même fait prendre conscience qu'Enigma vivait ses derniers jours. Il n'était pas concevable de faire cohabiter autant d'ego sans obtenir de résultats probants. Quant au pauvre Constantin, il se verrait infliger une sanction en temps voulu… Quelle impudence de s'adresser de la sorte au plus haut représentant du pouvoir !

Les sourcils toujours haussés, Grigor finit par se lever pour dévoiler à tous le mystérieux contenu de ce dossier. Après qu'il l'eut défendu longuement et avec ferveur, le centre de commandement des opérations fit sortir de la pièce tout élément étranger à la cellule, exception faite du jeune artiste.

Ils ne parvenaient pas à comprendre comment un tel dossier s'était retrouvé là : cela bafouait les critères de sélection des fiches ! Leurs yeux se détournèrent de Grigor pour venir se poser sur un sous-officier au visage angélique et aux yeux rieurs, chacun tentant d'élucider cette énigme au sein même du Kremlin et, pour couronner le tout, sous les yeux ébahis du général Andropov et de Solomentsev.

Impossible de se prononcer sur les raisons d'une telle trouvaille. Mais Ruslam, le premier, lança d'un ton pour le moins ironique :

— Seriez-vous Faunus, le petit-fils de Saturne, une sorte de dieu qui protège les troupeaux des loups et donne des conseils aux humains dans leurs rêves ? On le représente dans la mythologie une corne d'abondance à la main. Êtes-vous cette divinité rustique et prophète ou, simplement, un homme de bonne Fortune, la déesse du hasard ?

Belles paroles, mais le jeune militaire avait-il saisi l'essence de cette question ? Peut-être fallait-il que le message soit décodé ? Constantin, qui n'en pouvait plus d'attendre, enchaîna, moqueur :

— Puisque l'intentionnalité doit être dépouillée d'un sens purement théorique, posons-lui une question à laquelle il puisse répondre, comme son âge, son prénom…

Personne ne s'allia aux ricanements du littéraire. D'autant que le beau sous-officier répliqua :

— Aux contes gréco-latins je privilégie les scandinaves, car ma mère est originaire de Norvège. Je ne suis ni Faunus ni Fortune. Je voudrais être Heimdall, qui s'appelle aussi l'Ase blanc, celui qui garde le pont ou, si vous préférez, l'arc-en-ciel donnant accès à la cité des dieux dans l'éther. Je veille à ce que les géants et les monstres ne le franchissent pas. Ma vue est réputée, et mon ouïe si développée que j'entends croître l'herbe… Dans le monde réel, je suis Andreï, vingt-six ans, militaire et fier de servir ma patrie. Je me suis senti en droit de me servir dans les dossiers signalétiques au poste de commandement des services de renseignement du 2, place Félix-Dzerjinski, où je travaille. J'ai eu l'intuition que le génie que nous cherchions était en réalité une femme. Dans vos boîtes, il n'y a que des hommes. C'est compréhensible, si l'on se réfère au passé qui a vu naître Pythagore, Michel-Ange et tous les grands noms de la science et des lettres… Mais si c'était une femme, nous serions passés à côté d'une grande découverte. Il me fallait donc un carton spécifique. Après une semaine passée à étudier des personnalités aux multiples zones d'ombre, j'ai eu un frisson. Une certitude avant même une quelconque interrogation. Cette femme est phénoménale, tant par l'intensité dramatique de ce qu'elle a vécu que par ses écrits. Vous remarquerez qu'elle s'exprime dès son plus jeune âge avec une rare maturité. Au détour d'une page où elle raconte une séance de torture alors qu'elle n'a pas douze ans, elle nous fait entrer dans le paradis de la non-conscience, seule échappatoire pour subsister… Lisez ses carnets, et vous découvrirez en elle Némésis. Dans la mythologie gréco-latine, Némésis est l'émanation de la justice divine, la gardienne de l'ordre universel. Une légende veut que Zeus la convoite et qu'à chaque assaut elle change de forme pour lui échapper, devenant poisson, castor, puis oie… Oui, j'aime ces récits qui ont bercé mon enfance. Ma mère était professeure d'histoire, avec un goût prononcé pour les mythologies germano-scandinave, gréco-latine, celtique, égyptienne et mésopotamienne…

Heimdall était venu leur donner accès à la cité des dieux afin d'y retrouver Némésis. Tout était tissé de curieuses coïncidences, et cette symbolique était bouleversante à leurs yeux. C'était pour cela qu'ils étaient convaincus de ne plus avoir à chercher : la preuve par l'évidence demandait un arrêt des hostilités. Cette femme devait être présentée à Brejnev dans les plus brefs délais. L'avenir du pays s'éclairait, et Andropov fut encensé d'avoir adjoint à la cellule ce sous-officier qui avait régénéré la matière grise rassemblée ici.

Jusque-là, les membres de la cellule avaient pourtant été hostiles à la venue de jeunes gens, persuadés que seul un homme d'expérience, de pouvoir, serait susceptible de trouver la solution. Andropov avait dû se battre, seul, pour les imposer.

Solomentsev fit néanmoins revenir chacun sur Terre. Ils ne pouvaient se permettre un nouvel échec. Essuyer un autre refus de la part de Brejnev sonnerait le glas de la cellule, et avec lui le déshonneur de la Russie au prochain championnat du monde. Proposer un dissident les avait fait sombrer dans le gouffre du désaveu ; cette femme les en ferait-elle sortir ou, au contraire, les enfoncerait-elle dans l'abîme ? Avant toute chose, il fallait examiner avec circonspection ce diamant brut, en scruter les moindres défauts.

Pour qu'un candidat soit soumis à leur chef suprême, l'unanimité était requise. Ils procédèrent à un vote à main levée. Le neuropsychiatre était certain du résultat. Pourtant, deux membres de la cellule s'opposèrent formellement à ce choix : Solomentsev et Andropov. Les protestations fusèrent, et le chef du KGB dut frapper du poing sur la table pour faire cesser le vacarme :

— Cela fait plusieurs mois que nous sommes enfermés. Pensez-vous qu'une journée ou deux de plus soit insurmontable ? Nous ne pouvons pas saper notre crédibilité auprès de Brejnev et récolter une énième fin de non-recevoir… Olga Komarova est une femme et, à bien y réfléchir, elle n'est même pas une référence dans son domaine. Nous allons donc tous profiter d'une bonne nuit de sommeil, et demain matin, rendez-vous ici même à 6 h 30.

Finalement, l'intuition et la foi s'étaient invitées à la table de ces esprits cartésiens. Ils avaient baissé la garde et s'étaient laissé emporter par un souffle de mysticisme. Ayant épuisé toutes les ressources de la rationalité, ils avaient eu envie de croire à cette figure d'Heimdall. Après tout, l'univers ne possédait-il pas une part de mystère dont la clé dépassait l'entendement ? Alors oui, ils avaient eu envie de couronner cette femme qui incarnerait Némésis. Olga Komarova serait celle par qui la Russie recouvrirait son titre glorieux.

Était-ce la fatigue, l'anéantissement de tous leurs espoirs pendant un tel laps de temps ? Je l'ignore. Mais tout cela nous ramène à l'idée d'élection divine. Il aura fallu une grande hardiesse pour s'aventurer dans les zones tumultueuses de l'inconscient, faites d'algues et d'émeraudes. Leur monde tout entier avait revêtu une allure poétique. Je ne peux que m'incliner devant la magie, l'insolite de cette transmutation – celle d'une cellule revigorée par un élan défiant toute logique.

2

Olga

Avant tout, intéressons-nous à un être hors du commun et à sa trajectoire insolite, dès son plus jeune âge. Olga ne se résume pas à sa beauté. Son éclat s'explique par une construction intellectuelle hors normes, lui donnant accès au divin.

Je vais vous livrer tout ce dont je me souviens. Cette histoire m'a été racontée par mon père. Mais vous le verrez, moi aussi, j'ai rencontré Olga. Cet épisode de ma vie, j'aurais bien voulu l'occulter. Hélas, il est nécessaire à la juste compréhension de nos destinées.

Olga avait grandi dans un univers chaleureux où rien ne manquait : des parents aimants, une jolie maison. À huit ans, elle allait à l'école à pied depuis peu, c'était une marque de confiance qui faisait sa fierté. Emprunter le chemin pavé puis tourner à gauche, continuer sur cinq cents mètres, et voilà, elle était arrivée.

En dehors de l'école, Olga aimait jouer dans le jardin avec sa poupée et cuisiner avec Svetlana, sa maman. Elle attendait toujours avec impatience son retour pour confectionner ses biscuits préférés. Des *Spitzbuben*, ces sablés allemands de Noël à la noisette et à la confiture, qu'elle adorait croquer encore tièdes. Sa mère lui attachait un joli tablier à carreaux bleus et blancs autour de la taille, puis la laissait étaler la pâte au rouleau sur la table, qu'elle avait saupoudrée de farine pour qu'elle ne colle pas. Munie de petits moules, Olga s'amusait à leur donner toutes sortes de formes, des cœurs, des carrés, des cercles. La douce odeur qui montait ensuite du four incarnait pour elle l'idée d'un bonheur simple et familier, d'un foyer où il faisait bon vivre.

Le soir, Svetlana peignait ses longs cheveux blonds, les tressait pour qu'ils ne s'emmêlent pas durant la nuit, et son père venait lui raconter des histoires. Chaque coucher était l'occasion d'un récit rocambolesque, qui faisait la joie d'Olga. Un soir, elle finit par lui demander :

— Comment fais-tu pour connaître autant de contes ? Tu en auras toujours des nouveaux ?

— Ne t'inquiète pas, ma chérie. En ce moment, mon travail consiste à écrire des articles dans des journaux, et l'autre partie, la plus intéressante, c'est d'avoir une dizaine d'histoires en réserve pour ma belle Olga.

Que son père soit l'auteur de ces récits était un autre motif de fierté. Elle s'endormait heureuse, la tête remplie d'intrigues plus exaltantes les unes que les autres.

Un professeur de philosophie m'a enseigné que l'amour éprouvé par l'enfant pour ses parents relève d'une question de survie. Une sorte de reconnaissance, mais aussi un élément intrinsèquement lié à l'évolution d'un individu. Trouver la force de progresser, fournir tant d'efforts dès le plus jeune âge, apprendre à manger, à marcher, à lire, aller à l'école sont autant d'épreuves qui ne peuvent s'accomplir que dans un cadre aimant. Tout comme la plante a besoin du soleil pour réaliser sa photosynthèse, l'être humain doit être entouré de l'amour de ses parents pour s'épanouir. Olga était l'une de ces orchidées sauvages qui nécessitent des soins attentifs. La chaleur de son foyer était sa serre. Dans cette bulle, elle se sentait invincible.

Mais son père, Vlastimil Komarov, était un idéaliste. Malgré la terreur socialiste, il gardait foi en la Russie et osait critiquer le régime. Il avait été mis en garde à plusieurs reprises mais n'en avait pas tenu compte, persuadé d'être dans son bon droit.

Un jour, un article sulfureux dépassa les bornes d'une liberté ténue. Le directeur du journal n'eut d'autre choix que de dénoncer Komarov aux autorités, sous peine de courir lui-même à sa perte.

Alors, un dimanche matin, vers 10 heures, deux soldats firent irruption dans la maison d'Olga. Celle-ci jouait à l'étage sur le lit de ses parents, tandis que son père lisait le journal dans un fauteuil tout proche. Vlastimil entendit le fracas d'une porte enfoncée, prit la mesure du danger et ordonna aussitôt à la fillette de se glisser sous le lit avec sa poupée. Les cris de sa femme, les craquements des marches de l'escalier grinçant sous les lourds pas des soldats, tout se décomposa dans son esprit alerte, son corps en proie à une violente montée d'adrénaline.

Les deux soldats se tenaient désormais face à lui, Svetlana entre eux. L'un pointa son arme dans sa direction et lui ordonna de les suivre. Il devait être entendu immédiatement par l'officier de garde… Comment aurait-il pu penser que quelques mots allaient le condamner à mort ?

— Ne soyez pas aveugles, ne vous laissez pas endoctriner ! Vous valez mieux que tous ces gens qui nous dirigent, ces charlatans ! s'écria-t-il.

L'un des soldats, un jeune homme de vingt ans croyant aveuglément incarner la mère patrie, trembla devant ces propos injurieux. Blessé au plus profond de son être, il sentit son doigt fébrile presser la gâchette. Le mal était fait : Komarov venait d'être abattu d'une balle en pleine tête. Devant cette bévue, l'autre n'eut pas le choix : il se tourna vers la femme et tira sur elle à bout portant. Il ne fallait aucun témoin.

Svetlana, dans un dernier sursaut d'humanité, se détourna pour s'échouer face au mur. Elle avait deviné que sa fille se cachait sous le lit et voulait lui épargner une vision insupportable, celle d'une mère rendant son dernier souffle. Image macabre qui pouvait hanter Olga à tout jamais.

Une crise d'adolescence, m'a expliqué ce même professeur de philosophie, n'est que la manifestation du futur détachement de la matrice qu'est l'enfance. Une période transitoire où l'on s'affranchit de ses parents qu'on a tant aimés et à qui désormais l'on s'oppose. Olga n'aurait pas l'occasion de la vivre. Brutalement et prématurément arrachée à ses racines, l'orchidée aux pétales fragiles et vaporeux réussirait-elle à survivre ? Entaillée dans sa tige, laissant s'échapper la sève vitale, dépérirait-elle ou parviendrait-elle à cautériser la plaie par une volonté et un caractère hors du commun ?

Les soldats allèrent chercher des bâches dans leur camionnette. Entre-temps, ne supportant plus de voir la flaque de sang qui se répandait lentement sur le parquet autour de son père, et le corps inerte de sa mère, Olga s'était extirpée de sous le lit. Contemplant quelques secondes l'insoutenable spectacle d'un monde qui s'écroulait, elle trouva la force de se cacher dans l'armoire. Là, elle s'efforça de contenir les tremblements d'une crise de nerfs.

Le bruit des bourreaux entrant de nouveau dans la chambre lui donna l'énergie de refaire silence. Ils emmenèrent les corps et nettoyèrent la scène de crime. Après une pseudo-dispute entre eux, elle entendit même des rires qui restèrent à tout jamais gravés dans sa mémoire comme l'emblème de leur cruauté. Quand elle fut certaine de leur départ, elle regagna sa place sur le lit et continua à jouer avec sa poupée. Reprenant le cours de sa vie au moment même où elle avait été détruite, Olga attendait un miracle.

Mais, la nuit tombée, elle avait définitivement saisi qu'elle était seule au monde. Elle regarda une dernière fois son poupon désormais inutile. Il n'avait pas su la protéger. D'un pas mécanique, elle sortit dans le jardin, prit une pelle, creusa péniblement un trou et y déposa la poupée qu'elle recouvrit de terre. Peut-on déjà y voir les prémices du génie humain ? Consciemment ou non, elle venait symboliquement d'enterrer ses parents.

Sa tâche terminée, elle alla sonner chez ses voisins. Un homme ouvrit la porte. La robe souillée de terre et le regard fixe, elle décrivit d'une voix dénuée d'émotion l'horreur qu'elle venait de vivre. La justesse et la précision chirurgicale de son récit étaient glaçantes. Et elle n'avait que huit ans.

Autant horrifié par ce qu'il venait d'entendre que par le ton impassible de la fillette, l'homme appela sa femme et cria à ses enfants de s'enfermer dans leur chambre jusqu'à nouvel ordre. La mère, pressentant que quelque chose de grave était arrivé, interrogea son mari qui fut encore une fois frappé par le détachement dont faisait preuve Olga, quand elle décrivit de nouveau, minutieusement, chaque acte de cette scène odieuse sans y mettre le moindre affect, tel un automate, les yeux grands ouverts. On pouvait même se demander si son regard hagard percevait encore quelque chose, si ses yeux s'accommodaient à la lumière ou si leur béance n'était pas simplement le reflet d'une vacuité désormais irrémédiable.

La mère ne trouva d'autre remède qu'un chocolat chaud et sa présence, qu'elle espérait réconfortante. Puis elle disposa un matelas sur le sol de leur chambre. Contre toute attente, alors que le couple ne parvint pas à fermer l'œil de la nuit, Olga dormit tout son soûl.

L'enfant se réveilla vers 11 heures. Le soleil dardait ses rayons sur les carreaux de la fenêtre, et, l'espace d'un instant, enveloppée dans le bien-être de ce réveil tardif, elle oublia ce qu'il s'était passé. Mais le malheur la recouvrit immédiatement de son manteau abject.

La maison était vide, l'homme parti au travail, les enfants à l'école. Du bruit cependant montait de la cuisine. Olga descendit prudemment l'escalier. La femme accourut, la prit par la taille et la mena vers la table où l'attendait un solide petit déjeuner. Désemparée face au désespoir de la fillette, elle n'avait que des gestes tendres, du gâteau à lui offrir. Une goutte d'eau dans l'océan de sa tristesse. Ne sachant quoi dire, elle s'en tint à une question simple :

— Veux-tu une part de tarte ?

— Je ne veux plus aucun souci, plus aucun souvenir, plus d'amour ni de haine. Je voudrais être une fleur ou même le printemps.

Instinctivement, de peur qu'un silence accablant ne s'installe, la femme lui murmura :

— Tes parents sont montés au paradis en marchant sur un arc-en-ciel. Ils vont t'observer, t'encourager, te surprendre, te parler. Ils seront toujours à tes côtés pour te donner un souffle de vie… Tu dois me croire et continuer à manger et à boire à toutes les sources. À chaque moment de tristesse, demande conseil à ta mère, à ton père. Si tu ne les entends pas, devine leurs intentions… Un jour, tu les rejoindras et, plus tu auras passé de temps sur cette Terre, plus tu auras de belles histoires à leur raconter. Essaie de devenir Olga, ne sois ni le printemps ni une fleur.

L'enfant n'eut pas le temps de répondre ni même de la remercier. La sonnette retentit et la mère alla ouvrir. Un officier de police se tenait sur le seuil. Il cherchait une petite fille de huit ans prénommée Olga. La femme eut la présence d'esprit d'inventer un mensonge. La gamine était là depuis la veille, elle n'avait pas dormi chez elle car, hier, au moment de rentrer à la maison, personne n'avait répondu. Olga et elle-même en étaient très inquiètes.

Soulagé qu'il n'y ait pas de témoin du meurtre, l'officier affirma :

— Ils ont eu un accident de voiture.

— Ils sont à l'hôpital ?

— Non, ils ont été tués sur le coup, tous les deux. Je dois emmener Olga au poste de police. Nous allons prendre soin d'elle en attendant de la placer chez un proche parent.

Alors que la femme s'apprêtait à répliquer qu'elle pouvait la garder, la fillette s'avança lentement et glissa sa petite main dans celle de l'officier. Situation inexplicable de part et d'autre, le premier ne comprenant pas la réaction de l'enfant devant une telle nouvelle, la seconde ayant pu parier que la seule vue d'un uniforme l'aurait fait hurler de terreur.

En refermant la porte, un sentiment de devoir inachevé vis-à-vis de l'orpheline, mêlé de l'espoir de la revoir vite, l'envahit.

Une fois à la caserne, l'officier supérieur doutait encore de la présence d'Olga chez ses voisins au moment du crime. Pour entrevoir la vérité, il ne fallait pas la brusquer. La gosse était maintenant assise face à lui, mais le courage lui manquait.

Était-il toujours nécessaire de démêler le faux du vrai ? Qu'arriverait-il à cette enfant si elle s'était bien trouvée sur les lieux ? Représenterait-elle un danger ? Igor Bondazenko était lui-même père d'une petite de huit ans. De peur de découvrir la vérité, lui, dont l'instinct ne l'avait jamais trompé, décida de transgresser les règles pour la première fois de sa carrière. Cette fillette ne devait pas être un dommage collatéral de la folie des hommes. Sa réflexion se traduisit par un long silence. Olga, les yeux baissés, finit par comprendre la situation et, lorsqu'elle fit l'effort de les relever, ce fut pour dire :

— Merci.

Il paraissait pourtant improbable qu'un mot puisse être prononcé avec autant de force par cette frêle créature à la mâchoire serrée.

Le militaire en fut décontenancé ; tout était dit. Il fallait maintenant remplir religieusement un rapport, trouver un parent proche, placer Olga dans son nouveau foyer. L'affaire serait dans le sac en deux temps, trois mouvements. Elle aurait alors toutes les chances de grandir dans un environnement sain. L'autre cas de figure était un placement dans un orphelinat. Inconcevable : elle était trop innocente pour souffrir, même si c'est par l'épreuve du feu qu'on reconnaît l'or pur.

Des images sordides lui revinrent à l'esprit. Bondazenko avait traité une affaire, l'an passé, dans ce genre d'établissement. Il se souvint avec tristesse de cette plongée dans la misère humaine. La plupart des filles portaient des traces d'automutilation. La nourriture manquait et la maladie finissait par les emporter. Les plus fortes n'attendaient pas ce triste sort et, étouffant toute satisfaction malsaine, se donnaient la mort.

En bon officier du renseignement, il sortit les fiches signalétiques des parents. Après les avoir lues à plusieurs reprises, ce fut la consternation. Aucune famille, d'un côté comme de l'autre : le problème devenait insoluble. Une heure durant, il se démena néanmoins pour essayer de transformer le destin de la jeune Olga. Il fallait lui éviter toute forme d'humiliation.

L'inconcevable finit ainsi par se dissiper, grâce à sa très grande bonté d'âme. Il suffisait à l'officier de produire un faux témoignage sur les fonctions du père, de lui inventer une carrière fantôme au sein même de l'armée, ce qui lui octroierait, eu égard à son grade, des avantages non négligeables. Grâce à ce stratagème, Olga pourrait postuler pour un centre situé à quelques centaines de kilomètres de Moscou. Un orphelinat, mais qui jouissait d'une excellente réputation et accueillait une clientèle particulière. Les heureux élus y bénéficiaient d'un projet d'éducation collectiviste, les subventions de l'État y étaient importantes et aucun enfant n'y était en péril.

Cependant, si le stratagème était découvert, c'était la cour martiale. Personne ne devait connaître la vérité, et Olga serait sa complice. Il finit de rédiger son rapport avec un sourire entendu. Convaincu d'avoir pris la bonne décision, il fit taire son angoisse. Il fallait maintenant apposer un tampon, sa signature, puis modifier la fiche du père au Central Bureau de Moscou. La seule difficulté serait de faire comprendre à Olga l'absolue nécessité d'oublier les moindres détails de sa vie passée, au profit d'une nouvelle histoire, créée de toutes pièces.

L'officier peina à rompre le silence devant l'intensité du regard de la gamine. Avec des mots simples, il tenta de lui expliquer les enjeux de cette dissimulation, mais aussi les risques qu'il encourait à la couvrir de la sorte. Elle devait coopérer pour leur sécurité à tous les deux. En prononçant cette dernière phrase, il se rendit à l'évidence : après avoir perdu ses parents, l'heure était venue pour cette petite fille d'enterrer ses souvenirs. À cette pensée, sa gorge se serra et une larme roula sur sa joue. L'orpheline, tout en épousant sa tristesse, lui tendit son mouchoir.

Une mystérieuse complicité venait de réunir deux mondes opposés. Olga en profita pour prendre la parole. J'y vois les prémices du « discours d'une reine ».

*

Le vieil homme que je suis, assis à sa table de travail, déambule à l'intérieur de ses souvenirs et tisse la toile de fond sur laquelle se dessine le combat final. Si je choisis de parler, c'est parce qu'un obstacle de taille se dresse dans les prochaines lignes. L'algorithme intuitif de votre pensée ne pourra concevoir qu'une fillette de huit ans puisse répondre de la sorte. Son vocabulaire ne le permettrait pas. Son parcours ne l'autoriserait pas. Je vous comprends si bien.

J'ai réagi de la même façon lorsque mon père m'a dicté ces mots.

En réalité, Olga était atteinte d'une forme d'autisme, celle qu'on appelle Asperger. À l'âge de cinq ans, elle avait souffert de crises d'épilepsie, qui avaient déclenché sa synesthésie. Elle avait, de fait, des aptitudes singulières dans le domaine des langues, des nombres, sans rejeter réellement les autres ni mal comprendre le monde qui l'entourait. Encore que ce ne soit pas si clair à mes yeux, vu son destin. Cela étant, elle avait développé des facultés de mémorisation extraordinaires. Les informations que recevaient ses cinq sens étaient traitées puis codifiées selon un mécanisme particulier. Il pouvait en résulter des difficultés de coordination et une mauvaise évaluation de l'espace-temps. Mais Olga était aussi capable de consigner dans sa tête les centaines de livres qu'elle avait lus et, peut-être, des milliers de phrases. Son père, de peur qu'elle ne fasse une crise d'épilepsie en son absence, l'avait traînée dans toutes les réunions nocturnes anticommunistes dès l'âge de cinq ans. Avait-elle enregistré une grande partie des idées formulées là-bas ? Je ne peux l'assurer mais, croyez-moi, si je n'ai pas envie de saborder mon histoire avec un dialogue irréaliste, je tiens encore moins à déformer ses propos en les rendant enfantins pour qu'ils vous semblent crédibles.

*

Voici donc ce que répliqua Olga à Igor Bondazenko :

— Je réalise que vous voulez m'aider. Vous êtes prêt à sacrifier votre carrière pour une insignifiante petite fille dans sa robe du dimanche. Et cette bulle de chagrin prouve votre sincérité. Cela dit, si vous analysez la situation dans ses moindres détails, vous vous rendrez compte que plus rien n'a d'importance à mes yeux. Je suis donc imprévisible, et dorénavant indomptable. Vous faites donc une erreur. Votre vie ne peut dépendre d'un secret dont la gardienne du Temple est instable. Alors, dites-moi la vérité, donnez-moi votre motivation profonde, bien que j'aie déjà la réponse à cette question. Vous êtes une crapule qui cherche la rédemption. Vous allez à confesse dans l'espoir d'être pardonné. Je vous déteste… Prouvez-moi le contraire, et je serai votre alliée.

Éberlué, l'officier prit un temps de réflexion avant de répliquer :

— C'est vrai, je ne suis pas heureux… J'applique des directives, qui se traduisent par des interrogatoires scandaleux. Ton père n'a cessé de dénoncer ces dérives d'un État totalitaire. Moi, j'en suis le marteau, quand toute personne étrangère à notre mode de pensée en est l'enclume… Et bien sûr que j'ai du sang sur les mains ! À ton contact, je ressens l'absurdité de tout ça : tu comprends donc pourquoi plonger mon regard dans le tien m'est insoutenable. Tu es le miroir d'une vie peu glorieuse, la mienne, et c'est la première fois que je le ressens… Mais il n'est jamais trop tard pour réagir, je t'en laisse seule juge. Si tu m'accordes une part d'humanité, à travers tout le bien que je peux te faire, c'est donc moi qui te dirai merci.

— Il faudra que tu prennes soin de moi. Tu viendras me rendre visite au moins une fois par an, pour Noël par exemple. Mais jamais je ne pardonnerai cet acte ignoble, et peut-être même qu'en grandissant je frapperai à ta porte et, munie d'une arme, je te donnerai la mort. À mes yeux, c'est le système qui a condamné mes parents, et toi, tu en es un instrument.

— Tes mots dépassent ta pensée, tu es triste et en colère. C'est une réaction logique après un tel choc. D'autres se referment sur eux-mêmes, ce qui est le pire des cas de figure… Je ne doute pas qu'un jour nous puissions nous entendre et nous comprendre.

Olga baissa les yeux, la conversation n'avait plus d'intérêt pour elle. Elle écoutait de façon précise les manifestations de son corps, qui l'informaient des épreuves à venir et des efforts à accomplir. Une fois encore, elle revivait la mort de ses parents. Elle le savait, cette scène ne s'estomperait plus. Elle était bleue comme le ciel, salée comme les larmes, brumeuse et rugueuse comme l'angoisse. Elle pouvait surgir de n'importe quelle partie de sa chair pour l'atteindre en plein cœur.

Elle n'avait ni maître ni serviteur, et ne s'en irait jamais vraiment. Dans ces moments, malgré elle, Olga tendrait ses bras vers le sol et tournerait les paumes de ses mains vers l'extérieur. Les yeux grands ouverts, elle contemplerait des rivages mystérieux.

3

L'orphelinat

Tout se déroula à merveille. Il restait une place disponible à l'institut de Biejetisk, à trois cent cinquante kilomètres de Moscou. Igor Bondazenko y conduisit Olga, dans sa propre voiture. Auparavant, il s'était rendu dans la maison de la petite fille pour qu'elle rassemble le plus d'affaires possible, des livres de son père, les siens, des jouets, des photos. Une fois que deux malles furent remplies, un subalterne fut chargé de les acheminer là-bas. Olga pourrait ainsi réunir les miettes de son monde décomposé et survivre dans l'univers froid d'un orphelinat public.

Aucun mot ne fut échangé tout au long du trajet, mais Igor savait sa présence indispensable. Il accomplirait toutes les démarches et serait un appui pour cette enfant, qu'il tenait à accompagner aux portes de sa nouvelle vie. La réalité ne trompa pas ses attentes. Olga allait bénéficier d'une chambre individuelle, première marque de confort que seul cet établissement accordait. La pièce était petite et le mobilier sommaire : un lit à barreaux, un pupitre et une chaise. Cependant, la large fenêtre et le parquet ciré lui conféraient une certaine douceur.

En revanche, l'accueil de la directrice, Elizabetha, fut glacial ; grande, élégante, les cheveux déjà grisonnants mais le visage lisse, les yeux en amande, celle-ci avait fort à faire pour dissimuler toute la gentillesse et la douceur qui émanaient de son physique. Elle ne laissa donc transparaître aucune bienveillance. Au moment de quitter Olga, la tentation fut grande d'embrasser sa protégée pour lui donner un peu de chaleur, mais Igor n'osa transgresser le protocole. Il le savait, si l'orphelinat recueillait les pupilles de la nation, c'était pour leur imposer une discipline qui excluait toute marque de tendresse. Il s'agissait d'éduquer des âmes fortes.

Olga partit se réfugier dans sa chambre, où l'attendaient les vestiges de son passé dans les deux malles qu'elle s'empressa de déballer. Quelques heures plus tard, la directrice vint lui donner son emploi du temps et lui ordonna d'un ton sec d'enfiler l'uniforme qu'elle lui avait apporté : une jupe plissée et un chandail gris, agrémentés d'une chemise blanche. Elizabetha lui précisa néanmoins avoir doublé la période d'acclimatation, au vu de sa situation. La fillette serait donc libre de ses journées pendant le mois qui viendrait.

Surgit alors, dans l'encoignure de la porte, une brunette aux cheveux ébouriffés, le prototype de la garçonne. Elle avait treize ans et se prénommait Nikita. Désignée comme sa tutrice, elle se chargerait de lui faire visiter les lieux, de lui en indiquer le fonctionnement et de recueillir ses éventuelles doléances. La directrice les laissa et Nikita s'empressa d'emmener la petite faire le tour de l'orphelinat. Mais Olga était déconcertée : sa tutrice portait un prénom masculin.

Cette dernière n'était pas avare de détails et avait une idée sur tout. Pour ce qui était des règles de vie en communauté, elle lui déclara que le petit déjeuner était servi à 6 heures, le dîner à 19 heures ou à 19 h 30. L'extinction des feux avait lieu à 21 heures et il était strictement interdit de détenir la moindre bougie. Le dimanche, les pensionnaires avaient le droit de s'habiller comme bon leur semblait, mais les bijoux et tout autre signe distinctif étaient bien entendu proscrits.

Alors qu'elles longeaient d'un pas vif la bibliothèque – récemment inaugurée, ce dont la directrice n'était pas peu fière –, Olga apprit également l'existence d'un cachot, destiné aux éléments retors. Le respect des consignes était donc crucial dans cet univers déjà oppressant, mais Nikita se fit rassurante. On n'était mis au trou qu'au bout de trois rapports et on y restait rarement plus d'une semaine. Les rares garçons qui y avaient été envoyés en sortaient pourtant complètement vidés. Nul ne savait ce qu'il s'y passait. Cette disgrâce n'avait pas été infligée depuis plus d'un an.

Un étroit bâtiment abritait l'infirmerie. Nikita refusa de s'en approcher et se lança dans un déluge de paroles pour exprimer toute sa défiance vis-à-vis du médecin. Il ne fallait y aller qu'en cas d'extrême nécessité. Enfin, elle lui annonça qu'elle devrait supporter sa présence tous les soirs à l'heure du dîner, pendant les trois prochains mois. C'était la procédure.

Olga en était persuadée : sa compagne d'infortune était totalement endoctrinée. Elle n'avait pu être choisie par hasard pour être sa référente : son esprit devait être le plus malléable de tous.

La visite se termina brusquement devant sa chambre, quand Nikita voulut l'embrasser et lui souhaiter bonne chance. La blondinette lui cracha à la figure :

— Si je suis obligée de te supporter, épargne-moi tout sentimentalisme et apprends à te taire !

Un instant ébahi, le bon petit soldat la mit tout de même en garde :

— Es-tu consciente que ce genre d'attitude peut te valoir un rapport ? Et ce serait une première après si peu de temps ! Mais je suis là pour te préserver, cette histoire restera entre nous…

La porte lui claqua au nez, laissant Nikita terminer sa phrase dans le vide.

*

Chaque matin, la sonnerie infernale d'une cloche mettait les pensionnaires en ordre de marche. Au début, Olga se fit discrète. Elle passa ses journées à la bibliothèque. Là, elle trouvait toute la nourriture spirituelle qui lui était nécessaire. Une échappatoire au malheur de son existence.

Le premier ouvrage qu'elle eut entre les mains fut *Robinson Crusoé* de Daniel Defoe. L'aventure de Robinson faisait écho à sa propre histoire. Violemment arraché à sa vie, il s'était retrouvé dans un univers sauvage qu'il avait appris à domestiquer. Olga ressentait la même détresse et le même sentiment de solitude. Elle allait devoir apprendre à tenir dans un environnement hostile. Et, comme Robinson, elle s'accommoderait de la réalité, à la différence près que sa misanthropie ferait fuir tous ses camarades.

Un soir, elle fut surprise par l'extinction des feux et dut interrompre sa lecture. La coupure était générale et aucun interrupteur ne fonctionnait. Mais, bien déterminée à terminer son roman, elle avait conçu un stratagème. Elle avait en effet observé depuis le parc que le médecin cachait une clé sous un pot, quand il quittait l'infirmerie à 17 heures. Peut-être y trouverait-elle de la lumière ? Elle se glissa hors de son lit, son gros livre sous le bras, courut sans faire de bruit jusqu'au petit bâtiment, se saisit de la clé et se glissa dans la pièce.

Dans le bureau exigu et sans fenêtre s'entassaient des dossiers. Mais le plafonnier s'alluma. Elle ferma délicatement la porte, s'enveloppa dans une couverture et, dans sa cachette, put lire tout son soûl. Ni la fatigue qui engourdissait ses membres ni les picotements de ses yeux ne lui firent lâcher ces pages. Elle était comme Jacques Vingtras, le héros de *L'Enfant* de Jules Vallès, qui, prisonnier dans une salle d'étude, découvre par hasard le récit de Defoe. Absorbé par les péripéties de Robinson, il en oublie tout, y compris le temps qui passe. Seul le pion, se souvenant qu'il a enfermé le petit, finit par briser cette bulle hors du temps.

À l'aube, Olga s'empressa de retourner dans sa chambre. Pieds nus, elle traversa le parc, insensible aux gravillons. Une bien maigre punition tant elle était heureuse d'avoir achevé *Robinson*.

L'esprit rassasié, elle sombra immédiatement dans un sommeil de plomb. Quand elle se réveilla, le soleil tombait en pluie sur les lames du parquet en chêne. Il était 13 heures. Elle enfila son uniforme et fila au réfectoire. Malheureusement, il était déjà fermé. Qu'importait la faim, le lieu le plus important, à ses yeux, était la bibliothèque.

Là-bas, face aux rayons, elle ouvrait méthodiquement chaque livre après en avoir lu la quatrième de couverture, elle en parcourait quelques pages, puis reposait d'un geste sec celui qui n'avait pas trouvé grâce à ses yeux. Ce jour-là, son choix s'arrêta sur un roman épistolaire écrit par Choderlos de Laclos, *Les Liaisons dangereuses*. Munie de son nouveau trésor,

Olga quitta les lieux, leur préférant l'atmosphère printanière du parc. Elle pouvait lire en marchant, imprimer à ses pas un rythme mécanique tout en s'évadant dans la France du XVIIIe siècle.

Du haut du troisième étage de la tour où se trouvait son bureau, Elizabetha remarqua la fillette qui décrivait un cercle presque parfait, dans le sens des aiguilles d'une montre. Elle l'observa puis se replongea dans son travail. Quelques minutes plus tard, elle releva la tête et jeta un œil par la fenêtre. Olga était toujours en train de tourner dans l'herbe, un livre à la main, la tête inclinée.

La directrice regarda sa montre et chronométra le temps que mettait l'enfant à accomplir sa ronde : dix-sept minutes exactement pour passer sous le soleil, disparaître dans l'ombre et reparaître, imperturbable, dans la lumière. Une heure plus tard, elle continuait son cycle perpétuel.

Ce comportement, obsédant et compulsif, exaspéra la directrice. Elle calcula qu'il lui faudrait une minute pour descendre l'escalier et cinq minutes pour intercepter Olga qui parviendrait alors à un point précis de sa boucle, à savoir le grand frêne à l'angle du parc. La précision mathématique semblait avoir contaminé l'esprit oppressé d'Elizabetha. Dès que l'aiguille de sa montre eut dépassé le chiffre douze, elle bondit et dévala les marches en tout juste trente secondes, reprit son souffle pendant les trente secondes suivantes, puis se dirigea droit vers la liseuse invétérée. Elle n'avait cependant pas pour habitude d'intervenir directement : elle estimait que cela la dévaloriserait et ses hommes de main faisaient fonction de surveillants. Cette interaction avec une gamine était donc une première.

De peur que, dans cette belle mécanique, Olga ne relève pas les yeux et ne provoque une collision, elle lui lança à distance raisonnable :

— Arrête-toi, s'il te plaît, nous devons parler.

— Bonjour, madame la directrice, y a-t-il un problème ?

— Je t'ai observée, ces derniers jours, tu ne fais aucun effort, tu ne participes à aucune conversation ! Tu pourrais avoir des amis. Ils te seraient d'une grande utilité pour surmonter ton chagrin… Et qu'est-ce que c'est que ces manières ? Lire en marchant, je ne comprends pas.

— Vous préférez que je sois assise dans ma chambre ou à la bibliothèque ? Dites-moi. C'est vous qui commandez.

— Il n'est pas question de commandement mais de normalité. J'ai l'impression d'avoir affaire à une aliénée qui tourne en rond comme un automate. C'est aberrant. Tu vas finir par nous faire peur à tous !

— Vous n'avez pas répondu à ma question. Voulez-vous que je lise dans ma chambre, dans la bibliothèque ou sur un banc ?

— Mais, au fait, dans quoi es-tu plongée ? Ça a l'air passionnant !

— Un roman très intéressant sur la manipulation psychologique, les passions et la vengeance : *Les Liaisons dangereuses…*

— Ma pauvre enfant, mais c'est dénué de toute moralité ! Une jeune fille de quinze ans dévoyée par un libertin, l'adultère, la revanche d'une manipulatrice, tout cela n'est pas de ton âge. C'est beaucoup trop sombre, et de surcroît il s'agit de littérature française ! Ce ne sont pas des lectures pour toi. Commence par nos classiques. Tolstoï, Tchekhov, Pouchkine, mais surtout Gorki, Maïakovski. Je vais demander au professeur de littérature de te faire une liste de recommandations… Sache néanmoins que j'applaudis ta curiosité, j'incite non sans mal tous les pensionnaires à avoir la même. C'est fondamental pour s'élever dans la société d'aujourd'hui.

Sur le visage d'Olga se dessina un sourire narquois :

— « Il n'y a au monde que deux manières de s'élever, ou par sa propre industrie ou par l'imbécillité des autres. » Quant à la littérature française, je ne sais pas pourquoi, elle m'attire…

— Mademoiselle cite La Bruyère, mais d'une façon totalement irrespectueuse ! L'avantage de cette conversation, c'est qu'elle m'apprend à te cerner, et je connais la marche à suivre avec les éléments perturbateurs et impétueux comme toi. Quand tu auras fini cette œuvre, tu viendras me voir pour m'en faire un compte rendu. À mon tour je te ferai part de mon sentiment. Le gouffre qui sépare nos capacités de compréhension t'apprendra la modestie.

— D'accord, mais vous ne m'avez toujours pas répondu.

— Écoute, fais ce que bon te semble. Si tu veux te donner en spectacle, continue à marcher en lisant… mais n'oublie pas notre prochaine entrevue !

Olga reprit sa lecture, décrivant des cercles jusqu'à ce que son estomac crie famine. Elle se rendit alors au réfectoire en espérant que Nikita attendrait le service suivant. Ce ne fut pas le cas et, tout au long du repas, elle dut supporter un flot incessant de paroles.

Sa tutrice nourrissait l'espoir qu'en lui faisant des confidences, la nouvelle s'ouvrirait peu à peu. Mais la table fut débarrassée sans que la moindre parole fût sortie de la bouche d'Olga. Nikita la raccompagna alors à sa chambre et entreprit de lui relater son histoire. Elle n'avait pas connu sa mère. Quant à son père, officier, il était mort dans l'exercice de ses fonctions. Elle avait donc été placée à l'orphelinat dès l'âge de huit ans. L'institut lui avait offert un cadre rassurant, une routine et la possibilité de faire des études ; bref, un avenir prometteur, à défaut d'un présent chaleureux. L'adolescente avait tout de même un ami, Anton, mais elle aurait aimé avoir une confidente, une alliée.

C'en était trop pour Olga. Il fallait couper court. Elle ne voulait pas être blessante, mais ses mots dépassèrent sa pensée. La malheureuse fut comparée à un mauvais livre qui ne valait pas la peine d'être lu. Olga n'avait pas besoin d'une béquille. La situation était gênante, et elle souhaitait que Nikita quitte immédiatement la pièce. Je n'ose imaginer la tristesse de cette pauvre gamine, victime de tant de rage pour prix de ses confidences.

Quand Olga se réveilla au petit matin, juste avant la cloche, son premier geste fut de reprendre son livre là où elle l'avait laissé. Interrompue par la faim, elle consulta sa montre mais, une fois encore, elle avait manqué le dernier service. Lorsqu'elle voulut s'habiller, elle ne trouva pas son uniforme, le chercha désespérément et, dans un éclat de rire, s'aperçut qu'elle le portait déjà. Il lui restait une soixantaine de pages.

Elle voulait les déguster comme une friandise. Quoi de mieux qu'au cœur de la nature ?

Il faisait beau. Au risque de déplaire, Olga entama son circuit quotidien. Et le plaisir fut consommé. Au début de l'après-midi, elle était arrivée au bout. D'un pas fébrile, elle reprit le chemin de la bibliothèque pour y choisir un nouvel ouvrage, avant de faire brutalement demi-tour. Finalement, elle préféra s'allonger sur le banc le plus éloigné des bâtiments pour réfléchir à ce qu'elle venait de lire. Elle n'avait aucun mal à se remémorer chaque scène, revivait avec intensité chaque péripétie. Elle était à la fois Cécile de Volanges, abusée et violée par le vicomte de Valmont, et la chaste Mme de Tourvel séduite par le même prédateur. Elle possédait la ruse de la marquise de Merteuil et le cynisme du vicomte. Elle se délectait des tourments infligés à ce dernier qui s'était cru invincible, et goûtait au plaisir d'une justice finalement rétablie.

Olga devina que l'auteur aurait pu choisir une fin différente, si les impératifs catégoriques de la morale ne l'avaient obligé à punir les libertins. Cette nouvelle perception accrut sa pénétration des personnages. La marquise de Merteuil avait tout particulièrement retenu son attention. Incarnation avant l'heure de l'émancipation féminine, elle avait écrit dans la lettre 81 un véritable mode d'emploi destiné aux jeunes filles qui refusaient de se plier aux exigences de la société. Elle avait appris à dissimuler ses émotions, à observer et à réfléchir aux possibilités qui s'offraient aux femmes de sa condition. Érigeant la manipulation en art, elle avait gagné ainsi une forme d'indépendance.

Olga relut cette lettre pour y trouver, non sans joie, un écho à son propre engouement. La marquise avait en effet découvert dans la littérature les clés du monde. Elle avait étudié les mœurs dans les romans, les opinions chez les philosophes, et cherché parmi les moralistes les plus sévères ce que l'on attendait d'elle. C'était la première fois qu'Olga s'autorisait à reprendre un passage. Elle voulait vérifier le bien-fondé de son analyse. C'était donc ça, la littérature, une plongée dans la nature humaine, immuable malgré l'écoulement des siècles. Elle en était maintenant convaincue. Elle exultait. Elle en poussa même un hurlement de joie qui résonna jusqu'aux fenêtres de la directrice. Une passion dévorante était née.

Deux heures plus tard, Olga frappa à la porte du bureau d'Elizabetha. Elle avait une mission à accomplir, et lui déclara sans préambule :

— Voilà, je suis là, comme vous me l'aviez demandé.

— Quand tu entres dans une pièce, tu dois être respectueuse et attendre que ton interlocuteur lève les yeux vers toi pour prendre la parole. Non seulement tu es mal éduquée, mais tu n'écoutes rien : je t'avais dit de revenir une fois ton livre achevé !

— Je l'ai bien évidemment fini, c'est pour ça que je suis là. Vous en voulez un compte rendu ? Ai-je la possibilité de m'exprimer ?

— Quelques heures pour lire un livre aussi dense, cela me laisse présager du pire… Je vais te donner une autre chance : reviens la semaine prochaine, mieux préparée. Je n'ai pas envie d'entendre des banalités.

— Je ne tiens pas à revenir la semaine prochaine, finissons-en. J'ai hâte d'écouter moi aussi votre vision de l'histoire.

— Bon, si tu insistes, mais, s'il te plaît, lève-toi. Tu auras le droit de t'asseoir quand je te le dirai.

La directrice fut abasourdie par la brillance d'un très long exposé, mêlant analyses psychologiques, poétiques et stylistiques d'un niveau universitaire. Comment une enfant qui n'avait pas neuf ans pouvait-elle avoir un tel degré de maturité ? L'intelligence et la sensibilité mises au service de la réflexion. Pendant toute sa carrière de professeure de lettres, Elizabetha avait espéré cette élève époustouflante qui se tenait enfin devant elle et la laissait sans voix. Le temps était venu de lui répondre, mais le cœur n'y était plus. Elle préféra contourner le bureau pour l'étreindre. À ce moment-là, elle ressentit une puanteur, prit son courage à deux mains et, tout en la félicitant, lui demanda expressément d'aller se laver.

Il lui fallait néanmoins garder la tête haute. Olga avait cité La Bruyère lors de leur précédent entretien. À son tour, elle se devait de l'épater. Malheureusement, elle ne trouva rien de mieux qu'un proverbe chinois :

— « La boue cache un rubis, mais bien heureusement ne le tache pas. »

En quittant la pièce, Olga n'était plus cet odieux personnage, récalcitrant et inconscient de la chance qui lui était offerte au sein de cet établissement. La pépite avait surgi quand, fatiguée d'un public médiocre et grossier, Elizabetha avait abandonné l'espoir d'en dénicher une. L'ironie voulut qu'en qualité de directrice elle ait la chance de découvrir un horizon infini : celui d'un être en devenir. Mais sa piètre prestation et son dicton douteux lui laissaient un goût amer.

*

Désormais, les jours passaient invariablement pour Olga. Elle ne manquait plus un seul repas au réfectoire, où la pestilence qu'exhalait son corps éloignait ses congénères. Elle mangeait seule, indifférente aux ricanements et aux moqueries dont elle était l'objet.

Tous les deux jours, elle se rendait à la bibliothèque et choisissait un livre qu'elle engloutissait en quelques heures. Une fois sa lecture achevée, elle s'allongeait sur le banc du parc, si le temps le permettait, ou bien sur son lit. Là, elle se remémorait tous les rebondissements, ressentait chaque émotion, s'identifiait aux héros. Elle revivait dans les moindres détails les intrigues qui s'étaient imprimées dans son esprit. Une sorte de transe s'emparait d'elle. Tour à tour, elle était la figure vengeresse d'Edmond Dantès, la misérable Fantine victime de coups du sort, l'ambitieux Julien Sorel au destin tragique. Elle entrait dans des univers sombres ou merveilleux, s'imprégnait des atmosphères imaginées par les auteurs. Totalement immergée dans ces histoires qui prenaient vie en elle, Olga transpirait, pleurait, tremblait. Il arrivait même que son corps soit parcouru de spasmes.

Alors qu'elle ne ratait plus un déjeuner et prenait même double ration le soir, sous les yeux ahuris des autres enfants qui osaient s'insurger contre cette injustice, Olga paraissait de plus en plus faible et, paradoxalement, finit par perdre du poids. De folles rumeurs se mirent à circuler sur son compte. Plusieurs versions, plus atroces les unes que les autres, virent le jour. La première d'entre elles rapportait que ses parents, une fois sa mère violée et son père torturé, avaient été assassinés par des brigands sous les yeux horrifiés de la fillette. Anton, l'ami de Nikita, était, lui, convaincu qu'ils avaient été attaqués par une meute de loups lors d'un pique-nique. Ils se seraient fait déchiqueter et seule Olga aurait été épargnée. Des disputes éclataient, chacun étant persuadé de détenir la vérité. Des paris furent lancés. Une jeune fille qui avait misé gros aborda Olga et lui demanda sans vergogne un indice sur la mort de ses parents. Cette dernière, loin de se démonter, lui retourna la question, non sans une certaine violence :

— Et toi, ils ont crevé comment, les tiens ?

Ces histoires ne partaient pas d'une mauvaise intention. Désireuse de protéger Olga, Nikita les avait inventées de toutes pièces pour susciter l'empathie des enfants. Mais, étant donné la puanteur et les mauvaises manières de la nouvelle, ces rumeurs avaient dégénéré et nourri la soif de sensationnel de certains. Selon Rousseau, qui croyait en la bonté innée de l'homme, la pitié est un sentiment naturel. Mais, à ce stade, on pencherait plutôt pour la position de Hobbes : « L'homme est un loup pour l'homme. »

Olga, des livres et des rêves plein la tête, n'en était pas ébranlée. Les poches remplies de nourriture, elle s'en allait au fond du parc rejoindre son fidèle et unique compagnon, un écureuil gris aux yeux clairs.

4

Une terre sauvage

Quelques jours avant la fin de sa période d'intégration – qui avait été finalement allongée à quarante-cinq jours –, un nouveau livre accapara Olga : *Crime et Châtiment* de Dostoïevski. Un mécanisme de défense s'était peu à peu mis en place grâce à ses lectures ; sans s'en rendre compte, Olga, de peur d'être hantée par des souvenirs insupportables, n'avait cessé d'occuper son esprit. Elle avait concentré tous ses efforts pour l'abreuver, au détriment de son corps. Dans les premiers temps, même la faim ne pouvait l'arracher à ses livres. Le soir, elle se couchait satisfaite d'avoir épuisé son cerveau et sombrait dans un sommeil profond. Ce système comportait cependant une faille, et l'œuvre de Dostoïevski allait la révéler.

Une fois sa lecture achevée, Olga obéit à son rituel devenu immuable, en s'allongeant sur son lit pour revivre les moindres détails du parcours de Rodion, le personnage principal de ce chef-d'œuvre. Accablé par la misère, le jeune homme commet un double meurtre, en pensant rendre service à l'humanité. Mais, rongé par le remords, la peur et la paranoïa, il sombre dans la folie. Son salut vient, dans les dernières pages du livre, de l'amour d'une prostituée, qui le libère de ses tourments en l'amenant à avouer son crime. Déporté en Sibérie, il y trouve même la rédemption. Mais, cette fois, la résonance était trop forte ; Olga ne put s'empêcher de faire un parallèle avec sa propre vie : les assassins de ses parents allaient-ils subir le même sort ? Être condamnés par une justice divine à errer dans ce monde comme des spectres en souffrance ? Elle essaya de chasser cette idée, de se concentrer sur le roman, mais cette obsession la submergea de nouveau, la poussant dans ses derniers retranchements. Un autre texte dont s'enrichissait déjà sa jeune culture littéraire, *Le Manteau*, une nouvelle fantastique de Gogol, vint même nourrir sa réflexion et la fit descendre si loin en elle-même qu'après de longues heures, elle sombra dans une crise qu'on pourrait comparer à de l'épilepsie, et perdit connaissance.

Par chance, Nikita, qui ne l'avait vue ni au premier ni au deuxième service, s'en inquiéta et courut à sa chambre. Elle ouvrit la porte, découvrit son corps inanimé et s'approcha en retenant son souffle. Olga respirait encore. La directrice et le médecin, appelés en urgence, la firent transporter à l'infirmerie, où elle passa la nuit, chacun tentant d'expliquer ce qui s'était produit. Le docteur émit de nombreuses hypothèses qu'il finit par infirmer les unes après les autres. Elizabetha se recueillit en prières et Nikita ne trouva le sommeil qu'en tenant avec dévotion la main de la petite. Lucide, elle s'était résolue à sa force et à sa grandeur, tout en ayant renoncé à l'ingrédient essentiel de l'amitié : le partage.

Le lendemain, Olga se réveilla triomphante. Son large sourire masquait la lueur naissante de l'aube, comme si elle défiait la nature par sa beauté. Mais ses premières paroles laissèrent les autres perplexes. Comme la Pythie de Delphes, sous l'emprise de drogues, faisait jaillir de sa bouche les prédictions divines, Olga se lança dans un curieux discours métaphysique :

— Impossible de trancher… Les débats sur l'existence de Dieu ou d'une divinité sont dénués de sens. Aucune preuve ne permet de se prononcer… Il n'existe ni prophète ni messie. Ce ne sont que des constructions sociales et culturelles pour nous apaiser… Nous sommes les bâtisseurs de notre propre vie.

À la lecture de *Crime et Châtiment*, la porte de l'inconscient d'Olga avait fini par se briser, sous la pression de souvenirs abominables. La douleur avait été si grande qu'elle avait cru en mourir. Sa joie au réveil ne venait donc pas de la satisfaction d'avoir résolu des questions existentielles, mais d'avoir survécu à l'irruption de tant d'horreurs refoulées. Son esprit avait trouvé la force d'affronter ses démons, de les confronter aux tourments de Rodion et d'en tirer une conclusion.

Dieu n'existait pas.

Il n'y avait pas de Providence.

La réalité n'était que factuelle et les criminels ne seraient pas punis.

Il fallait donc se faire justice soi-même.

Mais comment ?

Fervente chrétienne, la directrice lui répondit que tout ce qui échappait à l'expérience pouvait être pris pour une certitude, et que ses croyances étaient susceptibles d'évoluer. Trop jeune pour le comprendre, Olga n'en était qu'à ses balbutiements. Mais, pour l'instant, il était grand temps de revenir au monde réel : une bonne douche ferait l'affaire ! Deux surveillantes allaient s'en occuper et lui fournir, par la même occasion, une tenue neuve. Dorénavant, l'une d'elles inspecterait sa chambre et son degré d'hygiène trois fois par semaine.

Olga savoura l'eau tiède ruisselant sur son corps crasseux, puis l'odeur du savon qui se chargea d'éliminer la fine pellicule nauséabonde. Son esprit s'était régénéré, c'était au tour de son corps. Enfin elle lâchait prise et acceptait la sensation d'apaisement que lui procurait l'eau. Comme si la période post-traumatique se clôturait et que se détendait tout son être, contenu ces derniers mois dans une armure de saleté et une forme de contention intellectuelle. Olga ne s'interdirait plus jamais une telle sensation de bien-être.

Le jour suivant, un samedi, la directrice décida d'avoir une conversation avec l'enfant pour comprendre ce qu'il s'était réellement passé. Elle était hantée par les paroles du médecin : « Nous sommes passés à deux doigts du désastre. » Ce dernier mot résonnait en elle. Sous son abord froid, Elizabetha tenait à ses pensionnaires.

Dès son arrivée à l'orphelinat, ce matin-là, elle interrogea les surveillantes et fut agréablement surprise d'apprendre qu'Olga se trouvait dans le jardin, tranquillement assise sur un banc, à l'ombre du grand frêne. Elle les pria d'aller la chercher et de la conduire à son bureau. La fillette frappa, entra, se tint à distance respectueuse puis attendit que la directrice relève les yeux. Elizabetha découvrit, ahurie, de longs cheveux d'un blond éclatant, une peau diaphane et un regard d'azur.

— Eh bien, finit-elle par s'écrier, tu nous as fait une belle peur ! Un tel événement ne doit pas se reproduire... Est-ce que tu veux en parler avec moi ? Le docteur n'ayant aucune piste, essaie de m'aiguiller...

— Laissez-moi plutôt vous résumer ma dernière lecture.

Elle débuta par une analyse du regard que porte Dostoïevski sur la société russe. Elle déplora que le rejet du socialisme et du capitalisme ne puisse aboutir à rien de probant. Du haut de ses huit ans, elle se permit de juger l'écrivain en étayant largement son argumentation. Elle poursuivit en affirmant que Rodion s'était inventé une vie et s'était persuadé d'être normal. Comment avait-il pu mêler à son monde Napoléon, Isaac Newton ou Johannes Kepler pour asseoir sa théorie ? Il n'avait cessé de braver les limites de la morale, mais, nous, nous n'étions pas ses complices. Nous étions des lecteurs avertis. Nous le plaignions d'être ce qu'il était. L'écrivain aurait dû combattre vivement l'absence d'intégrité de son anti-héros. Au lieu de cela, il avait entonné une marche funèbre, étant lui-même une part de cet individu. La fin ne méritait ni d'être lue ni expliquée. Elle préférait encore une autre œuvre qui lui ressemblait : *Les Frères Karamazov*.

Par sa critique d'un grand nom de la littérature russe, elle espérait échapper aux égards de sa directrice, à son regard admiratif. Mais tout compte fait, ses propos n'étaient pas dénués de sens. Le verdict ne tarda pas. Elizabetha était une nouvelle fois subjuguée par son talent et son audace. Elle appuya son raisonnement par une citation du *Cid* de Corneille :

— « Aux âmes bien nées, la valeur n'attend point le nombre des années. »

Olga avait lamentablement échoué dans son entreprise d'autodestruction. Avant de sortir, elle entendit même :

— Le génie est le talent qui ose.

La directrice lui demanda encore quelle serait sa prochaine lecture. *Anna Karénine* de Tolstoï, lui répondit Olga.

— Excellent ! La prochaine fois, tu auras un public : la joie de t'entendre doit être partagée… Tu vas nous jouer l'intrigante Anna, la femme d'Alexis Karénine. Sa passion amoureuse pour un bel officier, Vronski, et sa culpabilité, nous allons les vivre à travers tes yeux. Tu seras, à toi seule, « la tragédie éternelle de l'amour coupable ». En incarnant ces personnages, tu deviendras la proie de leurs tourments et, prise dans un engrenage dont tu ne pourras te délivrer, tu mettras fin à ta vie !… Tu sais, j'admire ta capacité exceptionnelle à t'emparer de tous ces monuments de la littérature. As-tu idée du plaisir que tu procures ? Lorsque tu prends la parole, tu fais ressentir chaque émotion, même la plus infime, cela donne une remarquable profondeur à ton interprétation… Oh, j'espère ne pas en avoir trop dit ! Je me suis laissé emporter…

Olga quitta le bureau, en se blâmant de la médiocrité de sa prestation et de ce rendez-vous à venir devant un auditoire. Mais, impatiente de lire *Anna Karénine*, elle accéléra le pas et, ce soir-là, une nouvelle fois, elle fut incapable de trouver le sommeil.

Au petit matin, le roman gigantesque de Tolstoï avait été avalé. Comme à son habitude, Olga se rendit dans le parc, s'assit sur le banc et s'apprêta à se replonger dans son livre quand un son venu d'on ne sait où se fit entendre. Un son rond et plein, grave et sensuel, doux et mélancolique à la fois. Chaque note s'insinuait en elle tel un ruban coloré. L'air qu'elle entendait, au rythme lent, lui semblait le chant même de la condition humaine, tendre et douloureux. Cette mélodie était comme une caresse capable de consoler l'humanité entière. « *La musique souvent me prend comme une mer*[1] *!* », se dit Olga en se levant, incapable de lui résister.

Guidée par les notes, elle se dirigea vers une bâtisse en pierre. Elle en ouvrit une porte et découvrit Nikita, seule, au milieu d'une grande pièce à l'acoustique fabuleuse. Elle ondulait tel un serpent hypnotisé, tout en faisant jouer ses doigts sur un objet en bois d'ébène incrusté de clés d'argent. L'instrument semblait le prolongement de son souffle et exprimait

1. Baudelaire, *Les Fleurs du mal*.

les plus infimes nuances de l'âme. Olga resta là, immobile, à l'écouter. Nikita ne l'avait pas vue et continuait à jouer. Lorsque la dernière vibration d'un rouge profond eut résonné dans l'air, la petite s'approcha, le cœur battant.

— Excuse-moi de faire irruption, mais ta musique m'a attirée ici. Elle m'a tellement décontenancée que je n'arrivais plus à me concentrer… Cet air, qu'il est envoûtant ! Qui l'a composé ?

— Mozart ! C'est l'*adagio* du *Concerto pour clarinette en la majeur*. La clarinette, c'était son instrument préféré. Il a écrit pour elle des morceaux merveilleux…

— Je vais te révéler un secret. J'étais venue dans le parc pour revivre ma dernière lecture. Dans ces moments-là, j'ai la sensation de quitter mon corps et de le regarder se débattre en dessous de moi. Jusque-là, rien ne pouvait me faire revenir dans le monde réel. Pas même la musique. Ni le piano ni le violoncelle n'avaient réussi… Seul le son de ta clarinette a brisé ma bulle ! Je suis retombée sur mon banc et, en reprenant mes esprits, j'ai couru ici pour essayer de comprendre… Mais quelle nouvelle ! Si un jour tu me vois partir trop loin et manquer de force pour revenir, pas la peine de m'emmener à l'infirmerie, tu n'auras qu'à jouer… Tu seras pareil à Orphée qui, par son chant, parvenait à charmer tout être et toute chose. Tu me ramèneras des Enfers vers la lumière.

— Je serai ton antidote, à défaut d'être ton amie… Ça me va !

— Je voudrais apprendre à jouer de la clarinette. Pourrais-tu m'y aider ?

— Avec plaisir. Et si l'on s'y mettait quelques heures le dimanche ?

Les deux filles se retrouvèrent au deuxième service, unies par une complicité nouvelle. Olga lui raconta sa dernière entrevue avec la directrice et lui confia sa réticence à s'exprimer en public, bien qu'elle se sente obligée, le moment venu, de tenir cet engagement. Nikita avait enfin cette amie qu'elle avait tant espérée.

Arriva le jour où tous les pensionnaires, les professeurs et le personnel de l'orphelinat se rassemblèrent pour écouter Olga. Elle sut trouver les mots justes pour exprimer les affres de l'amour. Elle commença par rappeler l'étymologie du mot passion, *patior*, signifiant « souffrance » en latin. Les philosophes antiques, épicuriens et stoïciens, n'avaient eu de cesse de nous mettre en garde, recommandant de se protéger de toute passion. Anna Karénine, pour avoir connu une telle ivresse, avait subi la déchéance, l'opprobre et le malheur, puis l'avait payé de sa vie.

Deux heures plus tard, un tonnerre d'applaudissements saluait sa prestation.

*

Pour comprendre comment je peux vous restituer tous ces détails de l'enfance d'Olga, le vieil homme que je suis se doit de vous raconter un épisode de sa propre vie. Nous sommes en 1980, à Santiago du Chili. En échange d'informations, Sergueï, mon père, obtient de l'un de ses plus vieux amis un précieux sésame : les photocopies des journaux intimes d'Olga, saisis au domicile d'une dénommée Irina. Il aurait dû y en avoir soixante-huit, mais certains avaient disparu : nous n'en récupérâmes que quarante-cinq. À chaque page, Olga décrivait son univers de l'époque.

La période de l'orphelinat était amputée, de nombreux carnets ayant été confisqués en haut lieu. Il est donc impossible de vous confier tout ce qu'elle a réellement traversé pendant ces années. À la lecture de ses écrits, nous pouvons néanmoins affirmer qu'elle a fait d'innombrables séjours au cachot. Certains furent dévastateurs. À l'âge de onze ans, victime de viols à répétition, elle tua son agresseur en lui tranchant la carotide. Nous ne connaissons pas l'identité de cet homme. On a tout de même la certitude qu'il exerçait des fonctions importantes au sein même du Kremlin.

Dans l'un de ses journaux, Olga associe cet acte odieux à une odeur, dont sa peau s'était retrouvée imprégnée. S'en débarrasser était devenu une obsession. N'y parvenant ni en se douchant ni en se savonnant avec vigueur, elle avait fini par se rendre au fond du parc un soir de pluie pour se plonger, entièrement nue, dans la boue. Elle en était convaincue, c'était le meilleur des antidotes. Cette senteur ne l'avait jamais trahie grâce à ses notes rugueuses et tenaces, un savant mélange d'écorces de bois sauvage, de feuilles putréfiées, et de toutes les âmes qui avaient perdu leur combat contre l'éternité. La terre allait la délivrer. Sa couleur brune était un signe de plus qui ne trompait pas, celle des excréments, mais aussi celle du renouveau, qui donne à la nature la force de se régénérer et de nous dévoiler les plus belles de ses créations.

Cette épreuve fut sombre et douloureuse. Ensevelie, dans l'immobilité et l'obscurité, Olga faisait l'expérience de sa propre mort. Au cœur de cette matrice, elle s'en doutait, elle n'était plus qu'une graine dont l'écorce corrompue se transformerait en plante, puis en fleur odorante. Elle n'était ni heureuse ni triste, elle attendait patiemment son jugement. Mais ce jour-là, la terre ne voulut pas d'elle. Après une longue purification, elle expulsa la jeune fille.

Le lendemain au réveil, Olga constata avec joie qu'elle était enfin guérie, libérée. Son seul regret était de s'être défait par la même occasion de l'arôme de la mort de son assaillant, un parfum qui avait le goût de l'encens et la délicatesse d'une caresse sur sa joue. Olga comprit ce jour-là qu'il fallait attacher plus d'importance aux senteurs ; elles étaient nécessaires à la compréhension du monde et lui livreraient bien des secrets sur ses mystères.

Dans ce même écrit qui avait échappé à la censure, une femme tenait un rôle prépondérant, vraisemblablement l'épouse du violeur. Bien loin d'excuser l'acte odieux de son mari, elle avait cependant fait jouer son réseau en faveur d'Olga.

Par un tour de passe-passe, un ordre de mission émanant du secrétaire général du pays, Joseph Vissarionovitch Djougachvili Staline, avait transféré Olga dans un nouvel établissement : un hôpital psychiatrique ayant comme particularité de n'héberger que des personnes saines d'esprit…

Au même moment, l'orphelinat vivait ses derniers jours, son budget réduit à peau de chagrin.

Les carnets manquants d'Olga devaient contenir tant d'informations, notamment des noms, des descriptions, des faits. Vous vous doutez bien qu'en cette période de terreur le Parti prit soin de les faire disparaître. Une question demeure pourtant : pourquoi ne pas avoir brûlé la totalité des cahiers ? En ce temps-là, on ne s'embarrassait pas à trier le bon grain de l'ivraie. J'ai découvert, horrifié, au hasard de mes recherches, qu'Olga n'était pas un cas isolé. Ce genre d'établissement était un terrain de chasse pour les prédateurs en quête de viande fraîche. Mais je préfère ne pas m'étendre sur le sujet.

Revenons à notre histoire. Olga a onze ans. Elle vient d'intégrer un monde qui sera désormais le sien pendant sept longues années.

Et vous, lecteur, qu'en dites-vous ? Vous êtes déconcerté ! Où est donc passé notre héros ? Bobby vous a été arraché, vous criez famine, tout comme Olga, cette orchidée sauvage qui a besoin du soleil pour réaliser sa photosynthèse. N'ayez crainte, il vous sera rendu et deviendra l'artiste brillant qui, par une voie différente, finira par souscrire à une conception nouvelle de la réalité.

Mais d'abord, regardons le terreau de leur éclosion finale.

5

Le Purgatoire aux belles âmes égarées

D'après les notes du cahier n° 34

Dans la nuit du vendredi 21 décembre 1951, une Moskvitch 400 noire s'arrêta devant l'orphelinat. Olga, tirée de son sommeil, fut priée de se dépêcher. On venait la chercher et elle ne devait emporter qu'une simple valise. Rongée par l'angoisse, elle rassembla quelques affaires, deux ou trois robes, des photos jaunies qu'elle conservait précieusement et, bien entendu, tous ses journaux intimes. Le trajet allait être long, douze heures exactement. Seule dans cette grande voiture conduite par un militaire en uniforme, elle appuya son front contre la vitre et regarda le paysage défiler.

Dès le moment où elle avait appris son transfert, elle avait lu toutes sortes d'ouvrages sur les asiles psychiatriques. Ses conclusions ne l'avaient pas rassurée. De tout temps, les pensionnaires dits « fous » y avaient été maltraités. Considérés au Moyen Âge comme possédés par le Malin, ils étaient brûlés en place publique. Au XVIe siècle, on donnait ces malheureux en spectacle à la population. Et les conditions d'enfermement ne s'étaient pas améliorées au fil des siècles : insalubrité, promiscuité et malnutrition étaient le lot des aliénés.

Certes, le regard porté sur eux avait évolué ; depuis le XIXe siècle, on pensait pouvoir les soigner. Mais les traitements violents qui leur étaient infligés se révélaient plutôt barbares et inefficaces : bains glacés, électrochocs, comas insuliniques par injection… On avait atteint le summum de l'horreur avec l'Allemagne nazie, qui avait tout bonnement procédé à l'euthanasie de ses malades mentaux, *via* le programme Aktion T4.

La voiture continuait à rouler tandis que l'esprit tourmenté d'Olga ne cessait de s'interroger. Pourquoi l'emmenait-on à l'asile ? Quelle pathologie lui avait-on diagnostiquée ? Certes, depuis quelques mois, elle s'était enfermée dans un profond mutisme et vivait dans un monde auquel personne n'avait accès, mais cela ne faisait pas d'elle une folle.

Olga redoutait qu'on ne lui inflige un traitement de choc, qu'on ne la réduise à un état végétatif à coups de psychotropes. Comme le disait Érasme, « ce qui distingue le fou du sage, c'est que le premier est guidé par les passions, le second par la raison », se répétait-elle pour se rassurer. Si on donnait le nom de « folie » au fait de suivre ses pulsions internes, de se moquer du regard d'autrui, de s'adonner à corps perdu à des activités qui nous protègent de la réalité, alors oui, Olga voulait bien être considérée comme démente.

Au cœur de l'un de ses carnets, elle se livre, dans un langage imagé bien à elle, à un état des lieux de sa personnalité et de ses aspirations les plus intimes :

> « Je n'ai jamais eu l'impression de m'esseuler, de m'exiler, mais quand l'on passe sous une cascade, l'on est englouti avant même d'y penser. C'est un mécanisme destructeur qui vous projette en avant. Certains connaissent le chemin à parcourir pour revenir sur leurs traces. Moi, je peux vous parler de l'envol – qui engage la plupart du temps un point de non-retour –, à l'image de celui d'un aigle, de Dieu ou d'une puissance indéfinissable. Les ailes déployées, le corps haletant, on se sent léger, libéré de toutes contraintes sociales et même morales. Alors l'homme, dans un instinct de vengeance, défie l'apesanteur et, d'un sursaut, s'élève. »

Par ces quelques mots, et sans jamais évoquer le terme de « folie », Olga nous emmène vers des rivages lointains. Du haut de sa falaise, au-dessus d'une mer de nuages, elle aperçoit des hommes qui s'éloignent, droits, fiers de leurs cerveaux atrophiés par la société. La jeune fille reste seule dans son univers. Elle aimerait ne pas payer le prix de sa différence, mais ne voit d'autre option que l'exil.

La voiture roula sans croiser âme qui vive pendant des heures, longeant à perte de vue des rangées d'arbres, serrés les uns contre les autres, tels des soldats au garde-à-vous. La Moskvitch finit par s'engager dans une allée profonde et, trois cents mètres plus loin, s'arrêta devant une bâtisse imposante. C'était un palais des années 1700, au style baroque, un chef-d'œuvre digne de la cathédrale Smolny. Des herbes sauvages et des arbustes aux feuillages diffus créaient une impression d'abandon tandis que ployaient les saules pleureurs, conférant à l'endroit un aspect sinistre. Toute cette végétation semblait enclore le manoir, faire de lui un îlot coupé du reste du monde. Ils avaient atteint leur destination. Le militaire emporta la valise et la déposa au pied du perron. Mais Olga ne pouvait se résoudre à quitter la voiture.

Paralysée par la peur, elle s'accrochait au siège, terrorisée à l'idée de subir l'un des traitements qu'elle avait découverts dans les ouvrages de psychiatrie. Quel serait son châtiment : les bains glacés ou, pire, les ondes de choc ? Le chauffeur tenta de la rassurer :

— Vous voilà en lieu sûr. Ici, vous êtes sous la protection de notre grande nation !

Il se demandait qui elle pouvait bien être. Aucun enfant n'avait jamais été admis dans ce saint des saints. Après une profonde inspiration, Olga trouva le courage de rejoindre son bagage. Sur le seuil, une infirmière lui souhaita la bienvenue tandis que le jeune militaire aux paroles revigorantes disparaissait avec la Moskvitch. Une nouvelle fois face à son destin, sans le moindre repère, avec pour seul acquis la lecture de centaines d'ouvrages, Olga essuya ses larmes et se dirigea la tête haute vers sa nouvelle chambre. Celle-ci était située au quatrième et dernier étage. Le moment était trop grave pour persister dans son mutisme, il lui fallait entamer une conversation avec sa nouvelle gardienne, et avant tout, s'approprier cet endroit inquiétant. Mais le couloir, terriblement long et silencieux, lui donna l'envie de hurler. Enfin, Olga ouvrit une porte en bois de chêne.

Le spectacle qui s'offrit à elle, défiant toute logique, la laissa bouche bée. La chambre était vaste et inondée de lumière. Des boiseries exhalaient un doux parfum musqué et deux fenêtres imposantes permettaient d'embrasser du regard toute la campagne environnante. Quant au mobilier, sobre, il dénotait un certain luxe : un large lit avec, de part et d'autre, une table de chevet, et un secrétaire en acajou qui pourrait renfermer ses journaux intimes. Olga s'avança, s'assit sur le lit, et s'enfonça non sans plaisir dans un édredon moelleux en duvet d'oie. Les draps étaient en coton égyptien, le meilleur qui soit. Son plaisir fut d'autant plus grand qu'il contrastait avec le tableau sombre et la cellule spartiate qu'elle s'était dépeints.

Elle remarqua un livre sur la table de nuit. Elle s'en saisit, l'ouvrit, c'était le règlement intérieur de l'établissement. L'infirmière sortit alors de son silence : avant toute question, Olga devait avoir lu et compris ces consignes. Puis elle quitta la pièce.

Le titre figurant sur une page intérieure n'était pas banal : *Sur le chemin de la compréhension se trouve l'obéissance*. L'enfant s'intéressa tout d'abord aux horaires des repas. Le dîner serait servi à 20 heures, ce qui la réjouit, elle n'aurait plus besoin de se coucher à l'heure des poules. Elle continua sa lecture avec attention. Il était obligatoire d'arborer en permanence son badge. Le sien était rangé dans le tiroir de droite du bureau. Olga alla le chercher et le considéra avec étonnement. Le numéro 256 y figurait à la place de son nom.

Si l'on voulait converser, deux salons étaient mis à disposition ; en dehors, il était formellement interdit aux pensionnaires d'échanger le moindre mot. Et personne ne devait entrer dans une chambre autre que la sienne. Cet isolement forcé n'était pas pour déplaire à Olga, qui avait horreur des familiarités.

Un cours d'éducation civique était dispensé aux nouveaux venus le lundi et le jeudi matin, de 8 à 10 heures. *Sans doute pour glorifier notre grande nation*, pensa-t-elle. Par ailleurs, le médecin-chef s'entretenait avec les patients tous les vendredis au cours d'une longue séance, afin de les aider à « s'accomplir ».

— C'est donc ça, murmura-t-elle, une dépersonnalisation, un travail de sape de l'identité.

On était pourtant loin des traitements de cheval qu'Olga craignait de recevoir. En cas de non-respect des règles, la sentence n'était qu'une semaine d'isolement. À ces mots, la jeune fille se remémora, non sans un profond malaise, les nombreux séjours au cachot pour insubordination qu'elle avait dû subir, ces derniers temps.

Après ce point coercitif, le règlement prenait l'allure d'une sinécure. Des spectacles étaient offerts dans l'auditorium, à raison de deux représentations par mois. Tous les lundis et mercredis matin, après la levée du drapeau, une séance de remise en forme était proposée. Un salon de beauté était même à la disposition des résidentes, les vendredis et samedis après-midi. En échange, une tenue et une hygiène irréprochables étaient exigées.

Le règlement s'achevait par cette phrase :

En fonction de votre avancement, vous pourrez vous voir réattribuer vos noms et prénom, ainsi que le droit de discuter où vous le désirez, mais uniquement avec des personnes dans les mêmes dispositions que vous.

En refermant la brochure, Olga se demanda où étaient passés les huit mille cinq cents fantômes des déments accusés d'être possédés par le diable et brûlés dans le pays de Trèves, en Allemagne, par le pouvoir ecclésiastique. Où se trouvaient les aliénés furieux et sthéniques, réduits à des créatures hébétées sous l'emprise des psychotropes ? Et les spectres des victimes de la théorie de Bleuler, stérilisées à grande échelle et euthanasiées massivement sous le régime nazi ? Aucune de ces visions abominables ne semblait transparaître en ces murs.

Les livres sur la psychiatrie étaient-ils tous semblables ? De purs produits d'une imagination fantasque et déviante ? Comment avait-elle pu être à ce point induite en erreur ? Sur ce, sonna l'heure du dîner – une activité qui lui donnerait assurément plus d'informations.

Elle descendit les quatre étages, puis emprunta un couloir sans savoir où aller quand, par une porte-fenêtre, elle aperçut plusieurs silhouettes qui avançaient dans la même direction. Elle les suivit, traversa une cour et entra dans l'aile du palais où se trouvait le réfectoire. Baignant dans une douce lumière, il lui parut aussi vaste et richement décoré qu'une salle de bal. D'immenses glaces enserrées dans des cadres dorés étaient accrochées aux murs tendus de velours rouge. De jolies nappes brodées recouvraient la vingtaine de tables sur lesquelles étaient disposés couverts en argent et assiettes en porcelaine. Mais Olga ne s'arrêta pas à ces détails, tout absorbée qu'elle était par l'étude attentive de chaque pensionnaire. Ils n'étaient que quatre par table. *De quelle pathologie peuvent-ils bien souffrir ?* se demanda-t-elle de nouveau. Pour la plupart, ces patients avaient l'air parfaitement normaux. Quel dommage qu'ils ne puissent pas parler !

Elle nota alors que les femmes étaient beaucoup plus nombreuses que les hommes. Tous portaient un badge avec un numéro, et rares étaient ceux qui affichaient leur patronyme. La salle était cernée d'infirmiers qui se dirigeaient dans un mouvement concentrique vers les uns et les autres. La voyant perdue dans ses pensées, une employée lui tendit une assiette et lui désigna le buffet, dont l'odeur alléchante embaumait l'air. Olga y reconnut tous les plats typiques de la gastronomie russe, ceux de son enfance : des *pirojki*, petits pains garnis de viande hachée, de fromage et de légumes ; du *bortsch*, la soupe traditionnelle de betterave ; ou encore des *pelmeni*, un plat d'ordinaire réservé aux grandes occasions.

Lorsqu'elle se fut assise à la place qu'on lui avait indiquée, le fumet du *bortsch* la saisit. Cette odeur prononcée d'aneth, que sa mère aimait tant, la replongea dans l'univers désormais si lointain de la maison de ses parents. Cette douce réminiscence la pétrifia, une larme coula sur sa joue. Elle sentit soudain un regard qui la fixait et leva les yeux. Une femme d'âge mûr, le numéro 883, le visage ovale, les cheveux blonds légèrement ondulés, installée en face d'elle, était en train de sortir un mouchoir brodé des initiales IY puis, discrètement, le fit passer sous la table pour le déposer sur le genou d'Olga. Celle-ci se figea tant cette scène lui parut incongrue.

L'interdiction formelle d'échanges allait-elle jusqu'à ne pas pouvoir effectuer un geste aussi banal que de tendre un mouchoir ? Son acte, elle en était sûre, était prémédité, et le fait de l'avoir vue griffonner sur un papier quelques minutes auparavant n'était sans doute pas anodin. Convaincue que ce mouchoir était porteur d'un message, elle s'empressa de le glisser dans sa robe, tout en lançant un coup d'œil reconnaissant à sa voisine.

À peine le repas terminé, elle fila vers sa chambre, serrant dans sa poche le premier lien qu'elle était parvenue à instaurer ici. Emportée par un instinct de vie qui n'avait d'égal que sa propre déréliction, plus elle avançait, plus grandissait en elle l'impression de détenir un code nécessaire à la maîtrise de son nouvel environnement. Mais, une fois assise sur son lit, elle retarda l'échéance ; lire le message n'était plus une priorité. Il lui fallait rêver ; la découverte n'était-elle pas en soi un instinct de mort ?

Mue par l'urgence de s'occuper l'esprit, elle convoqua les présocratiques, pénétra la pensée d'Héraclite et de Parménide, et se mit à noircir un nouveau carnet dans un seul but : s'évader de sa prison et interdire à sa raison de déplier le mouchoir. Elle s'y consacra jusqu'au cœur de la nuit quand, épuisée par le nombre de pages remplies, Olga trouva le courage de déplier délicatement le petit morceau de tissu. Il y était écrit :

Fais attention à ce que tu fais et ce que tu dis. Les infirmiers notent tout et le transmettent au médecin référent. Rejoins-moi au salon bleu, demain, à 15 heures. Je t'y donnerai un livre, j'aurai caché dans la reliure notre prochain point de rendez-vous. Je peux t'expliquer comment regagner ta liberté.

Abrutie de fatigue, Olga s'endormit, le message froissé dans sa main. Le lendemain était un samedi et elle avait bien l'intention de se rendre au salon bleu.

La matinée était déjà avancée quand elle ouvrit les yeux. Personne n'était venu, ni l'infirmière, encore moins le médecin, malgré son absence au petit déjeuner. Cette tranquillité lui parut suspecte. Un autre détail l'étonna : la porte de sa chambre ne fermait que de l'intérieur. Une telle liberté n'était pas pensable dans un hôpital psychiatrique où chaque patient devait, croyait-elle, être surveillé en permanence. Nul ne s'inquiétait donc de ses faits et gestes. Elle se souvint alors de Nikita, dont elle avait négligé l'amitié. Elle avait pourtant toujours été là, à veiller sur elle, présente chaque fois qu'elle sortait du cachot pour la prendre dans ses bras. Elle lui avait généreusement dispensé son savoir musical et lui avait souvent fait la surprise d'une corbeille de pommes, son fruit préféré, ou d'un bouquet de fleurs.

Olga prit sa douche, revêtit sa plus belle robe – du moins la seule qui était propre – et, les cheveux soigneusement peignés, partit à la découverte de la propriété. Elle croisa beaucoup de gens auxquels elle n'avait pas le droit de parler. Cela lui évoqua une phrase de Dostoïevski : « Ce n'est pas en enfermant son voisin qu'on se convainc de son propre bon sens[1]. »

Alors qu'elle prenait la mesure de la technique d'endoctrinement mise en place, il lui devint de plus en plus difficile de refréner son envie de communiquer. Elle entrait dans le paradoxe de la condition humaine : l'impossibilité de devenir soi-même sans l'influence des autres. Désespérée, elle finit par s'adresser à une infirmière :

— Pouvez-vous m'indiquer quand je pourrai parler aux non-soignants ?

— Vous devez suivre la doctrine, et même l'apprendre par cœur ! Partager votre vision du monde n'est pas d'actualité. Il vous faut d'abord afficher une volonté de fraternité, d'égalitarisme, de partage. Une fois cette première phase réussie, vous accéderez à la suite de votre enseignement.

— Ce que vous venez de me dire, vous l'avez appris par cœur ? Les médecins ont distribué des circulaires, ou c'est une réponse spontanée ? J'ai ma petite idée…

— Je vous trouve terriblement insolente… Sachez néanmoins que je ne ferai pas de rapport sur cet incident. J'ai conscience que c'est votre deuxième journée parmi nous et que vous avez le droit à l'erreur.

1. *Journal d'un écrivain*, 1873.

— Quelle conséquence aurait pu avoir ce genre de rapport ?

— Il en suffit d'un seul pour une semaine en enfer…

— C'est-à-dire ? On se retrouve à l'isolement et on est quoi ? battue ? peut-être même violée ?

— Tant que vous n'aurez pas compris que nous sommes là pour vous protéger, tout en vous aidant à vous accomplir, vous ne pourrez pas progresser vers les grades supérieurs. Chaque badge contient la totalité de votre identifiant. Vous remarquerez que certains se voient attribuer des étoiles sur le bord gauche. Lorsque vous en aurez cinq, vous bénéficierez de votre entière liberté, et retrouverez par là même votre identité. Voilà, je vous ai expliqué la marche à suivre pour gagner votre première décoration. C'est tout ce dont vous avez besoin pour l'instant… Jeune fille, je vous souhaite une belle réussite !

Ahurie par cette discussion aux relents concentrationnaires, Olga se rendit à la salle à manger. Elle espérait y trouver le même genre de délices que la veille et ne fut pas déçue. Les plats, servis dans une vaisselle aussi raffinée, se révélèrent plus savoureux les uns que les autres. Le luxe de l'endroit, le confort de sa chambre, la succulence des mets, tout concourait à l'idée qu'elle se faisait de la vie dans un palace. Perdue dans ses pensées, engluée dans une chaude sensation de confort, Olga finit par minimiser le caractère coercitif du règlement. Ne pas parler, était-ce si dérangeant ? Elle qui possédait un monde intérieur fourmillant, quel besoin avait-elle d'échanger des banalités ? Ces cinq étoiles n'étaient en somme qu'un jeu aux vertus pédagogiques. Elle n'avait jamais été aussi libre qu'ici, où il n'était d'ailleurs pas prévu la moindre formation. Pendant ses années d'orphelinat, elle avait catégoriquement refusé d'aller en cours. Son esprit vorace ressentait comme un frein la nécessité d'attendre que les plus faibles aient compris. Le professeur de littérature était médiocre et n'avait pas sa profondeur d'analyse. Les mathématiques trouvaient bien grâce à ses yeux, même si elle les considérait comme des devinettes, mais là encore, elle s'ennuyait, son cerveau trop vif ne pouvant s'adapter au rythme lent du troupeau. Elle regrettait que les langues, sources merveilleuses de musicalités, n'aient pas été enseignées. Les sons éveillaient en elle des couleurs, essentielles à son univers. Les langues anciennes en particulier, comme le grec et le latin, avaient à ses yeux le charme d'une clé d'accès à un monde oublié, elle aurait adoré savoir les déchiffrer. Elle voulait également apprendre l'anglais, mais n'avait vu aucune bibliothèque dans la propriété.

Ce fut avec une demi-heure d'avance qu'elle rejoignit le salon bleu. La scène était digne d'une pièce de théâtre : les murs évidemment tendus d'une superbe toile indigo, de larges canapés en cuir disposés en demi-cercle autour d'une majestueuse cheminée, où flambait un grand feu. Et, plus loin, quelques tables de bridge qui ne réunissaient jamais plus de trois personnes, uniquement des femmes.

Délogée du canapé sur lequel elle s'était d'abord assise – un infirmier lui ayant signifié qu'ils n'étaient pas accessibles aux patients –, Olga prit place à une table vide et entreprit d'écouter discrètement les conversations. Elle fut affligée par leur banalité : la qualité des repas ou des soins réalisés par l'esthéticienne, la dernière séance de gymnastique… Les infirmiers qui circulaient autour des tables griffonnaient pourtant, de temps à autre, dans leurs carnets. Ces discussions insipides la confortèrent dans l'idée que parler pour ne rien dire n'avait aucun intérêt. Enfin, la femme de la veille, le numéro 883, s'assit à ses côtés. Elle avait apporté un livre à la reliure bleue. Dès qu'elle l'eut déposé sur la table, un homme en blouse blanche le saisit et l'emporta. D'un geste de la tête, elle indiqua à Olga que c'était la procédure habituelle et lui demanda ses impressions sur la beauté de l'endroit.

Ayant bien retenu la leçon, Olga lui répondit tout le bien qu'elle pensait du réfectoire et déplora tout de même l'absence de bibliothèque. Son amie la détrompa aussitôt. Une pièce majestueuse abritait des dizaines de milliers d'ouvrages, on pouvait s'y servir à volonté, à condition de consigner ses lectures auprès de la responsable.

Quelques minutes après réapparut le livre sur le feutre vert de la table de jeu. Le numéro 883 se leva et lui conseilla de se plonger dans cette merveilleuse histoire. Leur conversation était arrivée à son terme.

De retour dans sa chambre, Olga n'eut aucun mal à découvrir le message de sa nouvelle et si élégante amie. Il lui suffit de décoller le morceau de Scotch pour que la reliure fasse apparaître le précieux sésame. Il était indiqué :

Je sais quelle chambre t'a été attribuée. Je passerai te prendre à 1 heure du matin. Reste en pyjama, ne mets pas de chaussures et, pendant le trajet, veille à ne faire aucun bruit.

Pour calmer son excitation, Olga s'intéressa à *Eugène Onéguine*, le roman qui avait servi de support au fameux billet. Au fur et à mesure des pages, qu'elle dévorait comme toujours à grande vitesse, se dessinait un personnage principal insipide, un jeune dandy parfaitement désœuvré, tandis qu'un drame sentimental s'esquissait en filigrane. Le rendez-vous manqué d'un amour à contretemps. Mais Pouchkine emmena Olga bien au-delà de la romance, en multipliant les apartés et les digressions lui permettant d'évoquer sa propre vie. En définitive, elle était conquise et déclarerait bien plus tard dans l'un de ses carnets : « Alexandre Sergueïevitch Pouchkine est le plus grand écrivain russe. »

À 1 heure du matin précise, elle entendit gratter à sa porte. Le numéro 883 venait la chercher. Sur la pointe des pieds, les deux complices traversèrent un couloir éclairé par un pâle rayon de lune, jusqu'à une porte dont la mystérieuse femme possédait la clé et qui donnait sur un escalier en colimaçon, plongeant dans les entrailles du bâtiment. Olga était émerveillée : les voûtes successives donnaient à ces fondations une allure de monastère dépouillé de toute trace de vie. Elle ne put s'empêcher de prendre la parole pour partager son admiration :

— C'est l'art de la géométrie au service des humains ! On distingue parfaitement deux types de poussées : une verticale se manifestant sur la clé de voûte, qui a tendance à glisser vers le bas. Ce premier mouvement en projette un second, oblique. Les pierres des piliers formant les côtés s'écartent mais, pour éviter que l'arc ne s'effondre, on a prévu des contreforts par l'enchevêtrement de toutes ces arches… Vu la force endurée, une telle architecture relève du mystique et, bien sûr, du génie de Pythagore !

Le numéro 883 ne répondit rien et, après une petite marche, ouvrit une dernière porte. C'était manifestement son repaire : une pièce de vingt mètres carrés, au sol en terre battue. Deux fauteuils datant d'un autre siècle s'y faisaient face. Sur la table basse, une bouteille de vodka et un cendrier. Olga remarqua quelques boîtes de conserve sur une étagère et des couvertures abandonnées sur les fauteuils. Il faisait assez frais en effet, dix-sept degrés, la température habituelle à une telle profondeur sous terre. Deux lampes à pétrole disposées de part et d'autre éclairaient cet antre.

Tout d'abord, le numéro 883 et Olga échangèrent leurs prénoms. Ivanova voulait qu'elle l'appelle Iva. Enchantée d'entendre ces deux syllabes, elle lui demanda même de les répéter plusieurs fois. Olga le comprenait parfaitement, elle qui avait déjà souffert d'être réduite à un simple numéro.

Puis Iva se laissa aller à parler librement. Elle avait quarante-sept ans et vivait là depuis cinq ans. Son mari, un général de l'armée russe de quatre ans son aîné, la trompait depuis longtemps. Mais sa dernière aventure, avec une fille de vingt-deux ans, avait mis le feu aux poudres. C'en était trop, il ne se donnait même plus la peine de se cacher ni de mentir, exhibant sa maîtresse dans les mêmes restaurants que ceux fréquentés par leurs amis. Il disparaissait parfois une semaine entière sans la prévenir. Ivanova se sentait déshonorée. Ses enfants étant déjà grands, elle avait demandé le divorce, mais s'était heurtée à un refus catégorique. Il n'était pas envisageable pour une figure aussi illustre, un général de la grande Russie, de divorcer. Rompu à la direction de milliers d'hommes, respecté de tous, quelle image donnerait-il s'il n'était pas capable de garder sa femme ? Il avait alors préféré la faire interner au Purgatoire aux belles âmes égarées, en attendant qu'elle recouvre la raison. C'est ainsi qu'on appelait cet hôpital psychiatrique autour duquel circulaient nombre de rumeurs. Peu, du reste, avaient la preuve de son existence. On y enfermerait toutes sortes d'opposants au régime, des intellectuels, des écrivains qui, par leur génie, occupaient une place privilégiée dans le cœur de chaque Russe et, de fait, ne pouvaient être éliminés.

Tout était parti de l'assassinat, en 1934, de l'une des plus hautes personnalités du parti, Sergueï Kirov. S'était ensuivie une épuration de masse jusqu'en 1939. Des exécutions, mais aussi des procès, au cours desquels les juges s'étaient parfois heurtés à des cas de conscience. Certains accusés étaient en effet si renommés qu'il était délicat de les supprimer ou de les condamner au goulag. Le problème fut soumis à Staline, lequel se montra tout aussi hésitant. Ils finirent par opter pour une solution intermédiaire, celle du Purgatoire, un lieu transitoire où les opposants au régime auraient une dernière chance d'être réhabilités. Depuis, cet hôpital avait pris de nouvelles fonctions en devenant l'endroit où l'on reléguait les femmes des dignitaires qui avaient osé demander le divorce ! Il n'était donc pas surprenant d'y trouver trois femmes pour un homme, à une époque où le patriarcat régnait en maître.

En pensant à ses trois enfants, Iva avait du mal à retenir ses larmes. L'un d'eux, définitivement rallié à sa cause, aurait remué ciel et terre pour venir la voir. Mais elle n'avait reçu aucune visite, aucune nouvelle. Elle en était arrivée à la conclusion que sa détention était maintenue secrète. D'ailleurs, il n'existait aucun moyen de communiquer avec l'extérieur. L'un des principes fondamentaux du Purgatoire était la déshumanisation, avec, pour but ultime, la perte de tout repère.

Olga écouta attentivement le récit d'Ivanova. Celle-ci avait eu, le temps de sa confession, le sentiment de s'être réapproprié son histoire, d'avoir ressuscité cette mémoire qu'on voulait effacer. Ses yeux brillaient, sa voix vibrait quand elle évoquait le caractère de ses enfants, leurs surnoms, leurs manies. Olga, bouleversée, ne pouvait s'empêcher d'associer cette femme à sa mère. Mais, comme chaque fois que son souvenir refaisait surface, elle ressentait une douleur extrême.

Il était presque l'aube quand les deux nouvelles amies se séparèrent, en se promettant de se retrouver là, deux nuits plus tard. Ivanova avait encore beaucoup à lui apprendre.

Quant à Olga, elle avait à présent assez de matière pour se faire une idée réelle du Purgatoire.

Avant de s'endormir, elle se remémora l'affection qu'elle avait lue dans le regard d'Ivanova quand ses propres yeux s'étaient remplis de larmes. Mais ce que la femme avait pris pour de la compassion n'était en réalité qu'un écho à sa propre souffrance.

Au réveil, bien qu'on fût un dimanche, une infirmière lui demanda de se préparer : son médecin référent allait la recevoir.

6

Un jour bleu

Lorsqu'elle entra dans le bureau, Olga fut prise dans le nuage de fumée qui émanait d'un homme en costume-cravate confortablement installé dans un fauteuil en cuir. Elle parcourut du regard les quatre murs tendus d'un vert sombre sur lesquels étaient accrochés seize tableaux figurant les maisons cubaines productrices de cigares. Leurs noms se mirent à danser dans sa tête : La Gloria Cubana, H. Upmann, Bolivar, El Rey del Mundo, Hoyo de Monterrey, Juan Lopez… Le médecin trônait derrière un immense bureau en face duquel était placé un petit fauteuil destiné au patient. Il invita Olga à s'asseoir et engagea la conversation :

— Je t'ai vue observer les tableaux. Sais-tu ce qu'ils représentent ?

— Oui, ce que vous êtes en train de fumer.

— Tu connais les cigares ? Ton papa en fumait-il ?

— Non, mais je peux vous dire que vous fumez un H. Upmann, j'ai reconnu la bague représentée sur l'un des tableaux.

— À l'évidence, tu es perspicace. Alors voyons, combien de tableaux se trouvent dans la pièce ?

— Seize.

Elle se mit à décrire chacun d'eux, avec nombre de détails, tout en fixant le médecin.

— C'est une première ! Un exercice qui n'est réussi que très rarement, et jamais agrémenté d'autant de précisions… Bon, ouvrons ton dossier… Il comporte beaucoup de commentaires élogieux. En tout cas, rien d'alarmant. Tu es normale, logique, prévisible, rien qui sorte de l'ordinaire.

— Je ne sais pas si je dois vous dire merci. Puis-je me lever, si vous avez terminé ?

— Patience. C'est la première fois qu'on admet une petite fille dans cette prestigieuse institution. Nous ne sommes pas un centre d'éducation pour enfants, encore moins une garderie ! Je vois que l'ordre de placement vient du bureau de Staline et ne comporte aucun commentaire. Nous allons donc jouer aux devinettes. Tu vas devoir me raconter d'où vient ton anormalité. Ce n'est tout de même pas le fait d'avoir été violée, comme mentionné en page sept, qui te rend unique… Ce n'est pas non plus ton esprit rebelle. C'est bien connu, très peu de gamins apprécient l'école… Ton père avait une situation insignifiante à nos yeux, tout juste sous-officier… Si tu avais des capacités hors du commun, cela serait clairement mentionné à un moment ou à un autre. Or, je ne vois absolument rien… Ici, ma fille, il ne suffit pas d'être esthétiquement parfaite pour avoir sa place ! Bon, cela étant dit, tu viens d'arriver, tu dois te reposer, et, la semaine prochaine, nous aurons une conversation plus productive. Dans l'intervalle, je vais tenter de me renseigner, et j'espère obtenir plus d'informations. Tu peux partir, numéro 256.

Olga obéit, le souffle coupé. Mais, de retour dans sa chambre, elle s'allongea sur son lit et se remémora chaque détail de la scène qui venait de se dérouler, comme elle revivait les émotions de ses lectures, exactement selon le même schéma. Ce faisant, elle entra dans un état second et, prise de tremblements, finit par rejouer le dialogue dans une forme de dédoublement, tentant d'apporter des réponses à ce médecin odieux qui avait osé aborder de façon aussi cruelle ses blessures. Assurément, elle devait contrecarrer cet homme au service du Parti. Il était chargé de restructurer les individus égarés, les intellectuels qui s'étaient détournés de la juste voie patriotique, mais elle n'entrait bien sûr dans aucune case. Il n'avait donc pas de temps à perdre avec elle.

Au bout de trois heures de cette ébullition intellectuelle, Olga revint au présent. Ses traits se détendirent. Elle était en sueur et avait besoin d'une douche pour se revigorer. Les tiraillements de son estomac la rappelèrent d'ailleurs à sa faim. Il était temps de dîner.

Propre, tirée à quatre épingles, elle se rendit au réfectoire mais, très vite, elle y ressentit un malaise. Son hyperacousie se réveilla, le bruit des couverts se mit à résonner avec fracas dans sa tête, les sourires entendus du personnel la révoltèrent. En particulier quand deux infirmiers empoignèrent une femme qui avait osé s'adresser à sa voisine. Bonne pour le cachot ! C'en était trop. Olga suspendit ses gestes et ferma les yeux. Elle ne parvint à se dominer qu'en pensant à l'idée du prochain rendez-vous qu'elle avait avec Ivanova. Une bulle d'air, un espace de liberté salvateur, aussi ténu soit-il. Elle avait maintenant confiance en elle et pourrait se confier à son tour. En attendant, il lui fallait trouver le sommeil. Demain, elle irait à la bibliothèque afin de juger par elle-même si cet endroit était aussi merveilleux qu'on le lui avait dit.

Un escalier monumental conduisait à ce temple de la littérature, situé dans une annexe presque aussi imposante que le corps principal. Des portes massives en chêne en fermaient l'accès. À l'entrée, une vieille dame en blouse blanche lui demanda son badge. *Le personnel soignant est partout*, songea-t-elle avec surprise. *Les cuisiniers sont sûrement des psys !* « Personnel soignant » semblait au demeurant l'identité première de tous ceux qu'elle croisait en ces lieux, exception faite des prétendus malades. À ce propos, quand était la prise de médicaments intrinsèque à ce type d'établissement ? Déroutée, Olga préféra en rire.

Pour le moment, elle était absorbée par la découverte de ce paradis pour intellectuels. La beauté de l'endroit dépassait ses attentes. De longues tables en enfilade étaient éclairées par des lampes vertes à la lumière tamisée, qui créaient une atmosphère feutrée, propice à l'évasion, tandis que, disposés sur d'interminables rayonnages, des milliers d'exemplaires semblaient l'appeler. À l'étage, une sorte de coursive, accessible par un escalier en fer forgé, abritait encore d'autres trésors avec lesquels se sustenter.

Olga se dirigea vers les rayonnages les plus proches, parcourut plusieurs titres et s'arrêta sur un ouvrage du XIXe siècle,

Le Comte de Monte-Cristo d'Alexandre Dumas, dont la quatrième de couverture retint son attention. Ce roman d'aventures parlait d'un être exceptionnel, d'injustice, d'emprisonnement, de trésor et surtout de vengeance. Olga était séduite. Le livre en main, elle se dirigea vers la sortie et s'arrêta au bureau de la femme en blouse. Cette dernière prit l'ouvrage, nota ses références sur un registre et le rendit à Olga avec une fiche – chose curieuse, même si désormais plus rien ne l'étonnait vraiment.

Au bout de dix jours, au plus tard, il fallait restituer le livre accompagné de la fiche dûment remplie. Il s'agissait là d'un exercice, un compte rendu qui devait inclure le résumé de l'œuvre, l'enseignement qu'on en avait tiré et une sorte de recommandation destinée au prochain lecteur, qui pouvait aussi prendre la forme d'une mise en garde. Le plus étrange venait de la disproportion entre la banalité de l'exercice et le châtiment infligé à quiconque ne s'y pliait pas, soit une semaine de cachot pour ceux qui n'avaient pas d'étoile. Une décoration en moins pour tous les autres.

Quand une heure du matin sonna à l'horloge, Olga, en chaussettes, attendait impatiemment le signal à la porte. Ivanova fut ponctuelle, et toutes deux, le cœur battant de joie et de frayeur mêlées, traversèrent le couloir sur la pointe des pieds et empruntèrent le même chemin que l'avant-veille. Une fois dans leur tanière, avec un soupir de soulagement, Ivanova s'assit et invita Olga à faire de même, en se servant une rasade de vodka.

Un besoin impérieux d'obtenir des réponses tiraillait l'enfant. Il n'était plus question de déambuler dans les souvenirs de sa nouvelle amie, elle profita donc de son silence :

— Aide-moi à mieux comprendre cet endroit et, surtout, explique-moi, Iva, quelle est la marche à suivre pour éviter les problèmes.

— Je voudrais d'abord te remercier. La dernière fois, tu m'as écoutée presque sans dire un mot. Et j'ai dû te paraître terriblement impolie ! Mais voilà, j'avais besoin de raconter mon histoire autant que d'entendre de nouveau les vibrations des lèvres qui prononcent mon prénom. En revanche, ce soir, je suis tout à toi… Alors, dis-moi : d'où viens-tu, Olga ? Et quels sont tes rêves ?

— Mes parents sont morts quand j'avais huit ans. J'ai été placée dans un orphelinat, où j'ai été violée à trois reprises par la même personne. La quatrième fois, je l'ai tuée en lui tranchant la carotide avec un tesson de bouteille… J'aime les livres car ils permettent de m'échapper… J'ai eu une amie pendant ces trois dernières années : elle m'a appris à jouer de la clarinette. Voilà, c'est tout. Mais cette nuit, j'aimerais avoir tes conseils. L'an dernier, j'ai passé plus de temps à l'isolement, dans une cellule souterraine de trois mètres carrés, qu'à la surface de la terre. Mon seul fait de gloire est de les avoir obligés à céder à l'une de mes demandes : j'ai obtenu qu'ils me laissent la possibilité de lire au cachot. De toute façon, si tel n'avait pas été le cas, je me serais laissée mourir. Je leur ai prouvé que je ne plaisantais pas… Tu me demandes à quoi j'aspire. C'est difficile à définir. J'aime la littérature, la biologie, les langues et les mathématiques… Pour être plus précise, je me sens différente des autres. Quand je vois un mot, je l'associe à une émotion, laquelle se manifeste chez moi par une couleur. J'ai une palette très étoffée, avec des milliers de nuances. Et j'associe aussi les gens à un spectre. Toi, tu es verte avec de légers reflets violines. Mais, attention, les coloris ne sont pas fixes. En fonction des états d'âme, ils s'éclaircissent ou s'approfondissent. Lors de notre dernière rencontre, j'ai pu ressentir une immense joie émanant de ton récit. Cela a entraîné automatiquement une variation, avec des reflets vert pomme. Je ne l'avais encore dit à personne, toujours par crainte d'être considérée comme folle. Mais revenons à nos moutons. Dis-moi, toi, ce que je suis en droit de faire ou pas… Je voudrais juste moins souffrir.

— J'ai écouté ton histoire, mais ne sais toujours pas pourquoi on t'a incarcérée au Purgatoire. Enfin, passons. Je vais te parler de façon très pragmatique. Tu dois préparer ton avenir, et donc faire des études. Il faut trouver un moyen de te cultiver, de t'élever pour qu'à l'avenir tu ne sois pas dépendante des hommes… Comme je te l'ai dit la dernière fois, cet institut fourmille d'intellectuels de haut vol. Par exemple, Murtas, le numéro 1002, a eu pour professeur à l'université de

Moscou Nikolaï Louzine, le père de la théorie des ensembles et, plus particulièrement, des aspects topologiques de l'analyse mathématique. Grâce à son enseignement, Murtas est devenu un expert de la théorie ergodique, des fractions continues et de la physique statique. Excuse-moi, j'ai totalement oublié ton âge ! Je crois que tu l'as deviné, j'ai moi-même été mathématicienne, mais à un moindre niveau… Ce pauvre homme s'est opposé au régime et, comme les juges n'ont pas osé l'envoyer au goulag, il a atterri parmi nous. Il peut être pour toi un professeur de rêve, en physique et en mathématiques… Je me demande, en voyant tes yeux écarquillés, si tu sais ce qu'il se passe en Russie, avec les commissariats du peuple. Est-ce qu'au moins tu as entendu parler des camps de travail, de leur taux de mortalité ?

— Oui, un peu.

— Si tu n'as pas une vision cohérente de l'Union soviétique, tu ne peux pas comprendre dans quel état d'esprit nous sommes. Écoute-moi bien, c'est fondamental ! Dans notre pays, la triste tradition de la police militaire remonte à Ivan le Terrible, au XVIe siècle. Il a été le premier souverain à établir ses propres services spéciaux, les redoutables *opritchniki*, appelés aussi « peuples à tête de chien ». Par la suite, les tchékistes ont fait leur apparition à la fin des années 1910. Il s'agit d'une police politique qui, malgré ses différentes appellations au cours du temps – NKVD, MGD –, a toujours eu le même objectif : répandre la terreur et développer de façon quasi industrielle les goulags, ces camps de travail où règnent l'insalubrité, la malnutrition et les mauvais traitements et où le nombre de morts atteint des sommets. On y travaille jusqu'à l'épuisement, tous les jours que Dieu fait. Chaque matin débute par des chants. L'un d'eux, composé par les détenus, est tristement célèbre : « Sois maudite, ô toi, Kolyma, surnommée notre planète ! On y perd forcément la tête, car d'ici on ne revient pas »… Tu dois savoir que cet hôpital est l'antichambre du goulag. Certains n'en ont pas conscience. D'autres, des jusqu'au-boutistes, préfèrent y être envoyés plutôt que de sacrifier leurs idéaux. Heureusement, ils ne constituent qu'une partie infime des pensionnaires. Il ne faut jamais les fréquenter, ils risquent de t'entraîner dans leur spirale infernale ! Ne t'inquiète pas, je les connais et je te mettrai en garde contre eux, le moment venu.

— J'ai bien intégré la leçon et n'ai aucune envie d'aller au goulag. Je t'obéirai donc au doigt et à l'œil, sois-en sûre. Merci d'être mon ange gardien ! En revanche, je me demande comment recevoir des cours si les échanges sont restreints.

— Quel médecin t'a-t-on attribué ?

— Le fumeur de cigares cubains.

— Anatoly ! C'est un psychiatre, qui a travaillé à l'institut Bourdenko et qui est membre du Parti. Ses recherches auraient pu lui valoir le prix Staline en 43… Son père était très puissant en son temps, il a fait partie du premier Politburo en 1919-1920. Lui-même aurait voulu intégrer le Soviet suprême, la plus haute institution législative, en hommage à son père. Pour cela, il faut dans un premier temps être proposé par le Parti, puis le suffrage universel direct s'applique. Mais il est aigri car le Parti ne lui a jamais vraiment accordé sa confiance. En revanche, il a été nommé médecin-chef de cet hôpital, une distinction honorable… C'est un homme très intelligent, sarcastique sur les bords. On va devoir réfléchir à une technique d'approche pour arriver à nos fins. Mais il nous faut d'abord deux autres intervenants majeurs dans le cadre de ton instruction. Je penche pour Anna, le numéro 661. Cette pauvre femme n'a jamais eu la moindre chance de mener une vie normale. Elle a vu sa mère envoyée à la prison de la Boutyrka, alors que son père était déjà incarcéré à Lefortovo. Elle a grandi dans une institution religieuse à Tbilissi, puis étudié la médecine à Leningrad. En novembre 44, lors du vingt-septième anniversaire de la révolution d'Octobre, elle a sauvé un enfant, celui d'un général de l'armée Rouge. Il lui est redevable à jamais. Plus tard, elle a été impliquée dans des actions antiparti puis sauvée du goulag par ce même général, qui avait pris encore plus de pouvoir. Voilà comment elle est entrée au Purgatoire. Elle a beaucoup à t'apprendre et je crois même qu'elle parle le grec et le latin.

— Ils sont parfaits ! Il faut organiser nos séances de travail.

— Pas si vite, Olga ! Il manque un troisième professeur ; je pense à notre cher Joseph, un membre de ce qu'on appelle l'intelligentsia – bien que, pour tout t'avouer, j'aurais du mal à te dire ce qui définit précisément cette « élite »… On pourrait penser qu'ils ont tous un haut niveau culturel, qu'ils fréquentent des cercles où ils ne retrouvent que leurs semblables, mais c'est bien plus complexe ! Cela étant, ils sont toujours en costume, portent des gants en cuir glacé et jusqu'à l'épaisseur de leurs poches est savamment étudiée. Ils s'opposent à la petite et moyenne bourgeoisie, mais viennent eux-mêmes de cette classe. Ils militent pour la liberté de conscience, bien que le parti unique ne semble pas les déranger plus que ça !… Mais Joseph a une haute valeur ajoutée : il a voyagé à travers le monde et parle cinq langues, dont l'anglais. C'est le numéro 461. Nous devons faire preuve de pragmatisme, il sera un atout majeur… Il faut donc déterminer notre plan d'attaque pour avoir la bénédiction du médecin en chef. Je ne vais pas te mentir, ce n'est pas gagné. Je n'ai pas encore la solution au problème, d'autant que nous n'avons pas le droit à l'erreur. Si sa première réponse est non, nous aurons définitivement échoué… Mais Olga, tu peux me faire confiance, et si tu veux m'expliquer par quel miracle tu as échoué ici, j'en serais heureuse.

— C'est incroyable, mais je l'ignore ! Le psychiatre lui-même s'interroge, je suis devenue pour lui une énigme à résoudre. Crois-moi, si je le savais, je n'aurais pas hésité à t'en faire part.

— C'est ta décision. Bon, il est temps d'aller se coucher… Mais tu as bien compris ? Il faut te conduire de façon intelligente avec ton médecin référent. Ne le braque pas, mets-le en valeur, en attendant de connaître la suite.

Elles se séparèrent, et la petite regagna sa chambre, la tête pleine d'espérance, de fantasmes et de confusion. Elle n'osait y croire et se demandait si elle rêvait éveillée. Elle, Olga Komarova, allait avoir pour maîtres d'illustres savants : était-ce vraiment possible ? Elle ne tarderait pas à le savoir.

Elle en était consciente, la réussite de son avenir dépendait de son élévation intellectuelle. Dans cette conquête, de cet acharnement à emmagasiner des connaissances, à les faire communiquer entre elles, Olga pourrait peut-être même, un jour, faire surgir une île mystérieuse sous les flammes du divin…

Cette nuit-là, juste avant de s'endormir, elle prit la décision d'associer toutes les sciences, toutes les philosophies, toutes les doctrines afin de comprendre pourquoi la vie méritait d'être vécue. Pourquoi elle avait été victime de la folie des hommes. Pourquoi elle avait été frappée en plein cœur. Tout comme Bobby qui, lui, voua son existence à une seule discipline, elle fit le choix de défier Dieu dans toute son immensité.

Au matin suivant, Olga n'était plus tout à fait elle-même ni tout à fait une autre. Son caractère exceptionnel avait modifié ses aspirations, abandonnant sa chrysalide pour enfin pouvoir voler. Le grand architecte de ce monde n'eut de cesse d'observer les traces lumineuses qu'elle laissa sur sa route.

J'ai moi-même vu le travail qu'elle a accompli afin de, selon ses mots, « pouvoir mourir un jour bleu ».

7

Le pendule de Foucault

Olga avait pris conscience du risque encouru si elle contrevenait aux règles : le goulag, ce camp de travail où l'épuisement était la principale cause de mortalité. Elle devrait alors renoncer aux milliers d'ouvrages qui s'offraient à elle dans cette prodigieuse bibliothèque, aussi alléchants que des gâteaux alignés dans la vitrine d'une pâtisserie.

Elle avait achevé sa lecture du *Comte de Monte-Cristo* et pris un soin tout particulier à rédiger la fiche. Elle avait bien compris qu'elle devait en donner une analyse fine et intelligente, tout en démontrant qu'elle n'était pas un élément perturbateur. Elle s'attacha donc à prouver que, si Edmond Dantès était un agent opposé au régime bonapartiste, son emprisonnement au château d'If était pleinement justifié. On ne devait pas contester le régime en place.

Son entreprise de séduction se poursuivrait avec le médecin référent. Il fallait le persuader qu'elle n'était pas une rebelle et qu'elle avait eu l'honneur d'être placée ici en raison de ses aptitudes exceptionnelles. Pour capter son attention, Olga avait besoin d'un angle d'attaque. Or, la seule chose qu'elle savait de lui était son engouement pour les cigares. Elle entreprit donc de se plonger, quatre jours durant, dans tous les ouvrages sur le sujet. Un soir, la bibliothécaire oublia même sa présence et l'enferma pour la nuit.

Elle en profita pour poursuivre ses lectures jusqu'au matin, glanant des informations qu'elle consignait dans sa mémoire phénoménale. Le lendemain, son cerveau bouillonnant lui fit oublier toute fatigue. Elle continua à travailler jusqu'à la fermeture. Ni la faim ni la soif ne vinrent la perturber dans sa quête. Sa capacité à lire en diagonale lui permit d'écumer des dizaines de publications et d'emmagasiner une montagne de connaissances. Comme elle avait le don de repérer les mots clés, elle pressentait quels passages n'avaient pas besoin d'être avalés. Il lui arrivait même de tourner les pages frénétiquement, à la recherche de la « substantifique moelle ».

Ivanova tomba alors gravement malade. Sa grippe mal soignée vira à la pneumonie. Olga aurait bien voulu lui rendre visite à l'infirmerie, mais le Purgatoire aux belles âmes égarées refusait tout contact avec les patients. Elle se sentit terriblement seule et n'eut plus d'autre choix que de se fier à son instinct, tout en respectant les consignes d'Iva. Deux semaines après son premier rendez-vous avec Anatoly, le jour tant attendu arriva. Le psychiatre avait désormais en sa possession de nombreuses fiches sur les lectures d'Olga. Elle avait peaufiné son argumentation, et continué d'étudier la folle épopée du tabac à travers les temps.

Suivant le protocole habituel, une infirmière vint la chercher pour l'emmener dans le bureau du médecin. À son arrivée, Olga ne fut pas surprise de le voir déguster un petit Montecristo, né à Cuba. Elle sentit que son interlocuteur était tout ouïe et ses premiers mots résonnèrent dans la pièce :

— Montecristo, une révélation aussi violente que voluptueuse… Vous êtes réellement un passionné ! L'onctuosité de la fumée qui embaume la pièce révèle un très bon taux d'hygrométrie. Vous savez parfaitement vous servir d'un *humidor*[1]… Mais l'histoire même du tabac est fantastique ! Saviez-vous qu'elle remonte à l'ère précolombienne ? Qu'au IVe siècle avant J.-C., le peuple maya faisait déjà fermenter des feuilles en les enfouissant sous terre ? Je n'ai pu déterminer à quel moment les premiers cigares avaient été confectionnés, mais des fouilles archéologiques ont mis au jour un rouleau de tabac datant de l'an 400 après J.-C. ! Puis ce fut au tour de Christophe Colomb de raconter en novembre 1492 avoir vu, à Cuba, « beaucoup de gens avec à la main un tison d'herbes pour prendre leurs fumigations ». Je suis toujours

1. Cave à cigares, simple boîte ou pièce entière.

un peu sceptique, docteur, quant à la fiabilité d'informations datant d'une époque aussi lointaine, mais j'ai appris qu'au XVIe siècle un missionnaire de retour du Brésil avait lui aussi évoqué, dans l'un de ses livres, une plante abondamment consommée en Amérique du Sud : il n'y a pas de doute, les descriptions correspondent à celles de cigares. À la même époque, Jean Nicot se targue de guérir lésions cutanées, fistules et migraines grâce à de la poudre de tabac. Les récits vantant ses bienfaits se multiplient. Le tabac devient bien plus qu'une herbe susceptible de nous apaiser : un produit « merveilleux » ! L'histoire prend pourtant un tournant surprenant quand, en 1642, le pape Urbain VIII, agacé que prêtres et fidèles ne respectent même plus le « très-saint sacrifice de la messe », menace d'excommunier toute personne prise en train de fumer ou de priser à l'intérieur d'une église ! Le tabac est aussi banni d'un certain nombre de pays, jusqu'à ce que l'on s'alarme des fonds perdus et que l'on en rétablisse la vente…

» Mais ce qui nous intéresse, ce sont les cigares, que, dès la fin du XVIIe siècle, les Espagnols se sont mis à en fabriquer dans leurs manufactures de Séville. Avant de se rendre compte qu'un cigare roulé aux Caraïbes est bien plus savoureux. Vous, vous savez qu'il faut beaucoup d'amour et des gestes ancestraux pour qu'il ne soit pas trop difficile à tirer. Qu'il existe un équilibre subtil entre les quatre feuilles qui composent l'harmonie générale. La première donne la force, la deuxième l'arôme, la troisième la robustesse, et on nomme la quatrième la cape… L'alchimie du plaisir a donc définitivement élu domicile à Cuba. Don Francisco Cabañas, en créant la première marque au début du XIXe, a offert à cet art toute sa splendeur.

Olga jetait de temps à autre un coup d'œil à son interlocuteur qui, lui, la fixait, médusé. Mais son regard s'égarait plus souvent par la fenêtre. Elle trouvait la force de poursuivre à la vue des arbres du parc, gigantesques, plusieurs fois centenaires, qui semblaient défier le temps.

— Dans les décennies qui ont suivi, le nombre de fabriques de cigares à Cuba a été multiplié par quatre ! Le savoir-faire s'était répandu… L'entraide dans cette minuscule île du bout du monde est admirable ! Je me suis aussi aperçue que chaque maison avait une âme. Punch, par exemple, a été établi au milieu du XIXe par un Allemand qui tenait à vendre sa production dans un pays de connaisseurs, l'Angleterre. Raison pour laquelle il a adopté l'emblème d'une célèbre marionnette de là-bas. La maison Gloria Cubana, elle, a été fondée par un Anglais qui pensait détenir le monopole du goût britannique. Mais ce n'est qu'en 1940 que la maison Dunhill a inventé votre cigare favori, le Montecristo Dunhill Seleccion Suprema. Il faisait référence au héros d'Alexandre Dumas, car l'on raconte que les *torcedores*[1] étaient envoûtés par cette merveilleuse histoire qu'on leur lisait pendant leurs longues heures de travail. Ils la réclamaient encore et encore, au point que le directeur décréta que la fabrique elle-même porterait le nom de Montecristo ! J'ai lu ce roman récemment, je l'ai moi-même beaucoup apprécié… Par ailleurs, j'ai appris que les feuilles utilisées dans la confection de vos cigares venaient d'un endroit mythique de Cuba : Vuelta Abajo, à l'ouest de La Havane, dans la région de Pinar del Río. Vous avez bon goût ! Il paraît qu'il s'en échappe des arômes de terre, de bois précieux et de poivre, proches des pointes torréfiées du cacao et du café. Sa puissance est marquée, mais jamais enivrante. Elle exprime une certaine noblesse. D'autres maisons ont un style plus animal, avec des soupçons de tourbe et des notes herbacées et florales. D'après ce que j'ai pu observer de votre personne, je doute que ceux-ci vous conviennent. Vous êtes plus complexe et trop policé pour apprécier une once de vulgarité.

Prise d'une sorte de frénésie, Olga avait accumulé en quelques jours de quoi rédiger une thèse sur le cigare. Plus loin dans la conversation, elle parla des quatre sens en éveil lors d'une dégustation, la vue, le toucher, l'odorat et le goût, dont elle fit une analyse exhaustive. Elle lui dévoila les précautions à prendre pour mieux savourer chaque bouffée. Elle alla jusqu'à parler des alcools qui s'accordaient à merveille ou non avec tel ou tel cigare. Elle avait une prédilection pour le bas armagnac. Son odorat aiguisé avait ressenti des notes de

1. « Rouleurs ».

pruneau dans la pièce et elle se douta qu'une bouteille précieuse s'y dissimulait. Avait-elle vu juste ?

Plus tard, devant un médecin totalement ébahi, elle évoqua la combustion. Le premier tiers, c'était le foin, le deuxième, le divin, et le troisième, le purin. Elle termina son exposé par des notions complexes, reliant le divin au nombre d'or, et mentionna Luca Paoli, un moine franciscain italien qui avait étudié la divine proportion.

Le grand amateur qu'était le psychiatre l'avait écoutée, deux heures durant, dans son fauteuil. Ses yeux brillants témoignaient d'un sentiment d'admiration mêlé de plaisir. Comment cette petite *matriochka* à la natte blonde soigneusement nouée pouvait-elle avoir une connaissance si fine non seulement de l'histoire du cigare, mais aussi de la jouissance que l'on éprouvait à le fumer ?

Anatoly commençait à entrevoir la raison de sa présence ici. Une jeune orpheline aussi géniale devait être mise au service de la grande nation. En attendant le moment propice, on l'avait placée là pour que la jolie pomme qu'elle était grandisse et mûrisse à l'abri des vicissitudes de l'existence. Elle n'avait pas de pathologie, ses comptes rendus de lecture ne dénotaient aucun esprit rebelle. Elle était tout simplement un diamant brut qu'il se ferait fort de ciseler.

Les patients qui attendaient leur tour s'étaient résignés. Face à la porte obstinément close, ils étaient retournés dans leur chambre. Plus rien ne comptait pour le médecin ; il avait fait taire les tiraillements de son estomac, laissé son Montecristo se consumer. Le temps s'était comme suspendu.

— Stupéfiant ! Bravo pour ton savant exposé. J'ai tout de même quelques questions à te poser. Depuis quand connais-tu l'univers du cigare ? Tu as donné beaucoup de dates, sont-elles exactes ou as-tu un doute sur certaines ? Je t'ai sentie sur tes gardes lors de notre premier rendez-vous. Pourquoi un tel revirement ?

— Je connais cet univers depuis quelques jours. Pour les dates, elles sont ancrées dans ma mémoire. À moins que les livres ne se trompent, elles sont justes… J'ai pris conscience de tout ce que vous pouviez m'apporter. Alors j'ai voulu vous faire un cadeau. J'ai cru bien agir en m'appropriant ce monde voluptueux et en vous le restituant.

— Tu veux dire que, lors de notre première entrevue, tu en ignorais tout ?

— Oui, j'ai lu je ne sais combien d'ouvrages pour m'en faire une idée. Avez-vous appris quelque chose ? Si oui, c'est mon cadeau.

— Je reste sans voix… Je me demande même si c'est du domaine du possible.

— Je vous en laisse seul juge. Mais vous n'avez pas répondu à ma dernière question, docteur.

— J'en possédais une vision globale, cependant tu m'as époustouflé par les détails, les dates, les noms. En particulier tes réflexions sur le moine franciscain et ses travaux sur les divines proportions… Oui, j'ai beaucoup appris.

— Merci, docteur.

— Une dernière chose. En t'écoutant, j'ai eu la réponse à l'énigme que tu représentes. Notre entretien est fini. Je vais demander à la secrétaire de t'attribuer deux étoiles. C'est à mon tour de te féliciter.

*

Je dois avouer qu'à la lecture de ce passage dans les carnets d'Olga, j'ai été décontenancé. Pourquoi n'avait-elle pas tenté sa chance et demandé ce dont elle rêvait ? N'était-ce pas le moment idéal pour réclamer l'enseignement de trois prestigieux professeurs ? Le médecin-chef était conquis, il aurait accepté. J'ai dévoré les cahiers suivants, cherchant désespérément une raison à ce manque d'audace.

En la découvrant, j'ai été subjugué par Olga, par sa maîtrise de son environnement. Elle était en effet partie du pendule de Foucault – un dispositif expérimental qui avait mis en évidence la rotation de la Terre – pour lui donner vie dans un tout autre domaine :

> « Nous oscillons tous sur une demi-lune dont le point d'équilibre est la sagesse. L'avant représente le bonheur, avec

comme extrémité le nirvana, tandis que *son* opposé figure le malheur, avec comme point culminant les ténèbres. »

Selon elle, tout individu était assis sur cette balançoire. L'amplitude de l'oscillation et le temps écoulé entre deux passages au point d'équilibre déterminaient le caractère et la personnalité de chacun. Cela dit, Olga évoquait les risques à s'approcher des extrêmes. Ainsi, un bonheur débordant impliquait, par les lois de la physique, son strict contraire quand, de la même manière, voguer autour du point d'équilibre, symbole de la sagesse, pouvait conduire à une certaine apathie. Faute d'intensité, dans la joie comme dans la tristesse, notre système limbique devenait amorphe.

Cette conception du bonheur, définie par l'intensité des émotions ressenties, s'opposait radicalement à l'idée voltairienne développée dans *Candide*, qui s'achève par cet adage très simple : « Il faut cultiver notre jardin. » En d'autres termes, se couper du monde, se prémunir de tout événement susceptible de produire en nous des émotions fortes. Olga n'adhérait évidemment pas à cette philosophie. Si le prix à payer pour un bonheur intense était la souffrance, qu'importait ! Se sentir vivante était primordial, il fallait goûter à l'intensité de l'existence. Voltaire était un être frileux, un mort-vivant resté sur le rivage de l'océan des passions. N'avait-il aucune notion de physique moderne ? Ne savait-il pas que les opposés s'annulaient ? Comme principe de vie, il fallait rechercher les oscillations les plus larges, qui nous condamnaient hélas à de grands malheurs.

Au fur et à mesure de ma lecture, j'avais l'impression d'entrer dans les arcanes du cerveau d'Olga. Dans cette taxinomie des émotions, elle était allée jusqu'à attribuer des couleurs à la rage, à la contrariété, à la colère, la joie, la sérénité, l'extase, et bien d'autres sentiments encore. Au bout du compte, après plusieurs centaines de pages se dévoilait une machine capable de détecter, de traquer nos émotions et nos humeurs. Les informations obtenues étaient alors insérées dans le pendule pour mettre en évidence qui nous étions, en profondeur. Olga était parvenue à matérialiser par ce balancier l'une des plus grandes découvertes de notre siècle. Quiconque le maîtrisait avait la capacité de pénétrer le monde intérieur de son interlocuteur. J'ai particulièrement aimé ce passage qui n'appartient qu'à elle, écrit bien plus loin mais traitant du même thème.

Il convient de noter que, contrairement à son réveil à l'orphelinat, Olga avait retrouvé la foi. Dès lors, cette relation étroite à notre Créateur sera omniprésente tout au long de sa vie.

> « Je le sais, naviguer aussi loin de son port d'attache expose à des représailles. À côtoyer les sommets, à vivre cette ivresse, on peut déclencher le courroux de Dieu. Seigneur, crains-Tu de voir un simple humain défier le divin en touchant à la perfection ? Mais pourquoi ? N'a-t-on pas le droit de T'éblouir par nos trouvailles ? As-Tu caché un secret qu'un seul d'entre nous est capable de mettre au jour, et de révéler à la terre entière ? Alors, face à cette menace, te dois-Tu de décrédibiliser ces esprits géniaux ? Mais moi, Olga, j'aspire à la folie, j'aime l'impulsivité, les distorsions de la réalité ! Je n'ai pas peur que Tu m'abandonnes, je me révolterai et j'accueillerai Ta sentence avec délectation. Charles Darwin, l'inventeur de la théorie de l'évolution, souffrait de divers troubles mentaux. Albert Einstein était autiste, tout comme Michel-Ange. Friedrich Nietzsche était bipolaire. La liste est longue. La rançon de l'inventivité mêlée à l'ingéniosité et à un travail dantesque est donc une fêlure que je voudrais bien explorer. Je crois pouvoir Te rencontrer en ce lieu et inverser le processus de destruction en création. »

Grâce à cette machinerie infernale, Olga s'était extirpée du labyrinthe d'abstractions mis en place dans l'établissement et en avait percé le mystère. Le système des étoiles n'avait plus de secret pour elle, comme cet autre extrait le démontre :

> « La méthode consiste à nous isoler dès notre arrivée, à nous exiler. Nous n'avons plus aucune attache avec notre vie d'avant, même notre nom nous est confisqué. Le tout se traduit par un vide en nous qui ne cesse de grandir. La douleur engendrée crée à son tour un besoin impératif : combler ce manque affectif. Privé de la possibilité de créer des liens véritables, l'on se débat autant que possible avant de s'abandonner à une déstructuration psychique. C'est là que l'on devient malléable, stade récompensé par l'obtention d'une

troisième étoile. Une rééducation est orchestrée, propre à chaque individu. Sa réussite apaise les douleurs, et c'est alors qu'un quatrième insigne est octroyé. Plus tard, lorsque la personne est totalement "guérie", elle intègre la cinquième dimension. Elle a perdu tout sens critique et toute capacité à s'insurger. Elle entre dans une phase de latence pour intégrer définitivement les nouveaux paramètres de sa psyché. À ce moment précis, l'équipe médicale fait un autre travail important. Puis, dans un dernier geste d'inhumanité, et non sans la satisfaction d'avoir modelé son sujet, le médecin l'expose aux yeux de la société. »

À la lumière de ces explications, la suite prend tout son sens. Olga n'avait pas simplement du talent : ses journaux intimes étaient tout bonnement l'atelier du génie. Elle avait remarqué que les personnes dotées de trois étoiles avaient la même mesure colorimétrique, le jaune pâle. Derrière se cachaient une très grande solitude, une apparence négligée, de l'anxiété, voire de l'angoisse, ainsi qu'un sentiment de défaite et d'insécurité. De ceux qui possédaient quatre étoiles émanait un jaune orangé, légèrement terne. Ils gardaient comme symptômes des éléments résiduels du groupe des trois insignes, mais manifestaient plus de tendresse et moins de souffrance. L'ensemble des individus possédant un ou deux trophées n'avaient, eux, pas de couleur dominante. Impossible de se prononcer.

Cette découverte fut déterminante pour Olga. Le médecin-chef n'attribuait pas de récompense au hasard, et celles-ci n'étaient d'ailleurs pas liées aux efforts ni même aux résultats. Pour preuve, une discussion glanée dans le salon bleu, où deux femmes se plaignaient d'une nouvelle venue. Elle avait obtenu son troisième insigne sans avoir participé au cours d'éducation civique et, pire encore, elle avait fait l'objet d'un rapport pour mauvaise conduite. La valse des places attribuées était un indice supplémentaire. Bien que défiant toute logique, son sens devenait évident. Dernier élément, et non des moindres : ceux ayant atteint le troisième stade bénéficiaient d'une attention particulière. Les rendez-vous avec le médecin référent passaient d'une à trois fois par semaine.

De fil en aiguille, Olga fut ainsi la première à déchiffrer le code et la stratégie instaurés dans l'établissement. Qu'une enfant de douze ans saisisse cette manœuvre qui avait échappé aux grands intellectuels internés là était déconcertant.

De cette révélation se dégageait un constat édifiant : le médecin-chef avait érigé un postulat, puis des axiomes. Tout était savamment conçu pour obtenir un taux élevé de réussite, voire de rentabilité. La beauté des lieux, par exemple, était étudiée jusque dans les moindres détails ; la nature prolifique y symbolisait le désordre intérieur des patients.

Olga le savait donc parfaitement : ce jour-là, Anatoly n'aurait pas pu accéder à sa demande. Il aurait brisé sa stratégie d'ensemble.

Cette opération de séduction, par le biais du cigare, faisait partie d'un vaste plan qui dura six mois, au cours desquels Olga devait le convaincre qu'elle était un cas à part. Après tout, l'ordre de la placer au Purgatoire émanait de Staline lui-même, et aucune indication ne figurait dans son dossier. C'était l'un des nombreux atouts dans sa manche. Et puis, de toute façon, comment une gamine aurait-elle pu nuire au Parti ?

Le psychiatre devait au contraire être persuadé d'avoir une carte à jouer pour accéder au Soviet suprême qu'il convoitait tant. Et que cette carte serait Olga. Pour cela, elle allait l'époustoufler.

Elle jouait gros si elle décidait de dévoiler le mécanisme de déstructuration psychique qu'elle était la seule à comprendre. Anatoly pourrait la considérer comme un danger, redouter qu'elle ne le révèle aux autres. Elle serait alors envoyée au goulag. En revanche, si, flatté dans son ego, il se persuadait d'avoir trouvé une pépite dont l'aura finirait par rejaillir sur lui, elle obtiendrait ce qu'elle voudrait. Dans cette manipulation mentale, Olga était la cheffe d'orchestre. Elle imprimait le rythme, distillait savamment les interventions et choisissait le moment opportun pour jouer telle ou telle partition. Au bout de quelques mois, la dernière note de cette symphonie fut un « oui ».

Aussitôt, elle pensa à son amie Ivanova, qui avait eu la brillante idée de ce programme d'éducation. Sa pneumonie s'était aggravée, et Iva avait dû être transférée dans un hôpital de Moscou. Olga venait d'apprendre que, rongée par la solitude, la pauvre femme s'était finalement laissée mourir, faute de ressources pour combattre la folie humaine.

Désormais en haut de la falaise, prête à prendre son envol, Olga se sentait seule, saisie de vertige. Sa couleur venait d'ailleurs de passer au jaune pâle.

*

Durant les années suivantes, six exactement, elle travailla avec ardeur. Chacun de ses tuteurs sacrifia un peu de son existence à cette aventure insensée, régie par un emploi du temps démoniaque.

Lundi, de 8 à 12 heures et de 13 à 19 heures : cours de mathématiques et de physique avec Murtas.

Mardi : cours de langues avec Joseph.

Mercredi : cours de biologie avec Anna.

Jeudi : mathématiques le matin et biologie l'après-midi.

Vendredi : de nouveau toute une journée de travail, généralement avec Joseph.

Les samedi et dimanche, Olga avait ordre de se reposer, mais sa dévotion et sa soif de connaissances étaient inépuisables. Elle ne pouvait se résoudre à partager un moment en bonne compagnie, à se promener, à apprécier la quiétude d'une matinée de printemps. Raison pour laquelle ses carnets ne renfermaient aucune trace d'émotion, juste des équations, du calcul infinitésimal. Elle alla jusqu'à refaire la démonstration de l'existence des nombres transcendants. Le reste du temps, elle calait sur des problèmes de physique, mais réalisait un très beau parcours en chimie.

Une pièce annexe à la grande salle de la bibliothèque avait été mise à sa disposition – l'un de ces cabinets d'étude au charme désuet : le parquet en chêne craquait, une vaste table rectangulaire flanquée de chaises trônait au milieu, tandis que les fenêtres en ogive diffusaient une douce lumière qui, à certaines heures de la journée, formait des halos au travers des vitraux. Les reliures des livres anciens disposés sur les rayons exhalaient une odeur de cuir vieilli qui achevait de donner à l'endroit un aspect envoûtant. Pour les besoins des cours, un tableau noir avait été placé en face de la table, choisi spécialement par Anatoly, qui faisait également distribuer des collations. Il fallait choyer cet ange tombé du ciel pour, un jour, être emporté par son ascension.

Pendant ces six années, les tourments d'Olga s'estompèrent. Elle ne luttait plus contre ses désirs et ses instincts, elle les avait apprivoisés. Les monstres du passé s'étaient-ils endormis ? Était-elle en train d'accéder à une forme de sagesse ?

Avant d'aborder le prochain épisode de sa vie, je déplore l'absence de précisions sur Joseph, né à Saint-Pétersbourg au 71, rue Morskaïa, et résidant aujourd'hui rue Herzen. J'ai fait des recherches et, à n'en pas douter, son rôle ne s'est pas borné à enseigner les langues. Il fut un mentor pour Olga. Ivanova avait bien rassemblé autour d'elle une équipe magistrale, et chacun de ces maîtres se révéla éducateur, instructeur et régent d'un savoir savamment distillé. Nos trois mousquetaires, qui, en réalité, étaient quatre avec le médecin-chef, multiplièrent les réunions. Tous étaient convaincus de faire partie d'une cellule secrète du gouvernement ayant pour mission de faire émerger un monstre de connaissances et de savoir. Vu le choix de l'élément zéro, ils n'eurent aucun mal à s'en persuader.

Si Olga était impressionnante à huit ans, imaginez-la à dix-sept ans. L'idée formulée par le psychiatre était que cette minuscule graine lors de son arrivée au Purgatoire contenait déjà toute la puissance nécessaire au développement d'un arbre gigantesque. Elle était en somme un génie créé par des savants, médusés par ses capacités de mémorisation. Elle était aussi, par la pureté de ses analyses et l'inventivité de son monde, capable de battre nos sens et de piller notre âme.

Bien des années plus tard, son talent a logiquement été découvert en haut lieu. Brejnev, Andropov et le Kremlin tout entier ont signé avec Olga un pacte fou. Leur coalition aboutira à la fin du communisme et au basculement de la Russie dans le monde moderne !

Oui, nous avons tous cru en toi, Olga, et, bien plus encore, à ton élection divine.

8

Un pourceau d'Épicure

Un été caniculaire s'était abattu sur le pays et Olga ne parvenait plus à travailler dans cette chaleur étouffante. Elle décida donc de partir explorer l'aile nord. Elle déambula dans les couloirs, gravit des marches et se retrouva au troisième étage. Le long du corridor, les portes paraissaient plus espacées qu'ailleurs, ce qui révélait des chambres encore plus confortables. Curieuse de nature, Olga espérait en entrevoir une. La chance lui sourit, une porte était entrebâillée. Elle jeta un œil, s'enhardit et poussa le battant.

Un magnifique salon, baigné de soleil, exhalait un doux parfum de santal. Le parquet, en bois exotique, était recouvert de précieux tapis persans, tandis que des fauteuils profonds semblaient inviter au délassement. Au mur, des tableaux aux scènes orientales, sûrement des toiles de maître. L'endroit n'était pas surchargé d'objets inutiles, mais savamment étudié pour dégager une impression de luxe feutré.

Olga ne put s'empêcher de faire quelques pas et découvrit une autre porte, qui donnait accès à une seconde pièce. Alors qu'elle prenait conscience qu'elle venait de transgresser une règle fondamentale – ne jamais entrer dans une chambre qui n'était pas la sienne –, cette porte s'ouvrit, laissant apparaître le numéro 64. Olga s'empressa de lui demander pardon et de s'esquiver. Dans le couloir, elle se mit à courir et dévala l'escalier en souriant.

Ce numéro était attribué à une jeune femme aussi belle que raffinée. Olga l'avait remarquée au réfectoire et espérait l'aborder depuis plus d'un an. Mais, boudant les cours et les salons, elle paraissait inaccessible. Deux fois, l'adolescente avait eu la chance d'être assise à sa table. Fascinée par le moindre de ses gestes, elle l'avait regardée prendre son repas comme s'il s'agissait d'un art.

Les semaines qui suivirent, Olga remonta tant qu'elle le put au troisième étage de l'aile nord mais, chaque fois, fit chou blanc, jusqu'à un soir de septembre où elle trouva la porte du salon du numéro 64 grande ouverte.

Sur la table basse, en face d'un fauteuil, une tasse de chocolat chaud fumant et une part de tarte aux pommes semblaient même l'attendre.

Olga resta un moment sur le seuil, puis se décida à entrer, considérant ce goûter comme une invitation. Elle s'assit du bout des fesses et attendit, ne pouvant se résoudre à l'indélicatesse de toucher à quoi que ce soit en l'absence de son hôtesse. D'ailleurs, comment connaissait-elle ses goûts en matière de dessert ? À moins que ce ne soit une coïncidence ? Peut-être avaient-elles les mêmes inclinations ?

En entendant la porte de la chambre s'ouvrir, Olga ferma les yeux. Une façon bien à elle de se donner du courage et de ne pas fuir de nouveau. Elle le sentait, le numéro 64 se tenait dans son dos, mais il n'était pas question de se lever ni même d'esquisser un mouvement. Finalement, la jeune femme se posta devant elle.

— Que vous êtes belle ! laissa échapper Olga.

— Venant de toi, c'est un très beau compliment.

— Comment ça ? Nous avons dîné deux fois à la même table, mais vous ne me connaissez pas !

— Tu as une bonne mémoire et je vois que tu es capable de transgresser les lois du Purgatoire…

— La première fois, vous aviez choisi un ragoût de bœuf et, en dessert, un flan aux œufs. Vous ne les aviez pas terminés. La seconde fois, c'était un *bortsch* et, là encore, vous vous êtes contentée de le goûter. Je ne vous ai aperçue en tout qu'à une dizaine de reprises. Vous êtes une énigme ! Comment faites-vous pour vous nourrir ?

— J'ai droit à un traitement spécial et, si je le souhaite, je peux prendre mes repas dans ma chambre.

— Surprenant ! Cela va à l'encontre de tous les principes en vigueur ici. Je ne savais pas qu'il existait une exception à la règle.

— Comme tu le vois, nous sommes toutes deux logées à la même enseigne…

— Je n'ai pas vos privilèges.

— Ils ne sont pas sans inconvénient, Olga.

— Je suis le numéro 256 ! Comment connaissez-vous mon prénom ?

— Moi, je m'appelle Irina. Le chocolat est en train de refroidir et la tarte est délicieuse. Comme tu dois t'en douter, je l'ai fait préparer à ton intention.

— C'est mon dessert préféré ! Agrémenté d'un chocolat chaud, c'est une bénédiction… Vous me troublez.

— Un esprit aussi brillant ne peut être déstabilisé pour si peu. Cela va te paraître étrange, mais je sais tout de toi, ou du moins de la légende qui s'est créée autour de ta personne… Pour couper court à tes interrogations, je dois t'avouer que nous avons le même médecin référent. Et il est obnubilé par le numéro 256. Il lui arrive même, dans des moments d'égarement, de prononcer ton prénom ! Il m'a raconté en détail ce que chaque professeur pense de toi et relate avec fierté le moindre de tes progrès. Il paraît que tu parles couramment l'anglais, et sans aucun accent. *Idem* pour le français et l'espagnol. Tu m'en as fait la démonstration tout à l'heure, ta mémoire est phénoménale ; dans les matières scientifiques, ce doit être un atout supplémentaire.

— Tout cela importe peu à côté du magnétisme qui émane de vous… Mais, si vous le voulez bien, expliquez-moi ce qui vous vaut tant d'égards. Votre appartement est trois à quatre fois plus grand que le mien, et l'on vous y apporte ce que vous désirez !

— Mon histoire est bien moins glorieuse que la tienne. Je ne suis que la femme, malheureuse, de l'un des hommes les plus riches et les plus influents de Russie. Rien que l'année dernière, Oleg a fait don au Purgatoire d'une somme substantielle qui peut suffire à le financer pendant les trois années à venir. Il croit aux vertus de cet hôpital et espère me revoir bientôt à ses côtés. Plutôt mourir. Il est odieux…

— D'où lui vient sa fortune ?

— De la corruption. D'une méthode élaborée pour enrichir largement nos dirigeants… Tout est parti du Gosplan, un organisme créé en 1921 et chargé de définir et de planifier nos objectifs économiques. Les ardeurs planificatrices des années 1950 ont fait gagner à mon mari des sommes astronomiques, quand il a pris à sa charge des contrats industriels sur le charbon et le fer, et reversé une partie des bénéfices au sein même de l'appareil d'État. Il détient aujourd'hui tant d'informations sur notre belle nation qu'il pourrait faire plonger bon nombre d'oligarques, aussi puissants soient-ils.

Olga n'en était absolument pas choquée. Au contraire, ce que venait de lui révéler Irina allait, elle le sentait, bouleverser son existence.

Elle avait désormais besoin de se recueillir. Elle retourna dans sa chambre et procéda à ce qui était devenu son rituel. Allongée sur son lit, elle revécut leur échange dans un état second, sa température s'élevant même de quelques degrés. Après avoir élaboré et testé une multitude de stratégies, elle finit par s'arrêter sur une conclusion qui lui parut limpide : le mari du numéro 64 était la clé pour s'échapper de cette prison dorée. Mais il lui faudrait d'abord convaincre sa nouvelle amie de retourner à ses côtés. Vu son aveu, elle allait devoir employer les grands moyens.

Au fil des semaines, les deux jeunes femmes ne cessèrent de se rapprocher. Irina paracheva même l'éducation de l'orpheline en lui apportant un ingrédient essentiel à son ascension : la conscience de son pouvoir de séduction. Elle-même l'avait réalisé au lycée, à force d'écoper chaque fois de sanctions plus légères que ses camarades. La même indulgence émanait toujours de ses juges, ébranlés dans leurs certitudes par sa grâce déroutante. Elle était devenue maîtresse dans l'art d'observer les autres, qu'elle prenait dans ses filets sans vergogne, et récoltait avec plaisir les fruits de ses victoires. Issue d'un milieu de petits bureaucrates insipides, elle avait compris que ce ne serait pas l'instruction qui la hisserait au sommet, mais bien ce pouvoir qu'elle allait aiguiser avec les années, alors que sa beauté incandescente ne faisait que s'accroître.

Quelque chose de mystique se dégageait, non pas de l'harmonie de ses traits ou de la clarté de sa voix, mais d'une forme d'aura qui donnait à tout son être une inflexion sensuelle, et même voluptueuse. Cela lui avait valu d'envoûter facilement le parti le plus convoité de Russie – un dandy aussi puissant que bien de sa personne –, qui avait déposé les armes à ses pieds, renonçant à une existence dissolue par amour pour elle.

Le couple avait été heureux pendant quelques années, puis les démons d'Oleg avaient refait surface : c'était irrépressible, il lui fallait goûter aux charmes d'autres beautés. Et, par un enchaînement de faits malheureux, Irina s'était retrouvée au Purgatoire.

Pour Olga, rencontrer une telle experte fut une immense chance. Si elle était restée dans l'ignorance du maniement de ces armes, l'édifice de sa formation serait demeuré inachevé.

Il lui fallut quelques mois mais, une fois qu'elle se sut arrivée au bout de son initiation, elle exposa à son amie le plan qu'elle avait élaboré :

— Nous n'allons tout de même pas rester ici jusqu'à notre mort, Irina. Nous méritons de vivre en dehors de ces murs !

— Tu as raison…

— Pour cela, je te propose d'endosser un rôle : Anatoly doit se dire que tu es revenue sur la voie de la raison et décider que ta place est de nouveau aux côtés de ton mari. Il va s'empresser de lui annoncer ta guérison et tu seras libérée… Une fois rentrée, tu lui avoueras que ce revirement est dû à une rencontre, la nôtre. Je suis persuadée qu'il est éperdument amoureux de toi et ne peut rien te refuser. Tu choisiras le moment opportun pour le supplier de me faire sortir et de m'accueillir parmi vous. Après quoi, je m'engage à te libérer de son emprise… Il est odieux, m'as-tu dit : je vais donc t'en débarrasser. J'utiliserai un poison, tu ne seras pas inquiétée. Le jour venu, tu seras… loin, dans une maison, à la campagne. J'utiliserai de l'arsenic ; grâce à Anna, j'ai déjà une adresse à Moscou pour m'en procurer. Ne t'inquiète de rien, la dose engendrera une mort certaine… Tu sais, de tout temps, l'arsenic a été un instrument de pouvoir. Il a permis de régler querelles politiques ou familiales, conflits de voisinage ou d'héritage. D'ailleurs, l'une des histoires qui m'a le plus intriguée est liée aux déboires de Marie Cappelle, une Française qui a été accusée, en 1840, d'avoir tué son mari, un certain Lafarge, en truffant d'arsenic une tarte qu'elle lui avait fait parvenir, lors d'un voyage d'affaires. Pour son procès – qui a vu s'affronter deux experts, le doyen de la faculté de Paris, créateur de la toxicologie légale, et François-Vincent Raspail, élégant chimiste et écrivain parisien –, on a eu recours pour la première fois à une analyse de la teneur en arsenic des restes de la victime. Ce qui marque un tournant dans l'histoire médico-légale ! (Olga oublia alors de mentionner que Marie Lafarge avait été condamnée à la prison à vie, puis graciée par Napoléon III, avant de mourir de phtisie quelques mois plus tard.) Tout cela pour te faire comprendre qu'aucun détail sur l'arsenic ne m'a échappé, j'en connais tout, jusqu'à son étymologie : « qui dompte le mâle ». C'est déjà dire sa nature toxique ! Je te garantis le succès et l'absolution.

— Pas si sûr. La police pourrait penser que nous étions de connivence et m'envoyer au goulag ou me condamner à mort… Et puis mon mari n'est pas homme à se faire berner.

— Tu préfères ne prendre aucun risque et moisir au Purgatoire ? Moi, je préfère rêver. N'as-tu pas l'impression d'être déjà morte, ici ?

— Cela mérite réflexion…

Le conte de fées à la russe avait tourné court, quelques années plus tôt, quand le prince s'était transformé en ours mal léché, brutal et paillard. Dès lors, Oleg n'avait plus été qu'infidèle et violent. Il buvait, se bâfrait et n'hésitait pas, lors des réceptions, à choquer les autres convives qui, malgré tout, le couvraient de louanges, en signe de soumission.

Quand sa femme avait voulu le quitter, Oleg l'avait fait enfermer dans l'espoir de la faire plier. Il guettait les signes d'apaisement, les cherchant avidement dans chaque rapport que le médecin-chef lui envoyait. Mais le temps s'écoulait sans qu'il puisse constater la moindre amélioration. Ses passions malsaines finirent peu à peu par s'éteindre, seule restait la certitude de ne pas vouloir perdre celle qu'il aimait.

L'Église orthodoxe le conduisit sur le chemin de la repentance. Oleg se tourna vers le patriarche de Moscou et s'imprégna de la théologie hésychaste. Celle-ci se présentait comme une thérapeutique des passions, qu'elle considérait comme des maladies de l'âme. Désormais sobre, Oleg suppliait Dieu de le soutenir dans son combat contre l'esprit de gourmandise, de luxure, de colère. « Quand tu seras parvenu dans tes prières au-dessus de toute autre joie, c'est alors qu'en toute vérité tu auras trouvé la prière[1] », se répétait-il.

Mais en vérité, Oleg était toujours un homme d'excès. Quand, au bout de deux ans, il reçut le rapport du médecin-chef indiquant une nette amélioration des dispositions de sa femme à son égard, il exulta et demanda à la faire sortir immédiatement, contre l'avis du psychiatre. Irina était redevenue son unique obsession : il la voulait tout de suite. Il menaça le spécialiste de l'envoyer au goulag s'il désobéissait à ses ordres. Après tout, Oleg était son principal donateur et l'une des personnalités les plus redoutées de Russie. Un vulgaire médecin n'oserait tout de même pas contrevenir à l'une de ses directives !

Olga fut heureuse de voir Irina quitter le Purgatoire. Mais il lui fallait agir vite avant que son mari ne parvienne à la reconquérir. Elle savait le personnage impétueux et Irina malléable. Afin d'être libérée à son tour, elle mit au point une nouvelle stratégie : la jeune femme allait réciter à Oleg, dès le premier soir, un texte rédigé par ses soins.

Et tout se déroula comme prévu.

La première impulsion de l'homme d'affaires fut de refuser la demande d'Irina. Quand bien même elle était d'une intelligence exceptionnelle, pourquoi s'encombrerait-il d'une orpheline ? Il avait déjà un bras droit au service de son empire, et tout ce qu'il lui fallait en hommes de confiance. Surtout, il

1. *Philocalie des Pères neptiques*, anthologie de textes écrits entre le IVe et le XVe siècle par des maîtres spirituels de l'orthodoxie.

ne voulait pas que sa femme subisse une influence autre que la sienne. Tel un enfant, après avoir tant souffert, l'idée même de partager sa bien-aimée lui était insupportable. Mais sa nouvelle maîtrise de lui-même et le désir de ne pas brusquer Irina le retinrent.

Il se servit un armagnac hors d'âge et alluma son Bolivar. Si Olga l'avait vu, elle n'aurait pas été surprise qu'un tel type d'individu fume ces cigares longs et fins, au registre gourmand, boisé et terriblement terreux. Puis il s'installa dans son fauteuil en cuir pour réfléchir. Il se mit à penser au chemin qu'il avait parcouru ces derniers mois.

À la différence du catholicisme qui compte sept péchés capitaux, l'Église orthodoxe en dénombre huit. Oleg les énuméra en son for intérieur et se félicita de ses efforts. La gourmandise, il l'avait vaincue par le jeûne ; la luxure, par l'abstinence – qu'il était bien décidé à ne rompre qu'avec Irina ; la colère, il avait appris à la contenir ; l'avarice, il n'en était pas victime, bien qu'il fût plus motivé, à chaque don, par l'orgueil que par la générosité. L'espoir de reconquérir Irina l'avait arraché à une sorte d'apathie, qu'il assimilait à la tristesse et à l'acédie[1]. Quant à la notion de « vaine gloire », elle était trop complexe à ses yeux… Maintenant qu'il se rengorgeait d'avoir atteint une forme de sagesse, il ne fallait pas gâcher le travail accompli ! Après tout, le retour d'Irina était peut-être une récompense divine, le signe de sa rédemption. Il céderait à toutes ses requêtes et, en premier lieu, ferait libérer l'orpheline.

C'est ainsi qu'un matin de novembre 1957 le médecin-chef reçut l'ordre de libérer Olga. On ne pouvait lui annoncer de pire nouvelle.

Sans aucune explication, le 12 du même mois, une voiture vint se garer dans l'allée pour enlever à l'institut son supplément d'âme. Le départ d'Olga affecta tout l'établissement. En dépit des règles, la veille au soir, un repas d'adieu avait été organisé. Chacun avait eu le loisir de se placer et de prendre la parole comme bon lui semblait. La pudeur d'Olga lui avait

1. Ennui, dégoût de la prière et découragement.

cependant fait exiger de ses professeurs le silence. Quant au psychiatre, ses derniers mots furent les suivants :

— J'espère avoir de tes nouvelles. Je répondrai à chacune de tes lettres.

— Je ne promets pas de vous écrire, répondit-elle, mais je souhaite vous revoir un jour.

Le matin du départ, Olga ne mit dans sa valise que ses cahiers et ses affaires de toilette, considérant le reste comme superflu. Ses professeurs allaient lui manquer, non pas tant leur enseignement que leur bonté. Olga l'avait savourée comme un doux parfum. Pour son professeur de mathématiques, elle éprouvait une forme d'amour, malgré leur différence d'âge ; mais nous n'en savons pas plus. L'emprise d'Anna était telle qu'elle aurait pu être une mère de substitution, bien que cela eût constitué un sacrilège. Joseph, lui, était tel un le frère qui agace mais manque terriblement lorsqu'il est absent (il avait été souffrant sept semaines, en 1955).

À 10 heures précises, une berline Pobieda gris métallique franchit les grilles du Purgatoire. Olga l'attendait sur le perron avec son unique valise, impatiente de quitter cet hôpital où elle avait passé six années de sa vie. Embrassant une dernière fois le bâtiment du regard, elle dévala les marches et s'engouffra dans la voiture. Le seul mot qui sortit de sa bouche fut l'ordre donné au chauffeur : « Démarrez », puis elle poussa un profond soupir de soulagement. Elle se sentait comme une bachelière à l'aube de sa vie d'adulte. À côté d'elle, sur la banquette en cuir, une poupée maculée d'auréoles rougeâtres portait encore l'odeur de la terre et du sang.

Un journal était posé non loin, elle le prit et en lut avec attention les gros titres, qui vantaient tous les bienfaits de la politique du camarade Khrouchtchev. Un mois après le succès de Spoutnik, il avait fait mettre en orbite un deuxième satellite, avec à son bord une chienne nommée Laïka. Pour la première fois, un être vivant avait été envoyé dans l'espace ! Et le monde entier attendait de savoir si elle allait survivre.

Après douze heures de route pendant lesquelles la jeune fille put goûter à la liberté exaltante de dévorer *La Pravda*, la berline arriva à Moscou et, tout près de la place Soukharevskaïa, s'arrêta devant une somptueuse demeure. Irina et son mari étaient là pour l'accueillir. Lorsqu'elle descendit de voiture, Oleg, qui pensait avoir épousé la femme la plus séduisante de Russie, fut frappé par l'extrême beauté de l'orpheline.

Nous perdons ensuite la trace d'Olga. J'ai pourtant fini par apprendre, grâce à quelques amis de mon père haut placés au KGB, qu'Oleg était décédé trois semaines plus tard. D'une mort naturelle, un arrêt cardiaque, d'après le légiste. En tout cas, elle n'avait donné lieu à aucune investigation, et personne n'avait été inquiété. Mieux valait sans doute que la police évite de se pencher sur le sort d'un homme qui s'était enrichi de manière fort douteuse et détenait des informations sensibles sur la plupart des apparatchiks. Mais Olga avait-elle précipité cette heureuse conclusion ? Je n'en doute pas une seconde.

Riche veuve désormais, Irina refit sa vie en Italie, à Rome. Lors d'une conversation, une éternité plus tard, elle m'avoua avoir eu connaissance de la cellule Enigma et de l'entêtement de Brejnev à vouloir faire triompher la Russie. Des premières loges où elle était assise, elle avait observé avec joie la débâcle de l'Empire soviétique. Les révélations qu'elle me fit prouvent son implication dans le processus de destruction du plus grand joueur d'échecs de tous les temps. À toutes mes questions elle avait du reste répondu avec une grande franchise. En voici un exemple : « Bobby a été trahi par sa mère, celle pour qui il avait déplacé des montagnes. Il a toujours recherché sa bénédiction, son admiration. Mais Regina est restée froide, distante, elle ne considérait pas à leur juste valeur les exploits échiquéens de son fils… Quant à Olga, en perdant ses parents, elle s'est trouvée dépossédée de la chance de pouvoir aimer, de faire confiance… Bobby, Olga, deux destins similaires, qui ont l'un et l'autre trouvé dans la passion le remède à leurs blessures, la seule échappatoire à leur souffrance… Mais un même parfum manque à leur palette : l'amour. »

9

La preuve par l'évidence

Au cœur du Kremlin

Après plusieurs mois de travail, la cellule pensa donc avoir débusqué le Saint Graal. Mais ils voulaient en savoir plus, se convaincre que ce n'était pas qu'une illusion. Seulement, alors, ils présenteraient cette femme à Brejnev.

La séance plénière débuta par l'étude des sept épais dossiers disposés sur la table de réunion. Sur la première de couverture, l'emblème du KGB et l'inscription « OLGA KOMAROVA » en gros caractères. Les imprimantes du Kremlin avaient dû tourner à plein régime toute la nuit. Mikhaïl Solomentsev s'adjugea le titre honorifique de décisionnaire. Ne pouvant contester la hiérarchie, les autres donnèrent leur assentiment sous le regard approbateur d'Andropov.

Les deux premiers jours furent consacrés à la lecture de l'ensemble des notes du KGB et à la découverte de fragments littéraires, écrits par une fillette d'une maturité et d'une intelligence déconcertantes. Rien ne vint troubler le silence, en dehors du crissement du papier chaque fois qu'une page était tournée. L'impression d'être des naufragés retrouvant la terre ferme, après avoir erré sur une mer démontée, voilà le sentiment que tous éprouvaient. Une question leur brûlait pourtant les lèvres. Pourquoi ne pas la convoquer et se faire ainsi directement une opinion ? Mais Solomentsev y était opposé. Andropov ajouta :

— Ne vous inquiétez pas ! Depuis hier, une équipe d'experts suit ses moindres faits et gestes, son appartement est truffé de micros, tout comme son cabinet médical.

Le matin du troisième jour, les services secrets firent venir Igor Bondazenko au sein même de la cellule, pour y être interrogé. Le rapport de cet officier qui avait envoyé Olga dans un prestigieux orphelinat, à la mort de ses parents, leur semblait en effet douteux. L'échange fut mené de main de maître par Andropov et leur permit de saisir qu'une gamine de huit ans et sept mois avait retourné le cœur du militaire :

— Si c'était à refaire, je le referais ! finit-il par leur avouer. Croyez-moi, cette petite fille aux yeux hypnotiques était un joyau… Je ne sais pourquoi on enquête sur elle, j'espère qu'elle n'a rien commis de grave et j'aimerais savoir ce qu'elle est devenue… De tous les mérites que j'ai pu déceler chez elle, l'un était particulièrement bouleversant. Pendant le trajet jusqu'à l'orphelinat, elle ne m'a réclamé qu'une chose. Je devais déterrer une poupée dans son jardin et la lui envoyer. Elle a ajouté : « Si vous le faites, j'estime que nous serons quittes. » Après avoir compris l'endroit exact où creuser, j'ai voulu savoir pourquoi. Elle m'a répondu que le jour viendrait de lui offrir une sépulture digne de son amour. J'ai compris le message. Selon moi, il était encore trop tôt pour qu'elle se résolve à entamer son deuil… Elle était touchante, fascinante et sincère. Quelques semaines plus tard, j'ai fait ce qu'elle m'avait demandé.

Alors que le pauvre Bondazenko pensait au triste sort qui allait lui être réservé, la cellule appréciait sa décision et son courage. Andropov lui signifia sa gratitude par une tape amicale dans le dos. Cette incursion dans l'enfance d'Olga donnait toute la mesure du personnage. La fillette n'était pas devenue prodigieuse, elle l'était et le serait. Cela leur fit même froid dans le dos.

Le vieil homme que je suis estime qu'Enigma aurait dû se préoccuper un peu plus de cette poupée à déterrer. La négliger fut une grossière erreur de sa part. Ils auraient le temps, plus tard, de méditer sur la faute qu'ils avaient commise ce jour-là. Se pencher sur les propos d'une gosse ne leur avait pas semblé judicieux, et pourtant…

L'après-midi, ce fut au tour d'Elizabetha Youmistovich d'être convoquée. Cette professeure de littérature avait été la directrice de l'orphelinat à l'époque d'Olga. C'était désormais une vieille dame fragile, qui ne pouvait se déplacer sans sa canne et ne cacha pas sa terreur en reconnaissant les visages de Solomentsev et d'Andropov. Ils durent passer un long moment à la rassurer : non, elle n'allait pas être envoyée au goulag ; bien au contraire, elle était susceptible de rendre service à la Russie en leur fournissant des renseignements essentiels.

Elizabetha leur raconta en détail comment la petite, à onze ans, avait été violée par un haut dignitaire, puis avait fomenté son assassinat. Elle confirma aussi qu'Olga avait été torturée par le médecin de l'établissement, qui n'était plus de ce monde. Et, même si vous trouverez cela curieux, personne ne tint à creuser les raisons pour lesquelles l'enfant avait subi de telles violences.

Ces dernières révélations laissèrent cependant la cellule circonspecte. Olga ne pouvait qu'être perturbée au plus profond de son âme. On demanda donc à Elizabetha de sortir un moment. Aussitôt la porte refermée, les doutes firent éclater le pragmatisme de leur réflexion. Pouvaient-ils vraiment miser sur une femme qui devait être une bombe à retardement ? Les membres de la cellule tentèrent de nouveau de définir la notion de génie. S'ils avaient déjà échoué dans cette tâche, quelques grands principes en étaient néanmoins ressortis. Olga, au vu de ce qu'ils avaient déjà appris, pouvait-elle correspondre à cette vision ?

Au début, la cellule avait pensé trouver le génie dans l'excellence, mais Brejnev leur avait démontré qu'ils se fourvoyaient. Dans un second temps, ils s'étaient attelés à une clarification du mot lui-même. S'il s'agissait bien de trouver une aiguille dans une botte de foin, encore fallait-il identifier « la substantifique moelle »… Dans les beaux-arts, le terme de génie avait été accolé à tous les auteurs d'une production incomparable ; la transposition dans d'autres domaines leur avait cependant paru impossible. Au fil de leurs recherches, quelques belles phrases avaient émergé : « Ah ! Frappe-toi le cœur, c'est là qu'est le génie[1] », « On sait que le propre du génie est de fournir des idées aux crétins[2] », ou encore : « Le génie en toute chose est une intuition[3]. » Puis ils avaient estimé que le génie pouvait être une pathologie liée à la folie, avant de s'arrêter longuement sur ces mots de Jaspers : « Le génie, dangereusement placé entre l'éclair foudroyant de la vérité divine et l'homme à qui il doit transmettre ce message de façon accessible et sans danger pour lui[4]. » Le génie serait donc un *daïmôn* au sens platonicien, un intermédiaire entre Dieu et le commun des mortels. Au bout du compte, ils n'avaient guère avancé. L'équipe était parvenue à cette unique conclusion : le génie était supérieur à l'entendement. Comme le disait Baltasar Gracián en parlant des lions : « Ces génies dominants sont rois par mérite, et lions par un privilège qui est né avec eux[5]. »

Mais, cette fois-ci, le verbiage, les maladresses et les démarches vaines n'étaient plus de rigueur. Ils se raccrochèrent donc à certains principes, qui leur parurent non négociables. Leur « génie » devrait avoir démontré un caractère hors du commun, une volonté de fer, auxquels il faudrait un substrat : une supra-sensibilité. Et, bien entendu, une puissance, une domination intellectuelle qui soient capables de manipuler n'importe qui. Dans le portrait qui se dégageait d'Olga, un critère manquait à l'appel, et non des moindres. Les membres de la cellule n'étaient pas convaincus, malgré l'inventivité et la profondeur qui émanaient de ses journaux intimes, que la jeune femme soit suffisamment stable, psychiquement parlant. Ils firent de nouveau entrer l'ancienne directrice.

Elizabetha reprit son récit en évoquant chaque élève qui avait marqué son existence. Se distinguaient souvent des filles un peu fleur bleue, terriblement sensibles, pouvant saisir toutes les nuances d'un texte et les rendre sous forme d'excellentes dissertations. Mais, quand elle en vint à Olga, sa voix

1. Alfred de Musset, « À mon ami Édouard Boucher ».
2. Louis Aragon, *Traité du style*.
3. Honoré de Balzac, *La Comédie humaine*.
4. Karl Jaspers, *Introduction à la philosophie*.
5. Baltasar Gracián, *L'Homme de cour*.

se fit chevrotante. Au fil de son explication, elle réussit à faire changer d'avis tous les membres d'Enigma. Et lorsque, dans sa dernière phrase, le mot « génie » fut prononcé, la tension de leur esprit fébrile, épuisé, monta encore d'un cran.

Ils étaient des guerriers chamans invoquant les Cieux ; à force d'incantations, les dieux avaient fini par leur répondre, en leur présentant une offrande nommée Olga Komarova. Les imposteurs, tous ces grands physiciens ou philosophes qui prétendaient appartenir au sacré, avaient été démasqués. Désormais, Olga était la seule matière grise incandescente pouvant communiquer avec l'au-delà…

Mais Mikhaïl Solomentsev tempéra vite leur enthousiasme : le travail n'était pas totalement abouti, il fallait examiner de près la suite de la vie de cette fille. Elle avait tout de même passé plusieurs années dans cet hôpital psychiatrique au nom improbable, le Purgatoire aux belles âmes égarées. Le médecin-chef avait été convoqué et attendait patiemment dans une salle du Kremlin, depuis déjà quarante-huit heures. Andropov, génie de la logistique, ne laissait rien au hasard.

Tous redoutaient maintenant que ce nouveau témoignage ne réduise à néant leurs espoirs. Ils se seraient bien passés de l'esprit méthodique et cartésien du président du Conseil des ministres. Je n'ai d'ailleurs jamais compris pourquoi Brejnev était décisionnaire dans ce dossier, Solomentsev lui étant supérieur sur le plan hiérarchique.

Le médecin-chef fut à son tour ébahi en identifiant, dans la pièce, deux des personnalités les plus illustres de la Russie. Voilà pourquoi ses premiers mots se firent un peu balbutiants :

— Je ne suis qu'un médecin… J'ai bien peur que les préoccupations qui sont les miennes ne soient pas les vôtres… J'aimerais pour autant pouvoir répondre le mieux du monde à vos questions…

Il ne semblait pas éprouver de peur, mais chercha malgré tout le regard de son confrère neuropsychiatre. Ce fut lui qui, après un geste de connivence, amorça le dialogue :

— Vous avez été le médecin référent d'Olga Komarova. Avez-vous des informations à son sujet à nous révéler ?

La réponse fut édifiante :

— Comme vous le savez tous, j'ai dirigé l'hôpital le plus célèbre de Russie. Grâce à nos recherches, mes confrères et moi avions élaboré une méthode judicieuse pour sauver des êtres de talent et des femmes. Le taux de réussite symbolisé par la réinsertion de celles-ci dans le monde réel était de 95 % ; pour les intellectuels, de 70 %. Je tenais donc avant tout à adresser mes remerciements au pouvoir, ces chiffres sont le résultat de la confiance que l'on m'a accordée, ce dont je suis très reconnaissant.

Excédé par sa déférence, Andropov le somma de répondre directement aux questions. L'homme obtempéra aussitôt :

— Olga a été une révélation, elle avait tant de talents ! Le jour de son départ, nous avons perdu l'âme de cet établissement… Juste avant de nous quitter, elle a glissé une lettre dans ma boîte à cigares. Lorsque j'ai fini la première rangée de mes préférés, les Montecristo, je l'ai trouvée. Son nom était inscrit sur l'enveloppe, au feutre rouge. Dans cette missive, elle m'a pourtant dévoilé un tout autre visage : son monde était chargé de haine ! Elle s'était en effet évertuée à saccager le travail de toute une vie… Elle avait compris le schéma d'attribution des étoiles, l'un des piliers de notre stratégie, et elle avait révélé le mystère de l'attribution de ces récompenses à chacun des pensionnaires, vingt-quatre heures avant son départ, anéantissant des années de labeur ! Ce qui a, bien sûr, entraîné mon départ précipité… Pensez donc, un groupe de pensionnaires complotait pour m'assassiner ! Quand je me remémore tous les passe-droits et les entorses au règlement auxquels nous avons consenti pour la satisfaire, je me sens terriblement triste… À mon sens, avoir du talent et une telle prédisposition importe moins que des qualités humaines.

Solomentsev avait beau être exaspéré par le personnage, il avait réussi jusque-là à conserver une forme de flegme britannique. Il lui posa tout de même une dernière question :

— À votre humble avis, et j'attends de vous une réponse concise, croyez-vous qu'Olga réponde aux critères du génie humain ?

— Oui, mais faites attention ! Elle est une île paradisiaque sous les flammes de l'enfer !

Ainsi s'acheva l'entrevue. Le médecin fut prié de quitter les lieux immédiatement.

Une nouvelle fois, la cellule était aux anges : l'obstacle avait été surmonté avec brio. En outre, le neuropsychiatre s'était ridiculisé. Tels des écoliers goguenards, ils ne purent s'empêcher de se moquer de ce fanfaron qui avait été berné six années durant par une adolescente.

Vladimir Alatortsev, ce grand maître des échecs et fin théoricien, ne parlait jamais pour ne rien dire. Ces deux dernières semaines, il était resté silencieux. Mais, là, il lança à l'assemblée :

— N'avons-nous pas réuni assez d'éléments concluants sur l'enfance d'Olga ? Jusqu'où doit-on aller pour satisfaire notre curiosité ? Je voudrais néanmoins savoir comment cette fille a pu faire des études de médecine sans avoir jamais fréquenté la moindre école. Il est temps qu'Andropov nous livre tout ce qu'il sait. D'autant qu'il reste d'autres zones d'ombre. D'abord, nous ne connaissons pas le nom de celui qui l'a violée. Ensuite, comment a-t-elle échappé aux poursuites après son meurtre ? Enfin, qui l'a fait transférer dans cet hôpital psychiatrique, et pourquoi ? Nous aimerions, monsieur Andropov, vous voir jouer cartes sur table.

Mikhaïl Solomentsev se leva. Cet apparatchik modèle, grand ami de Nikita Khrouchtchev, afficha un air grave teinté d'un léger malaise. Avant de prendre la parole, il lança un regard à son ami Iouri. La tension était palpable.

— L'heure n'est pas encore aux félicitations. Mais j'en suis convaincu : par notre abnégation et notre sens du devoir, nous sommes parvenus à trouver la goutte d'eau parfaite que nous recherchions dans l'océan… Malgré tout le respect que je vous dois, camarade Alatortsev, je ne suis pas en mesure de répondre à chacune de vos interrogations. Les secrets d'État ne doivent pas être révélés. Je peux en tout cas vous affirmer qu'Olga, en dépit de sa formation atypique, a terminé ses années de médecine major de sa promotion. Le plus surprenant est son taux d'absentéisme mais, avec tout ce que nous savons, cela me paraît anecdotique. Elle est devenue psychiatre et possède un cabinet ici, à Moscou. Mais elle ne travaille que quatre demi-journées par semaine, grâce au soutien d'une amie richissime… Ces dernières années, elle a beaucoup voyagé, notamment aux États-Unis. Il est cependant avéré qu'elle n'a aucun lien avec l'ennemi, le KGB nous le certifie. Aussi invraisemblable que cela puisse paraître, elle mène une existence qui la rend visiblement heureuse, comme en témoignent ses nombreux hobbies. Fait curieux, on ne lui connaît aucun amant ni amante. Elle vit dans un très bel appartement avec deux chiens et trois chats… Je vais présenter les résultats de nos recherches au dirigeant du Parti communiste de l'Union soviétique, Léonid Brejnev, demain à 8 heures. Je vous en ferai un compte rendu à midi. En attendant, allez vous reposer, vous l'avez tous bien mérité, et encore merci pour votre sens du devoir.

Ils touchaient donc au but.

Oublier Olga le temps d'une nuit se révéla impossible. Son prénom résonnait en eux, tout comme ils se berçaient de cette métaphore mystérieuse et antinomique : « une île paradisiaque sous les flammes de l'enfer ». Aucune photo ne figurait dans le dossier, alors leur imagination entra en ébullition : tantôt sa beauté était à la mesure de son génie, sublime ; tantôt elle possédait l'aspect austère d'une scientifique. Le regard bleu acier, incandescent ou glacial ? Comment se la représenter ? L'attente devenait insoutenable. Une certitude cependant : si elle avait été une figure de la mythologie, elle aurait été Némésis, la gardienne de l'ordre universel et l'émanation de la justice.

Le lendemain, à midi tapant, un silence de cathédrale se fit lorsque Solomentsev, accompagné de Brejnev, franchit le pas de la porte. Toutes les forces vives de la Russie étaient désormais réunies. Les mines réjouies des deux hommes semblaient de bon augure. Les visages se détendirent, et le premier secrétaire du Parti prit la parole :

— Olga Komarova n'est pas un nouveau membre de la cellule. À présent, elle est notre commandante en chef. Nous sommes ses soldats. Elle va prendre la direction de la cellule Enigma, et la totalité des ressources dévolues à cette mission sont entre ses mains. Ses aptitudes singulières peuvent offrir une solution à la crise que nous traversons, et nous devons lui prêter allégeance. Merci.

Tous se levèrent et saluèrent cette sortie de Brejnev par une salve d'applaudissements. Longtemps sceptiques sur la pertinence de leurs recherches, ils venaient de prendre conscience du chemin parcouru. Ce n'était pas un jeu de dupes. Il y avait certes une dimension mystique, et l'Église orthodoxe devait y avoir une part. Mais la foi n'était-elle pas constitutive de l'esprit humain ?

Il leur tardait de rencontrer Olga. Allait-elle frapper leurs cœurs et les irradier des rayons de ses fulgurances ? Matière grise incandescente, allait-elle les extraire du labyrinthe et les élever, ou les faire sombrer après avoir frôlé le soleil, tel Icare ? Se confronter aux divinités n'était pas anodin. Ce dernier l'avait payé de sa vie.

Andropov leur fit alors la surprise de les changer de salle. Là, ils furent frappés par la nouvelle disposition des chaises, en U. Olga était en route, et, lors de ce premier entretien, seules trois personnes auraient droit à la parole : Mikhaïl Solomentsev, Alexeï Mikhaïlovitch, futur quinzième patriarche de Moscou et de toute la Russie, et Iouri Andropov en personne. Mais au dernier moment, il fallut ajouter un siège. Brejnev avait finalement décidé d'assister à la rencontre. Quel moment historique ! Imaginez la solennité de cette réunion. L'une de ceux qui étaient présents finirait par en trahir le secret.

« Ce fut comme une apparition[1]. » Cette phrase de Flaubert traduit parfaitement l'effet que produisit Olga lorsqu'elle pénétra dans la pièce. Tous furent saisis par son immense beauté, mais aussi par la grâce qui émanait d'elle. Elle était bien cette île paradisiaque dont on leur avait parlé. Sa robe aux couleurs mariales la dotait d'ailleurs d'une aura mystique, accrue par le halo de lumière qui s'invita au même instant. La nonchalance avec laquelle elle se déplaçait, jaugeant chacun d'un regard assuré, acheva de les convaincre qu'elle ne pouvait être qu'invincible.

1. Gustave Flaubert, *L'Éducation sentimentale*.

Les membres de la cellule furent tout à coup tirés de leur fascination par Léonid Brejnev, que rien ne détournerait du but qu'il s'était fixé.

— Bonjour, lança-t-il, nous avons appris à vous connaître grâce à nos dossiers. Aujourd'hui, nous avons la chance de vous voir en chair et en os. J'en profite pour vous demander qui vous êtes réellement. Et, si vous vous en sentez capable, donnez-moi une définition du génie.

La surprise fut générale, car personne ne s'attendait à un tel examen de passage. Ils pensaient au contraire qu'elle serait immédiatement investie dans ses fonctions. Seule Olga n'en parut pas troublée :

— Imaginez face à l'océan un mur fait de pierre et de brique… Ses fondations sont enfouies dans le sable. Côté mer y sont accrochés toutes sortes d'objets, des tableaux, des photos, des souvenirs. Y sont également gravés des règlements, des lois, mais aussi des peurs et des angoisses, des rêves et des désirs. Ce mur, l'architecte l'a bâti d'un seul bloc et lui a donné une résistance aux intempéries toute relative. Certes, la nature aura le dernier mot, mais, en dépit de l'érosion du temps, il restera debout quelques décennies. De plus en plus fragilisé, il va se fissurer et les inscriptions finiront par s'effacer. S'il est, de part en part, percé de trous, le vent et la pluie martyriseront ses entrailles ; cependant, les veines, ainsi creusées, fraieront un chemin à la lumière de la Lune, comme à celle du Soleil… Moi, je suis ce mur face à la mer dont les fondations vacillent, m'exposant aux doutes, aux incertitudes, aux fantômes du passé. Je suis ce funambule pris en otage dans l'espace-temps entre la vie et la mort. En définitive, je sens la terre battre mon cœur, le vent lécher mes blessures et les astres m'aspirer dans l'éternité… Et pour tenter de répondre à votre seconde question : dès que le mur, dans ses entailles, ressent la chaleur du Soleil, il se remplit d'un magma incandescent ; la lumière émise peut alors l'éclairer d'une lueur divine et, si tel est le cas, le génie apparaît.

Suspendus à ses lèvres, bercés par la cadence de ses mots et de ses gestes, tous s'étaient laissé emporter par cet élan poétique. Le pragmatisme et l'esprit cartésien avaient été congédiés. Ils n'avaient pas tout saisi, mais qu'importait.

Après tout, ils n'étaient que de simples humains. Mais ils guettaient aussi la réaction de Brejnev, lui qui n'avait de cesse de vouloir des discours précis, concis et limpides. Ce dernier ne parut pas décontenancé, et personne n'osa demander un quelconque éclaircissement. Il reprit la parole :

— Je ne sais si vous avez réussi à nous donner la définition du génie tant votre pouvoir d'abstraction est grand. Cette réponse si singulière m'a néanmoins plu, vous ignorez à quel point… Nous sommes confrontés à un problème et, comme nous n'avons aucune chance de le résoudre de façon habituelle, nous devons nous attacher les services d'une personnalité exceptionnelle. Pour cela, nous avons écumé toute la Russie. Et cette personnalité, c'est vous. Je voudrais que vous preniez le commandement de la cellule Enigma. Si vous l'acceptez, la Russie tout entière vous en sera redevable. Je vous donne soixante-douze heures pour évaluer les forces en présence et vous prononcer sur les chances de réussite d'un tel projet. Mon camarade Andropov vous expliquera la situation en détail. Tous ceux ici présents sont à vos ordres. Si au bout de ces trois jours vous relevez le défi et engagez le combat, je vous en serai éternellement reconnaissant. Merci, la séance est levée. Nous allons laisser Olga prendre connaissance du dossier.

Le vieil homme que je suis se doit d'apporter quelques précisions. En vérité, Olga vouait une haine profonde à l'URSS. Comment aurait-elle pu être patriote quand des représentants du Parti avaient froidement assassiné ses parents sous ses yeux ? quand elle avait été violée et torturée, alors qu'elle était censée être sous la protection du régime ? quand elle avait été enfermée des années dans un hôpital psychiatrique ? Elle aurait pu leur dire que le génie était une pulsion – celle de sa mère assassinée par l'un des leurs, qui, une balle dans la tête, était parvenue dans un sursaut d'humanité à pivoter pour tomber face contre le mur, évitant à sa fille le regard béant de sa mort. Mais il lui fallait être fine stratège. Elle savait que Brejnev était responsable de milliers de déportations.

Olga s'attela donc à la tâche, entraînée par un mélange de prudence et de curiosité : qui pouvait bien faire ainsi trembler la grande Union soviétique ?

Le mépris qu'elle éprouvait pour le dogmatisme russe la mena à la conclusion qu'il était normal qu'un jour ou l'autre un génie émerge de l'autre côté de l'Atlantique. Elle nourrissait une vraie admiration pour ce système qui glorifiait les esprits supérieurs en prenant toute la mesure de leur talent et de leur ingéniosité. Le régime communiste, lui, sclérosait les cerveaux, faisait avorter l'inventivité ; aucune originalité ne pouvait tenir dans le moule du collectif.

10

Une île paradisiaque sous les flammes de l'enfer

À l'aube du premier jour, Olga n'avait toujours pas dormi. Elle était restée cloîtrée entre les murs de ses nouveaux appartements au Kremlin, naviguant dans le monde des échecs à travers l'histoire de ses champions du monde. Mais elle avait beau s'immerger dans la vie de Bobby Fischer, elle n'était pas satisfaite des résultats obtenus. Elle avait en effet constaté avec dépit que certains éléments avaient été négligés par les journalistes, au profit de leur goût pour le sensationnel. Or, c'est bien dans les détails que se loge le génie humain. Rien ne laissait transparaître à la lecture des articles de presse que Bobby était un être particulier. Elle n'avait pas encore de description réaliste de son parcours, tout indiquait simplement qu'il avait été le meilleur en 1972. Rien de plus. Si ce n'était que cela, la montagne avait accouché d'une souris. Alors pourquoi s'imaginaient-ils, tous, n'avoir aucune chance face à lui au prochain championnat du monde ? Dans un geste de colère, elle appela Andropov, à 5 h 30 du matin, et exigea qu'il lui envoie sur-le-champ Vladimir Alatortsev et Lev Abramov, nos deux spécialistes des échecs.

Dans un premier temps, Vladimir, fin théoricien et grand maître, expliqua les règles du jeu à Olga, puis se lança dans une description de cet univers qui les emporta tous les deux jusqu'au crépuscule.

Abramov, le président de la Fédération russe d'échecs, attendait toujours dans la pièce d'à côté. Vers 20 heures, Olga le convoqua enfin et lui demanda de raconter son expérience : lui seul, en effet, avait rencontré Bobby lors de son séjour en URSS. Désireux de faire bonne impression, il sortit ses notes pour ne rien oublier. Olga lui demanda de s'en débarrasser aussitôt !

Les questions fusaient et, lors d'une seconde nuit sans sommeil, Olga entra de plein fouet dans un monde énigmatique, aux frontières du mysticisme. Comment, dans un espace clos de soixante-quatre cases, n'avait-on pas encore trouvé la solution, la ligne de jeu parfaite qui donnerait, par exemple, un ascendant aux blancs ? Puis elle s'aperçut qu'après quelques coups les possibilités devenaient exponentielles et défiaient le nombre d'atomes dans le cosmos. Les échecs, qui décrivent des phénomènes à l'échelle de l'univers, contenaient-ils l'essence même du monde ? Elle congédia Lev Abramov pour laisser son esprit vagabonder et, prise d'une exaltation subite, récita à voix haute un fragment des *Pensées* de Pascal. L'une d'elles était un cri, un appel au secours. Lev entendit ses vociférations derrière la porte fermée.

— « Car enfin qu'est-ce que l'homme dans la nature ? Un néant à l'égard de l'infini, un tout à l'égard du néant, un milieu entre rien et tout. Infiniment éloigné de comprendre les extrêmes, la fin des choses et leur principe sont pour lui invinciblement cachés dans un secret impénétrable, également incapable de voir le néant d'où il est tiré, et l'infini où il est englouti. »

Inquiet, Abramov revint sur ses pas, entra sans prendre le temps de frapper et découvrit la jeune femme debout, au centre de la pièce, y décrivant des cercles incessants. Il s'avança encore.

— Que se passe-t-il, Olga ? Vous semblez épuisée. Il faut que vous preniez du repos, que vous vous alimentiez… Nous avons encore du temps devant nous, pourquoi vous fatiguer de la sorte ?

— Vous ne comprenez pas ! Je viens de faire une découverte mystique, et c'est pourquoi Pascal me vient à l'esprit ! Ce grand mathématicien et philosophe a été le premier à tenir un discours cohérent sur les deux infinis. Cette quête des extrêmes se situe au cœur de nos questionnements. Or, je viens d'apprendre qu'il existait un jeu qui réunit, dans un espace infiniment petit au regard de l'univers, des possibilités exponentielles nous conduisant à l'infiniment grand ! Ne savez-vous pas que la structure et l'évolution macroscopiques du monde ne sont pas indépendantes des théories microscopiques et quantitatives de la matière – la physique des particules aux plus petites échelles, puis à des distances plus grandes, la physique nucléaire et, enfin, la physique atomique ? Connaître la dynamique de l'univers, c'est donc unir dans un même cadre les deux fondements de la physique… Les échecs doivent ainsi être en capacité de nous révéler le sens des inscriptions de la pierre philosophale !

Pauvre Olga, elle perdait totalement pied… Elle avait été appelée pour inventer des solutions, et non pour s'étendre sur un débat à l'échelle de l'inconcevable !

Abramov en fut profondément abattu. Il craignit d'avoir fait fausse route : Olga était bien un génie, mais elle ne leur serait d'aucune utilité. Son esprit décalé allait les envoyer tout droit au goulag. Aucun principe cosmologique, aucune théorie de la gravité quantique ne réglerait leur problème. Le hasard serait alors une somme de coïncidences et leur destin serait scellé… Eux aussi avaient bien ri en quittant le royaume des vivants pour entrer au cœur de théories farfelues, où Dieu aurait caché les clés du mystère de la Création dans l'infiniment petit.

Olga comprit tout à coup sa réserve et, dans une dernière envolée, se référa de nouveau à Blaise Pascal :

— « L'homme n'est qu'un roseau, le plus faible de la nature ; mais c'est un roseau pensant. Il ne faut pas que l'univers entier s'arme pour l'écraser : une vapeur, une goutte d'eau suffit pour le tuer. Mais, quand l'univers l'écraserait, l'homme serait encore plus noble que ce qui le tue, parce qu'il sait qu'il meurt, et l'avantage que l'univers a sur lui, l'univers n'en sait rien. Toute notre dignité consiste donc en la pensée… Travaillons donc à bien penser. »

Après un temps de silence, elle ajouta :

— Je peux vous guider sur la voie de la réussite. Encore faut-il avoir une vision d'ensemble avant de s'attaquer au problème. Bobby Fischer n'a pas choisi ce jeu par pur hasard, il a senti ce trait d'union avec le Créateur. Je commence à le comprendre…

Pour Abramov, il n'y avait plus de temps à perdre. Il courut avertir le reste de la cellule, puis Léonid Brejnev. À leur grand étonnement, ce dernier était devenu un fervent défenseur de la folie de cette femme.

— Comment osez-vous mettre en doute le bien-fondé de la présence d'Olga Komarova ? Vous n'êtes que l'écume des vagues s'abattant contre ce mur, un pâle résidu venant s'échouer à ses pieds… Si je venais à apprendre qu'elle quitte Enigma par votre faute, des têtes tomberaient !

Tous étaient abasourdis. Le hasard était devenu une notion inventée par les mathématiciens pour remplacer Dieu et leur incapacité à expliquer certains phénomènes. Olga était à leurs yeux une scientifique perdue dans le cosmos.

Heureusement, le deuxième jour leur révéla un autre aspect de sa personnalité. Elle avait dépassé certaines notions pour entrer dans le concret. Absolument tout ce qui avait été écrit sur Bobby des deux côtés de l'Atlantique lui fut apporté.

Vers 14 heures, elle sortit de son antre pour demander à rencontrer Mikhaïl Botvinnik, le professeur d'Anatoli Karpov. Il avait la particularité d'être l'ennemi numéro un de Bobby Fischer. Cet ancien champion du monde se trouvant à Moscou, les hommes de main d'Andropov allèrent le chercher *illico presto*. Les membres de la cellule auraient bien aimé assister à l'entretien ; malheureusement, aucun n'y fut convié. Deux heures plus tard, Botvinnik partit en claquant la porte et en injuriant Olga. Ils tentèrent de l'intercepter, mais il grogna :

— Désolé, elle m'a interdit d'évoquer notre discussion…

Ils étaient terriblement seuls, suspendus au verdict du lendemain.

Olga restait cloîtrée. Au fil des heures, elle avait pris conscience de l'incapacité des Russes à repousser la menace d'une nouvelle défaite. Bobby était au sommet de son art, il allait écraser le prétendant au titre. Ce génie américain la fascinait.

Elle était face à un dilemme cornélien : aider la Russie et bafouer ses principes, ou respecter son honneur mais renoncer à affronter le seul adversaire à sa mesure. Et elle ne parvenait pas à trancher. Chaque fois qu'elle se réveillait de l'une de ses micro-siestes, sa pensée s'arrêtait sur l'une ou l'autre alternative.

L'enjeu était de taille. Son esprit belliqueux la poussait à prendre les armes et à livrer l'une des plus grandes batailles intellectuelles jamais engagées. À cette idée, elle se sentait comme Athéna, la déesse de la guerre et de la justice. L'adversité avait forgé le caractère d'Olga, et son existence avait été rythmée par les combats. Pour elle, la routine menait à la déchéance. Or, ces cinq dernières années, elle s'était sentie dépérir. Il fallait y remédier. En outre, à l'issue de cette joute, il n'y aurait qu'un seul vainqueur, un seul survivant. Les règles du jeu étaient claires : en 1975, le champion du monde d'échecs serait russe ou américain, scellant son destin et celui de Bobby. Dans cet affrontement, ce qui l'attirait avant tout était son caractère impitoyable.

De leur côté, les membres de la cellule s'efforçaient de décrypter ce qu'Olga avait bien voulu dire. Brejnev ne l'avait tout de même pas soutenue pour rien ! Peu à peu, eux aussi réussirent à décoder le message. Les échecs, ce jeu dont l'origine est si lointaine, cet univers si fabuleusement minuscule et en continuelle expansion à chaque coup joué, leur donnaient le vertige. Alors, oui, ils étaient en soi une représentation des antipodes. Ils venaient de comprendre une partie du raisonnement d'Olga, qui avait assimilé cet art aux astres, en passant par les notions de fini et d'infini.

Ce fut à leur tour d'invoquer un esprit supérieur par le biais de l'induction scientifique. Olga avait transformé leur vision du monde. Au petit matin, ils avaient ainsi accepté l'idée d'une métaphysique créationniste. Il était évident que cette femme était venue donner un nouveau souffle à la cellule. Le vieil homme qui vous parle écourte désespérément ce récit en ne vous révélant pas l'intégralité du processus. Mais combien d'entre vous seraient susceptibles de le comprendre ? Le génie d'Olga est venu se diluer dans notre propre ignorance.

Tous attendaient fébrilement de l'entendre dire : « Oui, j'accepte le défi et nous allons nous battre jusqu'à la victoire. » Brejnev se présenta à 19 heures. Lui aussi voulait connaître sa décision. Ils allèrent ensemble frapper à sa porte, verrouillée de l'intérieur. Sa réponse ne se fit pas attendre :

— Laissez-moi tranquille ! Je finirai bien par sortir… Je ne suis pas une graine qui détient l'arbre en puissance et qui devient acte, une fois celui-ci poussé.

Une nouvelle phrase qu'il fallait décoder.

Andropov fut chargé d'informer Brejnev de ce qu'Enigma en avait saisi. Il prit la parole avec un sentiment de défaite :

— Camarade Brejnev, Olga, par ces mots du philosophe Aristote, fait le distinguo entre acte et puissance. Nous lui demanderons plus de détails lorsqu'elle ouvrira la porte, car cela n'entre pas dans notre domaine de compétences.

Aussi invraisemblable que cela puisse paraître, ils durent attendre encore deux nuits entières. Au matin du cinquième jour, une femme totalement épuisée par le combat qu'elle avait livré contre elle-même demanda à tous les protagonistes de se réunir une heure plus tard.

Olga avait pleinement saisi le rôle des échecs dans le cours de la guerre froide. Déjà en 1952 le *New York Times* avait proclamé que le grand maître américain Samuel Reshevsky était « le champion du monde libre », et proposait qu'un tournoi soit organisé entre lui et le champion du monde soviétique, Mikhaïl Botvinnik. Un défi de taille ! C'était là, affirmait le quotidien, « le genre d'affrontement que tout le monde espérait ». Cette bataille intellectuelle, les Russes ne pouvaient se permettre de la perdre. Leur honneur était en jeu.

Jusqu'en 1972, ils avaient réussi à truquer les règles pour se garantir le titre. Quand Bobby Fischer avait entamé son ascension inexorable vers les sommets, tous les moyens avaient été bons pour l'arrêter jusqu'à ce que, dans un excès d'orgueil – ou tout simplement acculés par la pression médiatique aux quatre coins du globe –, ils aient ôté la soupape de sécurité qui contenait la guerre froide. Mais, si le titre n'était pas restitué à l'URSS en 75, l'insurrection à venir ferait basculer le monde dans le chaos. Olga en était convaincue, tout comme Brejnev.

Elle prononça donc un discours qui allait totalement à l'encontre de son but, de sa raison de vivre, de son esprit de vengeance. Ce furent les mots d'une reine :

— Les guerres se matérialisent par des champs de bataille, par des hommes qui trouvent la mort et d'autres la foi. L'histoire de notre monde en est remplie. Certains de ces combats sont inscrits dans nos livres. Ils sont le témoin de la folie des hommes et d'un esprit barbare. Nous, nous allons en livrer un nouveau. Il verra s'affronter deux grandes nations, les États-Unis et la Russie ; l'enjeu en sera la suprématie intellectuelle ; la guerre n'aura pas lieu sur soixante-quatre cases, mais sur l'échiquier de la vie, celui qui se compose d'autant de pièces qu'il y a d'êtres humains. Je vous mènerai à la victoire par une déstructuration psychique totale du champion américain. Croyez en moi, soutenez-moi, à partir de cette minute, je suis votre commandante en chef.

Un tonnerre d'applaudissements à n'en plus finir, une ovation jusqu'aux larmes saluèrent cette chronique d'une mort annoncée, celle de Robert James Fischer. Olga était devenue l'incarnation du destin de la Russie. Elle désigna Andropov comme son bras droit. Puis, à la question « Allez-vous démembrer la cellule existante ? », elle répondit que non. En revanche, elle voulait dès à présent connaître le nom de tous les agents infiltrés à New York, et savoir si l'un d'eux, voire plusieurs avaient été en contact direct avec Bobby. Ces informations, classées « ultra-confidentiel », lui furent données le lendemain. Entre-temps, elle quitta la cellule pour vérifier que les services secrets avaient fait leur travail, en s'occupant convenablement de ses cinq chats et chiens.

Le lendemain, pourtant, les traits de son visage marquaient une évidente inquiétude. La cellule s'interrogea. Hier, de belles paroles avaient été prononcées sans le moindre indice quant à la marche à suivre. Avait-elle réellement découvert une faille dans l'armure Fischer ? Le puits sans fond de ses connaissances et sa capacité à s'insinuer dans les méandres de la pensée humaine étaient-ils vraiment un gage de réussite ? Solomentsev n'avait pas les réponses à ces questions, mais il déclara :

— Si elle ne le peut, alors nul ne le pourrait.

Cette dernière phrase devint leur leitmotiv. Brejnev la fit graver en lettres capitales sur la porte de la salle d'Enigma.

Absolument rien ne fut laissé au hasard. Olga assimilait toutes les histoires liées de près ou de loin aux échecs.

Au cours des siècles, le jeu avait subi maintes modifications. Mais l'une d'elles la laissait perplexe. La pièce qui était, à l'origine, un « ministre » était devenue au Moyen Âge, par un concours de circonstances, la vierge, puis la reine. Olga interprétait cette curieuse transformation comme un signe du rôle grandissant qu'avait alors pris la femme. Les règles avaient donc suivi l'évolution de la société. Ce jeu n'était pas seulement une distraction, il était aussi le miroir de notre monde. Et, aujourd'hui, la reine était la pièce maîtresse de l'échiquier. Mais son analyse ne s'arrêta pas à cette simple constatation. Entre rêve et réalité, une idée était en train de germer dans l'esprit d'Olga. Est-ce que l'art de jouer ne se conjuguerait pas à un art d'aimer ? La jeune Russe se mit à méditer à voix haute :

— Si j'arrivais à m'insérer dans une partie d'échecs en devenant sa reine, il serait mon roi. Il n'aurait d'autre choix que de me protéger, étant moi-même la pièce la plus puissante de son armée… Ridicule ! ce n'est rien d'autre qu'un fantasme, passons pour l'instant… Ou peut-être pas. Rêver est une source de connaissance, autant que penser, et à ce titre, il faut prendre les rêves au sérieux. Ce n'est pas un luxe de l'esprit, bien au contraire. Il ne faudrait pas tomber dans ce piège, au nom de notre logique étroite et bornée…

Des micros étant disséminés dans le bureau d'Olga, Andropov avait entendu cette séquence. Mais il ne pouvait se risquer à en parler à qui que ce soit sans courir le risque de la décrédibiliser. Pour beaucoup, les incohérences, la bizarrerie des rêves, les messages foudroyants de l'au-delà étaient spontanément assimilés aux élucubrations des êtres atteints de démence. Le général en eut la gorge sèche et fonça dans son bureau s'y servir une grande rasade de whisky. Il leva son verre, en murmurant :

— Olga, tu es complètement folle… Suis-je donc le seul à m'en apercevoir ?

Puis, comme Brejnev et Solomentsev pourraient eux aussi écouter ces bandes, Andropov s'empressa de les détruire.

*

Et si ce voyage au cœur de l'histoire des échecs était le levier avec lequel Olga élèverait nos âmes ? Un acte apparemment insignifiant qui deviendrait une révélation pour quiconque sait dépasser les frontières du réel.

À bien y réfléchir, le jeu royal originel s'est changé en un jeu populaire et moderne. Beaucoup de révolutionnaires – Marx, Lénine, Che Guevara et tant d'autres encore – en ont été des adeptes passionnés. Ce qui pointe une réalité plus profonde : un lien entre ce jeu, les valeurs qu'il incarne et les mouvements qui visent à émanciper l'humanité.

Je comprends parfaitement, Olga, ta fascination devant une évidence qu'il est utile de rappeler : que l'homme soit noble, bourgeois ou serf, seule son ingéniosité lui permet de vaincre aux échecs.

Un souffle vertueux s'est insinué au plus profond de ton être, n'est-ce pas ? Mais, si j'interprète bien ton idée, celle que tu as exprimée à voix haute, elle n'est pas réalisable, tu ne pourras jamais trouver la porte qui mène à l'échiquier, pour renverser la dame et devenir sa reine.

11

Tes pensées sont plus belles que mes rêves

La cellule Enigma continua à se réunir nuit et jour pour analyser le comportement d'Olga, ses sautes d'humeur, son teint blafard, sa voix atone. La bienveillance de ses membres à son égard les incita à tout expliquer par la pathologie de son génie, son empreinte indélébile faite de tristesse et d'espoir. Ils avaient même acquis la certitude que ce mur tenait par miracle, sous l'impulsion de forces contraires qui s'annulaient comme des vecteurs en physique. Un seul élément pouvait abattre l'édifice mais, comme par magie, tous assemblés – le vent, la pluie, les astres – composaient une somme nulle. Ce fragile équilibre dynamique faisait d'Olga un être exquis, à l'harmonie unique.

Ce qui donne au génie ses lettres de noblesse, c'est qu'il constitue un trait d'union, un point entre les rives. Olga faisait ainsi le lien entre toutes les disciplines, tous les préceptes, toutes les religions. Mais bien au-delà, elle avait cette capacité à les relier entre eux, ces sept membres d'Enigma. Et cette spécificité était devenue leur définition d'un univers qui n'accepte que trop peu d'élus.

Le résultat était devenu une obsession, voir Olga réaliser son œuvre leur préoccupation première. Elle éprouvait elle-même une forme de tendresse envers eux et, chaque matin, faisait irruption dans la cellule pour prendre de leurs nouvelles. Eux tentaient d'obtenir des informations, en vain. Les jours qui passaient donnaient à son silence les profondeurs d'un abîme. La seule chose rassurante était de la voir de nouveau rayonnante. Douze jours de calvaire, voilà le temps qu'il avait fallu pour entrevoir un premier sourire qui vint se loger droit dans leurs cœurs.

Un matin, enfin, elle vint les instruire de ses avancées. Ses mots furent accueillis comme une délivrance.

— J'ai un plan mais, pour avoir la certitude de le mener à bien, je dois rencontrer quelqu'un, un agent du KGB susceptible de me donner des détails importants sur Robert James Fischer. Nous pouvons l'appeler par son prénom, Sergueï. Des ordres ont évidemment été transmis aux cellules de New York et de Los Angeles, où Bobby réside en ce moment. Fort heureusement, la qualité de nos agents de renseignement est sans limites. Ils ont réussi à infiltrer l'Église d'Armstrong au plus haut de sa hiérarchie. Les rapports attestent qu'un conflit existe entre notre cible et le créateur de cette secte, même si Fischer continue d'adhérer à certains de ses principes. D'autre part, un personnage central, son entraîneur et coach d'éducation physique, est acquis à notre cause : un homme nommé Harry. Je veux plus de renseignements sur lui. Dès à présent, je vous demande un engagement total. Il faudra éplucher tous les rapports venant des États-Unis et m'en faire la synthèse. Il faudra aussi fouiller dans le passé de chaque intervenant ayant eu un accès privilégié à notre cible. Je vous dis à bientôt : je pars sur-le-champ pour New York discuter avec Sergueï.

Sergueï était mon père. Et il attendait au garde-à-vous la visite d'Olga, depuis qu'il avait reçu ses ordres d'Andropov en personne, ce qui n'était pas commun. Il était question de sécurité nationale, lui avait confié le général, toutes les ressources – soit trente-six individus – seraient par conséquent affectées pour un temps indéfini à un même but : protéger Olga. Le sens de la hiérarchie de Sergueï était cependant trop fort pour qu'il osât poser au patron des services secrets la question qui lui brûlait les lèvres : « Mais qui est cette femme ? »

Andropov avait par ailleurs précisé que, le temps de son séjour, beaucoup de missions seraient suspendues, voire abandonnées, avant de franchir une nouvelle barrière en demandant à mon père de mourir s'il le fallait, pour aider Olga à mener à bien sa mission.

Dès son arrivée à l'aéroport, Olga était donc attendue par tant de monde – une quinzaine d'hommes et cinq voitures ! – qu'elle finit par éveiller les soupçons des services américains. Par chance, elle était sublime ; la CIA, qui, dans son incompétence, ne pouvait concevoir que l'intelligence et la beauté puissent être réunies en un seul être, écarta la possibilité que cette créature soit une espionne et la réduisit à la dernière conquête d'un haut dirigeant soviétique.

Avouons que Sergueï en fut lui aussi persuadé, lorsqu'il l'aperçut pour la première fois et qu'il resta subjugué par sa grâce, son assurance, son allure. Il éprouvait cette fragile sensation qui donne toute sa splendeur à la vie et abat les cloisons de la raison. Croyez-moi, nous aurions vendu notre âme au diable pour sentir l'ivresse de sa présence.

Tout cela était calculé. Comme les Grecs avaient endormi la vigilance des Troyens en leur offrant un monumental cheval de bois, Olga avait choisi de mystifier les Américains en fabriquant ce personnage de cocotte matérialiste et frivole, qui ne s'attachait qu'à vider les comptes de son amant. Pour la petite histoire, des soldats grecs s'étaient cachés dans le cheval, en étaient sortis la nuit venue, et avaient mis à feu et à sang la ville de Troie, remportant la victoire par la ruse. Olga ferait de même : une fois les Américains convaincus de son caractère inoffensif, elle entrerait en action.

À sa descente d'avion, Olga avait ainsi l'allure d'une actrice de cinéma, une Marilyn Monroe russe. Une robe rouge aux plis savamment arrangés laissait entrevoir le dessin de sa cuisse galbée et la naissance d'une poitrine qu'on devinait généreuse. Un manteau de fourrure couvrait ses épaules, tandis que le pourpre foncé de ses lèvres donnait à son visage une coloration presque érotique. « Le cœur a ses raisons que la raison ne connaît point. » Cet adage de son philosophe préféré, Pascal, lui avait tracé une ligne de conduite. Si elle savait les hommes guidés par la rationalité rassurante sur laquelle avait été édifiée la société, elle n'ignorait pas que tout édifice pouvait être ébranlé par le séisme de la passion, une voie ô combien plus séduisante.

Au Kremlin, Olga avait demandé à Andropov que des fonds soient mis à sa disposition. La réponse qu'elle avait reçue marquait l'importance qu'elle avait aux yeux des Soviétiques :

— Mais Olga, tout l'or de la Russie t'appartient ! Une enveloppe de dix mille dollars est déjà prévue pour des achats éventuels, mais si tu en désires cent mille, tu les auras.

Dès son arrivée, elle put donc se rendre dans les deux plus célèbres enseignes new-yorkaises : Tiffany & Co. et Bergdorf Goodman, où les agents soviétiques firent office de *boys*, chargés de porter ses emplettes. Rien n'était trop beau : escarpins, robes, sacs, manteaux, tous signés de grands créateurs. Elle arpentait les lieux sur ses talons hauts, scrutant chaque objet et jetant son dévolu sur tel ou tel article qu'il lui fallait immédiatement. En l'espace d'une journée, elle avait dépensé la somme astronomique de dix mille dollars. Olga avait joué son rôle à la perfection. Et les agents de la CIA, qu'elle avait repérés du coin de l'œil, en avaient eu pour leur argent. Ils étaient aussi sûrs de son caractère inoffensif que mon père était, lui, offusqué de son comportement.

Le soir même, Olga s'invita chez lui et, soudain, lui lança :

— Je sais que vous dirigez la cellule de New York et que vous disposez d'une ligne sécurisée. Nous l'utiliserons juste après le dîner. Je vous donnerai le numéro qu'il faudra composer. Vous resterez à mes côtés.

À ses yeux, Olga était une femme circonscrite au cercle de l'amour. Il trouvait donc incongru et même indélicat d'utiliser la ligne téléphonique officielle pour des batifolages. La soirée se déroula néanmoins dans une ambiance de fête, propre à la chaleur russe. On échangea des banalités, chacun heureux de se retrouver sur un îlot patriotique perdu au milieu de l'océan américain. Vint le moment de l'appel. Olga composa un numéro inconnu et Léonid Brejnev en personne décrocha. Puis il demanda à parler à Sergueï et lui dit simplement :

— Komarova est notre commandante en chef, vous devez mettre à sa disposition tous les moyens nécessaires. Sachez que votre cible est Bobby Fischer.

Mon père se mit à chanceler. Olga contrevenait aux règles : comment une femme aussi belle pouvait-elle être à la tête d'une cellule d'espionnage russe ? Elle ressentit son malaise et lui lança d'un air narquois :

— Vous voyez, dans le monde réel, on peut déroger à certains principes de la chimie selon lesquels tout est opposé, mais équilibré…

Ils revinrent s'installer dans les fauteuils du salon. Sergueï proposa à Olga un verre de cognac, tandis qu'elle poursuivait sur le même registre :

— Je vous invite à lire le paradoxe du barbier de Bertrand Russell, un brillant mathématicien, logicien, philosophe et moraliste britannique. Il pourrait vous initier au calcul de prédicat, et vous donner le sens du terme « antinomie ». Ensuite, et si vous en avez le courage, vous devriez basculer dans les théories de Kant, qui s'est totalement trompé en pensant qu'Aristote avait créé une science complète et divinement achevée. Heureusement, Kurt Gödel a démontré avant 1930 par un théorème d'incomplétude qu'on peut déduire de façon mécanique toutes les lois de la logique. Au final, la logique du premier ordre est donc achevée au sens où le problème de la correction logique des démonstrations y est résolu. Vous pourriez poursuivre en entrant dans la théorie des modèles, celle de la démonstration en mathématiques… Tout cela vous permettrait de vous apercevoir que vos schémas d'axiomes logiques sont faux, et donc vos règles de déduction erronées.

Olga venait de signifier à mon père qu'il était stupide. Et à quel point, dotée d'une sensibilité très fine, elle pouvait être renversante. Encore une fois, sa capacité à créer des arborescences entre la philosophie, les mathématiques, la littérature, et à en faire jaillir une unicité témoignait de son génie. Elle était parvenue à concevoir un système formel fait de connecteurs logiques. Au bout du compte, le vieil homme que je suis, assis à cette table, en est maintenant persuadé : tes pensées, Olga, sont plus belles que mes rêves.

Sergueï en était sonné. Ces quelques mots, même si l'intégralité de son raisonnement lui était insaisissable, suffirent à lui faire comprendre l'attitude de Brejnev. Olga, le voyant sans voix, écrasé dans son fauteuil, déposa les armes et entra dans le vif du sujet.

— J'ai besoin de vous, de tout ce que vous savez, jusqu'au moindre détail, sur Robert James Fischer.

Mon père, heureux de pouvoir se rattraper, prit la parole. Pendant des heures, il se confia, n'omettant aucune anecdote. Je vous en livre la substance :

— J'ai été son père de substitution, et son professeur dans bien des domaines. Pendant sept ans, il a suivi tous mes conseils échiquéens… Combien de fois me suis-je échappé à la nuit tombée pour aller le rejoindre dans son appartement de Brooklyn ? Il nous est arrivé d'oublier le temps, au point de voir la lueur de l'aube venir s'immiscer dans nos analyses. Ma femme a fini par se poser des questions, elle a souvent pensé que je la trompais. Heureusement, Regina, la mère de Bobby, et Joan, sa sœur, l'ont rassurée… Comme Socrate, le père de la philosophie, j'ai eu pour méthode non de lui apporter la connaissance, mais de la faire accoucher de son esprit, par son talent. Bien avant tout le monde, j'ai ressenti le potentiel de ce gamin et j'ai compris qu'un jour ou l'autre il serait une menace pour la Russie. Vous avez lu mes rapports, je suppose ? (Olga hocha la tête en signe d'assentiment.) Lorsque Bobby a eu neuf ans, j'avais déjà une stratégie et je l'ai mise en œuvre en me servant de sa mère, de sa sœur et de son meilleur ami. Je voulais offrir à ma patrie un champion du monde, devenu russe par conviction. J'ai malheureusement été fortement critiqué, puis lâché par la Fédération russe d'échecs. En 1958, j'avais convaincu Bobby de se rendre en URSS, où il allait être accueilli avec les honneurs. On devait le considérer à sa juste valeur, lui promettre un salaire… Tout avait bien commencé. Il avait été logé dans le meilleur hôtel, on avait mis à sa disposition un interprète, une voiture avec chauffeur et un garde du corps. Mais Lev Abramov ne s'est pas montré à la hauteur. Il l'a emmené faire du tourisme, visiter des musées ! Ce môme de quinze ans avait juste envie de se mesurer, dans des parties lentes, à tous les grands maîtres russes, allant du moins bon d'entre eux au champion du monde. Au lieu de cela, on l'a traité comme une curiosité, une *novinka*[1]. On l'a même insulté en le qualifiant avec dédain de *malchick*[2]. Pourtant, ce n'était pas un marmot, c'était un génie ! Vous comprenez ? Sept ans de dur labeur réduits à néant en une semaine !… Alors maintenant, que faire ? Je vais vous le dire. Rassemblez vos emplettes, faites vos valises et partez. Bobby a quinze ans d'avance sur la théorie échiquéenne des Russes. Il va écraser notre représentant en 75, et rien ni personne ne pourra l'en empêcher. L'erreur a été commise il y a quinze ans quand il est venu en Russie, et pourtant – mais c'est la dernière fois que je le dis –, je vous avais mis en garde ! J'avais même spécifié dans mon rapport de 57 qu'il était un génie à part entière et, de fait, le prochain champion du monde ! J'ai simplement fait preuve d'imprécision en me trompant dans la date à laquelle il émergerait au sommet de la hiérarchie mondiale. Je pensais que cela se ferait bien avant 72. J'avais oublié notre tendance à utiliser les règles en notre faveur…

Sergueï révéla d'autres éléments, notamment les efforts qu'il avait déployés pour rallier Regina à sa cause. Il s'était entre autres arrangé pour qu'un rapport tendancieux soit envoyé à la CIA afin que celle-ci lui fasse subir un interrogatoire. Grâce à cet électrochoc, Sergueï espérait lui faire comprendre qu'elle n'était pas en lieu sûr aux États-Unis. Cela avait en effet accéléré la procédure et Bobby avait pu se rendre bien avant ses dix-huit ans en Russie.

Olga avait écouté Sergueï attentivement, mais un détail avait retenu son attention.

— Qui est ce meilleur ami de Robert James Fischer, dont vous vous êtes servi dans l'élaboration de votre plan ? Pouvez-vous me le décrire ? Me donner son nom et son prénom ? J'ai effectivement bien lu vos rapports et il n'en est fait mention nulle part.

Mon père avait toujours voulu me préserver, mais cette fois-ci, acculé, il fut obligé de dévoiler mon identité. En entendant : « C'est mon fils », Olga comprit qu'elle tenait dans ses filets une grosse prise. Il fallait organiser une rencontre au

1. « Nouveauté ».
2. « Garçon ».

plus vite. Mais voilà, j'étais en lune de miel à Las Vegas. Qu'à cela ne tienne, on trouverait le moyen de me faire rentrer. Les intérêts de la nation, après tout, l'emportaient sur mon amour pour Luz María, cette perle venue du Chili.

Alors que j'étais assis à une table de baccara, je fus emmené de force à New York. Les services russes eurent cependant la délicatesse de prévenir ma femme, en déposant dans la chambre nuptiale une lettre imitant mon écriture. Ils avaient inventé un motif à mon absence subite : ma présence aux côtés du FBI était exigée pour les besoins d'une enquête fédérale, où j'officiais en tant que témoin. Je serais de retour dans quarante-huit heures au plus tard. Voilà comment le vieil homme que je suis a pu être ce jeune premier, aspiré par les tentacules d'un adversaire redoutable.

Ce fut le plus long interrogatoire que j'eus à subir de ma vie. Vingt-huit heures d'une rare intensité pendant lesquelles Olga me pressura pour faire resurgir le moindre de mes souvenirs. Nous étions au sous-sol d'un bâtiment. Les murs nus, simplement peints en gris, n'offraient aucune prise, et le dépouillement de la pièce, insonorisée et aveugle, nous plongeait dans une bulle atemporelle, coupée du monde. Un unique néon suspendu au-dessus de nos têtes diffusait une lumière blafarde qui achevait de nous immerger dans un univers parallèle. Olga était là pour m'arracher un à un les lambeaux de mon amitié pour Bobby, et elle ne me libéra qu'une fois parvenue à ses fins.

Elle n'était plus cette femme fatale aux courbes généreuses qui avait leurré les Américains, en descendant de son avion. Elle ne jouait plus de rôle. Elle remplissait désormais les fonctions pour lesquelles on l'avait envoyée ici, et son aspect était de circonstance : pantalon gris à pinces, pull-over noir, visage nu. La seule coquetterie qu'elle s'était octroyée avait été de lâcher ses longs cheveux blonds. Durant cet entretien, elle ne prit aucune note, n'enregistra pas mon témoignage mais but mes paroles, les consignant dans sa mémoire phénoménale. Étais-je un marchepied vers un monde meilleur où la Russie triompherait ? Je dois l'avouer, au tout début, elle ne m'a pas caché les raisons de sa présence ni le but qu'elle s'était fixé.

Mais j'en ai fait abstraction, préoccupé que j'étais par mes propres aspirations. Encore aujourd'hui, j'en pleure. Comment ai-je pu trahir mon meilleur ami ? Olga se sera servie de chacune de mes paroles pour réaliser son œuvre. À ma décharge, je n'étais pas conscient que mes confidences pourraient modifier le cours de la vie du champion du monde. C'était tout de même insensé ! Mettez-vous à ma place…

Dans cette pièce, Bobby Fischer redevint cet enfant de sept ans, presque immatériel, qui conciliait l'antinomie de l'action et du rêve. Je le voyais assis sur son énorme coussin bleu, baigné d'un halo de lumière, comme si Dieu lui communiquait un peu de Sa force créatrice. Enfant, Bobby était obnubilé par le fait de gagner de l'argent et de l'apporter en offrande à sa mère, Regina. Pour cela, il s'était infligé une discipline de fer, indifférent aux cris de joie des gamins de son âge jouant à ses côtés, mais jamais à l'amour d'une mère qui, à ses yeux, méritait une vie meilleure. Il s'était détourné de ce qui fait l'essence de l'enfance : l'insouciance. Tous ces détails furent bien sûr donnés en pâture à Olga, jusqu'au plat de viande que Regina avait fait semblant de bouder pour le lui laisser. Et cette scène où il la vit saucer les restes, dans la cuisine. Ou encore cette fois où Bobby avait perdu sa place aux tables d'échecs de Central Park ; un homme qui ne connaissait ni les codes ni les règles se l'était appropriée. Olga put, grâce à cette anecdote, mesurer l'amour que les joueurs du parc portaient à leur jeune protégé, quand ils avaient tous fait en sorte que l'inconnu lui rende sa place.

Puis on s'enfonça en 1950, à la veille de mes onze ans, période de tension où Bobby avait refusé d'assister à mon anniversaire. Je fis le récit des premières parties de blitz et de l'argent dérobé dans le porte-monnaie de sa mère. L'immense fierté d'un enfant devenu combattant à l'âge de huit ans, capable de résister à tous les coups. Plus d'une fois il s'était trouvé malmené mais, dans une dernière inspiration, une dernière ligne de jeu, il était resté debout, vaillant et digne. Combien de faisceaux lumineux avait-il abattus autour de ces soixante-quatre cases ? Ses adversaires s'en étaient allés, la tête basse, mais la rage au ventre. Je m'attardai sur tout, allant jusqu'à préciser la manière qu'il avait d'appuyer sur la pendule. Puis, alors que je marquais un temps d'arrêt, Olga revint sur un fait essentiel.

— Personne n'a donc appris à Bobby les règles du jeu et aucune école de pensée n'est venue polluer son monde. Stupéfiant… Si je saisis pleinement la portée de vos mots, il s'est fait emporter par sa capacité extravagante à aimer ! Il s'est mis aux échecs pour satisfaire un don d'une valeur inestimable : l'adoration qu'il portait à sa mère. Je comprends mieux sa personnalité et le malaise qu'il a éprouvé plus tard face à Regina, quand il lui reprochait de ne pas être à la hauteur de son propre sacrifice… Qu'il devait se sentir seul au monde !

Je ne me suis pas attardé sur cette dernière phrase. J'étais un bolide lancé à grande vitesse. *Petit Poucet rêveur*, j'ai entendu des crissements de pneus sur l'asphalte et senti le goût des larmes qui roulaient sur mes joues. La plus belle de ses victoires n'était pas d'avoir remporté toutes ces parties d'échecs, mais de se représenter la joie secrète de sa mère quand elle découvrait trois dollars de plus dans son porte-monnaie. À huit ans, Bobby semblait avoir atteint l'ataraxie des sages épicuriens. Aucune passion, si ce n'était celle d'un amour inconditionnel et désintéressé.

Il fut ensuite question du grand projet de mon père : mener mon ami Bobby sur les sentiers de la gloire. Nous parlâmes de mon encyclopédie animalière et, pas à pas, nous étions arrivés devant le Brooklyn Chess Club. Olga y pénétra avec moi, huma l'odeur du tabac incrustée dans les vêtements des joueurs, sentit les esprits tracassés face à l'échiquier dans cette brume de fumée qui faisait ressembler l'endroit à un cimetière hanté. En 1952, Bobby travaillait sans relâche, et le dimanche était le seul jour où nous avions le temps de nous raconter les aventures de la semaine. Le point culminant de cette période avait été sa rencontre avec László, homme d'affaires redoutable, immensément riche, et la partie mystique qu'ils avaient disputée. Quand une pièce de László avait glissé à la faveur d'une goutte d'eau sur une autre case, scellant sa défaite.

Olga et moi dissertâmes alors des notions complexes d'infini, de plénitude et de divin.

Vous l'aurez compris, toute la vie de mon ami fut disséquée et, après vingt-huit heures, une fois qu'elle fut sûre qu'aucun détail n'avait été négligé, Olga me libéra de mes fonctions de traître.

— Je te remercie pour la qualité de ton récit… László est quelqu'un de remarquable. Il est la preuve que les hommes, parfois, peuvent réserver quelques belles surprises, du courage, de l'audace, de la grandeur… Je repars à Moscou ; sache qu'à toi seul tu m'as donné la solution. Tes mots sont venus me frapper à maintes reprises, générant l'ébauche d'un plan qui nécessite un premier rendez-vous avec Robert James Fischer, le petit prince des ténèbres. Toi seul peux l'organiser, je serai à New York d'ici une semaine et je compte sur toi. Puis-je te faire confiance ?

— Bien sûr, mais où ?

— Je te laisse le soin de décider, mais Central Park me paraît le lieu propice. C'est là que tout a commencé. Pour l'heure, je dirais juste avant le coucher du soleil.

À l'époque, j'avais la conviction qu'elle n'aurait aucune emprise sur Bobby. Il serait sans doute séduit par sa beauté mais, sachant mieux que quiconque qu'il n'avait jamais couché avec une femme, j'imaginais que tout s'arrêterait là. Tiens, voilà un détail qu'elle ignorait, et aucune question ne m'avait été posée sur ses aventures amoureuses. Étrange, tout de même… J'avais tout de suite perçu en elle un talent hors du commun. Comment pouvait-elle passer à côté de l'un des éléments les plus significatifs de ce que nous sommes ?

Dans l'avion qui me ramenait à Las Vegas, je me fis un serment : raconter un jour l'enfance de mon meilleur ami. Le monde entier saurait qui était réellement Bobby. Presque cinquante ans plus tard, alors que mes dernières forces se dérobent, je suis reparti m'asseoir sur le banc qui m'a vu grandir. Le moment est venu de tenir ma promesse.

II

Bobby, tu seras roi

12

Là où tout a commencé

L'ivresse de la jeunesse.

Encore une fois.

Une dernière fois.

Cette douce sensation m'envahit dès mon arrivée au parc. Les douleurs d'un vieil homme fatigué par la vie s'évanouissent quand, soixante-dix ans après, la magie de mes dix ans revient me foudroyer. Un savant mélange d'insouciance et de rêve. Le moment précis où je trouvai ma place dans l'éternité, par un passage étroit de l'enfance à la conscience de soi.

En revenant là où tout a commencé, sur ce banc, j'ai la conviction d'être à mon tour presque immatériel, de concilier l'antinomie de l'action et du rêve. New York, Central Park, j'ai grandi ici.

Allez ! Il me faut du courage. Par le ressac de mes souvenirs venus lécher ces pages, je vais vous raconter une histoire surprenante. Celle d'un complot fomenté par les plus hautes instances d'une nation, mais aussi d'une amitié entre deux garçons, brisée par la raison d'État.

Central Park était le point de ralliement des joueurs d'échecs. Ils s'installaient sur toutes les tables disséminées dans un square qui leur était dédié. Mais, auparavant, on devait trouver son opposant, déterminer le montant des paris, la cadence de jeu. La plupart jouaient en blitz. Ils avaient dix minutes de réflexion, ou moins, à leur pendule pour mener à bien la partie. Passé ce délai, si le combat n'était pas terminé, celui qui avait la main avait automatiquement perdu. Chaque décision devait donc être prise en quelques secondes ! L'instinct y était aussi essentiel que le calcul des variantes. Le rythme cardiaque s'accélérait à l'approche de cette petite mort. Et il fallait des nerfs d'acier pour supporter cette pression du temps dans les phases les plus critiques.

Les enjeux financiers n'étaient pas importants, pourtant, par le cumul de défaites, un joueur pouvait perdre en un après-midi une petite fortune. L'équivalent d'une semaine de travail pour un ouvrier. Mais nous étions une grande famille et nous prenions soin les uns des autres.

Il arrivait aussi d'y croiser des inconnus en costume-cravate, boutons de manchettes et montre en or. Ils avaient appris les arts nobles dans leur enfance, comme le piano, l'équitation ou que sais-je encore. La plupart du temps, ils avaient un bon niveau de connaissances, un style pur et prévisible. Sûrement les vestiges de l'enseignement d'un grand maître. Intrépides, ils n'hésitaient pas à mettre en jeu de grosses sommes, qui donnaient un enjeu démesuré à ce genre de combat. Se croyaient-ils encore à une époque où l'on réglait ses différends « à la vie à la mort » ? Comment faisaient-ils pour s'autoriser à rêver en défiant le plus fort d'entre nous ? Victimes d'un ego surdimensionné, ils venaient périr sans gloire, laissant à nos pieds une belle poignée de dollars.

Adossé à ce banc de Central Park, je me posais des questions à leur sujet. Par élégance et dans un souci d'humanité, je préférais les comparer à des philanthropes. Oui, il y avait toutes sortes de personnages venant de temps à autre égayer notre quotidien, jusqu'à des grands maîtres des pays de l'Est décidés à gagner quelques billets en toute impunité. En parfaits arnaqueurs, ils commençaient par perdre tout en doublant les mises pour essayer de se refaire. Bien entendu, ils en sortaient toujours gagnants.

Mais ce qui avait rendu ce square unique à partir de 1949 était tout autre. La première fois, je n'avais aperçu qu'une petite silhouette, à une trentaine de mètres, assise sur un énorme coussin bleu qui lui permettait d'atteindre la hauteur minimale pour regarder une partie. Je n'oublierais jamais cet instant. Un halo de lumière l'enveloppait, comme matérialisant le côté surnaturel de son inspiration. Une étrange émotion m'avait envahi, une intuition. Je m'étais approché. Ce n'était pourtant qu'un enfant de sept ans, émerveillé et concentré sur son « destin ».

Il vint s'asseoir, de l'aube au coucher du soleil, tous les dimanches pendant un an, comme s'il ne ressentait ni fatigue ni faim. Son nom était Bobby Fischer.

Les règles du jeu étant simples, il n'eut aucun mal à toutes les assimiler. Une fois ces bases apprises, progresser devenait plus compliqué. Il fallait déchiffrer l'essence de cet art pour s'adapter, envisager une stratégie aux dépens d'une autre variable : l'adversaire qui se dressait devant nous. Pour l'instant, Bobby prenait conscience de deux paramètres : l'attaque et la défense.

Il s'aperçut que le déroulement des parties qu'il observait dans ce square dépendait des individualités, qui privilégiaient soit l'agression, soit la protection. Les joueurs ne dérogeaient jamais à leur propre conception des échecs. Ainsi, sans avoir échangé le moindre mot avec eux, il découvrait avec exactitude qui ils étaient réellement. Il lui arrivait d'être surpris par le décalage entre la personnalité apparente d'un homme et la façon qu'il avait de positionner ses pièces sur l'échiquier. Par exemple, l'un des habitués des lieux, Terry, était fantasque, joyeux, exubérant, mais son jeu totalement cloisonné. Du haut de ses sept ans, Bobby apprit qu'aux échecs on ne peut tricher. La quintessence de ce qu'on est réellement rejaillit avec force dans cet espace clos. Aux yeux de l'enfant, Terry était donc un être sournois.

Bobby ne voulait pas encore se découvrir, il était trop tôt. Il préférait rêver au meilleur des cas de figure. Il aurait voulu être un funambule capable d'équilibrer son désir de gagner et sa peur de perdre. Il désirait façonner son esprit pour qu'il épouse au mieux les contours de chacune des figurines qu'il déplacerait. L'histoire de sa vie nous apprendra qu'il fut un attaquant hors normes. Selon Goethe, les échecs sont la « pierre de touche de l'intellect ». Bobby le ressentait, sans pour autant pouvoir se l'expliquer. Bien sûr, j'étais saisi par sa capacité à s'infliger une telle discipline. Était-il l'égal d'un

Mozart qui voulait à tout prix faire partie d'un quartet dès l'âge de quatre ans ?

J'ai longtemps cherché l'instant magique, celui où je lui parlerais pour la première fois. Pendant six mois, faute de le trouver, j'ai étudié Bobby. Il demeurait insondable. Indifférent aux cris des gamins de son âge qui s'amusaient près de nous, il observait les parties avec une telle concentration qu'il se figeait, semblable à une statue. Personne ne parvenait à déceler ni une émotion ni une pensée sur les traits de son visage tendu vers l'unique objet de son intérêt, la partie en cours. Ce que je ne comprenais pas, c'était comment ce jeune garçon si grave s'était détourné de ce qui fait l'essence de l'enfance, le plaisir de s'essayer à un nouveau jeu, sans but particulier, et de recommencer sans relâche. Ignorer la sensation des pièces de bois entre ses doigts, ne pas connaître le frisson de la bataille, tout cela au profit de l'observation froide et abstraite des stratégies des différents joueurs. Bobby Fischer connaissait l'abstraction analytique des mathématiciens, le plaisir du raisonnement pur. Il naviguait dans le pays platonicien des idées, oubliant totalement la légèreté de sa jeunesse.

Je comprends mieux aujourd'hui le malaise indéfinissable que je ressentais face à cette incohérence. C'étaient les premières lueurs du génie humain. Cette capacité exceptionnelle à être en décalage avec son temps, avec son âge. Bobby était venu jeter à nos pieds le don de soi, un sacrifice humain, une offrande faite au Ciel.

Pour ma part, j'étais simplement à la recherche de cet instant magique, et il aura fallu six mois, donc, une attente interminable, pour qu'il me parle enfin. J'allais avoir onze ans. Le parc s'était vidé. Il était 18 heures et la nuit tombait vite à cette période de l'année. Seuls subsistaient les cercles de clarté des réverbères, venus succéder à la douce lumière de l'hiver. Transi de froid, j'attendais mon père, qui était plongé dans l'une de ces conversations d'adultes auxquelles je ne pouvais prendre part, en raison de leur sérieux, mais aussi de la barrière des mots. Ils parlaient en russe, la langue maternelle de mon père, immigré depuis dix ans pour accéder au rêve américain. Alors que je soufflais sur mes mains engourdies et que l'impatience commençait à me gagner, je l'aperçus, ce mystérieux petit garçon aux grands yeux clairs, qui étudiait scrupuleusement les parties d'échecs du square. J'oubliai la morsure de la bise, la raison de mon attente, et provoquai une rencontre qui marquerait mon existence à tout jamais.

— Salut, moi c'est Arthur, lui dis-je simplement.

— Robert, Robert James Fischer, répondit-il en me tendant la main.

— Ici, tout le monde t'appelle Bobby.

— Pourquoi pas ? J'aime bien.

— Ça a l'air de te plaire, les échecs.

— Oui, plutôt.

— Je t'ai vu beaucoup regarder, mais pas jouer. Si tu veux, je peux être ton partenaire, je joue depuis que j'ai cinq ans.

— Ah oui ? Moi j'apprends, je me forme en regardant, je lis des livres à la maison.

— Ben moi, je suis tombé dedans quand j'étais petit. Mon père, c'est un maître. D'ailleurs, si ça te dit, il pourrait t'apprendre les échecs.

— Non merci.

Il déclinait gentiment toutes mes propositions. Intrigué, je lui demandai :

— Pourquoi tu passes tous tes dimanches à regarder ces parties ?

— Parce que je veux devenir le meilleur et gagner beaucoup d'argent. Et toi ?

Sa réponse m'interloqua. Gagner de l'argent me semblait une préoccupation bien prosaïque par rapport à l'émulation intellectuelle que procurait ce jeu. Je répliquai :

— J'aimerais ressembler à mon père et qu'il soit fier de moi.

— Eh bien, moi, je veux gagner beaucoup d'argent pour aider ma mère. Elle est seule à nous élever, ma sœur et moi, et elle travaille dur. Parfois, elle se prive. Elle ne mange pas de viande pour nous la laisser, mais elle finit la sauce en douce avec du pain.

La sincérité de cet aveu me toucha. Mon père me fit soudain signe de venir et je laissai Bobby, mais gardai sa confidence comme la première pierre de l'édifice de notre amitié.

Quand papa m'interrogea sur cette rencontre, je répondis de façon évasive, bien décidé à préserver jalousement mon nouveau secret. La curiosité maladive de Sergueï n'y ferait rien.

Les jours suivants, il fut surpris de me voir aller tous les jours au parc. Je savais que Bobby serait là à partir de 15 heures, amené par sa sœur Joan. Il allait droit vers son tabouret et, quel que soit l'âge de la personne déjà assise, cette dernière se levait et, avec un grand sourire, lui disait : « Vas-y gamin, je sais. » Je dois vous raconter l'histoire du « Je sais ». Même si je n'ai pas été témoin de cette scène, ici tout le monde la connaît.

Un jour, Bobby, muni de son grand coussin bleu, voulut prendre possession de son poste d'observation. Mais un homme âgé, assis sur ce tabouret, regardait avec attention la partie ardue qui se jouait devant lui. L'enfant attendit quelques instants, puis demanda poliment : « Monsieur, pouvez-vous me laisser ma place ? » Le vieil homme, surpris car ignorant les usages de l'endroit, lui rétorqua : « Petit, personne n'a de place attitrée, ici. Regarde autour de toi, c'est un square ! » Gagné par l'émotion, face à un refus qu'il considérait comme injuste, Bobby s'écria : « Mais c'est ma place ! Demandez-leur, tout le monde le sait ! » Les larmes commencèrent à rouler sur ses joues et un hoquet le saisit. Les autres joueurs avaient entendu sa voix étranglée. Alarmés par cet éclat qui avait rompu l'harmonie du parc, ils s'attroupèrent autour de lui. Bobby lança une nouvelle fois à la ronde : « Dites-lui, vous autres, que c'est ma place ! » Un silence de cathédrale succéda à son appel au secours. Puis l'un des joueurs fit un pas en avant et interrogea son voisin : « Tu sais que c'est la place de Bobby ? » Sans sourciller, celui-ci répondit : « Je sais », puis il posa la même question à son voisin de droite, et obtint la même réponse. Après un mouvement perpétuel de soixante-quatre interrogations pour soixante-quatre affirmations, le sort du vieil homme était scellé. Il céda sa place, non sans une révérence.

Ici, chacun de nous était devenu le père de substitution de Bobby. Il avait, sans un mot et avec l'insolence due à son âge, conquis nos cœurs. Sans doute l'envie de protéger un être fragile était-elle trop forte. Toujours est-il que sa présence s'était inscrite dans le paysage de notre parc. L'improvisation de cette valse à deux temps, parfaitement orchestrée par le chiffre mythique de soixante-quatre, en était une preuve supplémentaire. Une manifestation transcendantale au-delà de la conscience empirique. Du haut de son coussin bleu, Bobby avait une aura surréelle.

Aujourd'hui, je suis un vieil homme nommé Edgardo. J'ai vécu la plus grande partie de ma vie en France et au Chili. Mais pour les besoins de l'histoire, je n'en dirai pas plus. Il y a bien longtemps, j'ai été cet enfant prénommé Arthur. Au gré de montagnes russes, j'ai été l'ami de Bobby Fischer.

*

Repartons en 1950. J'allais avoir onze ans et mon père m'avait autorisé à inviter trois amis pour fêter dignement mon anniversaire. Il allait sans dire que Bobby en serait l'hôte d'honneur. La veille, trépignant d'impatience et habité par la certitude que j'allais vivre un moment exceptionnel, j'attendis Bobby au square comme d'habitude, à 15 heures. Il faisait beau, la clarté de cette journée printanière éclairait les bourgeons des fleurs naissantes et une douce brise caressait mon visage réjoui. Je le vis arriver muni de son habituel coussin bleu, la démarche assurée et le visage sérieux. J'accourus vers lui et m'écriai :

— Bonjour, Bobby, j'ai une invitation pour toi ! Demain, c'est mon anniversaire et j'organise une petite fête. Tu pourras même dormir à la maison, papa et maman sont d'accord. Tu penses que ta mère le sera ?

À ma grande surprise, Bobby ne témoigna aucun enthousiasme et me répondit d'un air impavide :

— Ça ne va pas être possible, Arthur.

— Mais pourquoi ? articulai-je, déconfit, imaginant que Regina était à l'origine de ce veto.

— Je dois encore m'entraîner car, après-demain, je vais jouer en blitz et gagner beaucoup d'argent.

L'obsession de Bobby à ne voir dans ce jeu sublime que le moyen de s'enrichir me déçut une fois de plus. À le sentir si convaincu de sa supériorité, j'eus peur qu'il ne déserte ensuite le square, blessé au plus profond de son amour-propre d'avoir échoué. J'essayai de lui faire entendre raison :

— Mais tu n'as que sept ans ! Comment peux-tu imaginer battre des gens qui jouent depuis des années ? Et en plus de ça, en blitz ?

— Tu verras, je gagnerai, martela-t-il.

Je quittai Bobby profondément dépité. Mon euphorie était retombée comme un ballon de baudruche crevé.

Le soir, je ressentis le besoin irrépressible de confier à mon père ma déception, mais aussi mon angoisse de perdre un ami.

— Bobby ne viendra pas, papa. D'ailleurs, je ne veux plus de fête.

— Mais pourquoi ?

— Il s'est mis en tête de jouer en blitz après-demain, en pariant de l'argent. Il n'a pas de temps à perdre avec moi…

— En blitz ? Pour de l'argent ? Mais dans quel monde vit ce gamin ? Jouer une première partie en blitz est déjà irréaliste, y ajouter une pression financière serait totalement ridicule. Il n'a aucune chance, même contre un joueur médiocre ! Ignore-t-il que la plupart de nos gladiateurs ont des années d'expérience, des milliers de parties et d'analyses *post mortem* derrière eux ? C'est du suicide !

— Je sais, papa, et à cause de ça j'ai peur de ne plus jamais le revoir au parc…

— Laisse-le faire, Arthur. Je te l'ai déjà dit, nous grandissons en apprenant de nos erreurs. Bobby a besoin d'une leçon pour sortir de son statut d'enfant roi. Tu sais, j'ai entendu tellement d'histoires incroyables dans le monde des échecs que plus rien ne pourrait me surprendre… Mais, je dois l'avouer, celle-ci mériterait d'être racontée à mes petits-enfants !

Son sourire moqueur en disait long sur les chances de mon ami. Je connaissais Bobby et son idéalisme. Il ne supporterait pas l'échec cuisant qui l'attendait.

Le jour où tout devait basculer finit par se lever. C'était un dimanche. Comme chaque matin, les joueurs arrivaient peu à peu, à partir de 10 heures. À midi, la majorité d'entre nous étaient là. D'un côté du square, certains analysaient des stratégies récentes, car un tournoi international avait lieu au même moment en Europe. Les nouvelles étaient fraîches, le journal déjà froissé. Ils évoquaient sûrement la partie d'un grand champion : la conversation était truffée de superlatifs et mon père s'était joint au groupe. De l'autre, les acharnés étaient déjà en train de s'affronter dans des blitz, comme si leur monde se réduisait aux soixante-quatre cases de l'échiquier. Moi, j'étais venu en tenant fièrement mon encyclopédie sur les animaux sauvages. J'avais hâte de retrouver mon ami Bobby pour lui confier toutes les anecdotes surprenantes que j'y avais lues. L'une d'elles était stupéfiante. J'avais très envie de la lui raconter : le lézard, pour échapper à ses prédateurs, est capable de « décrocher » sa queue par une contraction des muscles le long de sa colonne vertébrale. Celle-ci sert de leurre, son poursuivant pensant avoir attrapé le lézard tout entier. Bravo, c'est la génétique au service du génie !

Comme vous vous en doutez, j'avais un plan : attirer la curiosité de Bobby vers d'autres horizons, et cette encyclopédie m'avait été offerte à point nommé.

Il était en retard. Je me dirigeai vers lui. Au même moment, je vis du coin de l'œil sa place se libérer. Bobby affichait un large sourire. Il me souhaita un bon anniversaire, posa son sac à dos par terre et en sortit un livre, qu'il me tendit.

— C'est pour toi, Arthur, il m'a beaucoup aidé. Tu peux y trouver de bonnes idées, cachées au cœur de tout ce savoir.

Un style enfantin et un langage imagé, c'était bien lui. Loin de tout comprendre, je pris ce cadeau, l'étreignis pour le remercier et m'écartai pour enfin lui dévoiler mon trésor.

— Regarde ce que j'ai eu d'autre ! Viens, on va le lire ensemble. C'est rempli d'histoires géniales !

Comme à son habitude, il déclina.

— Aujourd'hui, je joue en blitz pour de l'argent. J'ai pris trois dollars dans le sac de ma mère sans le lui dire… J'en remettrai six tout à l'heure.

— Tu es fou ! Ne mise pas cet argent, tu le perdrais, vraiment.

D'un air à la fois enthousiaste et détendu, Bobby se voulut rassurant.

— Écoute, j'ai déjà choisi mes deux adversaires. Je les ai observés et je connais leur manière mécanique de jouer. Je suis sûr de gagner.

Ils optaient pour les mêmes ouvertures et avaient tendance à faire des erreurs que leurs adversaires n'avaient encore jamais mises en évidence. Il les jugeait médiocres, me confia Bobby. Mais il concéda que les deux sur lesquels il avait jeté son dévolu avaient tout de même un bagage technique important, au moins trente années d'échecs derrière eux. Le premier était un adepte du gambit dame et avait la fâcheuse habitude de perdre le contrôle du centre au profit d'une attaque de mat, ce qui désorganisait l'harmonie générale de ses pièces, créant une brèche sur la septième colonne. Il n'hésitait pas à jouer b4 au quatorzième coup et n'avait pas encore été réellement inquiété. Tout fier, mon ami s'exclama :

— Moi, Bobby, j'ai trouvé en m'endormant une suite de coups forcés qui ne lui laisseront aucune chance. Je vais le massacrer !

Il continua à m'expliquer sa stratégie. Le second joueur, lui, était extrêmement passif, il attendait l'erreur de son adversaire. Une fois qu'on avait compris son raisonnement, il était encore plus facile à battre. Il fallait le conquérir avec lenteur, prendre possession des cases clés, accumuler des micro-avantages. Peu à peu, sa position s'effriterait, donnant à Bobby la possibilité de s'infiltrer par une attaque de mat ou une finale avec du matériel en plus. J'étais ahuri par la complexité technique de ce que cet enfant de sept ans venait de m'exposer si simplement. Décidément, comme je l'avais pressenti, Bobby était un être à part. Je commençais à percevoir une lueur d'espoir dans cette folle entreprise. Je demeurais néanmoins sceptique, car la spéculation est une chose, et la réalité en est une autre. Il n'avait encore jamais disputé de partie avec quiconque, à part sa sœur. Gagner relèverait du miracle, mais les dés étaient jetés. Bobby se trouva nez à nez avec l'un de ses adversaires.

— Voulez-vous jouer une partie de blitz de cinq minutes ? Je vous propose une mise de deux dollars au gagnant.

L'homme le regarda fixement et lui répondit que non. Il ne voulait pas avoir le mauvais rôle, celui d'un profiteur qui s'attaquait au plus faible et au plus aimé d'entre nous. J'ai apprécié sa façon de s'agenouiller pour être à la hauteur de Bobby. Mais la réplique de notre héros du jour fut cinglante :

— Dites plutôt que vous ne voulez pas vous faire humilier par un vrai joueur d'échecs !

D'un geste calme et fraternel, ponctué d'un sourire, l'homme lui indiqua la table juste à sa droite. Je pensais qu'un attroupement se créerait, en hommage à la première partie de notre mascotte. Pourtant, la majorité décida de ne pas y prêter attention. On aimait trop Bobby pour assister à sa débâcle. Je pris mon courage à deux mains et je ne fus pas le seul. Mon père vint assister au massacre. Avait-il soif de sang et de larmes ? Ou voulait-il vivre de l'intérieur la chronique d'une mort annoncée ? Je fus submergé de tristesse en le voyant prendre place aux premières loges.

Une vingtaine d'entre nous entouraient tout de même la table. Les deux joueurs étaient prêts. Une poignée de main suivie du déclenchement de la pendule par Bobby, détenteur des noirs, et le combat pourrait commencer. Cette dernière action donnait aux blancs l'autorisation de jouer le premier coup. Nous étions suspendus au temps. Bobby me sembla détendu, ce qui était déjà une victoire en soi. J'en eus la confirmation par un clin d'œil. Si cette scène avait lieu aujourd'hui, j'aurais pu l'immortaliser avec mon téléphone : un gamin aux yeux clairs assis sur ses talons, une mèche de cheveux rebelle lui barrant le front ; si jeune qu'il devait s'étirer pour atteindre toutes les zones de l'échiquier avec sa main droite. Face à lui, un homme aux tempes grisonnantes regardant avec terreur ce petit insolent qui avait osé le défier. Le mystère d'une rencontre improbable, deux mondes que tout oppose, des cases noires et des cases blanches, une mâchoire carrée contre un regard angélique : j'aurais tellement aimé photographier ce moment ! Dans ma caverne aux souvenirs, il ne me reste plus que les mots pour reconstruire l'édifice majestueux d'un après-midi au parc, en compagnie de Bobby.

C'était parti ! Son opposant ouvrit en effet avec un gambit dame. Les deux jouaient extrêmement vite, ils en étaient déjà au vingt-quatrième coup de cette variante. Et tout se déroulait à merveille. Mon père se retourna, me prit la main et observa la contre-attaque de Bobby au centre de l'échiquier emmené par cavalier d5. Là, il me pressa les doigts pour me signifier un net avantage noir. Encore un peu de technicité, et les blancs allaient abandonner. Nous étions au trente-sixième coup de la partie. Bobby avait un dernier piège à éviter. Le miracle eut lieu au trente-huitième coup. Son adversaire lui tendit la main tout en arrêtant la pendule. Il venait de lui signifier son abandon.

Aucune explosion de joie, ni de la part du public ni même de mon ami. Le paroxysme de l'admiration était-il synonyme de silence ? Nous avions partagé le même souffle. Il n'y eut aucune analyse stérile, et puis une voix, celle de son opposant :

— Merci pour cette belle partie, veux-tu m'accorder la revanche ?

Bobby ne tarda pas à lui répondre :

— Bien sûr, le contraire serait impoli… J'ai les blancs et la mise de départ reste d'un dollar, deux dollars au gagnant, n'est-ce pas ?

L'homme regarda de nouveau Bobby droit dans les yeux et, d'un signe de tête, lui donna son accord. Je n'osais imaginer son état intérieur : il venait de capituler contre un enfant de sept ans. Mais il était ce boxeur qui résistait aux coups d'un adversaire plus fort, qui refusait d'aller au tapis. Porté par une sorte d'hébétude, il trouva la force de rester debout, vaillant et fier. Pourtant, je le savais, il avait la rage au ventre et le cœur en berne.

Submergé d'émotions, j'éprouvai le besoin de m'éloigner. J'interpellai mon père :

— Viens, papa, je suis fatigué. On va faire un tour ?

— Non, j'ai besoin de suivre cette deuxième partie, Arthur.

— Regarde, il y a un banc de libre, allons nous asseoir.

D'un air excédé qui me surprit, Sergueï lâcha :

— Tu ne comprends pas, laisse-moi tranquille ! Pour rien au monde je ne raterais cette deuxième partie.

Je décidai de m'installer seul sur le banc, en ruminant ma frustration. Je ne comprenais pas l'attitude de mon père. La partie commença. Je le vis s'approcher, comme une nuée de joueurs, tous désireux désormais de suivre la confrontation. Ici, même entre deux grands maîtres, un tel phénomène n'était jamais arrivé : ce n'était tout de même pas un championnat du monde ! Après le résultat improbable de la première partie, le square tout entier s'était mis à croire en Bobby. Cette fois-ci, la tribu transformée en masse gluante vint s'accrocher à cette table tel un poulpe à son rocher. Certains n'hésitaient pas à jouer des coudes pour mieux voir. Je me rendis compte que la partie avait débuté grâce au silence religieux qui laissait entendre les chocs des mains sur la pendule après chaque coup joué. Je regrettai alors de ne pas assister au spectacle.

De temps à autre, un murmure collectif éclatait, synonyme d'un coup exceptionnel ou d'une grosse faute. Je repartis dans mes pensées, ne me rappelant pas que Bobby m'ait expliqué sa stratégie s'il avait les blancs. Le passionné d'échecs qui était en moi refit surface, je me demandai s'il allait jouer pion dame au premier coup ou pion roi, ce qui donnerait deux styles de parties totalement différents. Sans pour autant apercevoir les deux protagonistes, j'identifiai Bobby à la violence avec laquelle il appuyait sur sa pendule. Je connaissais bien mon ami. C'était son tempérament. Le dénouement approchait, la meute ne pouvait plus s'empêcher de chuchoter. Cette fois-ci, ce furent des applaudissements qui mirent un terme au combat.

Je fus soulagé, mais le doute me propulsa droit vers la table. Je voulais en avoir le cœur net. Il me fallut tout mon courage pour écarter les joueurs sur mon passage. Ça y est, j'y étais, non sans mal ! De là, je remarquai la place vacante de l'adversaire et les deux dollars à la droite de Bobby. Je n'eus plus aucune crainte lorsque je le vis, non sans fierté, les empoigner pour les mettre dans sa poche. J'étais heureux de le voir sourire, ça n'arrivait pas si souvent.

À ce moment précis, mon père décida de s'asseoir à la place inoccupée. Allait-on assister à un nouveau duel entre un enfant et, cette fois, un maître ? Je ne croyais pas papa capable de le défier, cela aurait été grotesque. La suite me donna raison. Il redisposa les pièces pour revenir à un moment critique de la partie. Un joueur de l'envergure de Sergueï ne pouvait oublier la suite de coups qu'il venait de voir. Vue de l'extérieur, cette acuité intellectuelle suscitait l'admiration ; les amateurs n'en étaient pas capables. C'était une prouesse réservée à une élite. Alors, mon père s'exclama :

— C'est la position exacte au vingt-quatrième coup de cette partie de blitz, trait aux blancs. Tu as joué fou g2. Peux-tu m'expliquer, Bobby, ta stratégie, et penses-tu réellement qu'il n'y avait pas d'autres coups possibles ?

Mon ami, égal à lui-même, répliqua avec une dose d'insolence et une pincée d'inconscience :

— Je n'avais aucune envie que la partie s'éternise. Alors j'ai choisi le seul coup me permettant de ne pas jouer de finale de pion et, bien sûr, de gagner avant par une attaque de mat.

Mon père esquissa un sourire et tenta en vain d'interrompre l'explication de Bobby, qui n'avait pas encore livré la totalité de sa pensée.

— Je sais déjà ce que vous allez me dire ! Évidemment, ce n'est pas la meilleure des solutions. Encore faut-il qu'il trouve la réfutation de fou g2. Mais devant moi, j'ai un joueur médiocre et, à part vous, il y en a peu, ici, à même de trouver la suite gagnante pour les noirs. Moi, je peux vous la donner, je la connais comme vous. En tout cas, si cette position s'était produite contre vous, maître, j'aurais choisi le coup tour c7, entretenant un avantage positionnel pour les blancs, la meilleure suite. De toute façon, ce schéma n'aurait pas pu se produire, vous ne jouez pas cette sous-variante dans cette ouverture. Je le comprends, il faut aimer souffrir… Je vous ai répondu, je crois, et je parie que vous ne trouverez rien à redire à ça.

Mon père s'adressa alors autant à Bobby qu'à la foule :

— Messieurs, nous avons ici un joueur hors normes, capable d'entrer dans la tête de ses adversaires, d'évaluer leurs possibilités autant que leurs limites. De plus, il a un style très pur et, je dois le reconnaître, j'aurais rêvé d'avoir le niveau de cet enfant de sept ans lorsque j'avais le double de son âge.

Quel éloge ! Si seulement j'avais pu être à la place de Bobby ! Je n'avais jamais vu mon père si enthousiaste. Une certaine perplexité se lisait néanmoins sur son visage. Perdu dans ses pensées, il se demandait comment ce petit avait pu déroger à ce point à la *doxa*. Si cette position s'était produite contre lui, il avait bien dit qu'il aurait joué tour c7. Un tel coup était pourtant totalement contraire aux principes stratégiques classiques de l'école russe. Ce ne pouvait donc pas être une bonne initiative. Encore fallait-il trouver la réfutation.

Notre école de pensée mettait au point méthodologiquement, à force de travail et de rigueur, la naissance de ses futures icônes. Mais Bobby dématérialisait toute émotion jusqu'à ressentir la solution. Le refus des systèmes préétablis, voilà ce qui le définissait. Son univers était pur, affranchi de tout dogmatisme. Personne ne lui avait appris les règles. Tout au long de sa vie, il n'eut de cesse de s'éloigner du jugement des autres, des préceptes, des convenances ! C'est par ce biais, par l'exploration de cette part de nous-mêmes qui nous échappe si souvent, que Bobby signa ses plus belles victoires.

Choisir cette voie contrevenait à notre philosophie et faisait de l'intuition la carte maîtresse du jeu. En analysant chaque action qui l'avait mené à prendre cette décision, mon père entrait dans les entrailles du génie intuitif de Bobby. À la manière de Descartes faisant *tabula rasa* de toutes les connaissances philosophiques pour parvenir à son unique certitude du *cogito ergo sum*, Bobby, pour trouver tour c7, avait dû abattre tous les principes édictés auparavant.

À l'époque, du haut de mes onze ans, je regardai cette scène comme une anomalie de la vie. Un dérèglement de plus – celui d'un père au tempérament un peu trop exubérant.

13

Sergueï et Regina

Les deux semaines qui suivirent furent les plus perturbantes de la vie de mon père. Jusque-là, la certitude d'avoir trouvé l'âme sœur pour reformer l'androgyne originel, entendre le premier cri de l'enfant issu de cet amour et appartenir à une école de pensée avaient empli sa vie.

L'analyse exhaustive de tour c7, après de longues heures de débats avec tous ses amis grands maîtres, avait donné un verdict sans appel. Cette prise de contrôle de la septième colonne impliquait un sacrifice de qualité, et les cases noires allaient être considérablement affaiblies. C'était un excellent coup, avaient-ils dit. Une forme de divinité s'attaquait donc aux principes fondamentaux du jeu. Allait-on assister à la destruction d'un monde ? Les notions élémentaires de l'analyse et de l'évaluation d'une position étaient ébranlées par un petit garçon ! L'école russe avait-elle ses limites ? Mon père ne le pensait pas, mais il fallait se rendre à l'évidence, rendre à César ce qui était à César. Il ne serait plus jamais le même. Bouleversante trahison, déception profonde d'un mode de pensée.

Mais revenons à cette journée. Jamais un après-midi ne fut autant chargé en émotions. Il restait un duel. Celui-ci aurait bien lieu. En effet, après les louanges du maître qu'était mon père, tout le monde se bouscula pour être le prochain adversaire de l'enfant. Bobby donna l'impression de désigner son prochain opposant de façon aléatoire. En vérité, il avait réussi à toucher au divin, à infléchir le hasard, en ceci que l'homme assis en face de lui était celui-là même qu'il avait choisi comme proie quelques jours plus tôt. Ce fut un moment délicieux, et personne ne s'aperçut de la supercherie. Bobby avait décidément plus d'une corde à son arc et devint à mes yeux une figure mythologique, une hydre, un monstre à plusieurs têtes.

Je ressentis le besoin de quitter cette étrange atmosphère et, tel un cavalier fou sautant de case en case, je réussis à m'extraire de l'échiquier pour retourner m'asseoir sur le banc. Je préférai me plonger dans ma belle encyclopédie, débordante d'histoires qui n'attendaient que moi. Deux heures plus tard, Bobby me rejoignit. Nous restâmes de longues minutes sans nous parler. Je venais de finir la lecture d'une page effarante qui dévoilait toute l'intelligence déployée par le corbeau afin de garder son butin pour lui seul. Plutôt que de m'attarder sur les derniers coups d'éclat de Bobby, il me parut plus intéressant de lui révéler ce petit diamant. Fait surprenant, mon ami m'écouta attentivement, et ses grands yeux clairs prirent une teinte particulière. Il semblait captivé. Je ne peux résister à l'envie de vous raconter cette histoire.

Le corbeau, que La Fontaine fait passer pour un fieffé imbécile lâchant son fromage sous les vaines flatteries du renard, est en réalité bien plus malin que cela. Quand, dans la savane, une hyène repue laisse une carcasse, l'oiseau vient se régaler des restes. Mais d'autres animaux convoitent également ce butin. Or, le corbeau est dénué de toute arme contre eux, excepté celle de la ruse : pour induire les autres en erreur, il fait donc le mort ! Ces derniers, découvrant ce qu'ils croient être son cadavre, imaginent que la viande est avariée. Ils s'éloignent alors, laissant l'ingénieux volatile profiter seul du festin.

À la fin de mon récit, je fixai de nouveau Bobby.

— Alors, tu as gagné ?

— Oui, j'ai huit dollars en poche. En plus, j'ai reçu un pourboire d'un des joueurs. Ce soir, en rentrant à la maison, je vais déposer six dollars dans le porte-monnaie de maman.

— Ce n'est pas trois dollars que tu lui as piqués ?

— Si, mais l'objectif était de lui rendre un maximum d'argent.

— Alors donne-lui huit dollars.

— Non, je dois en garder deux pour mes prochains paris.

— Ça ne sera pas aussi facile qu'aujourd'hui. Maintenant, tu es vu comme un joueur redoutable. Certains ne vont plus se risquer à parier contre toi.

— J'ai encore le temps, ils sont tous si orgueilleux ! Un gamin ne leur fait pas peur.

— Au niveau de l'orgueil, ils ne t'arrivent pas à la cheville…

— Je travaille beaucoup. Joan m'apporte des livres qu'elle vole à la bibliothèque nationale. Je connais par cœur toutes les parties de Steinitz. C'est mon joueur préféré. Mais j'étudie aussi tous les anciens champions du monde. Ils me dévoilent chacun leur tour un peu du mystère de ce jeu. Ça, ce n'est pas de l'orgueil, ce sont des efforts… Et aussi je veux que maman mange de la viande et qu'elle ait bien chaud. Est-ce que tu peux te mettre ça dans ta petite tête ?

— On dirait que les échecs sont juste un prétexte pour te faire aimer de ta maman. Ma petite tête a du mal à le saisir.

— Tu te trompes ! C'est moi qui veux lui prouver que je l'aime. Parfois, je la vois pleurer parce qu'elle n'a pas assez d'argent pour payer les factures. Ça fait trop mal. Alors je me réfugie dans ma chambre parce que j'ai envie de crier. Je me tape la tête contre le mur, fort. C'est tout ce que j'ai trouvé pour oublier la douleur… Tu sais, elle est si seule ! Mon père est parti sans rien dire. Je suis son enfant, et celui de cet homme qui lui manque.

Je ne pus empêcher les larmes de me monter aux yeux.

Bobby était capable d'éprouver un amour absolu, et cela le mènerait à sa perte. Mon père m'avait dit : « C'est ta personnalité qui guidera ta destinée. » Aujourd'hui, je comprends mieux ces mots grâce à mon ami, celui dont le futur germerait de cette dévotion pour sa mère, proche de celle qu'évoque Romain Gary dans *La Promesse de l'aube.* Une destinée aussi belle que tragique.

Un long silence laissa penser que la discussion était close. Mais non, Bobby allait me livrer sa conception du bonheur, la récompense de tant d'efforts :

— Tu imagines la surprise de maman quand elle découvrira ces trois dollars de trop ? Rien ne peut me faire plus plaisir !

La plus belle de ses victoires n'était pas d'avoir remporté ces parties d'échecs, les premières de sa vie, mais bien de pouvoir se représenter la joie de Regina devant cette manne financière, le gage d'un peu plus de confort.

Là où j'aurais ressenti une joie immense face à tous ces visages émerveillés, Bobby, lui, n'éprouvait qu'indifférence. Finalement, le plus pauvre de nous deux, c'était moi.

L'obscurité naissante sonna le glas de cette journée. Contre toute attente, Regina vint le chercher au square ; c'était inédit. Je ne l'avais jusque-là jamais vue. Du haut de mes onze ans, je ne fus pas insensible à la douceur ni à la beauté de son visage. De ses yeux tristes mais vifs, de son corps revêtu d'une robe bleue céleste. Bobby craignait que sa mère ne se soit aperçue de la disparition des trois dollars dans son porte-monnaie. Livide, il courut vers elle, lui agrippa la robe comme pour lui signifier son attachement et ses excuses pour ce larcin. Elle posa délicatement la main sur la tête de l'enfant.

— Tu t'es bien amusé, aujourd'hui ? Tu n'as pas fait que jouer aux échecs, j'espère.

— Non, j'ai passé mon après-midi à lire une encyclopédie sur les animaux avec mon ami Arthur. Je vais avoir plein de choses à te raconter ce soir.

Je décidai de lui venir en aide. Je brandis le volume avec fierté en déclarant :

— Elle n'a plus de secrets pour nous !

Mais l'histoire ne s'arrêta pas là. Je vis mon père se diriger droit vers Regina et lui lancer :

— Content de faire votre connaissance ! Je suis le père d'Arthur, et un admirateur de votre fils.

— Bobby est un merveilleux petit garçon. Il trouve toujours le moyen de m'aider en faisant la vaisselle, en nettoyant l'appartement alors que, bien entendu, je ne lui demande rien. Il me raconte de belles anecdotes sur tous ses amis du parc, mais je ne savais pas qu'il avait un admirateur. De surcroît, un adulte !

— Ce soir, il va pouvoir vous expliquer comment il a battu de très bons joueurs d'échecs et…

— Encore les échecs ! Moi, je préfère quand il me décrit ses jeux avec les autres enfants. Ne pensez-vous pas qu'il y a un âge pour tout ? Avant, les échecs étaient son unique sujet de conversation…

— Il doit vous aimer énormément pour ne plus en parler.

— C'est-à-dire ? Je ne comprends pas.

— Bobby, Arthur, laissez-nous un instant. J'ai besoin d'avoir une conversation d'adulte avec Regina.

Nous déguerpîmes sans demander notre reste.

— Vous savez, reprit mon père, en fonction des cultures, les échecs occupent une place plus ou moins importante. Je viens d'un pays où ils sont omniprésents, dans la société comme dans notre cœur. Si nous parvenons au statut de grand joueur, nous sommes considérés comme des demi-dieux. Toutes sortes d'avantages en découlent… On peut mettre à notre disposition un beau logement, une voiture – parfois avec chauffeur –, enfin, la liste des privilèges est longue… Je comprends vos réserves, mais je voulais vous expliquer que, pour certains, ce jeu a une valeur presque mystique. Dans d'autres parties du monde, c'est un art… Vous l'aurez sans doute compris, je suis d'origine russe.

Le vieil homme que je suis a décidé de vous dévoiler l'intégralité de cette conversation, que mon père a tenue secrète pendant sept ans. J'aurais pu la garder encore un peu pour moi, mais cette révélation bien avant l'heure me paraît indispensable.

La mère de Bobby lui répliqua :

— Avec vos yeux perçants qui viennent du fin fond de l'Oural, votre esprit méthodique, vos gestes cadencés, vous êtes sûrement grand joueur ?

Comment pouvait-elle savoir précisément d'où il venait ? Mon père eut soudain une révélation.

— Je suis étonné d'avoir devant moi une camarade ! Je dois l'avouer, cette journée n'a pas fini de me surprendre.

— Le communisme est ma patrie, lui rétorqua-t-elle du tac au tac.

Nous vivions à une époque où la liberté s'arrêtait aux frontières du communisme. Il était même dangereux d'en parler, et certains pouvaient le payer de leur vie. Mon père en resta muet de surprise. Regina en profita pour reprendre :

— Je ne crois pas que Bobby, si c'est cela que vous voulez dire, soit capable d'accéder au rang de grand joueur. Je ne suis pas de la race des mères qui pensent que leur enfant est exceptionnel. Nous sommes humbles et aspirons simplement à une vie meilleure. En ce moment, je travaille dur dans une usine, pour un salaire de misère. J'ai pourtant un doctorat en hématologie. Pourquoi ne me donne-t-on pas ma chance, dans ce pays ?

Mon père prit une profonde inspiration avant d'objecter :

— Vous avez une chance inestimable ! Vous êtes la mère d'un petit garçon touché par la grâce. Et je vous parle en connaissance de cause. J'ai vu un miracle s'accomplir aujourd'hui même, sous mes yeux. À lui tout seul il défie mon bon sens, il me scandalise. Mais, dans ce désordre intérieur, en tant que maître, je dois m'incliner… Il a fait preuve d'une étonnante profondeur de raisonnement afin de sortir du labyrinthe d'abstractions par la plus belle des issues. Il va devoir encore travailler pour maîtriser tous les éléments, dénouer les confusions. Mais, croyez-moi, son entreprise le conduira au firmament des échecs. Pour cela, il a besoin d'une mère qui l'aide à survivre dans cet univers particulier… En définitive, vous avez une mission et, au nom du peuple communiste, faites de lui votre cause principale !

Le dessein de mon père venait de prendre forme : mener mon ami Bobby sur les sentiers de la gloire. Avec, comme seul élément déclencheur un après-midi au parc, c'était tout de même un peu léger.

Regina marqua un temps d'arrêt. Les louanges sur son fils la rendaient méfiante. Le ton de sa voix n'était plus le même.

— Cher monsieur, vous connaissez mon prénom, donnez-moi le vôtre.

— Sergueï. Et si vous voulez en savoir plus, cela fait dix ans que je vis à New York. Je suis voyageur de commerce, je vends toutes sortes de produits ménagers. Mon doctorat en chimie ne m'est pas d'une grande utilité.

— Je résume : vous êtes un grand joueur d'échecs, bel homme, titulaire d'un doctorat en chimie et vous préférez vivre à New York, sachant la multitude d'avantages que vous auriez à Moscou… Je ne suis pas née de la dernière pluie et je ne suis pas aussi stupide que les Américains !

— Je ne vois pas ce que vous sous-entendez, mais revenons à votre fils.

— Vous vous trompez, mon fils est loin d'être un génie. C'est un élève médiocre et dissipé. Je ne reçois pas d'éloges de son institutrice et j'envisage de le changer d'établissement. Il n'est pas assez attentif… Je vois bien, cela dit, qu'il est fasciné par les échecs. Si je lui enlève l'échiquier, il continue à jouer dans sa tête. Mais j'aimerais avoir plus de preuves avant de me lancer dans une entreprise aussi hasardeuse. Ce monde peut noyer ceux qui sont restés sur le bord de la route.

— Jamais je n'ai parlé d'un enfant, ni même de qui que ce soit, en des termes aussi élogieux… J'espère que nous pourrons apprendre à mieux nous connaître. Vous verrez, tout cela n'est pas qu'une intuition. Dans ce domaine bien précis, je suis apte à juger des qualités de votre fils.

— C'est ce qui m'étonne. Jeudi, je termine mon travail à 17 h 30, je serai ici à 18 heures précises. Nous pourrons continuer cette conversation.

— Je serai là pour vous, chère camarade.

*

Central Park, jeudi, 18 heures. Regina portait la même robe bleue céleste, agrémentée d'un grand châle blanc. Sa silhouette mariale se découpait dans la lumière du soir. J'étais aux côtés de mon père, qui venait de donner à Bobby un problème d'échecs. Ils s'assirent à l'une des tables du parc dont le plateau était rehaussé d'un échiquier. Je ne voulais pas perdre une miette de leur échange.

Je m'installai nonchalamment sur un banc, non loin d'eux, dans le sens de la brise qui m'apporterait leurs paroles. Je faisais mine d'être absorbé par un livre. De temps en temps, je levais discrètement le nez et observais le théâtre des opérations. L'obscurité qui nous enveloppa peu à peu dissimulait mon stratagème. C'était le poste d'observation idéal. Je n'avais pas de vue directe sur la scène, et quelques regards furtifs ne sèmeraient pas le doute. Mon père, selon l'usage, avait apporté une petite boîte en bois contenant les pièces du jeu et une pendule. Il commença par poser le réceptacle sur la table, en sortit les pièces et les disposa méthodiquement sur l'échiquier. Puis il se saisit de la pendule et la positionna comme si une partie allait se jouer. Enfin, je le vis s'emparer de deux feuilles de match. Il faut que je vous explique qu'il s'agit là d'un élément essentiel du protocole. Cette feuille retranscrit en détail la partie, qui pourra être analysée plus tard, si le besoin s'en fait ressentir. Chaque joueur, à la fin du jeu, signe sa propre feuille avant de la donner à son adversaire. On garde ainsi une trace écrite au cas où la mémoire ferait défaut.

J'étais surpris ; je ne savais pas que j'allais assister à un affrontement ! C'était tout de même étrange, et la suite me donna raison. Regina prit la parole :

— Je n'ai pas la prétention de jouer aux échecs contre vous, même ma fille Joan n'a aucune difficulté à me battre !

— Je préfère cette mise en scène, Regina, il ne faut pas éveiller la curiosité. Si certaines de mes questions méritent une réponse écrite, vous avez un stylo et une feuille devant vous. Bougez d'abord une pièce, appuyez sur la pendule, et puis écrivez. Dans cet endroit du parc, il n'y a pas de micros, mais on n'est jamais trop prudent.

— Je suis simplement venue pour avoir des explications. Et pour vous remercier de vous intéresser autant à mon enfant.

— Je préfère vous prévenir, mon réseau m'a fait part de vos activités. Sachez que, par les temps qui courent, être activiste communiste peut vous mener en prison.

— C'est grâce à votre doctorat en chimie ou à votre statut de voyageur de commerce, que vous avez accès à ces informations ?

— Je n'en dirai pas plus, chère madame. Je voulais juste vous avertir. Vous avez sûrement envie de réaliser vos projets dans ce beau pays. On peut même réfléchir ensemble à votre avenir. Je sais pertinemment que vous avez un doctorat de la meilleure université de médecine, obtenu à Moscou.

— Bravo, votre réseau est bien informé. Quoi d'autre sur ma vie ?

— Que du bien ! Je suis de toute façon de votre côté. Vous vous en rendrez très vite compte.

— Bon, j'ai compris qui vous étiez. Maintenant, j'aimerais savoir où vous voulez en venir.

— Vous n'allez peut-être pas aimer mon initiative, et j'espère que vous ne m'en voudrez pas… Pour faire simple, j'ai pris sur moi de vous inscrire dans une école d'infirmière à quelques minutes de votre domicile. Vous obtiendrez facilement le diplôme, qui vous permettra d'avoir un salaire décent. Renseignements pris, votre doctorat ne sera jamais homologué sur le territoire américain. Les frais de scolarité seront réglés par mes soins.

— À mon âge, on ne croit plus au père Noël. Vous n'avez pas une longue barbe blanche et je ne vois pas où est garé votre traîneau…

— Le sujet qui nous réunit, c'est l'avenir de Bobby. Mais réfléchissez à ma proposition : vous avouerez que des études d'infirmière, pour la titulaire d'un doctorat en hématologie, ce sera du gâteau.

— Oui, et j'ai appris à me dévaluer, ça tombe bien…

— Mon but est d'aider Bobby. Pour cela, j'ai besoin de créer une atmosphère saine et solide autour de lui. Vous êtes sa mère, vous êtes son monde, rien d'autre n'a d'importance à ses yeux. Il est capable de vous mentir pour ne pas vous faire de peine, au point de ne pas vouloir vous expliquer pourquoi il joue aux échecs. Le savez-vous ?

— Évidemment, il doit cette passion au syndic de l'immeuble. Bobby adore faire du bruit, sauter à pieds joints sur son lit, dévaler les marches de l'escalier quatre à quatre avec ses amis. Bref, c'est un enfant. Le syndic s'est plaint à plusieurs reprises. Il a fallu trouver une solution. Bobby n'avait pas beaucoup de choix. Il a opté pour un jeu silencieux.

— C'est donc grâce au syndic de votre immeuble que Bobby joue aux échecs ?

— Grâce aussi à sa sœur. C'est elle qui lui a acheté un échiquier pliable au Candy Store. Elle cherchait un nouveau jeu pour se divertir avec son frère, les jours de pluie.

Mon père ne put s'empêcher de rire. Regina le regarda fixement, guère impressionnée, et déclara simplement :

— Dans certaines cultures, le rire est thérapeutique.

— Regina, j'ai envie de vous raconter l'histoire d'un enfant venu au parc pour jouer avec d'autres gamins de son âge. Chaque fois, il s'y amusait, jusqu'au jour où il s'est aperçu que les vieux messieurs assis non loin, et concentrés, faisaient des paris, et tantôt gagnaient de l'argent, tantôt en perdaient. Le Petit Poucet s'est laissé emporter par son destin, il est venu s'asseoir sur ses talons, tout près de nous. Il a essayé de comprendre par lui-même les règles, tout en regardant de temps à autre ses anciens amis rire aux éclats. Les premiers temps, cela a été un peu douloureux, je présume… Nous, les joueurs, n'avons trouvé aucune explication à cet intrus de si petite taille, puis j'ai fini par comprendre : il avait décidé de venir en aide à celle qu'il aime le plus au monde. Les échecs sont un prétexte ; le but, c'est de pouvoir gagner des dollars, cette substance qui manque cruellement à votre vie. En définitive, il joue aux échecs par un concours de circonstances et par amour pour vous, chère madame.

Ils étaient penauds tous les deux. La lumière s'était retirée de l'échiquier, l'ellipse produite par le réverbère excluant leur table. Le scénario d'une partie d'échecs était donc devenu improbable. Le souffle court, Regina se mit à pleurer. Bobby était mieux situé et disposait d'assez de luminosité pour continuer à lire le *Chess Review*. L'espace d'un instant, l'inquiétude m'envahit. Je ne voulais pas que mon ami voie sa mère pleurer. Une voix douce et mélancolique se fit alors entendre, celle de Regina :

— L'énigme des trois dollars de trop dans mon porte-monnaie est donc résolue. Il s'est risqué à parier, mais avec quel argent ?

— Je n'en sais pas plus mais, ce dimanche matin, il est bien arrivé avec trois dollars en poche. Notre monde est impitoyable, les joueurs s'assurent de la solvabilité de leur opposant avant tout pari. Je les ai vus moi-même, il les a sans doute eus pour un anniversaire, ou autre…

— En tout cas, je dois l'avouer, quand j'ai voulu régler mes achats au Candy Store et que j'ai découvert douze dollars alors que je pensais en avoir neuf, cela a d'abord été un bonheur, un soulagement. Mais la nuit a semé le doute. C'était la première fois qu'une telle erreur se produisait, et même si elle était en ma faveur, j'étais contrariée.

— Arrêtons-nous plutôt sur la beauté de cette histoire. C'est juste le triomphe de l'amour d'un enfant de sept ans pour sa maman. À votre tour d'être à la hauteur ! Il va falloir m'écouter, Regina… Pendant les prochaines années, je serai votre guide. Notre objectif sera d'ouvrir un chemin, une ligne droite pour mener Bobby au summum de ses possibilités échiquéennes… Vu son niveau actuel et son âge, il faut le faire connaître, mais pas trop. La première étape sera le Brooklyn Chess Club. Dans les jours à venir, vous allez l'y inscrire. Ne vous en faites pas, ça ne vous coûtera rien, ils n'oseraient pas faire payer le seul joueur dans ce club qui comprenne à peu près les échecs. Je connais l'ami d'un ami qui glissera un mot au président, un certain M. Nigro.

J'étais frigorifié. Même Bobby, ne supportant plus ni le froid ni l'humidité, s'était extrait de sa revue. Debout face à moi, il me demanda si tout allait bien. Nous étions tous les deux plongés dans le brouillard de cette situation inédite. Et cela devait se lire sur mon visage. Je ne levai même pas la tête pour lui répondre. J'étais trop perturbé. Que mon père s'intéressât à un prodige des échecs était une chose, mais de là à prendre l'avenir de sa famille en main, c'en était une autre. Le rapprochement entre mon paternel et Regina ne m'avait pas échappé. Je ressentais un danger, qui mettait en péril l'harmonie de ma propre cellule familiale. Désormais, les priorités de Sergueï seraient révisées en fonction de deux nouveaux paramètres : Bobby et sa mère.

D'ailleurs, moi aussi, cher lecteur, je suis troublé. Le ressac des souvenirs rythme les efforts de ma mémoire. Il faut les mettre en ordre. Toute l'histoire reste à raconter. J'aurais pu évoquer les cases légèrement colorées de rouge et de gris des échiquiers de Central Park, ou encore les pétales roses et blancs des cerisiers en fleur qui voletaient, mais je dois trier la matière de mon livre pour ne pas me perdre. Tout se mélange, c'est si lointain. Je ne pensais pas qu'écrire serait un exercice si difficile. Par l'entrelacement des mots et des souvenirs, il faut rendre la quintessence de ces moments passés dans un New

York aujourd'hui transfiguré. Reste que, dans ce que j'ose prétendre être l'œuvre future, se trouve la vérité factuelle, dont je voudrais rendre toute l'intensité émotionnelle.

Abasourdi par ce que je venais d'entendre, un sourd grondement, signe d'une jalousie instinctive, monta en moi. Qu'avait-il de si exceptionnel, ce petit garçon ? Certes, il avait gagné quelques parties au square. Mais peut-être n'était-ce que la chance du débutant ? Et moi aussi, j'avais quelquefois été capable d'éblouir mon père par des traits ingénieux.

Mon angoisse prit la forme d'une certitude. Bobby et Regina étaient en train de me voler mon papa. Heureusement, ce sentiment effroyable laissa peu à peu place à une émotion plus noble, celle de l'amitié.

Je me rappelai à quel point j'avais été ému par les confidences de Bobby. Après tout, partager mon père dans une sorte d'amour alterné n'était peut-être pas une si mauvaise idée. Mon cœur se gonfla d'une forme de générosité à sacrifier une partie de ce que j'avais de plus cher. La nuit venue, je trouvai facilement le sommeil, convaincu que cet enfant ferait de moi quelqu'un de meilleur. Ce n'était pas une déduction intellectuelle qui était à l'origine de cette élévation, ni même l'admiration que suscitait Bobby par son talent aux échecs. Mais sa capacité à aimer m'avait bouleversé, son visage pâle, ses grands yeux vifs avaient percuté mon cœur.

Bobby, ton don le plus précieux aura été d'écarter les barreaux de la plus haïssable des prisons, celle de la logique, du conformisme. Grâce à cette prouesse, nous nous sommes évadés à de multiples reprises pour nous donner rendez-vous dans un jardin ensorcelé par ta ferveur créatrice. Rarement quiconque n'a pu autant abolir les frontières de l'absurde, des obsessions, des délires.

14

Un concept échappant à toute définition

Au fil des mois, j'eus en permanence la sensation d'être à bord d'un train lancé à pleine vitesse. Bobby et moi étions assis côte à côte. Mon front collé à la vitre, j'attendais avec impatience d'être arrivé à destination, nos seuls points de repère étant les noms des gares, entraperçus sur notre passage. Je ne vis qu'une succession de paysages et ressentis pourtant des émotions intenses – un jet sanglant de vie.

Ma mémoire vient de s'arrêter sur un écriteau, le Brooklyn Chess Club, un lieu dédié à la pratique des échecs, où l'on pouvait aussi consulter des livres et des journaux. Au mur étaient affichés les résultats des derniers tournois. Notre quête d'absolu avait trouvé refuge dans cet endroit totalement imperméable au bruit, à l'agitation, au chant des oiseaux. Contrairement au parc où la grande majorité des joueurs étaient d'origine russe, ici, il n'y en avait pas un seul. « Étrange, tout de même… »

La première fois, j'y avais accompagné Bobby, qui tenait à ma présence. Sa mère l'escortait également, pour régler les modalités d'inscription. Tous les joueurs fumaient, ce qui créait un nuage opaque au-dessus de leurs têtes. L'odeur du tabac s'incrusta dans nos vêtements. Je me rappelle être sorti prendre un grand bol d'air frais. À mon retour, le recueillement monacal de ces esprits tracassés et la brume qui les enveloppait m'avaient fait penser à un cimetière hanté.

Comble de l'humiliation, on m'avait d'abord interdit l'entrée de ce cercle de jeu : « Désolé, pas vous ! Veuillez attendre dehors, c'est interdit aux enfants. » Au même moment, avec un large sourire, on invitait mon ami et sa mère dans l'antre du diable. Heureusement, je réussis par deux fois à me faufiler, puis à me rendre invisible en rasant les murs. Je lus les découpes de journaux, regardai les photos pour finalement tomber sur le règlement intérieur placardé près du comptoir. Il y était formellement interdit de parier de l'argent. Un peu plus tard dans la soirée, je fis un signe à Bobby et pointai du doigt la clause maudite. C'était pour lui une amère défaite. La motivation de son combat n'avait pas changé : gagner des dollars.

Sur le chemin du retour, il m'expliqua qu'il avait été décontenancé par le nombre de *fishs* – ou proies faciles – et l'impossibilité de les plumer. Le président du club, Carmine Nigro, avait lourdement insisté devant l'ensemble des membres sur le fait qu'un enfant n'avait pas sa place dans le club, mais qu'une exception serait accordée à ce jeune prodige. Cette déclaration n'avait réjoui personne, mais l'aura de Nigro avait coupé court à toute contestation et les joueurs avaient relancé leurs pendules pour se replonger dans leur partie.

Bobby ajouta qu'il venait de réaliser un exploit. Suivant les conseils de mon père, Regina avait demandé à son fils de ne rien remporter ce jour-là, et il avait réalisé son vœu : « Ils sont tellement mauvais qu'il a fallu que je réfléchisse pour les laisser gagner, il y en a même un qui n'a pas pris ma reine, pourtant à portée de son cavalier ! »

Mon ami remplit sa part du contrat et passa deux heures tous les vendredis à y jouer aux échecs, sans que cela le tracasse particulièrement. Le dimanche, nous nous réunissions, autant pour réfléchir à la mise au point de plans stratégiques destinés à lui faire gagner de l'argent que pour passer du bon temps.

Bobby me parlait longuement de ce Brooklyn Chess Club. Il avait été créé après la guerre de Sécession et avait hébergé la Brooklyn Academy of Music, raison pour laquelle des photos de chanteurs illustres, comme Enrico Caruso et Geraldine Farrar, en tapissaient les murs. Aucun vétéran du club n'osait affronter Bobby, de peur de perdre contre un gamin. Leur but, en venant là, n'était pas de se perfectionner mais de flatter leur ego. Ils avaient tous une situation enviable – médecins, avocats, professeurs d'université. Et, dans leur monde, il était exclu de se faire déshonorer. Musicien et courtier en Bourse, Nigro, lui, était un homme très gentil, qui essayait de transmettre à Bobby l'essence même des échecs. Après chaque partie perdue, il répétait toujours : « Décidément, je ne suis pas un intellectuel, mais bel et bien un artiste ! » Il avait même voulu apprendre à Bobby à jouer de toutes sortes d'instruments. Finalement, il lui avait offert un accordéon ; mon ami l'avait immédiatement donné à sa sœur.

De temps à autre, le samedi, Nigro passait le prendre pour l'emmener au Washington Square Park, à Greenwich Village. Bobby lui avait dit vouloir aller au parc pour jouer aux échecs, mais sans préciser lequel. Il découvrit ainsi un autre point de rendez-vous dans cette immense tache verte, un endroit où il allait pouvoir se faire quelques dollars. À l'époque, son but était de gagner cinquante-quatre dollars par mois – prix exact du loyer payé par sa mère pour leur appartement minuscule de Brooklyn.

La découverte du Brooklyn Chess Club le rendit fier de ses origines de l'Est. Il aimait ce surplus d'émotions, les cris de joie, les colères fugaces, cette façon de côtoyer le danger coûte que coûte, de se mettre en péril au nom de l'amour ou de l'amitié. Il aimait notre square pour son esprit fraternel. Nous étions audacieux et rêvions sans cesse à un avenir meilleur. Nous étions une petite partie de la Russie dans un écrin de verdure.

*

Le vieil homme que je suis est devenu un être polymorphe, incapable de se situer dans l'espace-temps. Une autre façon de côtoyer l'éternité. À chaque personnage que je crée, j'ai le sentiment d'allonger ma vie, de combattre ce destin commun, scandaleux, insupportable de la finitude humaine. J'acquiers, par le foisonnement de toutes ces vies intérieures, une épaisseur, un supplément d'existence. Certes, le grand Créateur, démiurge capable de faire advenir *ex nihilo* notre monde, demeure Dieu. Mais par l'écriture, j'ai l'impression de Lui emprunter une partie de Son mystère. Je suis à la fois un garçonnet de sept ans taraudé par l'idée de faire vivre plus décemment ma mère et une femme emplie de l'espoir d'une existence meilleure. Je vis le trouble naissant d'un amour sublimé et les déchirements intérieurs d'une âme d'enfant. Je suis tous et tout à la fois. Je me dilue dans un océan de sensations et d'émotions dont l'étendue et la profondeur me font accéder à l'infini. Assis sur mon banc, j'en ris aux éclats. Des passants détournent le regard. En tendant l'oreille, j'entends un gamin demander à sa mère :

— Est-ce qu'il est fou, le vieux monsieur ?

Pas le temps de m'attarder. La tête légèrement penchée en arrière, ébloui par le soleil de midi, je ferme les yeux. Je suis assis près de mon père…

— Papa, comment ça se passe, avec Bobby ? Quatre fois, la semaine dernière, tu as quitté la maison après le dîner pour aller chez lui. Raconte-moi, s'il te plaît !

— Alors comme ça, tu voudrais être M. Je-sais-tout ? Je suis d'accord, mais cela restera entre nous. Est-ce que tu peux me le promettre ?

— Bien sûr ! Moi aussi, j'ai envie d'avoir un secret avec toi…

— J'ai conscience qu'entre mon travail et Bobby, ta place est dure à trouver. Tu as raison, on va partager cette histoire. Tu vas me donner ton avis et on avancera ensemble. Ta vision m'intéresse, mon gamin.

— On commence maintenant ?

— La première chose est de comprendre quel est le but. Plus l'engagement est important, plus la récompense est belle. Dans ton analyse, tu dois te rendre compte de tous les efforts fournis. Alors pose-moi une question et j'y répondrai.

— C'est par amour pour les Fischer que tu t'investis autant ?

— Très mauvaise question ! Je préfère te laisser une seconde chance.

— Quelle est cette récompense au bout du chemin ?

— C'est très bien, tu apprends vite. Mais si je te la dévoile, l'histoire perd de son charme.

— Hum…

— Allons… Pour toi, je vais faire une exception.

Les traits de son visage se durcirent. La concentration qu'exigeait l'introspection semblait replier tout son être comme un coquillage rentrant dans ses circonvolutions. Il prit un ton grave et entama un discours qui me parut relever davantage d'une confession que d'une simple discussion.

— Tu as la nationalité américaine et je vis depuis douze ans aux États-Unis. Mais nous ne devons pas oublier nos origines. Le sang qui coule dans nos veines porte la grandeur de chacun de nos ancêtres. Fils, notre mère patrie, c'est la Russie !… Dans un futur proche, Bobby va devenir le meilleur joueur américain et un adversaire redoutable. Je vais l'aider dans son ascension si bien qu'il me sera redevable… En allant lui-même en Russie, il découvrira la bonté, la convivialité de notre peuple, le respect dû à son statut de grand joueur. Le Parti communiste mettra à sa disposition les meilleurs entraîneurs. Son art ne sera pas sclérosé, au contraire, d'innombrables possibilités s'offriront à lui. Il achèvera sa construction, en tant qu'homme, en demandant la nationalité russe. Il mérite d'être l'un de nos fiers représentants !… Voilà, mon objectif : ramener une brebis égarée vers des pâturages plus verts.

— Tu vois loin, papa… Mais moi, ce qui m'intéresse, ce sont plutôt les détails, par exemple le travail que tu réalises avec lui.

— En ce moment, je lui apprends à jouer à l'aveugle, il doit se détacher de l'échiquier. Nous faisons des exercices dans ce sens, il progresse très vite. Je lui ai aussi demandé de travailler des classiques. Il va à la bibliothèque de Grand Army Plaza après l'école. Il en a même profité pour rendre les livres que Joan, sa sœur, avait volés pour lui.

— Mais comment tu peux le savoir ? Il te l'a dit ?

Mon père marqua une pause, prit un air détendu et déclara d'un ton faussement désinvolte :

— Oui, sûrement dans la fatigue d'une nuit studieuse.

*

Toute l'année 1952, Bobby travailla sans relâche. J'attendais avec impatience le dimanche, seul jour où nous avions le temps de nous raconter nos aventures de la semaine. Au détour d'une conversation, par je ne sais quel hasard, je lui demandai :

— Pourquoi as-tu raconté à mon père que Joan volait des livres à la bibliothèque ? C'est pas sympa vis-à-vis d'elle ! Ça m'étonne de toi, mon pote.

Sa réponse fut instantanée :

— Mais j'ai jamais vendu la mèche ! Comme tu le dis, je l'aurais mise dans le pétrin, elle qui est toujours là pour moi, qui fait même mes devoirs pour me laisser jouer aux échecs !

Mon père m'avait menti. Ce fut la première faille dans l'édifice de ma confiance filiale. Un point d'inflexion dans la courbe de mon existence, qui en modifia l'arc paramétré. Je ne pouvais donc me fier qu'à moi-même et devais renforcer mon armure, développer une paranoïa qui traquerait la moindre trahison.

Bobby rencontrerait-il de tels points de rupture ? Son génie lui épargnerait-il l'amer constat de ne pas être à la hauteur, celui-là même que j'avais éprouvé face à mes capacités échiquéennes ? Sa destinée semblait toute tracée, sans entraves ni embûches. Seule l'ivresse des grands sommets. Le sentiment d'avoir aboli les limites lui donnait-il le vertige, l'impression d'être surpuissant ? L'absorption dans ce monde restreint par soixante-quatre cases ne fragiliserait-elle pas sa capacité à se confronter au réel ? À treize ans, j'éprouvais une certaine fierté à m'être heurté à ce mur et à avoir accédé à une conscience aiguë de la réalité. Je me sentais déjà un homme, avec ce sentiment étourdissant de ne pouvoir compter que sur moi-même.

Les dimanches se succédaient, renforçant un besoin impérieux de nous raconter nos vies. Bobby changeait constamment d'école. Il passa un temps à la Brooklyn Jewish Children's School pour finir à la Community Woodward School. Chaque fois, il me faisait part de la bêtise de ses professeurs et rien ni personne ne trouvait grâce à ses yeux parmi tous les élèves et les matières qu'on lui faisait étudier. Il aimait juste les disciplines sportives, avec une préférence pour le base-ball et la natation.

Sa mère, devant la médiocrité de ses résultats scolaires, lui fit consulter des psychiatres. Après un test de QI, son génie se matérialisa par un chiffre invraisemblable au regard de son jeune âge. Bien des années plus tard, son QI fut calculé à 180. Stupéfiant mais, par chance, cela n'eut pas le moindre impact sur son comportement. « C'est ridicule », me disait-il.

— J'aurais eu le QI d'un singe, ça ne m'aurait pas dérangé tant la méthode employée ne peut déterminer les capacités de chacun !

La trivialité des exercices l'avait particulièrement choqué. Il fallait remettre dans l'ordre une série d'images qui racontaient une histoire, ou encore trouver un symbole dans des suites de signes différents. Et l'ensemble des questions n'acceptaient qu'une seule réponse ! Bobby pensait déjà que la créativité, l'amour, le don de soi étaient à l'origine de nos destinées, et ce test ne pouvait en mesurer la grandeur.

Pendant plusieurs semaines, il ne cessa de se moquer des médecins. Et sa défiance vis-à-vis d'eux perdura tout au long de sa vie. Il faut bien l'avouer, il avait raison : le concept de l'intelligence est aussi abstrait que celui de l'amour.

Dans les mois qui suivirent, je m'efforçai pourtant d'en trouver une définition unique, afin d'épater mon ami. Je pouvais enfin réussir là où il avait échoué ; Bobby, curieux de tenter l'expérience, m'avait mis au défi de le faire. Nous allions nous affronter sur un terrain neutre.

Je partis donc à la conquête du cerveau humain. Je voulais d'abord comprendre comment s'articule un test de QI. En définitive, il analyse un large spectre de nos capacités cognitives : compréhension verbale, organisation perceptive, vitesse de traitement de l'information. Il dure deux à trois heures et je le jugeai plutôt fiable. J'appris ensuite que la première tentative de mesure avait eu lieu au XIXe siècle, avec l'apparition de la craniométrie, qui prenait la taille du crâne comme indicateur : plus il était gros, plus la personne était intelligente.

L'Américain Samuel George Morton, un ardent défenseur de cette théorie, publia le résultat de ses découvertes dans des revues scientifiques. En lisant une partie de son travail, je découvris qu'il existait des histoires encore plus invraisemblables que celles contenues dans mon encyclopédie sur le monde animalier. Pensez donc, les adeptes de la craniométrie avaient estimé le poids moyen d'un cerveau européen entre mille trois cents et mille quatre cents grammes. La palme du génie avait donc été attribuée à un écrivain russe, non pas pour la qualité de son œuvre, mais pour son époustouflant cerveau de deux mille douze grammes. Alors que celui de l'écrivain Anatole France ne pesait que mille vingt grammes ! Maria Montessori, enseignante italienne de renom, mesurait, elle aussi, la circonférence de la tête de ses élèves pour mieux les orienter.

Mon esprit jubilait en imaginant le regard subjugué de mon ami, lorsque je lui exposerais tout cela. D'ailleurs, un fait étrange me frappa : tous ceux qui avaient mis au point des stratégies pour mesurer l'intelligence d'un individu ne l'avaient, au préalable, pas définie. Le seul à l'avoir effleurée était un scientifique français, Alfred Binet. Il pensait à juste titre que les qualités cérébrales ne se mesuraient pas comme des longueurs, qu'elles n'étaient pas superposables. Je compris qu'il existait différentes formes d'aptitudes, il ne me restait plus qu'à les découvrir. Le fait d'être moi aussi un joueur d'échecs devrait me faciliter la tâche. Pour trouver les pièces manquantes du puzzle, il me faudrait en effet répondre à une question : quelle valeur ajoutée fait d'un joueur un grand champion ou, mieux encore, pourquoi Bobby était-il si fort, et pas moi ?

Il allait de soi que, dans la gestion des problèmes de la vie courante, dans nos relations aux autres, dans ma capacité à avoir du bon sens, j'étais supérieur à lui. Non, l'explication était ailleurs. Aux échecs, il faut dans un premier temps savoir analyser une position, connaître les forces et les faiblesses, et là-dessus je n'avais rien à lui envier. La mémoire est aussi un facteur déterminant ; on doit, afin de progresser, apprendre par cœur des centaines de parties et les idées mises en pratique par de grands joueurs. Je peux vous l'affirmer, la mienne comme la sienne étaient considérables.

Je me trouvais donc dans une impasse. Demeurait néanmoins un dernier paramètre à explorer : l'intelligence créative, ou la faculté à utiliser les expériences du passé pour concevoir des idées nouvelles et régler des situations inédites. Je ne pouvais me résoudre encore une fois à accorder la victoire à Bobby. J'étais ou meilleur ou son égal dans tous les domaines.

Assis sur mon lit, j'avais ri à en pleurer face au grotesque de la situation. Les faits démontraient le contraire ! Il fallait donc continuer à chercher pourquoi la vie était injuste, pourquoi mon père et tous les gens du parc avaient vu si tôt en lui, et non en moi, un être supérieur.

Les jours suivants, je me réveillai de mauvaise humeur, convaincu d'être la proie d'une machination, d'un traitement infamant. Par quel miracle les capacités de Bobby s'étaient-elles miraculeusement affranchies de toute entrave pour revêtir un aspect poétique ?

Loin de m'avouer vaincu, je m'efforçai de trouver quelque chose qui puisse libérer l'esprit de ses limites et rendre possible un élan de pure inspiration. Cette fois-ci, en naviguant dans le domaine de l'art et de la création artistique, aux frontières d'un monde mystique, j'entrevis enfin la solution de l'énigme.

Je vais vous expliquer : aux échecs, après avoir correctement déterminé la stratégie à mettre en place, il nous arrive d'être confrontés à plusieurs coups candidats. La complexité de ce jeu fait qu'il est difficile de déplacer une pièce plutôt qu'une autre quand nos analyses leur donnent le même avantage positionnel. Malgré tous nos efforts dans le calcul des variantes, même avec une grande profondeur d'analyse (anticiper dix coups au minimum pour les joueurs très forts, avec toutes les arborescences), nous finissons souvent par nous en remettre à notre instinct pour trancher.

Dans la vie de tous les jours, il en va parfois de même. Pour choisir le lieu de nos prochaines vacances, j'ai vu ma mère peser le pour et le contre de différentes destinations pendant des mois, pour finalement en choisir une autre sur une impulsion, un coup de dés. Mais je dois avouer que, dans cette phase – qui consiste à écouter une voix qui n'est que celle de la manifestation de notre inconscient –, Bobby a toujours pris les meilleures décisions. Peut-on se glorifier d'un tel don ? Selon moi, si l'art libère l'esprit de ses frontières, il nous montre aussi les limites que le calcul oppose à l'essor de l'inspiration pure, celle qui touche au divin : l'instinct. C'est pour cela que j'admirais autant Bobby.

Enfin délivré du mystère que je venais d'élucider, je partis me promener au parc. J'y croisai mon ami. Nous parlâmes longuement et je conclus notre discussion par cette déclaration :

— Ce n'est donc ni la taille ni le poids de notre cerveau qui importe, mais bien l'aptitude de notre âme à percevoir des signaux.

Dans un dialogue avec lui-même, Bobby chercha dès lors une douce mélodie venant lui délivrer le meilleur coup, le plus beau tracé de lumière sur l'échiquier. Bien des années plus tard, je me rendis compte que cette discussion abracadabrante avait eu un effet surprenant sur lui.

Souvent noyé par la complexité d'une décision à prendre, il s'en remettait à des solutions mystiques. C'est en libérant cet automatisme intellectuel, et dans un effort désespéré pour s'affranchir des codes de l'éducation traditionnelle, des servitudes de la morale et de la logique, qu'il signa ses plus belles victoires.

Mais il fallut bien longtemps – quarante ans ! – avant qu'il ne me donne enfin sa propre définition. Car il n'avait pas oublié notre défi ! Il entérina ainsi, définitivement, mon unique succès.

— Arthur, je dois te le dire : en fait, il faut se laisser guider, non pas par des éléments rationnels, mais en passant le relais à l'imagination, la voie suprême vers la connaissance. Bravo ! tu avais raison, car nul ne sait ce qui permet à certaines œuvres d'être emportées par la lumière, quand d'autres sont précipitées dans l'oubli. Il existe en ce monde une force mystérieuse et magnétique qui piège toutes nos tentatives d'en percevoir une logique… C'est une femme, nommée Olga, qui me l'a enseigné.

15

László

Bobby travaillait toujours autant, voire plus. Et surtout la nuit : il n'hésitait pas à pousser ses analyses jusqu'à 3 heures du matin. Mon père était souvent à ses côtés.

Il alla aussi dans un camp de vacances, dont Nigro avait réglé la note. À ma grande surprise, il trouva l'expérience intéressante. L'immense piscine à sa disposition ne devait pas être étrangère à cette impression. Nager détendait son esprit bouillonnant, tout en le préparant au labeur exigeant des échecs. Pour chaque heure engloutie dans ses études, un plongeon libérateur et des idées neuves.

J'ai vite compris qu'il aimait la natation car elle renforçait son niveau aux échecs. Quant à moi, j'évoluais dans mon monde, empli de sensations nouvelles. L'envie de plaire à une fille de mon âge était devenue ma nouvelle lubie.

Puis j'eus seize ans, et Bobby douze.

Absorbé par son besoin de parier, un dimanche, mon ami dérogea à une règle préétablie dans notre square. L'un de ces fameux messieurs en costume trois-pièces, boutons de manchettes et montre en or, venait de faire son apparition. Mon père l'observa attentivement. Par son attitude, sa manière de regarder l'échiquier, ses mimiques à la suite des coups de l'un ou l'autre, il parvenait plus ou moins à déterminer le niveau de l'intrus.

Il se passait d'ordinaire une bonne demi-heure avant l'instant fatidique où il proposait à l'inconnu : « Voulez-vous faire une partie ? » En général, on lui disait : « Avec plaisir. » Sur ce, Sergueï ajoutait avec beaucoup d'humilité : « Je me considère comme un bon joueur, mais si vous êtes d'accord, nous pouvons parier quelques dollars, cela rendra la partie plus intéressante. » À partir de là, toutes sortes de réponses étaient possibles, comme : « Bien sûr, c'est vous qui l'aurez voulu ! » Mais certaines resteraient gravées dans ma mémoire, telles : « La somme que vous voudrez, cher ami ! Je n'ai pas de limites, à part les vôtres… »

Cette fois-ci, au bout de quarante minutes, mon père n'était toujours pas allé à la rencontre du nouveau venu, et ce fut un gamin de douze ans qui entama la discussion avec lui. Ce n'était pas loyal de sa part : ce genre d'individu était la propriété du meilleur joueur du square, le seul qui pouvait lui soutirer un maximum d'argent. J'allai interroger mon père. Il n'avait pas l'air énervé.

— Tu vas intervenir, papa ? Les codes de notre fraternité sont bafoués, c'est à toi de l'affronter !

Il m'adressa un sourire moqueur avant de me répondre :

— Je pense savoir qui est cet homme, dans ce si beau costume en flanelle. Derrière les carreaux de ses lunettes se cache un grand maître hongrois. Il a arrêté sa carrière à l'âge de dix-huit ans pour se consacrer à l'entreprise familiale. Son père, ou bien sa mère, venait de mourir… C'est un homme d'affaires redoutable, immensément riche. Il a la particularité d'être intraitable et, même, d'avoir marchandé avec les nazis pour accroître sa fortune déjà colossale. Comble de l'ironie, il est d'origine juive ! Il nous a fait beaucoup de bien en se retirant, il pouvait prétendre au titre de champion du monde… Alors voilà, je suis assez content de ne pas être sa proie.

Quelle perspicacité ! Mon père venait encore une fois de m'impressionner. Mais ce Hongrois avait sûrement beaucoup changé entre-temps. Papa reprit aussitôt :

— Tu vois les deux types en costume, entre l'allée et le début de l'espace réservé aux enfants ? Ce sont des gardes du corps. Ce n'est tout de même pas commun de se balader avec ses chiens de garde !… Si tu avais suivi toute la scène, tu aurais capté le regard de cet homme confronté à ses vieux démons dès qu'il a vu les joueurs d'échecs. Nous étions sur son chemin, à une vingtaine de mètres de lui. Il n'a pas pu résister. Ses yeux brillaient. Il s'est retourné pour signifier à ses sbires de rester à l'écart. Puis il est venu se placer au centre des opérations. Il a tout de suite remarqué la meilleure des parties en cours, une sorte d'instinct qui ne s'explique pas. Mais douze échiquiers étaient en mouvement à cet instant… J'ai retrouvé son nom, Arthur, László ! C'est une légende vivante. Il a été l'ami d'un autre grand joueur, Andor Lilienthal, je t'en parlerai plus tard.

Quand le fameux László avait lancé à la cantonade : « Si un joueur souhaite faire un blitz, c'est avec plaisir, messieurs ! », le silence s'était fait. Tout le monde s'attendait à ce que mon père s'exprime. Mais à notre grande surprise, Bobby s'était avancé avec aplomb. Il savait pertinemment qu'il était en train d'enfreindre une loi tacite. Qu'importe, il avait tenté de se donner une contenance, une main enfoncée dans la poche, et avait imprimé à sa voix une tonalité rauque pour se vieillir de quelques années :

— Justement, monsieur, j'allais vous le proposer, et si vous le voulez bien, cinq dollars la partie pour donner plus d'intérêt à notre jeu.

— Mon petit ange, tu dois être très fort, pour proposer une telle somme d'argent. Quel âge as-tu ?

— Le petit ange s'appelle Bobby… J'ai douze ans. Je joue aux échecs depuis l'âge de sept ans.

— Je ne comprends pas, tu n'es tout de même pas le meilleur ici présent – du moins je l'espère ! Il doit bien y avoir un adulte pour voler à ton secours, une mâchoire plus carrée, une main plus aguerrie, un regard plus malicieux… un joueur d'échecs !

László avait jeté un regard interrogateur à mon père qui se tenait pourtant à une certaine distance. Il avait sûrement deviné en lui un rival de choix. À moins qu'il n'ait aperçu dans la foule anonyme un visage familier ? Je ne m'étais pas attardé sur cette question, pétrifié à l'idée d'assister à un combat disproportionné.

— Je comprends, vous n'avez pas envie de perdre contre un gamin.

— Pas mal, ce brin d'insolence pour parvenir à tes fins ! J'aime bien ce trait de caractère, mon petit.

— Je préfère Bobby.

— Ah oui, très bien, je n'ai plus le choix… Mais, par respect pour les personnes ici présentes, laisse-moi te faire une nouvelle proposition.

— Je vous écoute.

— Cinq minutes chacun, cinq dollars pour moi si je gagne et cent dollars pour toi, si tu me fais l'honneur d'être à la hauteur en remportant une partie. Je m'engage à jouer un minimum de cinq blitz. Qu'en penses-tu, mon bonhomme ?

L'extraordinaire montant de la somme annoncée avait saisi tous les joueurs, qui avaient arrêté leur pendule pour se tourner, dans un même mouvement quasi chorégraphique, vers les deux protagonistes. Les bavardages avaient cessé. On n'entendait plus ni les enfants crier ni les oiseaux chanter. Le silence était devenu assourdissant, pareil à celui qui annonce les catastrophes naturelles. La parole revenait à un petit garçon blond habillé d'une chemise en flanelle, d'un pantalon en velours et de baskets noires. Il avait redressé le menton comme pour se donner du courage et pris une profonde inspiration :

— D'accord. Je choisis l'échiquier, les pièces, la pendule, et je ne veux personne à moins d'un mètre de notre table. Les souffles et les murmures me dérangent.

Ses demandes étaient compréhensibles. L'adversaire de Bobby immensément fort. À son tour, mon père s'était avancé de quelques pas. Allait-il lui venir en aide ?

— Vu l'enjeu, je serai l'arbitre, le seul à pouvoir m'approcher à moins d'un mètre et, en cas de litige, je trancherai, messieurs… On doit commencer au plus vite, le ciel se charge de nuages menaçants. La table que Bobby a choisie sera prête dans moins de deux minutes.

En ce dimanche de juin, Central Park était l'endroit où les amoureux venaient, main dans la main, s'embrasser tendrement. D'autres étaient là pour une séance de gymnastique, faire du vélo, respirer à pleins poumons l'air tiède de cette période idyllique. Des familles entières se réunissaient dans les rires et les chamailleries des plus petits d'entre eux. Mais ce tableau enchanteur ne pouvait dissimuler la violence du combat à venir. Je calculai les pertes probables de Bobby.

Son fonds était de cent dollars. La luminosité ne permettrait plus de jouer à partir de 20 h 30. S'il insistait, il pouvait perdre l'intégralité de ses économies. Le meilleur cas de figure serait qu'une pluie diluvienne s'abatte sur Central Park.

Je priai pour cette intempérie salvatrice, avec la conviction déconcertante d'avoir une chance d'influer sur les éléments. Je songeai aux prêtres incas qui organisaient des sacrifices et des danses pour invoquer cet élément essentiel à leur survie… Mais pourquoi n'avais-je pas terminé ce livre sur les cultures ancestrales ? Je revins à la réalité en éclatant de rire. Comment croire à de pareilles bêtises ?

Les deux joueurs avaient pris position. Je sortis de mes rêveries pour observer la première partie, qui commença par une sicilienne. Bobby avait perdu le tirage au sort et, bien entendu, László avait pris les blancs. Cette variante des échecs ne pouvait être jouée qu'après des milliers d'heures d'étude, de nombreux pièges tactiques et beaucoup de mystères restant à élucider.

Nos gladiateurs effectuèrent les quatorze premiers coups à la vitesse de l'éclair. C'est normal, entre deux joueurs chevronnés : les meilleurs coups sont déterminés par le travail maison. Dans le jargon des échecs, on appelle cela la théorie. Mais ensuite, c'était le saut dans le vide. Autrement dit, on vivait une expérience nouvelle à chaque position, qu'il fallait comprendre dans son ensemble afin de trouver le prochain meilleur coup, celui qui entraînerait peu à peu vers d'autres bonnes décisions et la victoire finale. Bobby calculait tous les paramètres, c'était le moment de prendre son temps avant de répondre sur l'échiquier. Il évaluait les forces et les faiblesses des pièces noires, les menaces directes à court terme et les failles de la position blanche. Il déterminait, en somme, une vision à long terme, stratégique, primordiale, avant de bouger une pièce.

László faisait tourner entre son pouce et son index un pion pris avec habileté à son adversaire. Son regard se détourna de la partie, il avait l'air absorbé par autre chose. Un bel écureuil gris aux yeux clairs s'était posé sur la plus haute branche de l'orme américain qui nous surplombait. Bobby remarqua le relâchement de son opposant. Il abandonna alors toute vision stratégique et décida de lui tendre un piège tactique. Aussitôt le coup joué, László eut un rictus de contentement. La décision de Bobby se retourna contre lui par une élégante combinaison de notre costume trois-pièces. 1-0 pour László.

Bobby savait maintenant qu'il allait devoir accepter le combat stratégique au lieu de placer de vulgaires pièges tactiques en espérant voir son adversaire du jour tomber. Face à un rival aussi redoutable, les échecs devaient être considérés comme un art, quand lui, en parfait idiot, était obnubilé par l'envie de gagner de l'argent facile.

À ce moment précis, il prit conscience de sa propre médiocrité. Il avait fallu attendre cet instant pour voir l'arc paramétré de mon ami subir son premier infléchissement. Bien plus tard, il m'avoua que cette défaite avait été une victoire en soi. Aussi invraisemblable que cela puisse paraître, elle fut le point de départ d'une ascension fulgurante, d'une destinée exceptionnelle.

La cassure engendrée le poussa toutefois à s'éloigner de l'échiquier pour retrouver ses esprits. Il se dirigea vers moi. Il tremblait et prenait de longues inspirations. Je le regardai agoniser, sans trouver les mots pour soulager ses tourments. C'est alors que, dans un instinct de survie, je décidai de lui réciter un passage d'un écrivain autrichien. Saisi par la véracité de ces propos, je les avais appris par cœur :

— « Assurément, je connaissais par expérience le mystérieux attrait de ce "jeu royal", le seul entre tous les jeux inventés par les hommes qui échappe souverainement à la tyrannie du hasard, le seul où on doit sa victoire uniquement à son intelligence, ou plutôt à une forme d'intelligence. Mais n'est-ce pas déjà le limiter injurieusement que d'appeler les échecs un jeu ?... N'est-ce pas une science, un art ou quelque chose qui, comme le cercueil de Mahomet entre ciel et terre, est suspendu entre l'un et l'autre, et qui réunit un nombre incroyable de contraires ? C'est une pensée qui ne mène à rien, une mathématique qui n'établit rien, un art qui ne laisse pas d'œuvre, une architecture sans matière ; et il a prouvé néanmoins qu'il était plus durable, à sa manière, que les livres ou que tout autre monument, ce jeu unique qui appartient à tous les peuples et à tous les temps, et dont personne ne sait quel dieu en fit don à la terre pour tromper l'ennui, pour aiguiser l'esprit et stimuler l'âme. Où commence-t-il, où finit-il[1] ? »

Bobby me regarda, ébahi. Sa réponse, je la garde à tout jamais au fond de mon cœur, comme un symbole de son être profond.

— « Où commence-t-il, où finit-il ? » Je vais te donner mon analyse. Il commence par un bonjour, une poignée de main, et finit par deux petits mots que j'adore prononcer, *échec et mat*.

Quand Bobby revint à la table, László lança :

— Un magnifique écureuil est occupé à faire sa toilette, tout en nous regardant. S'il savait jouer aux échecs, il penserait que cette partie est de bien mauvaise qualité.

Les lèvres de Bobby se retroussèrent, trahissant sa vexation. Je l'entendis murmurer :

— Quel imbécile ! Et puis quoi encore ? Pourquoi pas un éléphant qui résout des équations, tant qu'on y est ?

Il finit pourtant par trouver cette pique spirituelle. Une certaine grâce émanait de l'esprit à la fois inventif et alerte de László, qui forçait son admiration. C'est sur ce paradoxe émotionnel que la deuxième partie commença.

Le petit Américain concentra ses efforts sur une variante hautement positionnelle, un gambit dame. Il avait appris de la première joute qu'il fallait élaborer un plan afin de terminer sur une finale de pions à son avantage. Je suivis l'affrontement et, même si la victoire revint à László, il fut d'une grande beauté. Cette même position, au vingt-sixième coup, s'était déjà produite entre deux joueurs de haut vol : Aaron Nimzowitsch, et Xavier Tartakover. Les deux avaient imprimé leur empreinte à l'histoire des échecs, en étant à l'origine d'un courant intellectuel qui avait propulsé le jeu dans une nouvelle ère, par le biais de la création de l'école dite hypermoderne dans les années 1920. Ça, c'est pour l'anecdote. En tout cas, Aaron, avec les blancs, avait gagné cette partie, et tous les analystes avaient donné un avantage décisif aux blancs.

1. Stefan Zweig, *Le Joueur d'échecs*.

Bobby le savait, mais László avait démontré une faille dans leurs méthodes de raisonnement. Il nous en donna la preuve par une succession de coups brillants menant à une finale avec deux pions de plus pour les noirs contre une qualité (en langage échiquéen, cela veut dire une tour échangée pour un fou ou un cavalier). Bobby abandonna.

La technique de son adversaire était sans faille, mieux valait garder des forces pour la troisième manche. Mais notre champion était abattu, il se demandait comment il avait pu perdre dans une position où tous les grands maîtres s'étaient accordés à dire qu'il détenait un net avantage. Il était toujours plongé dans sa partie, s'efforçant tant bien que mal d'identifier son erreur. Comme il n'y parvenait pas, de dépit, il se tourna vers mon père, les yeux noyés de larmes, son cœur battant la chamade. Aucun mot ne s'échappa de sa bouche, mais il appelait à l'aide. Ce fut László lui-même qui lui porta secours.

— Tu as été ta propre victime. Un grand maître peut se tromper, il faut toujours vérifier par toi-même la totalité des analyses que tu trouves dans les livres. Tu as très bien joué, mais cette sous-variante n'a aucune chance d'aboutir et condamne les blancs à la défaite… Je t'ai montré la voie. J'ai ma petite idée. Aaron Nimzowitsch joue cette même position avec les blancs et avec les noirs. Lorsqu'il a gagné, il a lui-même analysé sa partie pour un magazine célèbre. Il a déclaré qu'il y avait un net avantage blanc et que c'est pour cela qu'il avait remporté la victoire. Tous les autres grands maîtres ont abondé dans son sens, car il est le spécialiste de cette variante. Mais il connaissait déjà la réfutation menant à la victoire des noirs. Il s'est bien gardé de la révéler, convaincu que cette situation se reproduirait avec lui-même aux commandes des pièces noires, et qu'il infligerait une défaite à son adversaire. Malheureusement pour lui, cette position ne s'est jamais reproduite quand il avait les noirs. Toutes les brebis qui lisent les manuels d'échecs ont entériné la dernière analyse de notre brave ami Aaron. Tu as été l'une de ces brebis, mon petit… Sais-tu que Central Park abritait une grande bergerie, il y a bien des années ?

Je me suis longuement demandé, assis à ma table de travail, s'il n'était pas trop prétentieux de vouloir vous faire pénétrer dans l'univers tumultueux d'un joueur d'échecs. Pourtant, non seulement je m'y suis risqué mais, avec ce dernier récit, j'entre de plein fouet dans les méandres du cerveau d'un grand maître. J'espère avoir éclairci ce labyrinthe d'abstractions ; j'aime l'idée d'être un passeur qui vous fait découvrir une île tragique et mystérieuse.

À l'aube de cette troisième partie, les mots de László ne furent pas suffisants. Bobby devait impérativement se ressaisir, il avait de nouveau les noirs. Je ne m'en souviens pas précisément, mais le combat fut âpre. Tout se termina par un trait d'esprit de notre invité mystère.

— Encore une belle partie de ta part, il ne faut pas rougir de cette défaite ! J'ai un cadeau pour toi : dorénavant, je vais t'appeler Bobby.

Une quatrième partie vit le jour. Les deux allèrent au bout du suspense en jouant une finale intéressante. Ils entrèrent dans une crise de temps avec trois secondes restant chacun à leur cadran pour finir le match. Le premier qui tombait à la pendule perdait, et cela se joua à une milliseconde, à l'avantage de László. L'espace d'un instant, on rêva à la victoire de Bobby jusqu'à ce que le milliardaire hongrois lance au public :

— Alors ? Vous y avez cru ? Il va lui falloir un peu plus de métier pour s'en sortir dans des phases de zeitnot[1] ! Oui je sais, ce n'était pas très élégant de faire tomber l'une de ses pièces avec ma manche, au moment de déplacer l'une des miennes. Il a perdu une seconde à la ramasser et ça lui a coûté la victoire. Il aurait mieux fait de lever le bras pour faire venir l'arbitre, qui était en droit de lui accorder cinq secondes supplémentaires. Une éternité par rapport à ma petite seconde restante. Il aurait gagné au temps… Ne cherchez pas une morale à cette histoire, il n'y en a pas.

---

1. De l'allemand *Zeit* (temps) et *Not* (pénurie, détresse, urgence). À la pendule, un joueur est en zeitnot s'il est proche du prochain contrôle de temps. Il doit alors jouer vite et sous pression.

Bobby était plongé dans l'analyse de cette finale, à se demander si sa position n'était pas totalement perdante. Il voulait à tout prix battre László sur l'échiquier, et boudait donc le plaisir d'avoir une position gagnante, quel que fût le résultat. Il y eut une cinquième partie, puis une sixième, avec chaque fois un dénouement en faveur de l'invité du jour. Tous les joueurs étaient conquis par notre homme et son talent. Entre chaque affrontement, beaucoup lui posaient des questions ; l'une de ses réponses m'a marquée :

— Non, je ne suis pas grand maître, j'ai abandonné ce jeu très tôt, à dix-huit ans. Mais croyez-moi, j'ai suivi de près l'actualité et continué de pratiquer en secret ma passion. Je lui ai donné le peu de temps que j'avais à lui consacrer… Je me suis fait connaître *via* un match organisé par un ami cher, pour mes vingt-quatre ans, avec un ancien champion du monde. Il s'agissait d'une joute amicale, qui devait rester confidentielle. Mais, je vous le dis en toute humilité, je l'ai massacré. Cela a fait de moi l'un des joueurs les plus forts du monde. Aujourd'hui, mon niveau ne permet pas à un gamin, aussi talentueux soit-il, de me battre. Malgré tout, je dois l'avouer, Bobby me force à donner le meilleur de moi-même. Ah, la jeunesse, sa fougue, son envie de me piéger… Mais ce n'est pas encore possible. Je suis un éléphant capable de résoudre des équations complexes, et Bobby n'est qu'un enfant !

Les dieux incas avaient écouté ma prière. La pluie finit par tomber. Cependant, le mal était fait : mon meilleur ami venait de subir quinze défaites d'affilée, suivies des sarcasmes réguliers de l'homme en costume trois-pièces. J'étais persuadé que ce déluge mettrait fin à notre calvaire : Bobby avait quand même perdu la bagatelle de soixante-quinze dollars ! À mon grand étonnement, ni les trombes d'eau ni les éclairs qui zébraient le ciel noir ne firent capituler les deux joueurs. Ils signifièrent à l'arbitre que la partie continuait. Le grondement du tonnerre semblait se faire l'écho de la rage intérieure de Bobby. Il n'avait qu'une idée en tête, continuer à se battre.

La scène qui se jouait sous nos yeux ébahis défiait tout entendement : deux combattants se livraient une bataille dont la seule issue semblait être la mort. Insensibles à ce qui les entourait, ils ne voyaient ni le déluge ni les badauds massés sous le majestueux orme, qui culminait à trente-cinq mètres au-dessus de nos têtes. Un tel acharnement forçait l'admiration et semblait dépasser les contingences terrestres, pour accéder au divin. À la seizième partie, la victoire n'échappa pas à László, mais son cri de joie laissa entendre que le combat avait été rude. Il se leva brusquement et, tel un chaman, fit le tour de la table en marmonnant des paroles incompréhensibles, devant un Bobby médusé. Ses incantations renforcèrent l'aspect mystique du combat.

La pluie cessa subitement au cours de la dix-septième partie. Personne ne bougea pour autant. Le spectacle nous hypnotisait. Le soleil refit même son apparition, laissant passer à travers le feuillage du grand orme un rayon qui se posa sur l'échiquier. Les deux joueurs étaient nimbés d'un halo de lumière. Dieu s'était-Il invité dans cette partie en tant que spectateur ? Autour de la table, nous en étions persuadés, et tous nous garderions en mémoire cette image saisissante. Ce signe de l'au-delà nous fit pressentir l'irruption d'un événement extraordinaire. J'avais les yeux rivés sur Bobby, dont la gestuelle trahissait une certaine sérénité. Avait-il enfin une position intéressante, voire gagnante ? László sortit un mouchoir et nettoya ses lunettes.

Avant de vous expliquer la suite, il faut que vous sachiez que les grands maîtres ont beaucoup de traits communs. D'ailleurs, Bobby, peut-être sans s'en rendre compte, les avait adoptés. L'un d'entre eux est de ne jamais soulever les pièces, mais de les faire glisser de case en case jusqu'à leur destination finale. Seul le cavalier déroge à cette règle. En outre, avant le début d'une partie, la façon de placer nos pièces détermine notre niveau de jeu. Souvent, chez les joueurs chevronnés, les fantassins se regardent et ne sont pas orientés face à l'échiquier.

La lumière déclinait, et c'est dans cette atmosphère entre chien et loup que se poursuivit la partie, lui conférant un aspect irréel. László saisit sa dame et la fit avancer jusqu'en c7. Mais au moment où Bobby s'apprêtait à répliquer, la pièce glissa comme par magie jusqu'en c8. Ce fut un spectacle horrifique, accablant pour notre pauvre László. En effet, la dame se retrouvait en prise directe avec le fou blanc de Bobby situé en a6. Mon ami leva les yeux vers son adversaire tout en arrêtant la pendule, et le Hongrois s'exclama :

— Stupéfiant ! Ma dame est venue d'elle-même se positionner en c8 ! Vous en êtes tous témoins. Le plateau est trempé, j'ai l'impression que des particules d'eau ont été piégées entre ma dame et l'échiquier. Elles ont agi comme un roulement à billes et, aussitôt ma pièce lâchée, elle a été entraînée une case plus loin !

Les spectateurs massés sous le grand orme ne firent pas un mouvement. Tous les regards étaient braqués sur les joueurs. Même l'arbre semblait plonger son imposant feuillage vers la scène. Un murmure de saisissement avait parcouru l'assemblée quand la dame avait marqué un temps d'arrêt sur c7, avant de poursuivre sa route. Un même sentiment unissait les spectateurs dans une véritable communion : celui d'un indéfectible attachement au jeune garçon. À leurs yeux, ce ne pouvait être une force naturelle qui avait fait avancer la dame, mais bien la main de Dieu. La Providence sanctionnait l'orgueilleux adversaire qui, dans une partie précédente, n'avait pas hésité à faire tomber une pièce de Bobby pour gagner du temps. Tous refusèrent de croire à un simple hasard.

Aujourd'hui, je reste convaincu de cet élan magique d'une dame qui prend vie et se libère des contraintes du monde physique pour s'offrir en sacrifice. Car, à mes yeux, aucune explication rationnelle ne tient la route. La pièce s'est immobilisée un instant avant de continuer sa course avec une lenteur espiègle. Nous avions été empoignés et jetés à nos corps défendants dans un univers féerique. La beauté de cette scène nous a fait oublier les obstacles que le monde oppose à nos rêves.

Mon père, emmené par toute la meute, vint au plus près de la table.

— Je ne pensais pas qu'un arbitre serait nécessaire. Vous êtes tous les deux exemplaires depuis le début. Néanmoins, un cas de figure surréaliste vient de se présenter. Si je dois appliquer le règlement à la lettre, il est inconcevable qu'un morceau de bois puisse s'animer et choisir un autre coup que celui décidé par le joueur. En conséquence, je déclare que la partie peut reprendre avec la dame en c8. Je vais activer la pendule.

Bobby intervint :

— J'autorise mon adversaire à replacer sa dame en c7.

László fut éberlué par le fair-play du jeune garçon. Il désirait plus que tout remettre sa dame sur la bonne case, celle de son choix initial, mais il était confronté à un dilemme. Dans le monde des échecs, on ne peut déroger à certains principes. Lui qui n'avait jamais hésité à être un requin dans les affaires, lui qu'on craignait pour sa capacité à anéantir ses rivaux prit la parole et fit un discours aux antipodes de ce que nous aurions imaginé :

— Je ne peux accepter cet acte de générosité et je concède la victoire à Bobby sur cette dix-septième partie. Son acte est d'autant plus beau que la somme en jeu est importante pour un enfant de douze ans. Elle est même pharaonique !... Il est vrai qu'à ce moment précis du match, la position est incertaine. Je donne tout de même un avantage positionnel à mon adversaire après dame c7... Mais j'aurais bien voulu connaître l'issue de la partie. J'ai la sensation désagréable qu'il avait enfin trouvé une faille et que la victoire lui était promise.

Bobby redevenait positif de vingt-cinq dollars. Je l'observai attentivement. Il n'avait pas l'air joyeux et, si je m'étais risqué à lire dans son esprit, j'aurais compris que ce qui le motivait n'était plus l'argent. Il voulait une victoire réelle, sans aucun coup du sort. Alors, ses mots dépassèrent-ils sa pensée ?

— Avec tout le respect que je dois à ce jeu, à mon adversaire et à moi-même, je ne peux me résoudre à gagner de cette façon. Je l'autorise à remettre sa dame en c7, et finissons-en ! Ajoutons une minute à chacun, le temps de se replonger dans la partie. Nous avons perdu de notre concentration.

Mais László se retourna pour demander à ses deux gardes du corps de le rejoindre. L'un d'eux, à la suite d'un autre signe, lui passa une liasse de billets. Impossible de déterminer la somme mais, à vue d'œil, il y avait au moins trois cents dollars. D'un geste théâtral, le Hongrois les posa au centre de l'échiquier en faisant tomber son roi, puis tendit la main à son adversaire :

— Bravo pour ton courage, ta détermination et cette leçon que tu viens de nous donner ! Jamais je n'aurais pu penser qu'un enfant puisse sacrifier une telle somme, au nom de l'amour qu'il voue à son art… Ta coupe de cheveux, les habits que tu portes sont ceux d'un gamin issu d'une famille modeste. Bien évidemment, ta maman fait de son mieux. Les lacets de tes baskets ont été rafistolés. Je pourrais, au risque d'être grossier, continuer d'évoquer l'image que tu dégages. Mais je préfère sonder ton âme. Quand je creuse, à chaque coup de pelle, je découvre dans les idées que tu as exprimées lors de ces dix-sept affrontements un sens de l'attaque, du sacrifice et une incroyable bonté d'âme, qui trouve son apogée dans tes derniers mots… Tu seras un grand homme, mon petit, tu auras une vie exceptionnelle !

Sur ce, l'homme s'évanouit dans la nuit d'été, laissant derrière lui un butin extravagant. Bobby, absorbé par la dernière position laissée sur l'échiquier, se releva et fit quelques pas en direction de l'endroit où je me situe aujourd'hui, cinquante ans plus tard. Il s'assit sur le banc et ramena la tête à hauteur de ses genoux, les mains sur ses yeux. Il faisait l'analyse *post mortem* de la partie, cherchant désespérément une combinaison de son adversaire qui aurait pu réfuter sa victoire virtuelle. La liasse de billets avait été ramassée par mon père, qui attendait le moment opportun pour la rendre à l'enfant. Il les compta, puis me regarda.

Bobby resta une bonne heure immobile. Quand il se releva, il n'avait toujours pas de réponse précise. Il ne restait plus que nous trois, sans oublier un joli petit écureuil qui avait pris possession de la table, théâtre d'une lutte acharnée et peut-être inachevée entre deux joueurs éminents. Quand mon père lui remit l'argent, Bobby ne montra aucun signe de satisfaction.

— Je me suis fait marcher dessus, j'ai été écrasé dans chacune des seize parties, c'était un cauchemar, cet homme est réellement un éléphant… Tout ce que tu m'as appris, Sergueï, a volé en éclats. Ce sentiment d'impuissance, je ne l'avais jamais ressenti auparavant… Je vais devoir changer d'entraîneur.

— Comment pouvais-tu penser être à la hauteur d'un joueur d'exception ? Notre travail n'est pas fini ! Arrête de te faire manipuler par ton ego ! Ce n'est pas parce que tu es le meilleur de ton quartier que tu peux prétendre à battre l'un des nôtres. Aujourd'hui, tu as été face à un pur produit de l'école soviétique, l'un des plus forts. Réveille-toi ! La route est longue, la prochaine étape est de devenir le meilleur Américain. Seulement alors, tu auras gagné le droit de défier un vrai joueur d'échecs… Si je t'estime prêt, je t'enverrai en Russie, là où la science de cet art coule dans nos veines. En attendant, je te mets en garde. Encore une réflexion comme celle-ci, et tu seras livré à toi-même ! Va dormir, nous nous voyons mardi soir vers 21 h 30, chez toi. Nous en profiterons pour analyser toutes les parties jouées aujourd'hui.

Bobby était redevenu un enfant qui réclamait un câlin. Mon père le prit dans ses bras. À mon tour, je le serrai contre moi.

— J'ai une idée, tu vas l'adorer ! L'année prochaine, s'il revient à New York, tu prendras ta revanche et tu gagneras !

J'avais réussi à le faire sourire, et c'est sur ces mots que nous nous sommes quittés.

*

Je bénis les dieux de m'avoir permis de retrouver le banc de mon enfance. Tout cela n'aurait pu resurgir autre part qu'en ce lieu. Je souris en apercevant un écureuil, perché sur l'arbre qui m'a vu grandir.

Sur le chemin du retour, j'étais inquiet pour Bobby, qui s'était griffé le visage jusqu'au sang pour sanctionner sa piètre prestation.

— Tu as vu, papa, il était drôlement mal… Quand j'ai vu le sang couler, j'ai cru qu'il était devenu fou.

Même si cela s'est passé il y a une éternité, je me souviens parfaitement de la réponse de mon père :

— Tu sais, fiston, comme l'a écrit le poète John Dryden, « les grands esprits sont sûrement de proches alliés de la folie, et de minces cloisons les en séparent[1] ». Pour rien au monde je n'aurais voulu que tu lui ressembles.

1. John Dryden, « Absalon et Achitophel », poème satirique écrit en 1681.

Cette réponse fut un choc : j'aurais tout donné pour avoir le don de mon ami et voir mes parents aussi admiratifs de mon travail !

László revint à New York un an plus tard. Bobby et lui furent profondément heureux de se retrouver. J'ai assisté à ce face-à-face et j'en connais tous les détails, mais mon rôle n'est pas d'écrire une biographie de Robert James Fischer. Il est de vous raconter l'histoire invraisemblable qui eut lieu entre 1972 et 1975. Or, pour mieux en comprendre les tenants et les aboutissants, il est indispensable de connaître la vie de nos deux protagonistes, si ce ne sont dans les moindres détails, du moins dans les grandes lignes.

Ce livre est construit comme une réaction chimique contenant deux molécules, deux êtres humains, et un catalyseur. La déflagration aura lieu lorsque chaque particule de savoir se trouvera au bon endroit. Le chaos engendré nous projettera dans un monde opaque, jusqu'aux ténèbres de l'esprit humain, là où la vérité et le mensonge sont des valeurs interchangeables, là où la morale n'est rien d'autre qu'un parfum que l'on met pour séduire les âmes sensibles. C'est en ces lieux qu'une île tragique et mystérieuse est sortie des flots pour nous punir et nous rabaisser.

Mais, moi, j'ai choisi de retenir qu'un homme sur cette Terre, le plus pur d'entre nous, dans un instinct de partage, délesté de toutes contraintes, s'est élevé pour toucher les étoiles. Il avait pour seul désir de faire l'offrande d'un rameau, ramassé ici-bas.

16

Le combat d'une vie

Au cours de ce même été 1955, Bobby entra au Manhattan Chess Club, un endroit mythique chargé de peintures à l'huile représentant des joueurs de légende. En 1886, ce lieu avait été le théâtre du premier championnat du monde, Steinitz contre Zukertort, et, en 1891, du deuxième entre le même Steinitz et Gunsberg.

On était bien loin de l'atmosphère du Brooklyn Chess Club et de son nuage de fumée permanent. Mais, là aussi, on n'y croisait, bien sûr, aucun enfant de douze ans. La première fois qu'il en franchit le seuil, Bobby n'était pas seul ; Carmine Nigro, le président du club concurrent, se trouvait à ses côtés. Il avait été un allié de taille afin de lui permettre d'accéder à la magnifique bibliothèque qui lui tendait les bras. Je n'ose pourtant imaginer sa tristesse de voir son petit protégé passer la frontière pour rejoindre l'ennemi.

Le Manhattan Chess Club devint le lieu de culte de Bobby. Pendant deux ans, il y passa des milliers d'heures à jouer en blitz avec ses nouveaux copains, qui seraient ses adversaires en compétition. L'un d'eux, William Lombardy, m'avait remplacé en tant que grand frère et ami. Il faut dire que ce jeune homme, qui avait cinq ans de plus que lui, avait remporté le championnat du monde junior et déjà gagné ses galons de grand maître international.

Pendant ce temps, je pleurais mon esprit médiocre qui faisait de moi un joueur moyen. Je travaillais beaucoup, mais sans aucun résultat. Mon père continuait inlassablement à former Bobby mais, comme Nigro, il sentait qu'il lui filait entre les doigts. Les deux étaient inquiets, et moi, j'étais déçu. J'aurais tellement aimé être assez brillant pour affronter mon meilleur ami d'égal à égal, dans des parties acharnées !

En janvier 1956, on proposa à mon père d'entraîner un autre adolescent pour dix dollars de l'heure – une somme ahurissante. Christopher avait quinze ans, deux de plus que Bobby, et rêvait de gloire. Avec des parents richissimes, il pensait y arriver sans difficulté. Mais Sergueï ne parvenait pas le supporter. Il décida de tirer sa révérence et déclara à l'intéressé :

— Je vais devoir m'absenter. J'ai cependant un remplaçant de choix, le grand Bobby Fischer, l'étoile montante des échecs. Le futur champion des États-Unis, je vous le garantis !

Christopher osa répondre :

— Il faudra tout de même qu'il fasse attention, l'élève peut surpasser le maître… Platon était bien l'élève de Socrate.

Le père du gamin se renseigna et approuva le choix du suppléant. Ce dernier était plus que d'accord pour entraîner Christopher à un tel tarif.

En sonnant au portail de la somptueuse demeure, Bobby s'apprêtait à entrer dans un tout autre monde. L'allée menant à la porte d'entrée était fleurie, ce qui lui sembla étrange en plein cœur de l'hiver. Une domestique et un majordome vinrent à sa rencontre :

— Monsieur, vous êtes attendu.

C'était la première fois qu'on s'adressait ainsi à lui. Mal à l'aise, il fut tenté de répondre : « Appelez-moi plutôt Bobby. »

Du majestueux hall d'entrée s'élançait un grand escalier en marbre blanc éclairé par un puits de lumière. Aucun tableau, rien de superflu ; le style était minimaliste. Aux yeux de Bobby, une sensation de vide issue d'un chaos primitif. Une émotion comparable à la joie de nager sous l'eau, d'être englouti par le néant, le submergea. Sur la droite, une porte menait à un salon où des fauteuils et un divan moelleux étaient disposés autour d'un *snooker*, un immense billard anglais. On le pria de s'asseoir, et il patienta dans l'atmosphère chaude des boiseries. Seuls quelques animaux empaillés lui tinrent compagnie pendant le long quart d'heure qui suivit. « À cet endroit précis, j'ai vécu une expérience : celle d'un dormeur éveillé », m'a-t-il confié plus tard. Englouti par le canapé, il n'avait qu'un cerf en ligne de mire. Et, plus il le fixait, plus une sensation de malaise montait en lui. Le regard hypnotique de l'animal lui étant insupportable, il alla se mettre à l'abri sur une méridienne située à l'autre bout de la pièce. Mais tourner le dos à sa menace principale dans l'espoir qu'elle disparaisse n'est pas une bonne stratégie, dans l'univers des échecs. Après une bonne minute consacrée à calmer son inquiétude, Bobby eut la certitude que, dans le monde réel, c'était aussi la pire des solutions. D'un bond, il se leva, puis se retourna prudemment. Le cerf lui parut beaucoup trop près. Était-il animé d'une force suffisante pour se mouvoir ? Bobby reprit ses esprits, mais remarqua qu'il était en sueur. De la main gauche, il essuya une goutte de transpiration accrochée à sa tempe droite. Plus de temps à perdre, il lui fallait vérifier si l'animal, par une opération du Saint-Esprit, avait réellement bougé. Il alla lentement se rasseoir et poussa un long soupir de soulagement. Le cerf était resté à sa place originelle.

Racontée par Bobby, cette histoire était hilarante. J'avais l'impression qu'il en revivait chaque instant. C'était un trait de sa personnalité, cette implication sans faille. Mon ami était un être pur, un esprit limpide.

Enfin, la porte s'ouvrit. Bobby eut du mal à s'extirper du canapé. C'était le père de Christopher.

— Bonjour, monsieur Fischer, veuillez excuser mon fils, il sera là d'un moment à l'autre. Vous allez bien vous entendre, vous avez une passion en commun !... Pour le paiement, vous verrez cela directement avec notre majordome, des instructions lui ont été données.

Avant que l'autre ne puisse répondre, Christopher apparut, éclipsant son père. Bobby étudia le jeune homme en costume, mais sans cravate, qui lui lança tranquillement :

— Alors, c'est toi, le champion ? Nous allons pouvoir nous entraider. Moi, c'est Christopher.

— OK, avec plaisir. Tu veux qu'on commence par quelques parties rapides ? J'ai besoin de connaître ton niveau.

— Bien sûr, allons dans la bibliothèque, il y a là une pendule et un magnifique échiquier. Mon père l'a rapporté d'une expédition en Afrique. Les pièces sont en ivoire !

À peine entré dans la pièce, Bobby fut saisi par une odeur âpre de livres, mêlée de cire d'abeille. Un damier noir et blanc était posé sur une table de bridge ; chaque pièce représentait un animal. Christopher avait sorti quelques ouvrages de valeur pour les montrer à son nouveau professeur. Leur reliure était en cuir. C'était donc ça ! Bobby avait trouvé l'élément qui embaumait la bibliothèque : le cuir.

Ils jouèrent plusieurs parties en cadence rapide. Dès la première, Bobby se fit une idée bien précise de son élève. Pour cela, il avait cherché à saisir sa logique. Il avait compris le chemin intellectuel de Christopher avant chaque prise de décision. Mais cet effort pour se soustraire à lui-même afin d'entrer dans la tête d'un joueur aussi mauvais l'avait « endommagé », pour reprendre ses termes. Il se sentit sali, dégradé. Et il n'avait qu'une hâte : quitter le navire. Soudain, sans même réclamer son dû ni s'excuser, il se leva et se dirigea à grandes enjambées vers la porte d'entrée, devenue à ses yeux une issue de secours.

Le majordome l'accompagna à la grille et lui demanda la raison de ce départ précipité. Ce à quoi Bobby répondit :

— Je ne me prostitue pas intellectuellement.

Avec beaucoup de sagesse, l'homme répliqua :

— Alors battez-vous, gagnez de l'argent et payez-vous votre liberté !

— Merci, monsieur, je vais écouter votre conseil. L'argent, la liberté, la dignité… et vive la révolution !

Arrivé chez lui, il se rendit compte qu'il avait oublié son livre, celui qu'il aimait tant, sur les miniatures aux échecs. Lorsqu'un joueur commet une faute à l'ouverture, la partie peut vite prendre fin si l'on connaît la marche à suivre. Les plus belles erreurs entraînent des parties où l'adversaire est maté en quelques coups. On appelle cela les « miniatures ». Mais Bobby n'avait nullement l'intention d'y retourner. Et puis, vu son niveau, Christopher aurait bien besoin de ce bouquin…

*

Bobby et moi commencions à nous éloigner l'un de l'autre : les voyages, les tournois et les séances d'entraînement avec mon père lui prenaient beaucoup de temps. Si bien qu'aller gagner quelques dollars au square et nous raconter nos vies était devenu très rare. Sergueï veillait néanmoins à me donner de ses nouvelles et, de temps à autre, je recevais une lettre de mon ami. L'une d'elles m'expliquait les détails d'une tournée. Bobby s'était en effet rendu à Cuba avec un groupe de joueurs pour faire plaisir à un donateur, un certain M. Laucks, un individu raciste au point d'être nostalgique du nazisme – ce qui avait obligé Regina à se plier en quatre pour lui cacher leurs origines juives.

Les cinq mille kilomètres de trajet l'avaient tout de même rendu heureux : il avait échappé à trois semaines d'école et cela signifiait plus de temps pour étudier les échecs. À l'époque, La Havane – qu'on appelait la « perle des Antilles » – était un lieu de débauche pour des dizaines de milliers d'Américains, venus y boire des mojitos et faire l'amour à des *jineteras*[1]. Alors qu'il n'avait que treize ans, une jeune fille demanda cinq dollars à Bobby pour coucher avec lui. Sans surprise, il lui répondit :

— J'ai mieux à faire : une partie d'échecs à étudier.

La fille lui dit alors :

— Tu ne veux pas plutôt en faire une ? J'adore ce jeu depuis l'âge de cinq ans !

Dans un second message, il me souhaitait mon anniversaire et me révélait une autre facette de sa vie. Nigro ayant déménagé en Floride, il avait organisé une fête de départ au club de Brooklyn. Et, malgré tout le temps et l'amour que cet homme lui avait offerts, Bobby n'était pas venu lui dire au revoir. Quand on y pense, Nigro lui avait donné des cours d'échecs gratuitement, lui avait procuré un accordéon, payé des inscriptions à des tournois. Il venait parfois le chercher pour l'emmener faire un tour sur le lac de Central Park. Dans cette lettre, Bobby, très lucide, me présentait ses excuses :

1. « Prostituées ».

Pardonne-moi, Arthur, d'être ce que je suis. Puis il m'expliquait comment il était devenu champion junior des États-Unis, à treize ans.

J'avais suivi toutes ses parties, et mon paternel l'avait accompagné à Philadelphie pour l'occasion. Chaque soir, je l'avais au téléphone, juste après ma mère. Il me racontait beaucoup de choses, en particulier l'image – celle d'un ado à la fois introverti et arrogant – que Bobby renvoyait aux autres participants. En rentrant à la maison, Sergueï s'était d'ailleurs dit désorienté par l'ampleur des progrès accomplis par son jeune prodige. Il était maintenant clair qu'il serait champion senior des États-Unis avant l'âge de dix-huit ans. Ce qui semblait bouleverser ses plans – enfin, ceux de l'URSS.

Je considérais comme une lubie cette insistance à vouloir faire de Bobby un citoyen soviétique. Je me sentais moi-même à mille lieues de cette identité russe que mon père ne m'avait pas inculquée. Je n'étais jamais allé là-bas, nous parlions anglais à la maison et, malgré les nombreux livres en russe dans la bibliothèque familiale, j'étais incapable d'en lire un seul. Mon père semblait pourtant s'accrocher à ce reliquat d'une culture qui n'était plus la nôtre.

Au début du mois de juillet 1956, après son sacre, son titre junior, Bobby devait garder toute son énergie : László était de retour à New York. Le seul joueur à l'avoir humilié voulait récidiver. Cette fois-ci, il n'y aurait que deux parties. Elles se dérouleraient dans la suite de l'hôtel du grand maître, et la cadence serait de quarante coups en deux heures, celle des championnats du monde. Bobby, très excité, avait hâte d'en découdre. Il voulait laver l'affront infligé un an auparavant.

Mon père, toujours avec ce même esprit nationaliste, le mit en garde :

— Là, tu joues dans la cour des grands. Ce n'est ni un junior ni un Américain. Il représente à lui seul un concentré de l'école de pensée soviétique ! Dans ce format où les parties peuvent durer six ou sept heures, il va te foudroyer par sa puissance de calcul… Mais je pense que, d'un point de vue stratégique, tu as fait beaucoup de progrès et que tu peux lui donner du fil à retordre.

La réponse de Bobby ne se fit pas attendre :

— En tout cas, c'est toi qui m'as formé. Ces deux dernières années, je t'ai obéi au doigt et à l'œil. J'ai même arrêté de m'entraîner avec Jack Collins quand tu me l'as demandé. Je l'aimais bien, pourtant, j'avais même l'impression qu'il avait encore beaucoup à m'apprendre… Tout ça pour te dire que, si je suis aussi nul que tu sembles le penser, pourquoi est-ce qu'on travaille encore ensemble ?

— Vous, les Américains, vous avez constamment besoin d'être rassurés ! Non, tu n'es pas nul, tu es même très fort, et je te prédis un bel avenir, mais la route est longue, et chaque chose en son temps…

László était heureux de nous retrouver. Il avait du reste prévu un cadeau pour Bobby : une paire de baskets noires et un livre contenant la totalité de ses réflexions sur les échecs, annotées par de grands noms – David Bronstein, ancien prétendant au titre mondial ; Mikhaïl Botvinnik, champion du monde en 48 ; Paul Keres, un grand joueur des années trente… Ce présent avait une valeur inestimable mais, comme László le dit si bien, il fallait le gagner sur l'échiquier. C'était donc l'enjeu de ce match. En cas d'égalité, Bobby serait déclaré vainqueur.

Sergueï s'adressa à lui :

— J'espère que tu as conscience de l'importance de ce livre ! C'est une forme de passeport qui peut te transporter dans une autre dimension et t'expliquer la magie, le génie de certains joueurs de légende.

Bobby l'avait tout de suite compris. Une main sur la bouche, il se mit à arpenter la pièce. Brusquement, le cheval fou arrêta sa course pour demander à László :

— Y a-t-il des analyses inédites sur la sicilienne et la défense Grünfeld ?

— Ces trois cent cinquante pages renferment un secret bien gardé sur les échecs. Si tu le veux, si tu es à la hauteur, tu vas en hériter. Derrière se cachent je ne sais combien d'heures de travail, avec des joueurs de très haute stature. Un coup de pouce à ton destin… Tu sais, je rêve de te le transmettre, mais encore faut-il le mériter. Et oui, tu y trouveras des analyses sur la défense Grünfeld.

Bobby était venu pour donner le meilleur de lui-même, mais aussi pour se détendre après son titre fraîchement obtenu à Philadelphie. Cette nouvelle donnée fit néanmoins voler en éclats sa nonchalance. La pression montait, et c'est en guerrier, décidé à se livrer corps et âme dans la bataille, qu'il vint s'asseoir dans le fauteuil Louis XVI. La mâchoire serrée, dans un rituel d'avant-match, il repositionna chacune de ses pièces comme un général passant en revue ses troupes. Vu de l'extérieur, il semblait murmurer à chacun de ses soldats leur rôle dans ce combat épique. Une façon bien à lui de vivre cet instant. L'espace de jeu était à son avantage. Il n'y avait qu'un seul spectateur, qui ferait office d'arbitre. Un silence monacal se fit, rien ne vint troubler l'atmosphère.

J'arrivai à ce moment précis pour dire bonjour à mon ami. Je ne sais s'il me vit vraiment. Il était déjà plongé dans sa bulle, sa concentration croissait peu à peu. D'ici à quelques minutes, certaines de ses fonctions motrices seraient sacrifiées au profit du raisonnement pur.

Aux échecs, l'intensité de la réflexion peut soumettre le corps à une pression telle que ses capacités sensorielles en sont momentanément altérées : la vision à plus d'un mètre se brouille, les oreilles bourdonnent. D'autres manifestations ahurissantes témoignent de la violence de cette joute intellectuelle, comparable, dans son ampleur, à un match de boxe : la température corporelle augmente, le rythme cardiaque ralentit. On est proche de l'embolie cérébrale. Au cours d'un affrontement de cinq heures, un joueur peut perdre jusqu'à quatre kilos sans avoir quasiment fait aucun mouvement. Heureusement, seuls les plus grands champions du monde, aux confins des capacités de l'esprit, sont victimes de ces troubles physiques. Bobby en faisait partie.

Je ne vais pas commenter cette première partie, au cours de laquelle Bobby avait les noirs, et qui dura cinq heures. Le combat se conclut par un accord mutuel. Ce fut László qui demanda une nulle, c'est-à-dire le partage du point. Les deux joueurs avaient souffert, Bobby était épuisé. Il se dirigea droit vers la table où étaient entreposées toutes sortes de douceurs. Il commença par se servir une tasse de lait chaud. Puis il lui fallut dix bonnes minutes pour émerger. Enfin, il vint me parler.

— Salut, Arthur, merci d'être venu. Tu es là depuis longtemps ?

— Oui, mais ne t'inquiète pas, j'ai apporté mon bouquin de maths.

— Tu as reçu mes lettres ? Tu sais, les autres ne seront jamais toi… Comme tu dois l'avoir appris par ton père, je suis passé à la vitesse supérieure. J'ai même envie de ne plus aller en cours. J'y perds mon temps. Qu'en penses-tu ? Tu crois que c'est une bonne idée ?

— Eh bien, déjà, merci pour tes lettres, même si nos dimanches me manquent… Et je ne crois pas que ce soit le moment d'arrêter l'école. Fais-le seulement si ta carrière de joueur d'échecs te permet de manger à ta faim. Deviens d'abord le meilleur Américain avant de prendre une telle décision.

— Oui, grand frère. C'est une sage analyse ! Comme d'habitude, je vais suivre tes conseils… La semaine prochaine, je pars dans l'Oklahoma pour jouer l'US Open. Tu veux qu'on y aille ensemble ?

— Je préfère te savoir totalement concentré sur ta compétition. On a toute la vie devant nous.

— Les meilleures parties d'échecs ne vaudront pas tes histoires de corbeau et de lézard !

— Toi, tu veux que je t'en raconte de nouvelles… dis-je en riant.

László avait suivi notre conversation sans dire un mot. Lui aussi paraissait groggy. Il était temps d'aller se reposer. Le lendemain, à 14 heures, aurait lieu la seconde et dernière partie de ce match. Mon ami jouerait avec les blancs et une nulle lui suffirait pour gagner. J'étais bien décidé à revenir. Le dénouement risquait d'être passionnant.

Le jour suivant, Bobby retourna donc dans cette suite, au quatorzième étage de l'hôtel Empire. Lorsqu'on lui ouvrit la porte, il ressentit la même sensation que la veille, un mélange d'admiration et de bien-être face à la splendeur de l'endroit.

Tout était impeccable, une légère odeur de bois de rose flottait dans l'air, et la vaste chambre aux meubles luisants baignait dans une douce lumière. Les pieds de Bobby s'enfoncèrent dans la moquette moelleuse.

Après avoir traversé la première pièce où trônait un lit immense paré d'un couvre-lit en soie et de nombreux coussins, il parvint à la salle de jeu, spécialement aménagée pour László et ses adversaires. Deux fauteuils profonds en suédine beige se faisaient face, séparés par une table en acajou sur laquelle étaient disposés un échiquier et l'indispensable horloge. Le buffet dressé juste à côté offrait une multitude de fruits, de gâteaux et de confiseries, tous plus tentants les uns que les autres.

Le contraste entre cette débauche de luxe et la pauvreté de son propre appartement mettait Bobby mal à l'aise. Il pensait à sa mère, à ses efforts pour lui offrir une vie digne. Le matin même, il avait ouvert les yeux sur un carreau brisé, rafistolé avec du Scotch, et entendu les sempiternelles gouttes tomber du chauffe-eau vétuste. L'injustice lui parut criante et lui donna envie de hurler. Deux mondes s'affrontaient dans cette partie, celui du haut et celui du bas.

Mon ami ressentait cruellement à quel point Regina peinait à concilier ses études et son travail. L'argent manquait toujours à la maison. Quant à László, il évoluait dans la sphère des puissants. Homme d'affaires redoutable, il brassait des millions, flanqué de ses gardes du corps. L'obséquiosité de son personnel n'avait pas échappé à Bobby, chacun espérant profiter de ses largesses.

László entra et trouva l'adolescent perdu dans ses pensées. Il le salua d'une poignée de main ferme et lut une forme de fragilité dans les yeux de son opposant. Était-il nerveux ? Ce n'était pas son style. La voix étranglée de Bobby le mit sur la voie :

— J'aimerais tellement vous ressembler. Vous devez avoir énormément d'amis…

— Ce que tu dis est ridicule ! Fiston, tout est extrêmement compliqué, dans ma vie.

— Alors vous ignorez le sens des mots que vous employez. Je vais vous expliquer ce qui est réellement compliqué, dans une vie.

— Je t'écoute, Bobby, on a tout notre temps.

— La taille de mon appartement fait la moitié de votre chambre et nous sommes trois à y habiter ! La chaudière est très souvent en panne, mais nous n'avons pas de quoi la réparer. Pendant longtemps, la viande était réservée à ma sœur et à moi-même, ma mère se privait pour nous… On m'a volé la totalité de la somme que j'avais gagnée en jouant aux échecs il y a quelques semaines et je ne peux pas le lui dire. Elle voit déjà New York comme un endroit très dangereux, cette histoire ne servirait qu'à restreindre le peu de liberté qu'elle me laisse. Lorsque je veux aller au Marshall ou au Manhattan Chess Club, je dois l'attendre ou être tributaire de ma sœur Joan ! Je pourrais continuer et vous donner des détails sordides, mais je préfère m'arrêter là, simple question de pudeur.

— Je vois, j'entends. Je te comprends.

— Pire que tout, je me demande si j'ai bien fait de me tuer à la tâche pour devenir le meilleur joueur du monde et, surtout, pour gagner beaucoup d'argent ! J'ai appris par Sergueï, mon entraîneur, que, vous, vous avez arrêté les échecs au sommet de votre gloire, renonçant à une carrière qui vous aurait sans doute permis d'accéder au titre mondial. Ça vous a drôlement bien réussi… Mais quelle idée j'ai eue de consacrer tout mon temps à un jeu qui ne va pas m'enrichir, alors que mon but était de venir en aide à ma mère !

— OK, fiston, est-ce que tu as vidé ton sac ?

— Non, j'ai juste beaucoup de colère en moi… Je suis désolé, c'est ridicule. Je n'ai pas à vous importuner avec ça. Chacun son monde.

— Je vais te répondre, mais laisse-moi le temps de réfléchir. Tout d'abord, merci de me livrer tes sentiments. Ce n'est pas « ridicule », comme tu le dis.

— Nous sommes venus pour nous affronter. Oublions ça, il est déjà 14 heures ! Il faut en découdre.

— Ma priorité n'est pas de bouger du bois, Bobby. Contrairement aux apparences, je suis seul dans mon monde. Quand on cherche à accaparer mon attention, je me demande toujours ce qu'on attend de moi… J'ai renoncé à ma passion dévorante après douze années d'études acharnées. Je vis aujourd'hui avec cette blessure… Ah ! si c'était à refaire ! Fiston, n'aie jamais aucun regret… Oui, tu peux me prendre comme exemple, mais à mon tour de te dire qui je suis : quelqu'un hanté par une décision destructrice. J'ai été cet adolescent qui me fait face. Mais aujourd'hui, je suis celui qui travaille pour donner un nouveau sens à sa vie, devenir toujours plus riche et oublier l'homme qu'il aurait pu être.

— J'en suis vraiment désolé pour vous, cher monsieur… Alors, si je comprends bien le fond de votre pensée, je dois continuer à m'entraîner sans relâche. C'est la meilleure des solutions. Suivre mon rêve coûte que coûte…

— Exactement, et tu dois faire de ce jeu un art. Pour que chaque artiste qui participe à l'élaboration de cette œuvre soit rétribué en fonction de sa contribution. Tu dois devenir le champion du monde que tu es destiné à être, et sauver les échecs de la misère. Faire en sorte que les organisateurs de tournois déboursent des sommes astronomiques s'ils veulent du grand art. Que l'on se plie aussi à toutes tes exigences, même les plus folles !

— C'est gentil, mais il me reste beaucoup de chemin avant d'en arriver là.

— Oui, fiston, et pour que ce voyage soit mémorable, tu vas emporter mon livre sacré. Il te sera indispensable. Trois cent cinquante pages d'analyses ! Certaines, voire la plupart, n'ont jamais été dévoilées sur l'échiquier. Est-ce que tu le réalises ?

— Oui, je suis le seul à avoir les coordonnées exactes d'une mine de diamants. J'ai hâte de l'atteindre !

— Pour que tu saisisses le nombre d'heures de travail que représente ce livre bleu, il faut se replonger dans mon enfance. Mon père, qui était immensément riche, avait mis à ma disposition une équipe de joueurs hors du commun. Aujourd'hui, on dirait des « grands maîtres », mais ce titre n'est apparu que très récemment. En ce temps-là aussi, fiston, le monde des échecs était dans la misère. Comme tu vois, rien n'a changé… Mon père pensait au début qu'il serait bon de consacrer mon énergie à ce jeu. Au fil du temps, il a compris que ce n'était pas un caprice. À quatorze ans, j'avais une équipe de cinq personnes pour me faciliter la tâche. Chacun s'était vu assigner un rôle bien précis. Par exemple, le spécialiste du gambit dame, le spécialiste de la défense espagnole… Je disposais des meilleurs dans chaque discipline. Il est vrai que mon père avait été généreux au point de leur acheter des logements, de leur offrir un salaire important, de payer les études de leurs enfants à ceux qui en avaient. En tout cas, nous étions une confrérie, avec pour seul but d'emmener un gamin au plus haut niveau. Derrière cette reliure, on peut donc dire que se dissimulent un million d'heures de travail ! Bien sûr, j'aurais pu en remplir toute une bibliothèque, mais cet ouvrage à lui seul est une bible. La quintessence… Tu devras le garder précieusement et ne le montrer à personne. Il ne faudra jamais qu'il quitte ta chambre. Aucune copie ne doit être faite. Si ces conditions sont respectées, il est à toi, et au diable cette dernière partie ! Je sais qu'il sera entre de bonnes mains.

— J'étais venu pour le gagner sans en connaître réellement la teneur. Maintenant, j'en ai la tête qui tourne… Mais je pense être à la hauteur. Je vais en lire précieusement chaque ligne, chaque annotation. Je vais plonger en lui comme dans une piscine.

Vers 15 heures, j'entrai dans la pièce avec mon père. Nous étions en retard, mais la partie devait durer plusieurs heures. Curieusement, toutes les pièces de l'échiquier étaient encore sur leurs cases initiales. Une nulle par accord mutuel aurait donné la victoire à Bobby. Ce scénario était donc improbable, Sergueï en était attristé, il aurait voulu une belle résistance de son élève, comme cela avait été le cas la veille. On n'osait demander le résultat. László se chargea de nous le communiquer :

— Vous avez raté une partie superbe, profondément sincère. Chacun a pu exprimer son point de vue et, en définitive, c'est Bobby qui l'a remportée.

À ces mots, mon père lâcha sa tasse de thé, abasourdi que l'adolescent ait réussi à prendre d'assaut la forteresse édifiée depuis tant d'années par László. Il se remémora ses paroles peu encourageantes et en eut honte. Il se sentait bien petit à côté de celui qu'il considérait désormais comme le futur champion du monde.

En arrivant à la maison, il remit même en doute ses talents d'entraîneur.

— Comment est-ce possible ? J'étais convaincu du contraire !

Même ma mère lui enjoignit d'arrêter de marmonner et de passer à table. Pendant le dîner, elle le rappela à l'ordre à plusieurs reprises. Je ne sais si, cette nuit-là, il put trouver le sommeil. Il était terriblement déçu qu'aucun des deux joueurs n'ait voulu lui montrer le combat à l'origine de son trouble. Quant à moi, je regrettais de ne pas avoir pu passer un peu de temps avec mon ami, parti comme un voleur, un sac à la main.

*

L'été s'acheva sans la moindre nouvelle de sa part. En voyant ma mine triste, mon père me lança :

— Ne t'inquiète pas. Il est absorbé par ses études, mais il ne manque jamais de t'embrasser… Il lui arrive même, comme hier soir, de me demander si ta grippe est finie. Je lui ai dit que tu allais bien.

Et puis, un soir de novembre 1956, mon père m'apporta une nouvelle lettre de Bobby, qui me parut anormalement lourde. Étrange. J'avais hâte d'en savoir plus. Et je commençais à trouver ridicule de n'échanger que par ce biais – il aurait été si facile de se voir ! En trente minutes, j'aurais pu être au pied de son immeuble. Il m'arrivait d'ailleurs de garder son courrier fermé plusieurs jours en attendant le moment idéal pour le lire. Chacun de ses écrits était une balade dans une zone interdite de son cerveau, celle qui n'était pas entièrement régie par la raison et où se créaient des images donnant une incarnation nouvelle à la beauté.

Mes parents étant partis rejoindre des amis au restaurant, je pus en toute quiétude m'asseoir dans le salon, me laisser bercer par le crépitement du feu dans la cheminée et me régaler d'une nouvelle histoire. En ouvrant l'enveloppe, je découvris une profusion de feuilles. Bobby avait été prolixe. Avant même d'en lire la première page, je fixai l'âtre et me remémorai son précédent fait d'armes. C'était ma façon de me mettre en condition. J'avais depuis quelque temps adopté ce rituel : me replacer d'abord dans l'espace-temps des derniers exploits de mon ami. Le plaisir de goûter à un nouvel épisode de sa vie n'en était que plus intense.

Grâce à sa victoire au championnat junior des États-Unis trois mois plus tôt, Bobby avait reçu une invitation pour un tournoi fermé au Marshall Chess Club. C'était l'événement échiquéen le plus important de l'année 1956 aux États-Unis : le troisième trophée Rosenwald (Lessing J. Rosenwald étant un gros sponsor de la fédération américaine). Bobby entrait ainsi dans la cour des grands, là où José Raúl Capablanca, l'excellent joueur cubain, avait donné sa plus récente exhibition.

Il régnait une atmosphère particulière dans ce club de la Dixième Rue, entre la Cinquième et la Sixième Avenue, dans le plus beau quartier de Manhattan. Bon nombre de grands joueurs étaient déjà venus effleurer les fameux rideaux de velours bordeaux qui empestaient la cigarette, s'asseoir aux tables en chêne parfaitement éclairées par des lampes en cuivre, deviner l'endroit exact où Alexandre Alekhine, un ancien champion du monde, avait disputé des parties de blitz. Ici, l'échiquier était serti dans la table. Les flambées dans les cheminées, au cours des longues soirées d'hiver, y tempéraient les défaites et glorifiaient les victoires. Les consignes vestimentaires y étaient strictes et, bien sûr, tous les joueurs s'y pliaient. Tous sauf Bobby. Caroline Marshall dirigeait le club d'une main de fer, et je me demande quelle tête elle fit en voyant mon ami débarquer avec la chemise sortie du pantalon !

Lors de ce tournoi, le jeune prodige affronta Donald Byrne, l'un des meilleurs joueurs américains, professeur d'université, ancien vainqueur de l'US Open et gros fumeur de cigarettes qui, lui, avait la particularité d'être tiré à quatre épingles en toutes circonstances. L'adolescent venait d'aligner trois nulles, et leur confrontation allait avoir lieu à la quatrième ronde. Une partie de plus dans l'univers de Bobby, me direz-vous. Eh bien, non. C'est ici, dans ce lieu mythique, que le temps s'est suspendu à jamais. Tous les joueurs d'échecs savent pourquoi.

Sa préparation permit à Bobby de choisir la position désirée avant d'entamer le milieu de jeu. Il avait parfaitement étudié le style de son adversaire puisqu'on trouvait ses parties dans les revues, les magazines, et que certaines étaient même commentées. Donald Byrne était un joueur prévisible dans ses premiers coups. Il croyait en son système et répétait inlassablement les mêmes ouvertures. On pouvait se faire une idée précise de sa position, disons, au quatorzième coup. Le Pr Byrne était néanmoins très inventif dans la seconde moitié de la partie et, de fait, totalement imprévisible. Bobby avait donc deux phases à gérer avant de venir à bout de Dr. Jekyll et Mr. Hyde. Comme il avait les noirs, il allait à coup sûr choisir une ouverture pour que le style de son adversaire ne puisse s'exprimer pleinement.

Étonnamment, ce fut par une approche totalement atypique que mon ami lança les hostilités : la défense Grünfeld. Il laissa les blancs occuper le centre de l'échiquier, si bien que les noirs allaient devoir attaquer par les ailes. Ces parties se finissent rarement par une nulle et sont un avantage pour un gladiateur téméraire comme le Pr Byrne, qui adorait ce genre de position – Bobby le savait pertinemment !

Pour être un bon joueur, il faut avoir un esprit prophylactique. Si vous cherchez la définition de ce terme, vous trouverez : « Désigne le processus ayant pour but de prévenir l'apparition, la propagation ou l'aggravation d'une maladie. Vient du grec *prophulaktikos*, "se prémunir de". » Aux échecs, c'est aussi la manière de vous préparer à un système de jeu qui annule ou diminue l'impact des points forts de vos adversaires. Bobby avait toujours été un maître en la matière. Seule cette partie dérogea à la règle. Il avait foncé tête baissée dans une variante fétiche de son adversaire.

Mais nous avons tous oublié cette erreur tant la suite de la partie fut magique. Ce combat restera un moment clé dans l'existence de Bobby et sera qualifié plus tard de « partie du siècle ». En Russie, Fischer fut dès lors associé à l'élégance de la plus belle des combinaisons menant à la victoire. Après avoir remporté cette bataille contre Donald Byrne grâce à une signature intellectuelle unique, un flot d'admiration se déversa sur lui. Lui qui n'était qu'un illustre inconnu devint, à treize ans, l'égal d'un champion du monde. Les compliments affluaient de toutes parts. Sa notoriété fit de lui une bête de foire, très prisée des émissions télévisées.

Mon père et moi étions heureux pour lui, même si la fin du tournoi s'était révélée catastrophique. Encore aujourd'hui, la beauté du raisonnement de Bobby reste inégalable. Si nous entrons dans l'analyse de cette partition, mon ami, à la suite d'une imprécision de son adversaire au onzième coup de la variante, en profita pour mettre en place un jeu agressif et brillant. L'aboutissement de cette stratégie fut le sacrifice de la dame au dix-septième coup. La fin de l'affrontement montre comment Bobby, coordonnant ses pièces à merveille, força un échec et mat sur le roi blanc de Byrne, tandis que la dame de ce dernier, inutile, se trouvait isolée de l'autre côté de l'échiquier.

Cette partie, qui fut jouée le 17 octobre 1956, est parfaitement mystique à d'autres égards. Une femme, Olga, en prendra connaissance bien des années plus tard pour élaborer son plan : le sacrifice d'un roi…

Après cette parenthèse, revenons à la lettre de Bobby. Elle commençait timidement par les événements de ces dernières semaines. Il me parlait des courriers qu'il avait reçus à la suite de cette fameuse partie. Il avait demandé à Regina de les mettre à la poubelle et une petite dispute s'était ensuivie. « Tu dois répondre à chacun d'eux, c'est une question de respect. » Joan avait fini par se charger de cette lourde tâche. J'étais content de le savoir serein et détaché de cette nouvelle notoriété. Mais au détour de la troisième page, je faillis tomber à la renverse.

J'ai un secret trop lourd à porter, il faut que je te le dise. Je n'ai que toi. Te souviens-tu de la deuxième partie contre László ? Elle n'a jamais eu lieu. Nous avons beaucoup discuté et il m'a offert un livre. Non, pas un livre, plutôt un grimoire contenant toutes les formules magiques, les combinaisons de jeu qui peuvent donner la victoire à n'importe quel joueur si son adversaire tombe dans une « préparation maison » ! Ma partie contre le Pr Byrne n'a donc été qu'une supercherie. Son coup, fou f4 va en g5, était suivi de deux points d'interrogation. Tu sais bien ce que cela veut dire[1] ? Mon coup de cavalier était inscrit comme la meilleure suite et, même si j'ai dû batailler, car l'analyse n'est pas allée à son terme, je n'aurais jamais osé jouer ce coup-là sans mon épée magique, mon précieux livre. Après, il est vrai que jouer la même pièce deux fois dans l'ouverture, c'est déroger aux principes fondamentaux des échecs. En tout cas, je me suis senti comme un usurpateur, un pilleur de tombes. Dans ce bouquin, il y a des centaines d'analyses sur des parties encore jamais jouées. C'est tout simplement incroyable, une mine d'or à ciel ouvert ! Mais ce n'est pas moi qui les ai pensées. J'étais tellement perturbé pendant le reste du tournoi que je n'ai plus été que l'ombre de moi-même. J'étais incapable de me concentrer. Penses-tu que je sois un voleur ? Dois-je révéler au monde entier que ce trait de génie n'est pas de moi, qu'un autre esprit l'a créé ? Je vais brûler ce p… de livre.

Cet aveu ne fit qu'accroître le profond sentiment d'amitié qui me liait à Bobby. Ignorait-il que « rien ne se crée, tout se transforme[2] » et que seul Dieu était capable de créer à partir de rien ? Il se torturait sans se rendre compte que son talent résidait dans cette capacité à innover.

Une forme d'intégrité intellectuelle, consistant à refuser de s'inspirer de tout autre que lui, était donc venue gâcher la fête. Bien des années plus tard, en 1969, ce fameux combat ne fut d'ailleurs pas présenté dans son propre livre, *Mes 60 meilleures parties*[3]. Ce n'était pas une omission, mais une volonté de sa part. Son sens de la morale lui a toujours interdit de parler du vol de propriété intellectuelle qu'il estime avoir commis ce jour-là.

Mais le plus perturbant était son envie de brûler cette montagne de savoir. J'en eus très peur. Il fallait agir vite et, sans même lire les dernières lignes, j'allai taper à la porte de son appartement. Heureusement, ce soir-là, Bobby était chez lui.

— Ouf, j'avais peur de ne pas te trouver !

1. Dans le monde des échecs, cela signifie une grosse faute.
2. Maxime attribuée à Antoine Lavoisier, chimiste et philosophe français, empruntée au philosophe grec présocratique Anaxagore.
3. Robert J. Fischer, *Mes 60 meilleures parties*, traduction de Parviz M. Abolgassemi, Stock.

— Toi, tu as lu ma lettre… J'espère que tu n'es pas énervé contre moi.

— Dis-moi, le livre, tu l'as toujours ?

— Oui, mais allons discuter ailleurs.

— Il fait très froid, dehors. Je suis frigorifié.

— Allons tout de même là où on ne gênera pas ma mère, elle a besoin d'étudier. Être infirmière est finalement plus difficile que prévu…

— D'accord, on descend, on trouvera bien un endroit chaud.

Bobby m'entraîna à l'extérieur, sans même prendre le temps d'attraper un manteau. Nous arpentâmes les rues glaciales pour finir dans un pub, à boire une bière et un verre de lait. Le patron était lui-même joueur d'échecs et, par respect pour Bobby, demanda à l'un de ses employés d'aller chez lui chercher une bouteille de lait. Au fil des heures, je réussis à faire comprendre à mon ami que ce bouquin ne s'était pas retrouvé entre ses mains par hasard.

Je lui racontai ce que j'avais lu sur les cultures africaines, le mois précédent. La littérature de ce continent renfermait une richesse ancestrale, qui ne se matérialisait pas à travers les livres, mais prenait vie dans la figure du griot, l'homme désigné comme conteur d'histoires qu'il devait réciter par cœur, sans omettre un détail, sous peine d'être condamné à mort. Cette figure tutélaire, transposée à notre culture, faisait de Bobby un griot des échecs. Il avait été désigné par László pour être le détenteur unique et sacré de ce savoir, une sorte d'aède moderne capable de chanter les exploits des plus belles batailles sur l'échiquier. Bobby comprit le message. Je fus d'ailleurs étonné par sa capacité d'écoute. Il buvait mes paroles. Ce petit être émotionnellement fragile se transformait sous mes yeux en élu de son peuple. Il était maintenant convaincu de ne pas être un individu infâme, pur produit de son imagination.

Le patron lui proposa alors une partie d'échecs, en apportant une seconde bière et un autre verre de lait, offerts par la maison. Vers minuit, nous partîmes en courant, en tentant d'éviter les plaques de verglas. Nos cris résonnent encore aujourd'hui dans mon cœur. Ce fut un moment magique,

Bobby riait aux éclats. Il avait retrouvé l'insouciance d'un gamin, tout en sachant qu'en arrivant chez lui Regina serait furieuse de le voir sans manteau.

Comment a-t-il pu s'engager, bien des années après, dans un vaillant combat contre un ennemi imaginaire ? La promesse de cette soirée était tout autre, annonciatrice de belles aventures. Bobby avait une facilité déconcertante à s'émerveiller du monde, du miracle de la vie, d'un rien. J'en tiens pour preuve son regard admiratif, voire extatique, quand je lui racontais n'importe quelle histoire pour l'arracher à l'univers des échecs. Je le faisais sans cesse voyager, et sa curiosité était un garde-fou qui l'empêchait de basculer dans le néant.

Une éternité plus tard, dans l'espoir d'avoir une réponse à la question qui me taraudait – « Mais comment a-t-il fait ? » –, j'ai interrogé Olga. J'ai aimé sa réponse pleine de bon sens :

— Seul le plus habile peut survivre sur le sentier escarpé de la connaissance, car tout l'art consiste à équilibrer la terreur d'être un homme avec la beauté d'en être un… Bobby n'a jamais su faire de compromis. Il a cependant gagné le combat en modifiant les règles du jeu. Les dieux, indignés et émerveillés, l'ont finalement condamné à errer comme une âme en peine sur cette Terre… À la toute fin, par les éclats de lumière qu'il a laissés sur sa route, par son abnégation, Bobby a signé une incomparable victoire.

Olga, je rends hommage à la finesse de ta sensibilité. Comme tu avais raison ! Quant à moi, il me reste à relater tous les détails de cette chute ascensionnelle, et je n'ai que des mots pour mener à bien cette mission. Seront-ils suffisants ? Je commence à en douter. Ah ! si celui qui tient la plume pouvait se cacher derrière le masque du vieil homme pour s'incarner en toi, Olga…

17

Nos désirs et nos principes

Les semaines et les mois passaient à grande vitesse. Mon front toujours collé à la vitre de la folle aventure de Bobby, j'en suivais tant bien que mal les prochaines étapes. Toutes étaient prestigieuses, mais cette fois, peut-être un peu fatigué par le voyage, je ne descendis pas. Il y eut une partie contre un ancien champion du monde, Max Euwe. Une mère toujours plus présente et quelquefois encombrante. D'autres tournois, comme l'US Open junior remporté avec brio pour la seconde fois. Tout le monde s'arrachait Bobby. Il participa même à des jeux télévisés.

À l'âge de quatorze ans, en jouant magnifiquement, il devint champion des États-Unis senior, l'incarnation du rêve américain. Un gamin pauvre de Brooklyn sacré meilleur joueur d'échecs d'Amérique. Ce fut un cauchemar pour mon père : « C'est bien trop tôt, c'est terrible ! » Le voir tourmenté pour si peu me faisait sourire. Mais il m'avait toujours paru excessif. Pour moi, c'est cela, être russe : boire de la vodka, lire Pouchkine, crier son désespoir et ses joies. Rien n'est neutre, l'immobilité devient le symbole du néant, de la mort. Tout se doit d'être accentué pour en percevoir l'intensité. Dans les moments les plus simples de notre vie, comme faire griller une viande au barbecue, mon père intellectualisait chacun de ses gestes. Au bout du compte, la côte de bœuf était parfaitement tendre à l'intérieur et croustillante sur les bords. Le travail bien fait lui procurait un bonheur absolu, tandis que la moindre imperfection était perçue comme un désastre, une honte pour la famille.

Ce jour-là, agacé, mon père me demanda :

— Qu'est-ce qui te fait rire ?

— Rien, papa, c'est juste que tu en fasses un drame au lieu de te réjouir ! Qu'est-ce que ça peut faire, que Bobby soit champion des États-Unis à quatorze ans plutôt qu'à seize ? Tu devrais au contraire être fier de toi, et surtout de lui.

— Tu ne comprends pas.

— Quoi ? Que tes plans ne se sont pas déroulés exactement comme tu l'avais prévu ? C'est ça qui te dérange ? Ton esprit méticuleux ne supporte pas cet écart dans la trajectoire que tu avais tracée pour lui ?

— Ne dis pas de bêtises, Arthur ! Je t'expliquerai ce soir. Je te dirai ce que tu as besoin de savoir pour saisir les enjeux. Tout est beaucoup plus compliqué que tu ne te l'imagines… Je vais avoir besoin d'un allié, et ce sera toi.

— Décidément, tu as un sens inné de la dramaturgie ! Si je ne te connaissais pas, je pourrais croire que le moment est grave. Un décès dans la famille, plus aucune source de revenus… Il ne t'est jamais venu à l'esprit qu'on pouvait être fatigué d'entendre parler de Bobby, de son hypothétique voyage en Russie, de son hypothétique changement de nationalité ? C'est mon meilleur ami, et j'en arrive parfois à le détester !

— J'ai bien compris, mais je ne suis pas fâché contre toi. Tu ne peux pas avoir une vision cohérente si tu n'as pas tous les éléments en ta possession… Écoute, remettons ça à demain. Un jour spécial, celui de tes dix-huit ans.

J'allais connaître l'un de ces rares tournants dans une vie où tout votre être bascule dans l'inconnu. Une fois les masques tombés, il me faudrait renaître dans une famille qui ne serait plus réellement la mienne. Je m'étais construit sur des certitudes, le sentiment profond de tout savoir de mes parents. Leurs tics, leurs manies et même leurs rires étaient gravés en moi. Tout vola en éclats.

Pourtant, cette journée avait bien commencé. Une lettre sur la table, un bol de lait avec mes céréales favorites, un jus d'orange fraîchement pressé, et le sourire de ma mère. Avant même de déguster ce petit déjeuner si spécial en compagnie de mes parents, j'ouvris l'enveloppe. Elle contenait un relevé bancaire indiquant une somme de cinq mille dollars qui me permettrait de faire des études en toute sérénité.

Derrière ce chiffre, je percevais les privations consenties pour me garantir un libre accès au bonheur. Encore fallait-il que j'étudie sérieusement, mais cela n'était pas un problème. J'avais la volonté de réaliser mon rêve : devenir médecin, et peut-être même chirurgien.

Mon père, en partant travailler, me demanda d'être à la maison pour 14 heures. Je passai la matinée à regarder maman préparer avec amour le déjeuner. J'aurais voulu l'aider, mais je connaissais déjà sa réponse : « Laisse-moi faire, ça va être délicieux. Toi, vaque à tes occupations. »

Sergueï n'étant pas encore rentré, nous dégustâmes un ragoût, une spécialité russe à base de betteraves dont je raffolais. Ma mère me parla longuement de mon avenir, puis fit une sortie surprenante :

— Écoute ton père et ne le juge pas. Tu sais, lui et moi appartenons au même monde.

Celui-ci arriva enfin, et nous partîmes faire un tour, avant d'atterrir dans un café tenu par l'un de ses très bons amis. Nous attendîmes un peu qu'une table se libère à l'intérieur, ce qui me parut étrange, nous étions si bien, dans une douce brise ! Mais Sergueï souhaitait me parler au calme.

C'est là qu'il me révéla son activité principale. Voyageur de commerce était une couverture ; il travaillait comme agent du Police Central Bureau. Et le KGB voulait connaître le degré de nocivité de Bobby, puisqu'il était inconcevable que le titre tant convoité de champion du monde puisse échapper à la Russie au profit d'un Américain.

Mon père m'expliqua également ses liens complexes avec Regina. D'après lui, j'étais moi aussi une pièce essentielle dans la vie de Bobby, celle qui avait décuplé ses capacités intellectuelles en alimentant son imagination et son audace. Mais ce n'était pas tout. Il me dévoila la stratégie qu'il avait lui-même mise en place et son « surprenant » rôle d'agent russe. Il m'avait bien effleuré l'esprit qu'il puisse avoir gardé des relations privilégiées avec la mère patrie. Mais chaque fois que je l'imaginais en agent du KGB, je trouvais cela grotesque. Notre conversation fut donc surréaliste.

— Fils, je vais te donner maintenant la marche à suivre et, s'il te plaît, ne m'interromps pas ! La première étape a été atteinte : que Bobby fasse ses preuves au niveau national et devienne champion des États-Unis. Même dans mes rêves les plus fous, je n'osais le voir décrocher ce titre ! La seconde étape consiste à naturaliser Bobby avant qu'il ne devienne une menace pour notre pays. Son âge est selon nous un atout, il sera plus facile à endoctriner : un morceau de cire que nous allons façonner à notre guise. D'abord, il faut lui faire aimer l'âme russe. Pour cela, nous avons une arme infaillible. Il va se procurer *L'École soviétique des échecs*, qui est en réalité un ouvrage de propagande culturelle socialiste. Je l'ai lu attentivement et je dois avouer que le propos est subtil. On navigue entre stratégie échiquéenne et glorification du modèle intellectuel soviétique. On ne le trouve qu'à la librairie Four Continent. Je vais lui demander de l'acheter et d'en retirer les idées principales. Mais comme il n'existe pas en langue anglaise, Regina va devoir passer du temps avec son fils pour lui traduire l'ouvrage. À ce sujet, il serait bon qu'il comprenne que l'apprentissage du russe est essentiel dans son développement de joueur…

» Du reste, toi, surtout, ne mets jamais les pieds là-bas ! Ce serait trop dangereux pour notre famille. Vu nos origines, nous risquons d'être fichés par le FBI, qui enquête sur cette librairie depuis trois ans. Tous les rapports sont envoyés à une commission sur les activités antiaméricaines. Dans notre cas, ce serait un désastre ! Il est de notre devoir d'être invisibles. De parfaits Américains, dont le rêve secret est de s'acheter une Cadillac… Comment font-ils pour ne pas s'apercevoir qu'en réalité le centre névralgique du renseignement russe se situe au beau milieu d'un parc ? Tout se passe à l'endroit où l'on se réunit pour jouer aux échecs. Les feuilles de match contiennent les codes de nos prochaines missions et les rapports de celles en cours. Leur bêtise nous honore…

— Je ne savais pas tout cela, papa.

— Bon, revenons à nos moutons. J'ai vu Bobby la semaine dernière, il m'a parlé d'un livre très intéressant d'Isaak Lipnitzki,

La Théorie moderne des échecs, un excellent choix de sa part. Il a déjà compris qu'il lui fallait des ouvrages en russe. J'espère qu'il l'aura bientôt en sa possession… Nous avons néanmoins une problématique, une crainte dont Regina m'a fait part. Elle pense que Bobby n'est pas assez mûr pour se rendre seul à Moscou. Qu'il est trop fragile. À ses yeux, il lui reste un long chemin à parcourir, peut-être plusieurs années, ce qui signifierait qu'il n'irait pas en Russie avant ses dix-huit ans ! Impensable !

» C'est discutable d'un point de vue moral, mais j'ai une parade. Un ami va se faire passer pour un informateur du FBI. Je vais écrire moi-même une lettre tendancieuse, qui mettra en doute l'allégeance de Regina envers l'Amérique. Elle sera secouée, juste ce qu'il faut, par les cow-boys du FBI. Ainsi, elle va prendre conscience de la dangerosité des États-Unis. Sa paranoïa légendaire fera le reste… Quant à toi, Arthur, avant de prendre la parole, n'oublie jamais que, tout ce que nous possédons, nous le devons à la Russie. Pense que tes études sont déjà payées et que tu n'as jamais manqué de rien !

*

La dernière partie de cette confession eut sur moi l'effet d'un séisme de magnitude sept. Toute l'image que je me faisais de ma vie facile d'Américain moyen s'effondra pour laisser place aux gouffres amers d'une existence faite d'intrigues, de souffrances et de combats dignes d'un roman. Son récit me plongea en pleine dictature bolchevique. Je pensai aux luttes politiques pour le pouvoir entre 1922 et 1927, à la fin de la NEP[1] et à l'institution de la « Grande Terreur[2] » dans les années trente. Mon père avait grandi dans un appartement exigu et insalubre, avec six autres personnes qui se partageaient des tickets de rationnement. Le charbon manquait pour se chauffer, et le froid moscovite se révélait redoutable.

1. La nouvelle politique économique mise en œuvre en 1921, qui introduit une libéralisation économique.

2. Ensemble de pratiques de terreur mises en place par l'État stalinien.

Au début de l'hiver 1931, sa grand-mère avait été emportée par le choléra.

Pour oublier cette misère, Sergueï avait trouvé une échappatoire : la librairie située au rez-de-chaussée de son immeuble. Plongé dans les livres, il vivait des aventures trépidantes, emplies de passions, d'aventures et de faste, bien loin de la difficulté de son quotidien.

Après un tableau aussi tragique, vous le comprendrez aisément, Bobby et ses rêves de gloire passaient au second plan. J'allais donc accéder à toutes les demandes de mon père et devenir son plus fidèle soldat. Celui-là même qui, pour la réussite du projet ultime, n'hésiterait pas à trahir son ami. Je ne posai aucune question. Je me contentai d'essuyer mes larmes.

Un mois plus tard, à la demande de Sergueï, je rencontrai Bobby qui, une fois n'est pas coutume, n'avait rien d'exceptionnel à me raconter. Il voulait juste se détendre et savoir quelle université j'allais intégrer. Il jugeait impératif, au nom de notre amitié, de ne pas s'éloigner l'un de l'autre ! Je le rassurai : j'allais fréquenter la faculté de médecine de New York. Soulagé, il évoqua un livre qu'il avait commandé à la librairie Four Continent, une autre approche des échecs, très scientifique, dotée d'une introduction menant à l'évaluation dynamique d'une position.

Je me contentai de le regarder avec une grande tristesse. Pourquoi ce garçon était-il la proie de toutes ces manigances ? Il voulait seulement jouer aux échecs ! Mais je fis mon travail de soldat et lui conseillai de s'immerger dans cette *École soviétique des échecs*. Il me répondit que je n'étais pas le seul à en dire du bien.

Peu après, il m'avoua que Regina avait été agressée par des hommes en costume, au bas de son immeuble du 560, Lincoln Place. Ils avaient montré leur insigne, c'étaient des agents du FBI. Sa mère était depuis convaincue qu'ils avaient placé des micros dans l'appartement. Elle n'arrêtait pas de parler de McCarthy[1], un fou qui voulait mettre les gens comme elle en prison. Secrètement, j'étais étonné par la rapidité avec

1. Joseph McCarthy, sénateur américain, fit la chasse aux communistes dans les années 1950.

laquelle les services américains avaient traité cette lettre anonyme dont je connaissais l'auteur. Décidément, mon père ne plaisantait pas.

Les semaines qui suivirent lui donnèrent entièrement raison. Regina écrivit à Nikita Khrouchtchev, en le priant d'inviter Bobby au Festival mondial de la jeunesse.

Sergueï était même allé plus loin que son idée initiale : il avait placé des micros à l'intérieur de l'appartement des Fischer dans l'espoir que Regina tombe dessus. Une nuit, affolée par sa trouvaille, elle était venue sonner chez nous. Pauvre femme, elle était en pleurs et, bien loin de la rassurer, mon père avait exprimé une certaine inquiétude. Il ne voulait pas la voir finir derrière les barreaux.

Le visa fut délivré après un an d'attente. Pour ses quinze ans, Bobby, totalement endoctriné, avait hâte d'aller à Moscou. La Terre promise, le pays où son art était respecté, allait lui ouvrir les bras. Dès lors, son comportement changea. Il devint hautain. Ses amis du Manhattan Chess Club étaient devenus un obstacle à ses rêves. Il les traita avec un tel mépris que le club n'organisa pas de fête pour son départ. Il avait pourtant prévu d'être absent un long moment. Après Moscou, il devait jouer un tournoi excessivement important, l'interzonal[1]. S'il se classait parmi les meilleurs, il serait invité au tournoi des candidats, la dernière étape avant de concourir pour le titre mondial. Pourquoi ne pas rêver ? À ce moment-là, il était virtuellement à deux années du sacre.

Juste avant qu'il ne s'envole pour la Russie avec sa sœur, Joan, je l'étreignis longuement. Il me donna les détails de son itinéraire. Ils devaient faire escale à Bruxelles, afin de visiter l'Expo universelle, la plus grande jamais organisée. Puis, après trois jours « de perdus », il rejoindrait enfin Moscou. Cet après-midi-là, nous avions l'impression d'avoir mille choses à nous dire. Sans doute parce que nous allions être séparés plusieurs mois.

---

1. Épreuve triennale créée en 1948 par la FIDE pour sélectionner les candidats au championnat du monde.

Il était très excité à l'idée de défier tous les grands maîtres soviétiques. Mais une question se posait : devait-il emporter le livre de László ? N'était-ce pas risqué ? Comme le lui avait dit sa mère, tous ses bagages allaient être fouillés. Et il n'était pas envisageable de divulguer à qui que ce soit ce précieux ouvrage. Finalement, il choisit quand même de le prendre. Sinon, en tant que joueur d'échecs, il aurait eu l'impression d'abandonner une partie de lui-même aux États-Unis. Sans son épée magique, il se serait senti démuni. Après une année consacrée à l'étude de ce grimoire, seule une infime portion lui en avait été dévoilée.

L'autre inquiétude de Bobby venait des ronflements de sa sœur. Quand elle était fatiguée, il était impossible de dormir dans la même chambre qu'elle. Même avec des bouchons d'oreilles, c'était insupportable. Mais il avait acquis l'assurance d'être traité comme un roi. Il était tout de même champion des États-Unis, l'auteur de la plus somptueuse partie d'échecs jamais jouée ! On allait forcément leur offrir deux suites.

Apprenant que Regina, depuis son altercation avec les agents du FBI, souffrait d'attaques de panique, je demandai à Bobby si c'était vraiment le bon moment de s'en aller. D'un geste désinvolte, il balaya l'éventualité de retarder son départ. Il écrirait de longues lettres à sa mère. Elle qui avait été à l'origine de sa passion, elle qui, au cœur de sa motivation, lui avait fait repousser les limites de la volonté humaine, ne faisait déjà plus partie de ses préoccupations ! Même parler avec elle au téléphone lui était pénible, il ne le ferait donc pas tous les jours. Regina savait pertinemment qu'en Russie sa condition d'invité lui octroierait certains avantages. L'un d'eux serait de ne rien débourser, y compris pour les communications internationales. Mais ces appels renvoyaient Bobby à la médiocrité de leur vie quotidienne, aux plates considérations matérielles dont il était maintenant si éloigné. Son ingratitude m'attrista beaucoup. Au cours de l'année qui venait de s'écouler, Regina avait consacré à son fils l'intégralité de son temps libre.

Elle était la gardienne du temple, vouant presque toutes ses soirées à lui enseigner la langue russe et à lui traduire *L'École soviétique des échecs.* En plus des tâches ménagères, elle veillait à son alimentation. Combien de fois avait-elle pris le métro et traversé la ville pour lui apporter un bon repas au Manhattan Chess Club ? Elle avait aussi pris soin de recouvrir de cuir chacun de ses ouvrages en russe pour qu'il ne soit pas invectivé lors de ses nombreux trajets en transport en commun.

Comme c'était mon ami, je lui pardonnais, sans pour autant le lui dire. L'excitation du voyage avait sans doute sectionné le cordon ombilical.

Ce même jour, Bobby s'envola avec sa sœur. À mon retour à la maison, je vis mon père heureux du travail accompli. Dans quelque temps, dès que les Russes s'apercevraient du brio du gamin, il serait félicité par ses supérieurs. Il leur faudrait plusieurs semaines pour voir en lui un futur champion du monde. Mais alors son destin ferait le sien et, quand Bobby gravirait la dernière marche, on considérerait Sergueï comme le sauveur, celui qui avait ramené une inestimable brebis égarée dans le troupeau.

— Une figure mythique qu'on pourrait comparer à Raspoutine, mille fois empoisonné, mille fois ressuscité ! conclut-il avec emphase. Un guérisseur et un membre influent de la cour de Russie !

Je ne pus retenir mon rire qui, associé à celui de ma mère, déclencha l'hilarité de Sergueï. Cette malheureuse histoire le poursuivit des années. Dans les moments difficiles, nous brisions la glace ou la monotonie en marmonnant « Raspoutine ». Ma mère ne s'en privait pas et en usait, chaque fois, avec délectation.

*

En escale à Bruxelles, Bobby put effectivement visiter l'Expo 58. Il m'envoya une lettre dans laquelle il me racontait son séjour. Le seul problème était, comme il l'avait prévu, les ronflements de Joan, mais il avait pu les supporter grâce à son ébriété. Il n'avait jamais bu autant de bières de sa vie et me jura de ne jamais recommencer.

Il dut là-bas disputer plusieurs parties contre le comte Albéric O'Kelly de Galway, un adversaire coriace, grand maître international. Bobby avait un plan pour gagner de l'argent, à cette occasion : organiser une simultanée. Mais le comte ne trouva pas l'idée judicieuse ; il aurait fallu s'y prendre bien plus tôt !

Avant d'embarquer pour la Russie, l'adolescent de quinze ans confia son précieux livre, le temps du trajet, à sa sœur Joan avec, pour mission, de ne jamais s'en séparer.

À Moscou, ils furent accueillis comme des rois par le président de la Fédération russe des échecs, Lev Abramov. Il les attendait à la descente de l'avion, accompagné d'un guide et d'un interprète. Un employé prit leurs bagages, puis on les conduisit vers une berline noire dont le chauffeur leur ouvrit la portière.

Bobby croyait rêver. Tout ce que Sergueï lui avait prédit se réalisait. Les honneurs ne s'arrêtèrent pas là. Il allait loger à l'hôtel National, celui-là même où Lénine en personne, l'un des meneurs de la révolution de 1917, avait résidé. Il était situé en plein cœur de Moscou, sur la légendaire place Rouge, derrière la rue Mokhovaïa et les splendides tours de la cathédrale Saint-Basile. Bobby était au paradis des échecs, pour lequel il avait obtenu un visa de vingt jours.

Une fois les contrôles passés, à l'aéroport, il n'avait pas oublié de récupérer son précieux livre et le serrait contre lui dans la berline quand il prit conscience qu'il risquait d'éveiller les soupçons. Il le posa alors nonchalamment sur la banquette et déclara :

— Je vais y mettre tous les souvenirs merveilleux des jours à venir.

Abramov lui suggéra d'y coller des photos, les premières ayant été réalisées dès sa descente d'avion. Une foule d'autres clichés seraient pris tout au long du séjour. Il ajouta :

— On t'enverra les dernières à l'adresse de ton choix, dès qu'on les aura développées.

Pendant les quarante minutes qui les séparaient de leur destination, Bobby ne cessa d'exprimer sa gratitude. Il précisa que sa mère était militante communiste, qu'elle avait fait des études de médecine à Moscou et qu'elle s'était efforcée de lui apprendre un peu de russe. Puis il fit part de son inquiétude devant la prochaine échéance, le tournoi interzonal à

Portorož. Il n'hésita pas à lui confier la façon dont il voyait son avenir, lui avouant être convaincu de ses capacités à disputer un championnat du monde, et peut-être même à le remporter. Lev sourit devant ce flot de paroles, mais s'abstint de lui répondre.

J'imagine tout le mal qu'il a dû penser de Bobby à ce moment-là. Comment un petit Américain de quinze ans pouvait-il envisager de défier les plus forts d'entre eux ? Bobby était devenu à ses yeux aussi outrecuidant que ces hommes en costume-cravate, exhibant leur grosse montre en or et leurs boutons de manchettes. Comment osait-il rêver de la sorte ? Victime d'un ego surdimensionné, il viendrait périr sans gloire, déposant à leurs pieds ses névroses. Très mauvais départ pour notre prince des échecs…

Bobby, quant à lui, était aux anges à l'idée de rencontrer la plupart des grands maîtres soviétiques, ou même de franchir le seuil du Tsentralny Shakhmaty Klub, le meilleur du monde. Fondé en 1956, il s'enorgueillissait d'une bibliothèque de plusieurs milliers de volumes. Chaque fin de semaine, des tournois en blitz étaient organisés avec une centaine de participants, tous aussi bons les uns que les autres. Il avait déjà l'adresse sur un bout de papier, mais était également impatient de découvrir le musée des Échecs, boulevard Gogolevski. Il avait prévu d'étudier et de comprendre en profondeur l'école russe.

Joan avait promis à leur mère de faire attention à Bobby : elle veillait sur lui, ne le quittait pas d'une semelle et commençait à l'agacer. En véritable cerbère, elle surveillait le moindre de ses gestes, l'incitait à faire de l'exercice, à visiter les musées, à s'immerger dans la culture russe. Il finit par lui dire de le laisser respirer et d'aller se promener seule. Elle rétorqua que, n'ayant pas sa popularité, on ne mettait pas à sa disposition une voiture avec chauffeur, ni même un interprète.

Chaque matin, au petit déjeuner, on présentait à Bobby son emploi du temps de la journée. Toujours la même rengaine, et il n'avait que faire de la culture russe. Ivan le Terrible,

Raspoutine, Pierre le Grand ne l'intéressaient pas le moins du monde ! Au bout du cinquième jour, sa colère éclata.

— Je veux voir immédiatement Lev Abramov ! Je suis venu ici pour m'entraîner aux échecs, me préparer pour les échéances à venir, je n'ai pas d'exposé à rendre sur ce pays ! D'ailleurs, je n'ai même plus envie d'aller au lycée, c'est une perte de temps… Où est M. Abramov ?

C'était une belle journée, néanmoins entachée par les milliers de citoyens soviétiques qui assiégeaient l'ambassade des États-Unis, rue Tchaïkovski. Ils exigeaient que les Américains retirent leurs troupes du Liban. Le portrait du président Eisenhower fut brûlé. Pour Bobby, c'était un fait divers sans importance. Lev se déplaça tout de même pour écouter les doléances de son illustre invité.

— Regardez ! Encore une fois, on me demande de jouer au touriste ! Aujourd'hui, je dois visiter Moscou et une fabrique de *matriochkas*. Mais je n'en ai rien à faire de toutes vos lubies !

Cette fois-ci, il allait trop loin.

— Nous sommes un pays qui a une histoire et des racines profondes ; c'est, pour nous, un honneur de les partager avec toi ! Chaque musée relate une période précise, qui a dessiné le visage de notre grande nation. Être russe, ce n'est pas seulement jouer aux échecs, c'est connaître notre littérature, étudier Tolstoï, Dostoïevski, Gogol, mais aussi la musique classique, l'épanchement de nos âmes ! Jeune homme, cela s'appelle l'humanisme. Tu m'as dit le jour de ton arrivée aimer la Russie, je voulais te donner une chance de me le prouver…

Bobby devint livide mais, emporté par son ego, commit l'irréparable.

— Je veux jouer contre Botvinnik ! Je veux m'entraîner avec Smyslov ! Le reste ne m'intéresse pas ! Je m'en soucierai en temps et en heure. Pour l'instant, seul le titre de champion du monde me préoccupe.

— Je comprends… Je crois t'avoir bien cerné. Je vais faire tout ce qui est en mon pouvoir pour t'aider. Je dois d'abord contacter ces messieurs pour savoir s'ils sont disponibles. Tu seras tenu au courant dans les quarante-huit heures. Si c'est tout, je te laisse, j'ai des impératifs.

En sortant de la chambre, Abramov ne se priva pas de faire claquer la porte. Tout l'après-midi, Bobby resta cloîtré à étudier de nouvelles parties d'échecs. Mais, le lendemain, une heureuse surprise l'attendait : il allait enfin visiter le seul musée qui avait de l'importance à ses yeux. Et son emploi du temps prévoyait un passage au grand club d'échecs de Moscou. Il était excité comme une puce et se demandait quel accueil on allait lui réserver. Botvinnik, l'actuel champion du monde, serait-il présent ? En tout cas, Bobby connaissait déjà sa logique et toutes ses parties.

En arrivant dans le hall du Tsentralny Shakhmaty Klub, il comprit aussitôt ce qui l'attendait. Il n'y avait qu'une vingtaine de personnes, pas plus. Quelques jeunes maîtres soviétiques, dont Aleksandr Nikitine, étaient là pour disputer des blitz. Vers 19 heures, il fallut se rendre à l'évidence : aucun adversaire sérieux ne viendrait. Cette fois, Bobby n'avait plus la force d'exprimer son désarroi. Il rentra à l'hôtel en tâchant de s'expliquer le dédain dont il était l'objet.

Le repas du soir fut morose. Il avait pourtant rendez-vous avec l'attaché de l'ambassade des États-Unis, qui ne décoda pas le mépris que lui témoigna Bobby. Il resta muet et ne répondit à aucune de ses questions. Jusqu'au dessert où, alors qu'il allait quitter la table, un flot de paroles jaillit :

— Mais bien sûr, j'ai compris ! Ils refusent de se mesurer à moi parce que je leur fais peur. Ils ne veulent pas me montrer leurs méthodes d'entraînement ni même me laisser participer à des tournois de blitz… C'est tellement mieux de me faire découvrir le Kremlin, le Bolchoï et le cirque de Moscou. Comme personne n'ose m'affronter, il faut bien m'occuper !

Le lendemain, Bobby reçut tout de même une bonne nouvelle. Alors qu'il s'était persuadé qu'aucun grand maître international n'oserait l'affronter, un joueur nommé Aleksandr Aleksandrovitch Kotov avait été convoqué au club. L'un des meilleurs mondiaux ! Il le connaissait bien et, désormais, admirait son courage. Entre-temps, Lev Abramov l'avait prévenu qu'il ne pourrait se mesurer à l'actuel champion du monde, Botvinnik, ni à Smyslov, son challenger. C'était le seul moment de l'année où ils se reposaient en famille, dans leur datcha.

Kotov, lui, n'était pas là sans raison. Il avait fait le déplacement sur ordre exprès du Kremlin, car son niveau était parfait pour juger de la qualité de son adversaire. À l'époque, les plus grands talents de Russie étaient repérés par les entraîneurs. Après une rude sélection, la dernière étape consistait à jouer une multitude de parties rapides avec Kotov, dont l'avis tombait comme un couperet. S'il était positif, la vie du joueur en était bouleversée à tout jamais : un salaire, un entraîneur à plein temps, parfois une voiture de fonction. Je crois même que le jeune Anatoli Karpov a été découvert par notre cher Kotov.

Bobby avait eu la chance d'étudier son jeu ; un style vif et incisif qui ne craignait pas les complications. Aujourd'hui, il était fier de l'avoir comme adversaire. *Que de chemin parcouru*, pensa-t-il.

Kotov lui serra la main en le fixant gravement. Il arrivait à déceler dans ces premiers instants l'état d'esprit de son opposant. Et, ce jour-là, le grand maître russe vit un visage admiratif et conquérant ; c'était de bon augure. Il allait procéder à l'évaluation de notre héros. Il ne fut pas avare de son temps. Ils se quittèrent à 22 heures, après une longue série de parties. Entre chacune d'elles, il interrogeait l'adolescent : « Comment trouves-tu l'hôtel National ? », « As-tu goûté à tel plat ? », « Que penses-tu de Paul Morphy ? », « Au dix-septième coup, en jouant cavalier b6, quelle était ta stratégie ? », « Crois-tu aux extraterrestres ? ». De temps à autre, il se levait pour se rendre dans la pièce d'à côté, où il rédigeait ses appréciations et répondait à des questions du type : « Robert James Fischer a-t-il une chance de devenir champion du monde ? », « Un adolescent peut-il mettre en péril notre hégémonie intellectuelle ? », « Un Américain pourra-t-il un jour comprendre toutes les subtilités de cet art ? ».

Je n'ai jamais pu retrouver cette fiche signalétique, mais je peux deviner ce qu'un ogre tel que Kotov a dû inscrire : « Beaucoup de talent, un esprit inventif, un joueur qu'on peut placer dans les meilleurs mondiaux dès à présent. Il a néanmoins besoin de se structurer, avec la mise en place d'une équipe dévouée à sa cause, pour gravir les marches qui le séparent du titre. Son caractère impétueux est un obstacle de taille. C'est la raison pour laquelle je reste dubitatif sur ses capacités à évoluer dans les très hautes sphères que représente le top cinq mondial. Seuls nous, les Russes, comprenons l'importance du collectif au service des individualités. C'est un principe fondamental de notre idéologie communiste. C'est aussi la base de notre réussite dans un domaine comme les échecs. »

Voilà un rapport qui ne froisserait pas les grandes instances de ce pays, tout en mettant en avant une forme de suprématie. Bravo, monsieur Kotov ! Je mets ma main à couper que tu n'as pris aucun risque, que tu n'as écrit que des banalités. Comment aurais-tu pu faire autrement ? C'est quand même toi qui étais en charge de la relève, tu pensais déjà avoir trouvé un digne successeur à Botvinnik, mais cela est une autre histoire… Et puis, il faut le dire, la pureté du jeu de Bobby, son style presque enfantin ne correspondent pas à l'idée qu'on se fait d'un futur champion du monde. Tu l'apprendras plus tard à tes dépens : Robert James Fischer était bien plus qu'un grand joueur, il était aux échecs ce que Mozart est à la musique.

De tous les grands maîtres russes, l'un d'eux voulait absolument rencontrer Bobby. Lev Abramov mit son veto, mais l'insistance du fougueux Tigran Petrossian finit par payer. Autant son caractère en dehors de l'échiquier était fantasque, autant son jeu était prudent et solide. C'était un défenseur hors pair et un contre-attaquant d'exception. En 1946, il avait gagné le championnat URSS junior. Trois ans plus tard, cet Arménien d'origine s'était installé à Moscou pour mieux préparer les championnats de l'URSS. En 51, il était devenu un visage emblématique dans le monde des échecs en remportant le championnat de Moscou. Il n'avait cessé de progresser et, dans les années 1960, avait conquis le titre mondial.

À Moscou, Bobby finit par se retrouver face à lui. Après une dizaine de parties, Tigran Petrossian lui serra la main et, les yeux dans les yeux, lui avoua :

— Tu es vraiment très fort. Je vais devoir travailler car, un jour, tu seras sur ma route ! Ce qui est déconcertant, c'est la simplicité de tes idées et la force de ton jeu positionnel… Les pièces semblent avoir une plus grande valeur lorsque c'est toi qui les mènes au combat. Je vais en toucher deux mots à M. Abramov. Bonne chance à toi, champion !

Trois jours plus tard, Tigran fut étonné par la réponse d'Abramov :

— Ne t'inquiète pas, ce gamin est juste un phénomène de foire, une curiosité. J'ai le rapport du camarade Kotov.

Les jours suivants, Bobby ne reçut aucun programme au petit déjeuner. Depuis l'analyse de leur rapporteur, les Russes ne le voyaient plus comme une menace. Ils le laissèrent donc vaquer à ses occupations, tout en maintenant ses avantages, voiture avec chauffeur et autres. Quand l'Américain se rendait de lui-même au club, les joueurs l'appelaient *malchick* – un terme pour désigner un petit garçon. Vu son âge, on était plus proche d'une insulte que d'un terme bienveillant.

Bobby n'était pas habilité à jouer les tournois, puisqu'il fallait prétendument une autorisation spéciale lorsqu'on n'était pas russe. Et la délivrer nécessitait au minimum une semaine. Il décida alors de visiter les parcs, rêvant d'y découvrir un attroupement de joueurs autour de quelques tables. Peut-être y trouverait-il une ou deux perles ? Ce fut une punition pour son agent de sécurité, qui le suivit pendant des heures sans y rien comprendre.

Il lui fallut deux jours pour dénicher enfin un endroit à la hauteur de ses prétentions. Connaissant parfaitement les codes propres à ce genre de tribu, il alla se positionner devant la meilleure partie, à la manière de László, sans même dire bonjour pour ne pas déconcentrer les joueurs. On l'ignora superbement.

Au moment où il se décida à prendre le taureau par les cornes, un joueur resté seul à sa table lui proposa de faire une partie, mais une seule, pour lui faire plaisir. Au cours des deux dernières heures, Bobby avait suivi du coin de l'œil un combat très intéressant. L'homme en question avait gagné tous ses blitz et amassé une somme confortable, bien qu'il fût difficile, avec ces roubles, d'en connaître le montant exact.

Quand mon ami me raconta cette histoire, je lui demandai tout de suite s'il avait parié. Curieusement, il me répondit que non.

Il avait les blancs et poussa le pion roi de deux cases. Il aurait pu s'évanouir du bien-être procuré par ce geste, qui le replongeait dans son univers familier. Le sillon tracé par la pièce était pareil à celui de la seringue d'héroïne dans la veine d'un junkie. Une sensation d'ivresse le submergea instantanément. Son manque étant enfin comblé, ses traits se détendirent.

L'homme en face de lui n'était pas vraiment concentré. Il semblait pressé de rentrer chez lui après avoir fait une bonne action, jouer une dernière partie avec ce gamin. Sa désinvolture le mena peu à peu à une situation critique, puis à une position désespérée. Il n'eut pas le courage d'insister, esquissa un sourire, marmonna quelques grossièretés en russe et demanda à Bobby d'en faire une autre. Il avait compris que l'adolescent était américain, mais il lui fallait en être sûr. Dans un anglais approximatif, il l'interrogea :

— Alors, fiston, d'où viens-tu ?

— New York, États-Unis.

— Très bien, très bien… Tes parents travaillent à l'ambassade ?

— Non, je suis ici avec ma sœur Joan pour rencontrer des joueurs d'échecs, c'est ma passion.

— Tu viens de battre un très bon joueur, je me suis fait piéger comme un débutant ! Je n'étais pas complètement dedans, pensant avoir affaire à un parfait amateur. Maintenant, je vais te faire souffrir, c'est bien ça que tu veux ?

— Je vous trouve terriblement sympathique ! À New York, la mentalité est différente. Un joueur de votre niveau ne joue pas sans un bonus à la clé, aussi petit soit-il.

— C'est un combat déloyal ! Les seuls joueurs qui osent parier contre moi sont maîtres internationaux, voire plus. Je suis connu et reconnu, ici. Je suis le grand Victor !… Si tu as besoin de cours d'échecs, je suis ton homme.

— Prouvez-moi que c'est vous qui devez me donner des cours, et non l'inverse. Je préfère jouer plutôt que parler.

— Allons-y !

Après huit parties, mon ami menait cinq à trois. Victor décida d'en finir avec le suspense.

— Je sais qui tu es ! Tu es Bobby Fischer, celui qui m'a fait tourner la tête avec une partie incroyable. Je dois l'avouer, c'était une œuvre d'art, la plus belle partie jamais jouée à ce jour…

Bobby était très fier : à quinze ans, sa notoriété était planétaire, et plus encore, son style reconnaissable entre des millions. Il avait laissé son empreinte dans l'approche de cet art, dans la matière. Fini, la fraîcheur du premier pas, du premier trait, il était un artiste à part entière. Il venait de comprendre qu'il n'était pas un génie des échecs, mais un génie au service des échecs. Victor lui demanda :

— J'aimerais beaucoup passer du temps avec toi, t'emmener au Bolchoï ou te faire découvrir un théâtre de quartier. En ce moment, on y joue *Carmen*…

— Je ne sais pas ce que vous avez tous, avec votre culture ! Mais bon, je ne suis jamais allé au théâtre, et j'ai besoin de me reposer. C'est une bonne idée, après tout. J'aurai une histoire à raconter à mon ami Arthur.

— Il y a une représentation samedi soir dans un petit théâtre, rien de comparable avec le Bolchoï, mais je t'assure, tu vas être conquis. Il ne faut pas manquer ça ! Je vais prendre deux places demain matin… Nous pouvons nous retrouver ici même vers 17 heures, jouer quelques parties, puis aller dîner dans un restaurant typique. Je crois que la représentation est à 21 h 30… Je ne t'apprendrai rien sur ce jeu, mais peut-être que je contribuerai à ton épanouissement, et ça, c'est la clé de la réussite. Ah ! Pour l'anecdote, *Carmen* n'est pas russe, Bobby. Elle est le patrimoine de l'humanité !

— Bon, je vais faire un effort pour le grand Victor, et pour *Carmen*.

Le lendemain matin, Bobby n'avait aucun impératif, pas même des conseils pour établir son emploi du temps de la journée. Il décida d'écrire une carte postale à son ami Collins, l'un de ses entraîneurs. L'adolescent avait l'impression de ne pas être apprécié à sa juste valeur et trouvait que les Russes étaient de grossiers personnages. Ce qu'il n'hésita pas à écrire dans sa lettre.

Malheureusement, sa correspondance fut interceptée par les services secrets russes. Quelle infamie ! Comment cet avorton américain osait-il critiquer ses généreux hôtes ? La guerre était déclarée. On refusa de prolonger la durée de son visa. Par chance, il devait se rendre en Yougoslavie pour l'interzonal. Il avancerait son départ mais, étant un homme de principe, il honorerait d'abord son rendez-vous avec le grand Victor.

Samedi, 17 heures. L'homme l'attendait bien dans le parc, en tenue de gala. Bobby avait, lui, enfilé une chemise à carreaux et, comme à son habitude, son pantalon en velours. Il disposait toujours d'un chauffeur et d'un interprète mais, cette fois, les avait violemment congédiés :

— Je n'ai pas besoin de vous ! Je me suffis à moi-même ! Un jour, la Russie se mordra les doigts des décisions qu'elle a prises cette semaine. Je vous les ferai payer !

Les parties furent sans grand intérêt, et le restaurant trop bruyant. Bobby espérait que la dernière étape serait moins barbante. Victor ne s'était pas moqué de lui en achetant deux billets au prix fort. Ils n'eurent pas besoin de faire la queue. Se retrouver dans une loge élégante, avec des boiseries recouvertes de feuilles d'or, l'enchanta. La totalité des spectateurs étaient en smoking ou en robe de soirée.

Et que les femmes étaient belles ! Deux d'entre elles riaient aux éclats. Il se retourna pour découvrir leur visage. La plus jeune était l'incarnation de la perfection slave : de longs cheveux blonds encadraient un visage à la peau diaphane et aux traits réguliers, éclairés par de splendides yeux d'un bleu aussi pur que l'azur. Mais ce qui la rendait éblouissante, c'était ce savant mélange de noblesse et de l'inconscience nonchalante qu'ont certaines jeunes filles de leurs atouts. Elle avait dix-huit ans, se prénommait Olga et venait de réussir ses examens de première année de médecine. Leurs yeux se rencontrèrent et, pendant plusieurs secondes interminables, dansèrent amoureusement. Bobby était subjugué et buvait littéralement la beauté de ce visage parfait. Une nourriture exquise pour un jeune homme de quinze ans qui y goûte pour la première fois. Il se retourna, le souffle coupé.

Je me demande aujourd'hui si cette rencontre était réellement le fruit du hasard. Cela serait tout de même étonnant, si l'on se réfère à l'intrigue de cette œuvre mythique, ultime création de Georges Bizet. *Carmen*, c'est un hymne à la femme, libre, rebelle et séductrice, mais aussi des trahisons, une passion dévastatrice, le destin tragique de deux amants…

Je ne peux m'empêcher de relever toutes les concordances entre cette histoire et celle de mon ami. Alors, le fait qu'ils se soient noyés un instant dans les yeux l'un de l'autre, ce soir-là, était-ce une révélation divine, une prémonition, ou tout simplement l'un de ces hasards que le destin crée sans malice ? Ils s'étaient, quoi qu'il en soit, croisés avant l'heure : dix-sept ans les séparaient de leur prochaine rencontre.

18

L'ascension

Sans le savoir, dans cette salle de théâtre, Bobby était tombé nez à nez avec son destin. Il apprendrait bien plus tard à ses dépens que, comme le dit la chanson de Carmen, « L'amour est un oiseau rebelle/ Que nul ne peut apprivoiser/ Et c'est bien en vain qu'on l'appelle/ S'il lui convient de refuser. »

Il se trouvait désormais à Belgrade pour s'entraîner avant l'interzonal, qui aurait lieu dans la station balnéaire de Portorož. Lors de cet événement s'affrontaient vingt et un joueurs de douze pays différents, triés sur le volet, dignes représentants de leur drapeau respectif. Des pointures, de puissants grands maîtres aux dents longues. Seuls les six meilleurs pourraient disputer le fameux tournoi des candidats, celui-là même qui déterminerait qui tenterait de ravir au champion en titre sa couronne.

Tout le monde prédisait un échec cuisant à Bobby. Il était bien trop jeune, il manquait d'expérience pour ce type de combat où les nerfs sont mis à rude épreuve. On entendait ici et là de petites phrases assassines : « Pauvre petit, il n'est plus dans son cocon douillet. Ici, ce n'est pas les États-Unis… » Même son secondant, William Lombardy, qui l'assistait et le conseillait dans ce genre de tournoi, était dubitatif, tout en se disant qu'il y aurait forcément un enseignement à en tirer.

Malgré un début en dents de scie et une nulle lors de la dernière partie contre Gligorić, Bobby fut le plus jeune joueur à se qualifier pour le tournoi des candidats, en décrochant la sixième place. Mais l'exploit ne s'arrêtait pas là : il devenait ainsi le plus jeune grand maître international de l'histoire des échecs. Après dix jours de combat acharné, les quolibets cessèrent et les compliments fusèrent. Certains parlaient déjà de lui comme du Mozart des échecs. Le *New York Times* lui rendit un vibrant hommage : « Dans tout le pays, les passionnés d'échecs saluent Bobby Fischer et nous sommes heureux de nous joindre à eux. [...] Ceux qui ont suivi ses formidables parties dans la compétition qui vient de s'achever en Yougoslavie savent qu'il a livré une véritable démonstration de talent, de courage et de volonté, qui aurait impressionné un joueur deux fois plus âgé. À juste titre, nous sommes fiers de lui. »

Après une longue absence, Bobby, l'enfant pauvre de Brooklyn, fut acclamé dès son arrivée à l'aéroport d'Idlewild (plus tard rebaptisé John-Fitzgerald-Kennedy). Regina rayonnait de fierté et mon père devenait son héros, lui qui avait prédit bien avant l'heure la progression fulgurante de son fils. Ce dernier en était conscient, et son premier réflexe, après avoir déposé ses valises dans sa chambre de Lincoln Place, fut de se précipiter chez nous.

Mais Sergueï n'était pas de bonne humeur. Il avait eu vent de la tournure des événements en Russie. Bobby avait bafoué tous les principes de bonne conduite, et ses frères risquaient de ne plus le respecter. Ni même de le craindre. Il aurait dû honorer nos valeurs et notre philosophie avant d'exiger quoi que ce soit de nous. Comment avait-il osé ? Ne pas montrer d'intérêt pour notre culture était un affront ! Il faut savoir donner pour espérer recevoir. L'accueil de mon père fut donc glacial. Par chance, j'étais présent et je pus faire comprendre à Bobby, avec mes mots, qu'il avait eu tort.

— Tout n'est pas blanc ou noir. Les nuances donnent plus de profondeur à la perception du monde. Les échecs ne sont pas le centre de l'univers, comme la littérature ne se résume pas à un seul livre. Je te vois toujours lire et relire le même bouquin, celui que je t'avais offert pour ton anniversaire. Tu as tant à découvrir en dehors de *Candide* !... Je préfère te prévenir : un jour, par ton attitude, tu te retrouveras totalement seul.

C'était la première fois que je voyais Bobby pleurer. Après tout, nous étions très peu à compter pour lui. Son monde se résumait à sa mère, mon père, sa sœur et moi. La joie procurée par ses victoires était d'autant plus forte qu'elle était partagée par sa tribu. Sinon, rien n'avait de sens. Je fus agréablement surpris par sa réaction. Finalement, il n'avait pas un cœur de pierre, et tout ce qu'il accomplissait n'était pas uniquement lié à sa petite personne. J'en avais si souvent douté... Je ne pouvais cependant pas blâmer mon père. Ses plans s'étaient effondrés. L'espoir qu'il caressait de voir son élève devenir russe était anéanti. Amèrement déçu, il lui signifia qu'il ne serait plus son entraîneur et que Bobby n'avait qu'à s'adresser à Collins, son nouveau père de substitution.

Ces faits marquèrent un tournant dans la vie de Bobby. Il découvrit que l'amour et l'amitié n'étaient pas un dû, qu'il pouvait les perdre du jour au lendemain. Plus troublant encore, ses exploits n'étaient pas une garantie. L'enfant qu'il était encore me demanda timidement :

— Et toi, tu m'aimes toujours ?

Je répondis sans hésiter :

— Oui, et à jamais.

Les mains dans les poches, le regard vide et le pas anormalement lent, il s'en alla, non sans m'enjoindre de convaincre mon père que les Russes étaient d'odieux personnages.

Les semaines qui suivirent, il reprit les cours au lycée d'Erasmus Hall. Il avait cinq matières à étudier, et dans chacune d'elles il était médiocre, voire mauvais. Il aurait dû être exclu de l'établissement. Au lieu de cela, on lui attribua une médaille d'or pour être devenu le plus jeune grand maître international de l'histoire des échecs. On ne pouvait le renvoyer : l'école aurait perdu sa poule aux œufs d'or ! Aux États-Unis, utiliser la notoriété d'un élève et trafiquer ses résultats n'est pas répréhensible en soi, c'est, pourrait-on presque dire, une coutume locale. Le proviseur rédigea même un article dans le journal du lycée, présentant Bobby comme un élève modèle.

On organisa des réceptions pour s'approprier une partie de sa gloire. Il fallait être vu avec Mozart, c'était un gage de respectabilité. Mon ami était tellement populaire qu'il était régulièrement invité à dîner par de parfaits inconnus. Un petit manège commença également à se mettre en place : contre dix dollars, un autographe était signé de la main du maître avec une dédicace, du style « À mon très cher John ». Bobby ne se prêta qu'une fois au jeu, même s'il lui avait permis de gagner trois cent soixante dollars, une somme mirobolante pour cinq heures de travail ! Lorsqu'il annonça aux rabatteurs que c'était la première et la dernière fois, tout le monde s'en étonna. Pour vous donner un ordre d'idée, le vainqueur d'un événement aussi prestigieux que l'interzonal touchait environ quatre cents dollars. Cela dit, il reversa l'intégralité de cet argent à Sergueï, en y joignant un mot :

Même si cette somme n'aura aucun impact sur la décision que tu as prise de ne plus me conseiller, sache que je te serai toujours reconnaissant. Directement et indirectement, tu as été un exemple et un mentor. De toute façon, aujourd'hui, seul Bobby peut aider Fischer à devenir champion du monde.

Le tournoi des candidats approchait à grands pas. Il devait se dérouler dans trois villes de Yougoslavie. Huit participants y joueraient quatre parties contre chacun des sept autres. Celui qui totaliserait le plus de points serait candidat au titre mondial. Il fallait donc se livrer à vingt-huit parties sur six semaines, une épreuve harassante. Les autres engagés étaient Mikhaïl Tal, Paul Keres, Tigran Petrossian, Vassily Smyslov pour la Russie ; et Pál Benkő, Svetozar Gligorić et Friðrik Ólafsson. Comme deux des joueurs étrangers étaient acquis à la cause russe, le tournoi était vicié. Des années plus tard, des documents du KGB furent déclassifiés. Et le scandale éclata au grand jour ! Igor Bondarevski, un célèbre grand maître, avouait par écrit que les quatre Soviétiques avaient tout fait pour châtier le nouveau venu. Le seul qui n'avait rien à se reprocher était le très intègre Vassily Smyslov.

Pauvre Bobby ! Lui qui croyait en ses chances ne se doutait pas qu'on puisse sacrifier son art aussi sournoisement. Mais il dut se rendre à l'évidence et, quand il rendit les armes, son verdict fut tout aussi amer : « Je ne vais pas tarder à infliger très bientôt à ces sales Russes une leçon qu'ils ne seront pas près d'oublier. »

La mesquinerie n'avait pas de limites : à chaque rencontre, son opposant se levait pour discuter de la position, en russe, avec ses acolytes. Cette scène se déroulait au nez de notre pauvre gladiateur de l'impossible. L'adolescent fondait en larmes chaque soir, mais il était décidé à faire évoluer le règlement, seul moyen de conquérir le titre suprême. Il rédigea à ce sujet de nombreuses lettres. Dans l'une d'elles, il expliquait à la Fédération internationale qu'il se sentait humilié. Dans une autre, il livrait la marche à suivre pour gommer les inégalités :

Une fois la partie terminée, il faut interdire aux deux joueurs de l'analyser sur-le-champ, car cela dérange les autres compétiteurs. Dans ce but, l'arbitre doit retirer les pièces de l'échiquier, ce qui les empêchera de le faire. Nous suggérons aux organisateurs de préparer une salle réservée aux analyses post mortem. *Ladite salle doit en outre se trouver hors de portée sonore des participants.*

Robert J. Fischer, grand maître international

Désemparé, Bobby se demandait s'il aurait un jour la possibilité d'accéder à son rêve, puisqu'il ne suffisait plus, désormais, d'être le meilleur. Il songea même à abandonner les échecs. Sa sœur s'était mariée, sa mère errait entre San Francisco et Moscou, où elle participait à une marche pour la paix tout en s'éloignant de son fils, devenu ingérable.

J'allais souvent rendre visite à Bobby, car je sentais qu'il risquait de s'effondrer à jamais. Mais son optimisme revint peu à peu. Il se débarrassa de sa noirceur comme d'un mauvais rhume pour s'installer de nouveau dans un monde abstrait, fait de soixante-quatre cases.

Il avait aussi une nouvelle passion et ne ratait aucune représentation de *Carmen*, au Metropolitan de New York. Hoppy, son chien – un bâtard qui lui tenait compagnie –, l'entendait chantonner « La Marche des contrebandiers » pendant des heures.

Ayant conscience que sa vie tenait elle aussi de la tragicomédie, il se mit à écouter des émissions religieuses à la radio, qui semblaient expliquer le pourquoi du comment, quelles que soient les circonstances. Ces discours le frappèrent en plein cœur. Je fus moi-même désemparé lors d'une conversation où il me parla de renoncer à la vie, afin d'être sauvé par Jésus-Christ. Un après-midi, il tenta même de m'influencer :

— Tu dois absolument écouter les émissions charismatiques d'Herbert W. Armstrong sur Radio Church of God ! Cela te permettra de comprendre que seul Dieu est le vrai guérisseur… Si la science médicale descend de l'ancienne pratique païenne des sorciers, qui, je te le rappelle, visait à obtenir les bonnes grâces des dieux imaginaires de la médecine, nous n'avons pas besoin de ces charlatans qu'on appelle docteurs…

Ce fut la première fois où, à court d'arguments, je claquai la porte en espérant avoir vécu un mauvais rêve. Mais Bobby, convaincu par les raisonnements d'Armstrong, décida de reverser 10 % de ses maigres gains à l'Église universelle de Dieu. Il faisait partie de ses cent mille adeptes, immergés dans un melting-pot judéo-chrétien savamment étudié pour fidéliser la clientèle. Il fallait respecter les fêtes juives et rejeter les chrétiennes, comme Noël et peut-être même Pâques. Faire shabbat, posséder une bible et, surtout, ne jamais s'en séparer. Comment Bobby pouvait-il être aussi crédule ? Ne lui avait-on pas décelé un QI de 180 ? Je me souviens qu'à l'époque, il arborait fièrement une boîte, au Marshall Chess Club. Personne ne lui demandait ce qu'il déposait à sa droite mais, moi, je le savais : c'étaient les exemplaires des derniers sermons d'Armstrong et de la Sainte Parole selon l'Évangile.

Certaines règles lui furent tout de même bénéfiques, puisqu'il était formellement interdit de proférer des grossièretés – un vrai supplice pour Bobby.

De nouvelles questions existentielles le tourmentaient. À seize ans, il était désormais convaincu qu'il ne pourrait pas s'enrichir en devenant joueur professionnel. En 1959, le salaire annuel d'un Américain était de cinq mille dollars par an. Il avait fait ses calculs et, dans le meilleur des cas, il pourrait atteindre quatre mille dollars en donnant de sa personne (cours, événements, simultanées). Or, son dernier revenu annuel était de trois mille quatre cents dollars, avec les tournois et autres rencontres. Mais que de dépenses engendrées par tous ces voyages !

Il avait beau être invité à dîner partout, en compagnie de célébrités et d'hommes d'affaires, notamment de vedettes de cinéma qui considéraient qu'être vues avec lui était un privilège, il commençait à être exaspéré. Il ne pouvait plus pardonner l'ignorance de certains qui affirmaient : « J'ai réussi dans les affaires, mais j'aurais très bien pu devenir l'un des meilleurs joueurs d'échecs ! Je suis vil, j'ai préféré l'argent. »

Il finit par faire une scène dans un célèbre restaurant de New York, expulsant toute sa haine d'être devenu le bouffon du roi. Enfin un sursaut de sa part ! Il venait de prendre pleinement conscience que ce monde n'était pas le sien, que seuls comptaient les rêves et notamment l'un d'eux : devenir champion du monde et mettre à bas l'hégémonie intellectuelle de la Russie. Il ne voulait plus perdre de temps dans les mondanités.

En novembre, László était de retour à New York afin d'y signer un contrat. Il arrivait à point nommé. J'allai le trouver à son hôtel pour lui raconter les derniers événements.

L'influence du revivaliste Billy Graham sur le fragile Bobby risquait de ne pas être sans conséquence. László me regarda du haut de sa sagesse légendaire et m'assura qu'il allait remettre mon ami sur la bonne voie. Rendez-vous fut pris. Et Bobby accourut pour passer un long moment avec lui.

J'étais présent dans la suite, plus exactement dans la chambre attenante au salon – László m'avait ordonné de rester invisible. J'entendis la totalité de leur conversation et, je dois vous le dire, l'homme d'affaires hongrois fut plus convaincant qu'Armstrong lui-même. Ce ne fut pourtant pas une mince affaire.

— Bonjour, mon grand. Assieds-toi sur ce canapé et dis-moi un peu : comment vas-tu ?

— Tu as entendu parler de ma déroute au tournoi des candidats ? Je n'avais aucune chance, ils se sont ligués contre moi ! Je ne serais peut-être jamais champion du monde si l'on ne change pas les règles. Pourquoi ne pas organiser un tournoi à élimination directe ? On joue un match en cinq ou six parties et le gagnant accède au tour suivant. Voilà la solution ! J'en ai fait part à plusieurs reprises à la Fédération internationale, sans avoir aucun retour. Tu vois, même eux ne veulent pas de moi…

— « À vaincre sans péril, on triomphe sans gloire[1]. » Si tu veux devenir un homme, mon fils, tu vas devoir te battre sur deux fronts, sur deux continents. Tu seras le meilleur joueur d'échecs au monde, cela, je n'en doute pas ! Tu l'es peut-être déjà. Mais cela ne suffira pas, il va falloir faire évoluer les mentalités et obtenir des instances que les règles changent. Ce ne sera pas facile, mais tu en es capable !… Si tu décides d'abandonner ton rêve, tu auras prouvé au monde entier que ta vie se résume à jouer aux échecs, et rien d'autre. En revanche, si tu provoques un combat intellectuel pour soumettre tes adversaires à tes exigences, tu m'auras démontré qu'en plus d'être un pousseur de bois tu es un homme. Au fond, c'est la question que tu dois te poser : « Est-ce que je suis réellement un homme ? Quelqu'un qui défie l'adversité au péril de sa vie ? Quelqu'un qui exclut toute forme de conformisme ? » À toi de décider, il n'y a pas de honte à laisser son bateau à quai de peur d'affronter la tempête…

— Je n'avais pas envisagé le problème sous cet angle, mais sache que je ne suis peut-être pas, à l'heure actuelle, le meilleur joueur au monde. En revanche, je suis déjà un homme !

— J'en doute, sinon tu n'aurais pas tenu ce discours… Mais tu le seras peut-être un jour. Le futur va tomber comme un couperet et je serai là pour t'exprimer ma compassion, si tu n'as pas réussi à faire triompher tes rêves.

— Tu es dur avec moi, tu me donnes l'impression que tu n'y crois pas vraiment… En fait, tu ne me fais pas confiance ! Pour toi, je ne suis pas loin d'abandonner. Je ne peux résoudre des problèmes qu'autour de ces soixante-quatre cases… Ces derniers temps, j'ai l'impression que tout s'effondre. Joan, ma sœur, est partie avec son mari ; mon grand-père maternel,

1. Corneille, *Le Cid*.

Jacob Wender, est mort, et ma mère a enfin vu son avenir s'éclaircir grâce à cet héritage de quinze mille dollars. Désormais, elle n'a plus besoin de moi. Elle me l'a clairement fait sentir… Pour couronner le tout, Sergueï ne m'adresse plus la parole, il considère que je me suis mal conduit pendant mon voyage en Russie. Et maintenant, c'est toi qui exprimes des doutes sur ma valeur. Finalement, il ne me reste plus qu'Arthur ; mon cher ami est sûrement trop faible pour me contredire. Eh bien, voilà pourquoi on est toujours ensemble, lui et moi !

— Si tu veux qu'on te respecte, fais un premier effort. Habille-toi convenablement ! En te voyant, les premières questions qui me viennent à l'esprit sont : pourquoi ta chemise est toute froissée ? Quand est-ce que tu t'es douché pour la dernière fois ? Pourquoi ton pantalon est trop petit ? Tes chaussettes pas assorties à ta tenue vestimentaire ? Et j'en passe, car je n'ai pas envie de te blesser. Dans quelques instants, tu vas sortir de cette pièce en hurlant ton mécontentement, car tu es incapable d'accepter la critique. N'ai-je pas raison ? Tu bous intérieurement !

— Faux, je suis un homme capable de reconnaître ses torts et, lorsque je m'en rends compte, je ne bous pas intérieurement, je présente mes excuses et j'y remédie aussitôt… Pardonne-moi et ne m'abandonne pas ! Pour toi, je vais changer.

— J'aime mieux ça, et ne t'excuse plus ! Dorénavant, tu ne porteras plus de baskets ni de chemise en flanelle. Je vais de ce pas t'emmener dans le quartier de Little Hungary, à Manhattan. Et te payer douze costumes du plus grand tailleur au monde, mon ami Tamas. Il va s'occuper de toi comme si c'était moi… Tu auras un crédit illimité et, en grandissant, tu pourras rester à la mode, dans l'air du temps. Rien dans ton allure ne doit être laissé au hasard ! Tu vas porter des chemises d'un blanc immaculé, des cravates sobres et élégantes, et ta coupe de cheveux sera restructurée. Chaque jour que Dieu fait, tu passeras au moins trente minutes dans ta salle de bains et tu n'en sortiras qu'après une inspection détaillée de toi-même. Tes multiples paires de chaussures italiennes devront s'accorder à la perfection avec tes chaussettes en fil d'Écosse et ta cravate en soie. Tamas t'expliquera mieux que moi tous les rudiments du parfait gentleman… Après ce rituel devant ton miroir, tu te diras : « Je m'appelle Robert James Fischer. » Et tu le répéteras trois fois.

En décembre 1959, le *New York Times* publia un article intitulé « Les organisateurs du championnat des États-Unis rejettent les exigences de Fischer ». Bobby avait en effet commencé à se battre sur tous les fronts pour faire triompher sa vision des échecs, n'hésitant pas à recourir à la presse pour mettre les responsables devant le fait accompli. Ce sport ne payait pas, les gains étaient misérables et les conditions de jeu devaient être améliorées.

À cette période eut lieu le championnat des États-Unis. Le premier tour se déroulait à l'hôtel Empire. On y découvrit le nouveau Fischer, en costume bleu marine, chemise blanche et cravate en soie. Même ses chaussures noires avaient un éclat particulier. Il nous fut difficile de dissimuler notre étonnement.

Le lendemain, une nuée de photographes immortalisa l'enfant pauvre de Brooklyn devenu une star. Les enseignements avaient été totalement assimilés : la démarche de Bobby traduisait une aisance nouvelle. Il ne saluait plus chacun platement, mais se contentait d'un hochement de la tête à l'intention de ses connaissances, puis allait tranquillement s'asseoir. Cette métamorphose du vilain petit canard en cygne fut le point de départ de sa conquête du titre mondial.

László avait réussi à le remettre en selle au moment où mon ami était sur le point d'abandonner les échecs et se laissait aller à des dérives sectaires. J'en étais très admiratif : en une seule conversation, le Hongrois était parvenu à insuffler en lui le courage et l'orgueil de faire face. Il n'avait pas hésité à le brusquer, à le mettre dans une position difficile à défendre, sans la moindre concession. László était un joueur d'échecs dans l'âme, fin stratège et tacticien hors normes. À aucun moment il ne lui avait demandé de comptes sur ses liens avec la religion. Aux échecs, cette action a un nom : une manœuvre de déviation.

*

En 1960, le niveau échiquéen de Bobby avait franchi un nouveau cap. Il voulut le concrétiser en obtenant un résultat probant dans un tournoi de première catégorie. Il s'envola donc pour Mar del Plata, une station balnéaire argentine, lieu de villégiature chic des habitants de Buenos Aires. Deux des meilleurs joueurs au monde, David Bronstein et Friðrik Ólafsson, participeraient eux aussi à la compétition – ce qui l'emplit de bonheur, tout comme les énormes côtes de bœuf servies dans les restaurants locaux. Là-bas, deux passions étaient reines : les échecs et la bonne viande.

Le grand maître argentin Miguel Najdorf était présent, lui aussi, mais uniquement pour rencontrer son idole, Bobby Fischer. Il rêvait d'être son ami, son guide à travers ce merveilleux pays, et son conseiller. Certains récits mensongers prétendent que Bobby, entraîné par Najdorf, aurait passé ses nuits avec une beauté sud-américaine qui l'aurait épuisé. Tout cela est faux, et les résultats en attestent : des scores de treize et demi sur quinze à Mar del Plata. Bobby montra à ses supporters toute sa légitimité et osa crier haut et fort : « Je suis Bobby Fischer, le prochain champion du monde d'échecs ! »

Durant ce tournoi, il rencontra un joueur de vingt-trois ans venu de Leningrad, Boris Spassky. Ils régleraient leurs comptes en 1972, lors du match le plus célèbre de tous les temps.

Bobby était devenu un troubadour, parcourant le monde de tournoi en tournoi. En octobre 1960, il accepta de conduire l'équipe des États-Unis lors des olympiades d'échecs en Allemagne de l'Est. Sa situation financière ne s'était pourtant pas améliorée. Et, comme la fédération américaine ne pouvait payer le voyage à toute l'équipe, Bobby dut donner de sa personne et jouer des simultanées avec de riches hommes d'affaires. L'idée était de se faire payer, tout en dévoilant la précarité qui régnait dans le monde des échecs.

Au même moment, sa mère se fiança avec un professeur de lycée britannique, plombier à ses heures perdues (étrange personnage, mais terriblement sympathique et serviable !).

Ils se jurèrent fidélité quelques mois plus tard. Bobby était définitivement seul. Si médiatisé qu'il fût, il n'avait aucun ami dans le monde des échecs, et tous ses entraîneurs avaient fini par l'exaspérer. Il s'en était débarrassé en leur déclarant qu'ils étaient devenus obsolètes. Cela ne l'empêchait pas d'enchaîner les victoires. L'une d'elles lui octroya, pour la quatrième fois, le titre de champion des États-Unis. Le magazine *Chess Life* publia alors un article élogieux : « Bobby Fischer, dix-sept ans, grand maître international venu de Brooklyn, a d'ores et déjà laissé une marque indélébile dans l'histoire des échecs américains. Il a prouvé sans aucun doute possible qu'il était à la fois l'un des meilleurs joueurs du pays et l'un des plus forts au monde. Fischer n'a pas perdu une partie dans un tournoi américain depuis 1957 ! »

Durant l'été 1961, un match Fischer-Reshevsky fut organisé, avec une prime de huit mille dollars à la clé ; 65 % pour le gagnant, 35 % pour le perdant. Les sommes engagées montraient que Bobby gagnait du terrain et vendait ses prestations pour des montants jamais égalés. Après de multiples rebondissements, il marqua définitivement son territoire en refusant de jouer la dernière partie, les conditions n'étant pas acceptables (son adversaire voulait imposer la date et l'heure, et Bobby détestait jouer le matin). Perdre ce match n'avait aucune importance, il fallait, comme le disait László, être un homme et ne céder sous aucun prétexte.

Bobby jouait sur les deux tableaux et acceptait de se faire interviewer ici et là ; il y donnait sa version des faits avec l'impression de faire avancer la cause des échecs. À l'époque, un journaliste à scandales, rondouillard, grosses lunettes noires en écaille et souffrant d'un début de calvitie, s'intéressa à lui. Lors de ses séances de travail, Ralph Ginzburg pratiquait un jeu subtil, épousant les gestes de son interlocuteur et son vocabulaire. Bobby se retrouva ainsi au treizième étage du 112, West Fortieth Street et se fit piéger. Ginzburg, grossiste en émotions fortes du *Harper's Magazine*, l'attendait nonchalamment. Cet individu, avide d'interviews sulfureuses, avait des comptes à régler.

Son article fut provocateur et sensationnel. Mon ami y était dépeint comme un arriviste s'habillant chez les plus grands tailleurs au monde. Ses chaussures venaient, ainsi, d'une petite ville italienne où les artisans se transmettaient des gestes ancestraux de père en fils. Bobby maîtrisait désormais tous les codes pour briller en société. Ses rêves ? Ils se résumaient à engager un célèbre architecte pour qu'il lui construise une maison en forme de tour, dotée d'un escalier en colimaçon, si possible en fer forgé. Une forteresse où il aimerait passer sa vie. Il n'était jamais question d'échecs ni même d'un cœur qui bat, mais d'un sale gamin qui ne daignait pas aller au lycée tant il se croyait supérieur. Au sommet de son ignominie, il avait même fini par se débarrasser de sa mère, qui avait une fâcheuse tendance à trop intervenir dans sa vie. Le pauvre, il s'était senti sclérosé…

Ce portrait affligeant était-il totalement faux ? Seulement en partie. Moi, Arthur, je sais que Bobby a effectivement toujours rêvé d'habiter dans une tour, la plus haute possible, une manière bien à lui de se rapprocher physiquement du Créateur et de s'élever par rapport à la médiocrité de notre société. La notion de verticalité était inscrite dans sa vie, bien avant une certaine phrase assassine qui a provoqué sa chute à tout jamais.

Tout vieil homme que je suis, mes yeux se noient de larmes en écrivant ces dernières lignes. Je n'avais pas prévu d'avoir à souffrir avant même d'avoir entamé les prémices de notre histoire. Mais un seul terme a suffi à réveiller des souvenirs qui se résument à quelques mots prononcés par Olga, dans un instant tragique. C'est le titre de ce manuscrit. La pierre angulaire d'une stratégie d'ensemble, mais je ne peux vous en dire plus. Vous comprendrez plus tard.

Bobby, furieux, porta plainte contre le journal et Ralph Ginzburg fut sommé de présenter toutes les bandes de l'interview. Il prétendit les avoir détruites après avoir écrit son article. On l'accusa alors de calomnie et de violation de la vie privée. Comment lui en vouloir ? Certains propos homophobes, misogynes et antisémites de Bobby avaient dû lui paraître insupportables.

Celui-ci fut anéanti et se jura de ne plus jamais faire confiance aux journalistes. Il accepta dans la foulée une invitation en Yougoslavie, à Bled. Il devait y rester un mois, en compagnie de dix-neuf autres joueurs, et ne voyait pas de meilleur moyen d'oublier ses blessures.

Ce tournoi était l'un des plus grands événements échiquéens des trois dernières années. Et tous ses pires ennemis furent de la partie. Malgré des douleurs à l'abdomen qui annonçaient une appendicite, il se battit jusqu'au bout, et accrocha à son tableau de chasse un ancien champion du monde et l'un des meilleurs joueurs du moment, Mikhaïl Tal. Sa première pensée après cette victoire figure sur la carte postale qu'il s'empressa d'expédier à sa mère :

Comme je me bats, maman, car, à chacune de mes victoires, je te vois heureuse. N'en déplaise à Ginzburg.

19

Un peu plus haut sur la montagne de nos aspirations

En septembre 1962, László décida de me faire un cadeau : un voyage à la découverte de l'Europe. J'embarquai donc, à l'âge de vingt-trois ans, sur un navire sophistiqué qui entamait son déclin, en raison de la concurrence grandissante des lignes aériennes. Cette compagnie organisait des croisières jusqu'aux Indes occidentales pour une clientèle fortunée. Neuf jours de navigation étaient prévus avant de rejoindre le port de Rotterdam.

Sur le quai, le matin du départ, je compris l'une des raisons de ce cadeau en distinguant au loin la démarche inimitable de mon ami. Je n'avais même pas besoin qu'il se retourne pour en avoir le cœur net. Je m'efforçai de le rejoindre mais, lesté par ma lourde valise, je ne pus soutenir sa cadence et criai :

— Bobby !

Il s'arrêta brusquement, se retourna et, aussi surpris qu'heureux, me prit longuement dans ses bras. En nous relâchant, nous nous exclamâmes en chœur :

— Merci, László ! avant d'éclater de rire.

Nous avions tant à nous raconter, même si, par la presse, j'avais pu suivre ses aventures aux quatre coins du globe. J'avais d'ailleurs noté une recrudescence de faits croustillants. Fini, l'époque où l'on se bornait à relater ses résultats en les qualifiant d'un ou deux superlatifs. Bobby était entré dans la vie de millions d'Américains, qui réclamaient de tout savoir de lui !

Après le dîner, nous nous installâmes sur le pont arrière et demeurâmes silencieux une bonne heure, allongés sur des transats, à écouter le bruit du vent, bercés par le clapot de l'eau contre la coque. De temps à autre, je me levais pour m'accrocher à la rambarde. Le tracé lumineux de la Lune sur l'océan faisait de l'horizon le seul obstacle. Nul doute, cette immensité était propice aux rêves et aux confessions, loin de toute vision étriquée du monde.

Bobby s'était assoupi. Quand il se réveilla, il avait froid et nous regagnâmes l'intérieur. Nous trouvâmes un salon confortable et désert, où nous élûmes domicile et, tous les soirs, nous nous y enfermions, point de départ de conversations qui nous tenaient éveillés jusqu'à l'aube. Au petit matin, un officier nous faisait l'honneur de se joindre à nous, un moment. C'était un colosse hollandais amateur d'échecs, dont les remarques sur telle ou telle position étaient toujours judicieuses. Bobby lui avoua qu'il avait un niveau surprenant pour quelqu'un n'ayant jamais participé à un tournoi. Il lui répondit simplement :

— Sur un bateau, je dispose de beaucoup de temps libre et je navigue trois cents jours par an depuis plus de trente ans… Les échecs font partie de ma vie, tout comme les bons livres et les belles rencontres !

Cet homme au regard clair avait le visage façonné par le vent et les tempêtes, l'océan tout entier semblait s'y refléter et donner une ondulation spécifique à chacune de ses rides.

Bobby était conquis et, chaque fois que le géant batave venait nous voir, il lui proposait une partie. L'homme déclinait, par peur de faire perdre son temps au champion mais, le dernier jour, devant notre insistance, il finit par accepter. Bobby suggéra une « nulle » après une vingtaine de coups, alors que la position de notre ami se dégradait. Un geste de bonté rare pour un joueur d'échecs. En général, l'ego prend le dessus, donnant à cette phase du combat une intensité et une saveur particulières. Thanatos s'impose en nous, transformant le jeu en une mise à mort savamment orchestrée, où le plaisir procuré naît de la chute de notre adversaire.

Je compris à cet instant pourquoi, depuis plus de dix ans, Bobby se refusait à m'affronter. Il me tenait à l'écart de l'échiquier pour me préserver, refusant de sacrifier notre amitié sur ce terrain où la rage de vaincre égalait le raffinement tactique.

Il lui était inconcevable de me voir agoniser pour son propre plaisir. La mer, cette terre d'équilibre, venait de me le dévoiler.

Dans un premier temps, Bobby voulut absolument me raconter les parties qu'il avait jouées lors de ses derniers tournois. Son but était clair : me démontrer à quel point il avait progressé. Son niveau dans les ouvertures avait en effet évolué considérablement, tout en le rendant absolument imprévisible. C'était grâce à cette compréhension globale qu'il avait battu Mikhaïl Tal en Yougoslavie. Il me décrypta ensuite ses traits de génie de Stockholm, et ceux de Curaçao, le dernier tournoi des candidats, encore une fois totalement truqué par les Russes. Me revint à l'esprit un article de journal où Bobby avait déclaré :

> « Les joueurs soviétiques étaient ouvertement de mèche. Ils s'étaient mis d'accord forcément pour ne faire que des nulles rapides entre eux, le but étant de garder toute leur énergie pour me combattre. Ils se consultaient pendant les parties. Quand je jouais contre un Russe, les autres me regardaient et commentaient mes coups à haute voix. »

Le pire, c'est qu'il avait parfaitement raison et personne pour le contredire. Les observateurs, notamment Charles C. Moul et John V. Nye, finirent néanmoins par publier un article à ce propos, après avoir passé en revue des centaines de tournois. Ils conclurent qu'il y avait 75 % de probabilités pour que les Russes aient triché. L'un des participants, un dénommé Geller, interrogé par la télévision russe, admit certains agissements, mais la séquence fut censurée.

Bobby m'annonça donc qu'il ne participerait plus au tournoi des candidats ; le système était vicié par la Fédération internationale et le demeurerait à jamais. Le contrecoup, amer, était que le champion du monde resterait un Russe, et cela un peu grâce à lui. On le craignait trop !

Par chance, les jours suivants, n'ayant plus de parties à décortiquer, nous abordâmes la question de l'Église. Où en était-il exactement ? Seuls comptaient l'amour, la pureté, la bonté, la justice, la fidélité, l'excellence, qui conduisaient à la sainteté et à l'éternité ; et peu importaient les péchés, l'absolution était là pour ça. Voilà un bref résumé du long discours que me tint Bobby. Je m'abstins de combattre ses idées pour mieux comprendre son degré d'endoctrinement. « Frère Armstrong », comme il l'appelait, le menait peu à peu sur le chemin du salut. Il lui avait d'ailleurs dévoilé deux dates, celles de la fin du monde et du retour du Christ, qui obsédait Bobby. Il en parlait, le regard illuminé, les yeux injectés d'amour. Je gardai pour moi mon inquiétude.

Le cinquième soir, il me rejoignit avec un article publié dans la revue *Good News*, datée de la fin du mois d'août 58. Le fils d'Armstrong, Richard David, y expliquait que la plupart des gens avaient des difficultés à croire en un Dieu invisible. Raison pour laquelle les lieux de culte regorgeaient d'images et de figures de saints, ainsi que de peintures censées représenter le Christ. Mais Richard mettait en garde contre cette tendance naturelle de l'homme à suivre une entité physique…

J'écoutai pendant trois nuits des propos plutôt rationnels sur le divin et m'aperçus, au bout du compte, que même l'approche des échecs de Bobby s'en trouvait modifiée. Il ne jouait plus pour gagner en piégeant ses adversaires, il recherchait des lignes parfaites, le visage de Dieu dans une traînée de lumière. N'ayant d'autre choix que de l'aimer comme il était, et non comme je voulais qu'il soit, je le contemplais avec tendresse.

Pendant cette transatlantique, Bobby prit aussi quelques résolutions. Il voulait démontrer à la Terre entière qu'il était le meilleur joueur de l'histoire. Pour cela, pas besoin du titre de champion du monde, il lui suffisait de jouer tous les tournois majeurs où il n'y avait pas de collusion entre les Soviétiques, de les remporter avec brio, et ainsi l'humanité saurait. Dorénavant, il choisirait aussi scrupuleusement les journalistes à qui il accorderait des interviews et utiliserait ce biais pour se moquer sans cesse des Russes.

Le huitième soir, je pris connaissance d'une lettre que László avait adressée à Bobby, dans sa cabine. Je découvris alors que tout le stratagème mis en place par mon ami venait de l'homme d'affaires hongrois. C'était lui qui avait eu l'idée brillante de se servir de l'opinion publique pour acculer les Russes et les blesser au plus profond de leur amour-propre. Ces derniers, afin de prouver à tous la légitimité de leur titre, finiraient bien par être contraints de modifier les règles en sa faveur. Un temps, ils en sortiraient grandis, avant de chercher un autre moyen d'anéantir le jeune Américain. En définitive, László faisait le pari qu'ils seraient les victimes de leur propre sentiment de supériorité. De cette bévue de l'Empire soviétique je me préparais à être le témoin privilégié.

En outre, László concédait à Bobby le droit d'adhérer à une métaphysique transcendantale, mais il lui avait expressément demandé de ne pas se faire baptiser tant qu'aucune prophétie d'Armstrong ne se serait réalisée. Grâce à ce garde-fou, mon ami ne deviendrait jamais un « frère », mais resterait un simple « compagnon ».

Le Hongrois, en tout cas, avait réussi le tour de force de lui redonner à la fois espoir et foi en son art. Grâce à cette lettre, Bobby pensait de nouveau davantage aux échecs qu'aux théories providentialistes. Je le quittai à la fin de la traversée avec l'intuition qu'un avenir meilleur ferait de lui un homme d'exception.

Lors du championnat des États-Unis de décembre 1963, plus d'un an après notre dernière rencontre, Bobby s'élança vers les cieux grâce à un score parfait de onze victoires pour onze parties. Par son triomphe contre de grands maîtres, tels que Robert Byrne, Larry Evans, Pál Benkő ou le grand Samuel Reshevsky, il avait réussi son pari : désormais, les Russes le considéraient comme très fort. Trop fort.

En 1964, Bobby avait vingt et un ans. Le président John F. Kennedy avait été assassiné un an plus tôt, et son successeur, Lyndon B. Johnson, se retrouvait embourbé dans la guerre du Vietnam. Il était temps pour Bobby de faire son service militaire ; le général Hershey, en charge du recrutement, ne pouvait l'exempter. Pourtant ce fut le cas. Les ordres venaient du plus haut de la hiérarchie américaine. Les services secrets avaient expliqué qu'il constituait une arme de destruction massive et qu'il fallait le laisser s'adonner à son art. S'il devenait un jour champion du monde, à lui seul il anéantirait les Russes dans ce qu'ils avaient de plus cher, leur art, leur opium : les échecs.

Trois ans plus tard, j'eus la chance d'assister à une autre rencontre entre László et Bobby. Tous les trois, à l'apogée de cette relation dans laquelle je peux m'inclure, nous peaufinâmes la nouvelle marche à suivre. Le fondement de cette réunion demeure, cependant, une magnifique énigme. Le Hongrois détenait des informations ultra-confidentielles et je me demande encore aujourd'hui comment il pouvait être au courant de la plus infime rumeur au sein du Kremlin.

Nous étions confortablement assis dans sa suite quand il se lança dans une longue diatribe :

— Silence, maintenant. Je ne veux pas être interrompu et ne tolérerai aucune manifestation de joie. Mais je suis en mesure de te l'annoncer, Bobby, ou plutôt devrais-je dire Robert James Fischer : tu as gagné ! L'Institut des sports et de la recherche scientifique de Russie a constitué une cellule, commandée par Vladimir Alatortsev. Sa mission consiste à pénétrer dans les entrailles de ton génie, à en repérer les failles, puis à transmettre toutes les analyses à trois grands maîtres susceptibles de contester ta suprématie. On étudie aussi ta personnalité, ton comportement et jusqu'à tes habitudes alimentaires. Cependant, malgré toutes les compétences et tous les moyens mis à leur disposition, aucun des trois plus grands joueurs soviétiques ne s'est estimé capable de te battre au prochain championnat du monde. Ils ont peur, c'est ta première victoire ! Je sais aussi qu'ils ont évoqué l'idée de te faire disparaître mais, rassurez-vous, le KGB y a renoncé… Je vois vos mines décomposées. Souriez, ce sont d'excellentes nouvelles ! Je peux vous l'affirmer, nous sommes désormais candidats au titre mondial puisque, comme vous le savez, les règles de la FIDE ont volé en éclats depuis notre dernière rencontre. Bobby, il n'y a plus d'obstacle entre toi et le sacre tant attendu ! Il n'y a plus de possibilité de connivence ni de triche. Si tu ne participes pas aux phases éliminatoires, comme la dernière fois où tu as préféré abandonner à l'interzonal en Tunisie, tu passeras pour un idiot aux yeux de l'opinion publique ! Les Russes ont relevé le défi… En 70 aura lieu le prochain tournoi qualificatif. Je te veux prêt À partir de maintenant, arrête de vadrouiller à travers le monde pour y glaner des trophées. Parce que sache que chaque partie que tu vas jouer sera analysée, voire disséquée, et c'est autant de munitions que tu donnes à tes adversaires ! Je préfère te voir étudier, je te donnerai bientôt la liste de tous ceux susceptibles de t'affronter. Tu devras toi aussi te pencher sur chacune de leurs parties pour déceler leurs points forts et leurs faiblesses. En entrant dans les arcanes de leur cerveau, tu vas découvrir les variantes, les lignes qui t'avantagent. Et nous attendrons d'être à neuf mois de l'interzonal pour reprendre les compétitions… Tu es le plus grand, le plus fort, mais il ne faut pas oublier l'un des ingrédients essentiels à la réussite : être un compétiteur hors du commun. Ressentir la pression comme une alliée, maîtriser le stress et la concentration. Le meilleur boxeur au monde n'est rien s'il perd ses moyens lors du combat. Je te veux, le jour J, le visage grave, la mâchoire serrée, prêt à bondir sur la moindre approximation de tes adversaires… Avant d'aller plus loin, je voudrais que vous me répondiez « Oui, j'accepte » ou « Non, je refuse ». Il n'y a pas de solution intermédiaire. Je vous écoute. Vos deux avis sont essentiels.

J'ai lu plus tard tous les papiers sur la supposée paranoïa de Bobby : un ramassis de bêtises ! S'il prenait tant de précautions, c'est qu'il savait que les variantes menant à l'évaluation d'une position pouvaient changer en fonction de la tournure des événements, et qu'il fallait prendre en compte tous les paramètres. Ainsi, il était persuadé que cette décision du KGB de le laisser en vie ne pouvait être que temporaire. On ne met pas fin à une hégémonie intellectuelle sans subir de représailles.

Je pris la parole en premier :

— Moi, je veux assister au triomphe de Bobby ! Il doit refuser d'être une goutte d'eau, s'il veut embrasser l'océan.

László me regarda avec admiration. J'avais entraîné le débat sur un terrain mystique. Or, Bobby n'avait jamais su résister aux tentations métaphysiques, et l'océan avait valeur d'éternité dans la philosophie d'Armstrong. Le jeune champion, pour le moment, n'avait pas bougé. Il se tenait adossé au mur, le buste légèrement en avant, la tête inclinée, et semblait plongé dans ses réflexions. Nous attendions un geste, un signe, une parole. Il se contenta de lever le visage dans notre direction et de lancer :

— Je donnerai à ces sales Russes une leçon qu'ils ne sont pas près d'oublier.

Le vieil homme que je suis se doit de vous avouer que Bobby n'a jamais été seul. À nous trois, nous étions une armée.

Mon ami suivit presque au pied de la lettre les recommandations de László. En 1968, il joua deux tournois. Le second se déroula en Yougoslavie. Il avait besoin de se changer les idées et ce pays avait une saveur particulière à ses yeux. En 69, il disparut totalement, s'entraînant à partir de la liste qui lui avait été transmise. En 70, il entama une série de compétitions qui devait parfaire son entraînement.

L'interzonal de Palma de Majorque débuta à la fin de cette année-là. Bobby était confiant et concentré sur son destin. Il avait dominé vingt-trois des plus remarquables joueurs d'échecs au monde. Notre machine de guerre était lancée, mais il restait un obstacle majeur : ce tournoi des candidats. Huit joueurs allaient s'affronter dans des matchs à élimination directe. Il fallait totaliser six points pour passer à l'étape supérieure.

Bobby devait donc battre trois adversaires pour prétendre au titre mondial. Le premier était Mark Taïmanov, un joueur redoutable de quarante-quatre ans, au sommet de son art. La Russie lui avait constitué un entourage de choix, comprenant même un médecin qui composait chacun de ses repas. Le match se solda par une victoire de Bobby avec un score de six à zéro. Les Soviétiques furent consternés par ce résultat, qu'ils jugeaient indigne. Iouri Andropov punit Taïmanov de ne pas avoir obtenu au moins une nulle : l'un des cinq meilleurs joueurs au monde perdit son salaire et le droit de voyager à l'étranger. Par chance, il était aussi un pianiste de renommée mondiale et, en serrant la main de Bobby lors de la dernière partie, il lui avait murmuré : « Ma foi, il me reste la musique… »

Les demi-finales furent expéditives. Le Danois Bent Larsen fut écrasé avec le même score. L'analyse des parties montra une suprématie indiscutable de notre gladiateur, lequel avait quinze ans d'avance sur la théorie. Pour vous donner une idée de sa supériorité, s'il était joueur de tennis, il aurait battu Roger Federer en finale de Wimbledon en ne lui concédant que trois jeux !

La finale du tournoi des candidats se déroula à Buenos Aires et opposa Bobby à Tigran Petrossian. Les journalistes du monde entier avaient afflué au théâtre San Martin. Le Russe ayant eu vent des sanctions infligées à son ami Taïmanov ne cherchait même plus à gagner, mais simplement à ne pas être ridiculisé. Ce fut le cas : il sauva l'honneur avec un score de six et demi à deux et demi. Au début de la neuvième partie, la salle était pleine et les rues voisines envahies d'une nuée d'*aficionados*. Bobby s'offrit le scalp d'un ancien champion du monde avec beaucoup d'aisance. Par cette victoire, il était désormais candidat au titre le plus prestigieux qui soit.

László était à New York pour partager ce moment avec moi. Lorsque le téléphone sonna et qu'on nous annonça la fin du carnage, nous laissâmes éclater notre joie. Les jours suivants furent entièrement dédiés à une célébration débridée. Il ne restait plus qu'une marche à franchir : battre Boris Spassky, le champion du monde en titre.

*

Le vieil homme que je suis ne peut se permettre d'enchaîner les anecdotes à n'en plus finir. Sachez que l'essentiel vous a été dévoilé. Si vous voulez en savoir plus, il existe des centaines de livres, plus ou moins douteux.

Quant à moi, je reste glacé dans ce bel hôtel, je le sais, mes démons ne vont plus tarder à venir frapper à la porte. Il va me falloir du courage pour les affronter… Oui, j'ai été l'instrument de la descente aux Enfers de mon meilleur ami. À ma décharge, comment aurais-je pu imaginer qu'il en serait ainsi ? J'ai tenté de le rencontrer par la suite pour m'en excuser. Ce fut un rendez-vous raté, à Budapest. Je passai plus tard d'autres moments en sa compagnie, mais Bobby avait atteint un point de non-retour et vivait dans un monde parallèle.

Revenons plutôt à notre histoire.

*

Le match pour le titre mondial se déroula en Islande. Plusieurs villes s'étaient portées candidates, dont Belgrade, qui proposait cent cinquante-deux mille dollars à se partager : 67,5 % pour le gagnant et 32,5 % pour le perdant. Buenos Aires, avec cent cinquante mille dollars, était l'une des favorites. Après d'âpres négociations, Reykjavik, qui offrait la somme de cent trente-huit mille dollars, fut retenue. Une fortune en 1972 ! Il faut multiplier par dix pour avoir une estimation de ce que cela représenterait aujourd'hui. Mais au fur et à mesure que la date de la rencontre approchait, Bobby, insatisfait, exigea des rallonges, jusqu'à atteindre la somme de deux cent cinquante mille dollars.

Le président Nixon décida de régler lui-même ce problème financier en demandant de l'aide à Jim Slater, directeur du groupe Walker Securities. Cet homme de quarante-trois ans, banquier anglais devenu du jour au lendemain amateur d'échecs, se montra si enthousiaste qu'il fit une donation de cent mille livres sterling. Mais ce qui a été tu, c'est que les Américains auraient cédé à toutes les requêtes de Bobby, bien au-delà du million de dollars. László, qui était dans le secret des dieux, en était convaincu.

Les journaux étrangers critiquèrent abondamment l'avidité de Fischer, qui finit pourtant par accepter de se rendre à Reykjavik. Il faut dire que Henry Kissinger, le conseiller national à la sécurité du président Nixon et futur secrétaire d'État, l'avait lui-même appelé pour lui demander, avec des mots devenus célèbres : « Moi, le plus mauvais joueur d'échecs au monde, je m'adresse au meilleur… Jouez ce match ! »

En réalité, la conversation avait duré quinze minutes. En raccrochant, Bobby était devenu un soldat de la guerre froide, prêt à défendre son pays.

Boris Spassky, de son côté, indigné par les caprices de son adversaire, qui ne cessait de repousser l'échéance, écrivit une lettre qui rend bien compte de l'esprit de ce match :

L'opinion publique soviétique et moi-même sommes scandalisés par le comportement de Fischer. Au regard des règles communes à tous, il s'est totalement déconsidéré. À mes yeux, il a donc perdu le droit moral de disputer cette rencontre.

Pour qu'il reste encore une chance que le match ait lieu, Fischer doit avoir une juste pénalité. C'est à cette condition que j'envisagerai de nouveau mon éventuelle participation.

Boris Spassky
Champion du monde

Après de multiples excuses de la part de Bobby – qui avait atteint son but : exaspérer les Russes –, l'après-midi du 11 juillet 1972 se joua la première partie du championnat du monde. La planète entière vibra au rythme de cette rencontre. Le journal télévisé s'ouvrit sur le résultat du jour, avant même d'aborder la guerre qui faisait rage au Vietnam. De nombreux faits relatés par le *New York Times*, dans un éditorial intitulé « La tragédie de Bobby Fischer », conférèrent une valeur mythique à cet affrontement. Plus tard, il serait qualifié de « match du siècle ».

Le président Nixon en personne se sentit obligé d'intervenir pendant la compétition, pour glorifier son combattant et lui redonner du courage mais, croyez-moi, Bobby n'eut jamais l'intention de rendre les armes. Il ne voulait que jouer avec les nerfs des Russes, et dans ce but, il usait d'artifices. Son idée était simple : s'il lui arrivait malheur, l'URSS en serait aussitôt accusée. Seule ombre au tableau, Bobby appréciait Spassky, cet homme de trente-cinq ans qui lui avait avoué, par le passé, avoir été indigné par les manœuvres mises en place par ses compatriotes.

Lorsque le héros américain s'installa dans le somptueux fauteuil en cuir pour déplacer sa première pièce, il arborait fièrement un costume bleu marine impeccablement coupé et une chemise blanche. Boris Spassky joua son premier coup, il avait les blancs. Avant de lui répondre, Bobby savoura l'instant ; il avait parcouru tant de chemin pour en arriver là… Pendant quatre-vingt-dix secondes – une éternité –, les deux mille trois cents spectateurs du Laugardalshöll, ainsi que les millions de passionnés devant leur écran de télévision, retinrent leur souffle. Bobby allait-il enfin entrer dans la partie ou était-il capable d'une ultime dérobade ? Puis, ô délivrance, il prit son cavalier pour le déplacer. Le championnat du monde allait bien avoir lieu.

Plus tard, Bobby m'avoua que, pendant cette minute et demie, il avait pensé à László, le père qu'il n'avait jamais eu, à sa mère, la reine, à moi, son roc. Il s'était remémoré aussi cette partie au parc contre Sergueï pour ses sept ans. Il s'était fait battre mais était ensuite monté sur la table, pour crier haut et fort : « Moi, Bobby, je serai champion du monde, vous entendez ? Vous m'entendez ? »

Ce premier affrontement mérite aussi toute notre attention, car une faute grossière donna la victoire à Spassky dans une position où il aurait dû y avoir un partage du point ! Les plus fins analystes étaient tous abasourdis par la tournure des événements. Le grand maître Edmar Mednis déclara : « Je n'arrive pas à croire que Fischer ait pu commettre une erreur pareille, c'est surréaliste ! »

Or László était convaincu du caractère prémédité de cette bourde. Bobby, emporté par un élan mystique, voulait remercier son opposant de ne pas avoir renoncé. Quelques jours plus tôt, en effet, le ministre russe Sergueï Pavlov lui avait ordonné de se retirer de la compétition, prétextant que cet Américain était une insulte à l'art et à l'esprit soviétiques. Mais Spassky tenait à jouer, et c'est avec courage qu'il s'était opposé à sa délégation.

La vingt et unième partie débuta le 31 août. En fin de soirée, elle fut ajournée. Fischer avait besoin de douze points et demi et en détenait déjà onze et demi. Une victoire suffisait. Pour Boris Spassky, la position était désespérée. Le lendemain, à 14 h 47, l'arbitre monta sur scène pour annoncer l'abandon du Russe. Bobby était désormais assis en haut de l'Everest. Le Mozart des échecs avait atteint son but, il était champion du monde. La Russie était en deuil, comme en témoignent les journaux télévisés de l'époque. Bobby reçut des milliers de lettres venant des quatre coins du globe, mais celle qui le remplit de fierté fut celle-ci :

Cher Bobby,

Votre remarquable victoire à Reykjavik prouve de façon spectaculaire que vous dominez complètement le jeu le plus difficile et fascinant qui soit au monde. Le titre que vous venez de remporter est votre triomphe, et je suis heureux de joindre mes félicitations à celles de beaucoup de nos compatriotes, ainsi que mes meilleurs vœux pour le futur.

Très cordialement,

Richard Nixon

Toute la presse tenta d'expliquer la raison de ce succès. Robert James Fischer figurait partout en première page, devenant l'emblème du monde libre. La preuve vivante qu'un enfant miséreux de Brooklyn, par son art, pouvait faire plier l'ogre russe. Les médias, les publicitaires, les hommes d'influence se battirent pour apparaître à ses côtés. Jamais autant de livres et de jeux d'échecs ne furent vendus. Le nombre de licenciés dans les clubs explosa. Chacun voulait lui rendre hommage en perçant une partie infime de ce mystère, de son génie.

Mais la clé de cette ascension tient en une phrase : ne jamais dévier du but que l'on s'est fixé. Jusqu'où êtes-vous capable d'aller afin d'élever votre esprit ? vers quel horizon ? Bobby n'avait pas hésité. Il avait fait de son univers un espace restreint, étanche à toute source de contamination extérieure. Même à l'amour d'une mère, même à l'amour tout court. C'est pourquoi, au lendemain de son sacre, il se sentit triste et seul, n'étant ni tout à fait lui-même ni tout à fait un autre. Désormais, il ne lutterait plus contre ses désirs ou ses instincts, bien au contraire. Il s'ancrerait dans les racines profondes de l'humanité.

C'est ici que j'ai voulu vous entraîner, cher lecteur, jusqu'à atteindre un promontoire un peu plus élevé, sur la montagne de nos aspirations. Il offre une vue dégagée sur le combat à venir.

*

Les pages suivantes seront un champ de bataille. Vous comprendrez l'atrocité, la cruauté viscérale du complot – du processus de déshumanisation – qui a été savamment orchestré pour anéantir la vie de Bobby Fischer. Vous serez écœuré, mais d'un amas d'ossements et d'idéaux naîtra la plus belle histoire d'amour qu'il soit donné de raconter.

Un principe fondamental de la physique sera néanmoins préservé, celui qui nous révèle que tout est opposé, mais équilibré. À tant de laideur, de noirceur, une compensation sera déposée à nos pieds. Il existe un dieu vengeur qui rétablit une forme de modération. Dans ce processus où tout est inversement proportionnel, on doit se rendre à l'évidence : la récompense sera à la hauteur de la folie humaine.

III

Le roi, la reine et les empires

20

La rose n'a pas de pourquoi

À la suite de l'interrogatoire qu'elle m'avait fait subir, Olga repartit vivre au sein même du Kremlin. Dès son arrivée, elle tint à réunir ses troupes. Brejnev était présent et eut la chance d'entendre ces mots :

— Oui, Bobby est un être particulier. S'il décide de s'asseoir et de jouer, nous perdrons. Mais, messieurs, j'ai entrevu une faille dans l'existence de Robert James Fischer, apparue dans son enfance. Nous allons l'exploiter pour faire vaciller les fondations de son édifice. Je vais vous mener à la victoire par une porte dérobée ; c'est un ange nommé Arthur qui m'en a donné la clé… Nous avons besoin dès à présent de nouveaux intervenants : un physicien spécialisé en optique, un expert en vitraux, un architecte, et une trentaine d'hommes vont être déployés en Suisse. Je ne veux pas de pourquoi. *A contrario* de tout ce que pensent les philosophes, il faut laisser cette question de côté. Ici, il n'y a pas de pourquoi.

La cellule, dont l'esprit pragmatique était soumis à rude épreuve, exécuta ses ordres sans broncher, même si chacun aurait bien voulu entendre les détails de cette opération. Olga, quant à elle, se retira dans ses quartiers pour discuter des aspects techniques de l'élaboration d'un cône réflecteur. Le quatrième jour, les espions soviétiques déployés en Suisse étaient devenus des agents immobiliers en quête d'une maison bien spécifique. La dernière exigence d'Olga fut exprimée la veille de son départ pour New York. Elle voulait l'entière disponibilité des huit meilleurs joueurs d'échecs de nationalité russe pendant les deux prochains mois. Pour des raisons indéterminées, Anatoli Karpov fut exclu, tout comme Boris Spassky – elle estimait que ce dernier était trop lié d'amitié à son rival. Ainsi s'acheva cette première semaine, sans avoir obtenu le moindre sourire de sa part. La cellule s'était réunie à maintes reprises pour tenter de saisir comment une faille dans l'enfance de Bobby pourrait les mener à la victoire. Rien, aucun résultat concluant ; ils étaient affligés de leur médiocrité.

Leur madone avait les traits tirés et demeurait hermétique aux élans de ferveur qu'elle suscitait chez les pensionnaires du Kremlin. À plusieurs reprises, elle leur avait cependant laissé entrapercevoir l'horizon d'une Terre promise, que chacun désormais convoitait. Ils auraient tellement voulu faire partie intégrante du voyage, ressentir sous leurs pieds la douceur du sable chaud et l'ivresse revigorante de l'écume. Mais une forteresse de récifs leur en interdisait l'accès.

Rongé par la curiosité, mon père parvint à joindre Andropov pour lui soutirer quelques informations sur Olga. Il apprit qu'elle était un être d'exception, recrutée par une cellule spécialement créée pour la découvrir. On avait écumé toute la Russie et, au moment où chacun pensait rendre les armes, on avait enfin trouvé la perle rare. Elle était le joyau qui rehaussait la couronne, une incarnation du divin, selon les dires mêmes de Brejnev, un personnage pourtant profondément cartésien. Il était même allé jusqu'à faire graver sur les portes du bureau de la cellule, si j'ose traduire littéralement ces mots du russe : « Si elle ne le peut, alors nul ne le pourrait. »

Ces révélations me firent réfléchir. La singularité d'Olga ne m'avait pas vraiment déstabilisé. J'étais persuadé qu'il était impossible de corrompre, d'abîmer Bobby Fischer, surtout par l'entremise d'une femme. L'amusement finit même par me gagner. Quelle était sa stratégie ? Elle tenterait sûrement de le séduire en entrant dans son monde grâce à l'étendue de son savoir. L'une des deux passions de Bobby tournait autour de la compréhension du moi et de l'univers, peut-être irait-elle jusqu'à provoquer un effet miroir ?

À l'époque, je m'étais diverti à imaginer les grandes lignes d'un dialogue pesant, où l'intelligence d'Olga ferait fausse route en partant du principe qu'il lui faudrait détailler la pensée philosophique. Elle allait expliquer les fondements du Yajur-Veda, enchaîner sur la Bible, évoquer les présocratiques qui font de l'infini un principe non engendré et non corruptible, se rapprocher d'Anaximandre et de l'école pythagoricienne, citer Héraclite, Parménide, Mélissos et Démocrite. Bobby aurait déjà suffoqué avant qu'elle n'enchaîne avec un Nouveau Monde menant aux néoplatoniciens. À ce moment-là, le coup de grâce enverrait mon cher ami au tapis lorsque Olga s'aventurerait sur « la preuve ontologique de l'existence de Dieu par son idée » selon Descartes. Sa culture aurait un effet dévastateur, mais pas dans le sens où elle l'entendait. Pauvre fille, je ne voyais pas par quel moyen elle pourrait accaparer son attention.

Je ne doutais pas qu'elle ait étudié la séduction comme une science sociale, disséquant l'ensemble des procédés de manipulation, cherchant à susciter une émotion, une admiration, voire un sentiment amoureux. Avait-elle la prétention, dans la continuité de « l'abuseur de Séville », de devenir « l'abuseuse de Central Park » ? Pensait-elle pouvoir incarner le pendant féminin de Don Juan, ce séducteur mythique qui avait érigé la conquête en art, en politique ? Tirso de Molina l'avait imaginé en 1630, Molière l'avait repris, et Mozart en avait fait un opéra, prouvant par là la fascination qu'il exerçait sur les esprits. Mais toute forme de beauté, qu'elle soit intellectuelle ou esthétique, n'aurait aucun impact sur Bobby, cela me paraissait évident.

Olga était de retour à New York. « Une bonne nouvelle pour l'industrie du luxe ! », railla probablement un agent de la CIA. Du moins le vieil homme que je suis le suppose et ce ne serait pas incohérent. Mais trêve de plaisanterie, le jeune Arthur était dans l'erreur. Il n'aurait pas dû sous-estimer le potentiel de la Russe. Elle avait eu une semaine pour échafauder un plan méticuleux. Désormais, Central Park n'était plus le poumon de New York, mais un champ de bataille où la Russie allait déployer une arme secrète nommée Olga.

L'heure et l'endroit exacts de la rencontre avec Bobby furent dictés par elle. Mon ami et moi étions sur ce banc qui nous avait vus grandir, devenu aujourd'hui l'écueil de mes paradis perdus. Le soleil avait entamé sa descente et, d'ici une petite heure, il disparaîtrait, mais dans ces derniers instants de vie, il allait nous livrer un spectacle saisissant. Je vous parle du moment où son rayonnement est atténué par la diffusion de Rayleigh et prend un aspect rouge orangé. Le domaine de notre vision fovéale, la zone où nous voyons avec le plus de précision, s'agrandit au prix d'un ralentissement de la perception, tandis que les couleurs se voilent de l'effet Purkinje, qui altère notre spectre visible.

C'est à ce moment-là qu'Olga fit son apparition en ombre chinoise, au bout du chemin, dans l'axe de cette dernière traînée de lumière. Sa silhouette grandissante produisit sur nous un réel émoi. Pourtant, sa beauté nous était occultée, et seuls les contours de son corps et la grâce de sa démarche étaient perceptibles. Lors de ses derniers pas, quand son visage nous fut visible, je pris un air étonné pour l'interpeller :

— Olga ! C'est bien toi ? Quel plaisir de te revoir après toutes ces années !

Bobby se leva pour lui tendre la main, mais sans se présenter ni prononcer le moindre mot. Ressentait-il une forme de pudeur ? Était-il troublé par cette apparition ? Après m'avoir embrassé comme si nous étions les meilleurs amis du monde, Olga se mit à parler science, puis je pris congé, laissant leur destin s'accomplir.

La partie pouvait commencer !

La Russe avait déjà une stratégie en place. Encore fallait-il l'appliquer et captiver Bobby. Pour cela, elle était entrée dans le monde des échecs, la pierre angulaire de son univers. Elle savait que, pour lui, cet espace était rassurant, car loyal. Les règles étaient immuables : un cavalier serait toujours un cavalier, un fou se déplacerait en diagonale et un pion en resterait un, même s'il pouvait avoir plusieurs vies. Aucune supercherie ne pouvait s'immiscer dans ces soixante-quatre cases.

Olga puisa donc dans la misogynie millénaire de la construction humaine : la ruse était consubstantielle à la femme, sa perversion étant déjà inscrite dans l'Ancien Testament. Ève n'avait-elle pas fait perdre le paradis terrestre à Adam en lui faisant croquer la pomme ? Quant à la littérature, elle était truffée d'histoires racontant la perdition de l'homme, une fois séduit. D'ailleurs, l'étymologie même de ce terme n'était-elle pas « se détourner du droit chemin » ? L'*Iliade* rapporte comment la simple beauté d'Hélène de Sparte fit basculer le monde grec et troyen dans le chaos de la guerre. La rouerie féminine s'incarne aussi dans l'*Odyssée* par le chant des sirènes qui conduit les marins à une mort assurée. Plus loin encore, la mythologie grecque, à travers la figure de Dionysos, dieu de la séduction et du vin, lie l'art de séduire à une ivresse menant au délire.

Un battement de cils, un regard en coin, des paupières qui se baissent, des pupilles dilatées, voilà quelques-uns des signaux déployés pour mener les hommes sur le chemin de la dépossession. Bobby en était conscient, il avait lu Schopenhauer et refusait de devenir « un instinct sexuel individualisé de la Nature[1] ». Il ne serait pas une bête et voulait, à tout prix, rester dans le monde éthéré de la rationalité qu'incarnaient les échecs. Olga l'avait bien compris ; Bobby ne pouvait se faire berner sur ce terrain, son intuition était trop développée, ses garde-fous impossibles à lever.

Elle décida donc d'entamer une conversation tendancieuse, le menant à exprimer un certain dégoût des relations humaines, notamment avec les femmes. Avant de lui dévoiler qu'elle ne pouvait adhérer à sa vision. Qu'il ne fallait pas les assimiler à des êtres frêles ne trouvant leur survie que dans la ruse, mais à des entités parfaitement égales aux hommes.

Bobby, excédé, l'interrompit :

— Mais pour qui me prenez-vous, Olga ? Je n'ai pas un avis aussi dur que vous semblez le penser !

Elle démontra tout son talent en répondant :

— Vous êtes à l'image d'une divinité d'origine fluviale, si fière de son génie qu'elle en vint à défier l'amour. Celui-ci en sortit pourtant vainqueur. Il la condamna à porter une couronne faite des plumes de sa propre pensée, si lourde qu'elle l'empêcherait à jamais de voler, et exigea qu'elle se retire sur le rivage, aux frontières de notre monde. De là, elle ne pouvait plus séduire les navigatrices. Mais, attirées et aveuglées par

1. Arthur Schopenhauer, *Métaphysique de l'amour*.

ses traits de lumière, elles perdaient le sens de l'orientation et venaient fracasser leurs embarcations sur les récifs de son propre génie. Cette pauvre divinité ne fut plus entourée, alors, que d'un amas d'ossements et de chairs desséchées, celui des idéaux qu'elle avait fait périr… Mais, pour l'instant, vous êtes celui qui se bat corps et âme pour éviter un tel destin, et ne pas être condamné à ne plus voler.

Bobby avait bu chacune de ses paroles et sa réponse fut surprenante de lucidité.

— Oui, il est impossible de défier la nature sans provoquer un duel dont nous sortirions forcément perdants. Nous ne pouvons pas, nous ne devons pas ne pas aimer les femmes. Si nous le faisons, nous provoquons la colère des dieux.

— Alors, Bobby, dites-moi ! Quel est le sens de ce jeu qui nous enseigne que seule une reine peut se sacrifier pour son roi ?

— Parce que nous, les rois, nous devons gagner la guerre pour survivre, et cela se fait au prix de dommages collatéraux. Ce sont les règles du jeu !

— Vous devez gagner la guerre pour satisfaire votre propre vanité et, nous, il nous faut vous aider à accomplir votre misérable destinée… C'est ça, le sens de vos mots ! J'espère que les règles vont encore évoluer ou qu'un jour le meilleur joueur de tous les temps, élevant son âme en un point ultime, aura le courage de sacrifier son roi afin de sauver sa reine. Seulement alors, les échecs auront franchi un cap pour entrer dans l'éternité… Sinon, ce jeu ne restera qu'un jeu et non un art. Une discipline de l'esprit et non le miroir de l'humanité. Une offense et non une offrande.

Bobby était fasciné par cette femme qui l'emmenait sur un terrain inconnu, en énonçant des idées nouvelles ; sa vision des choses se trouvait aux antipodes de ses propres préoccupations, néanmoins elle lui paraissait non dénuée de sens, elle le faisait réfléchir. Il adorait de ce genre de conversations. Il aurait voulu lui répondre, mais il n'avait plus d'arguments pour se défendre ni d'éléments pour l'attaquer. Il était sonné.

Ils se quittèrent de façon soudaine. Olga mit brusquement fin à la discussion, elle devait passer à son hôtel afin de se changer. Ils devaient de toute façon se revoir le soir même, lors d'un dîner chez Sergueï. Bobby eut le temps de penser à ses dernières paroles. Il avait enfin trouvé une variante pour continuer la partie.

Il arriva à 21 heures tapantes, élégant dans son complet bleu et ses souliers vernis. Mais le téléphone sonna et, quand Sergueï revint, l'air contrarié, il nous annonça qu'Olga ne pourrait nous rejoindre. J'en éprouvai une joie secrète, ravi de sa défaite. Elle ne venait pas car elle avait échoué. Mais lorsque je regardai Bobby, je compris à sa mine déconfite que je me trompais.

Était-il possible qu'en l'espace d'une heure des liens puissants se soient déjà créés ? Comment avait-elle fait pour transformer cet ours mal léché en agneau ? J'appris alors que Bobby avait spécialement annulé un déplacement à Los Angeles pour être présent ce soir-là. Au cours du dîner, il ne cessa de poser des questions sur elle, jusqu'à demander l'adresse de son hôtel pour lui adresser ses excuses. Il avait la sensation de s'être comporté de manière tout à fait impolie, en ne lui demandant ni son métier ni ses origines. Mon père et moi restâmes très évasifs, le spectre du KGB planant au-dessus de nos têtes. Elle était, comme on le dit si bien dans ce genre de situations, « l'amie d'une amie ».

Cette nuit-là, je m'endormis avec l'impression d'avoir entraîné mon camarade dans un guet-apens, tout en m'accrochant à l'idée que cette amitié naissante ne pourrait, cependant, entraîner son anéantissement.

Aujourd'hui, mon interprétation des faits est tout autre. Olga s'était débarrassée des écueils tactiques pour développer une stratégie d'ensemble qui, selon elle, était sans faille. À la manière d'un joueur d'échecs, son esprit prophylactique avait écarté toutes les menaces. Il ne lui restait plus qu'à dérouler son plan afin de conquérir le centre de l'échiquier et s'offrir une finale avantageuse, à moins qu'elle n'ait déjà créé un déséquilibre sur l'aile roi de son adversaire pour le mater. Cela étant, le lecteur ne peut à ce moment de notre histoire imaginer la splendeur qui jaillira de cet esprit lumineux. Moi-même, aujourd'hui, j'en reste ébahi.

*

Assis sur ce banc, je reste persuadé qu'il faut aller au bout de l'histoire. Combien de fois ai-je entendu de jeunes garçons dans les clubs d'échecs demander à leur entraîneur : « Pourquoi Bobby n'a-t-il pas défendu son titre en 1975 ? » Les réponses apportées étaient souvent fantasques et, de temps à autre, insoutenables, intolérables, odieuses. Comme celle-là : « Tu vois, mon garçon, il n'a pas eu le courage de se présenter, parce qu'il ne se sentait plus à la hauteur. » Et encore, ce n'était pas la pire. Les plus grossières décrivaient mon ami comme un type dénué de toute morale, à l'ego surdimensionné. Vous, historiens et biographes en tout genre, comment avez-vous pu imaginer que Bobby ait manqué d'audace ? À l'époque, il devait reverser 20 % de ses revenus à la secte à laquelle il appartenait ! Tout son entourage ou presque avait intérêt à le voir disputer ce championnat du monde. Nous n'avions cessé de le glorifier, Bobby était persuadé d'être invincible.

Par ces dernières pages, justice lui sera rendue. Quarante-cinq ans après les faits, je me présente à la barre. Je serais ce saumon revenu d'un long périple pour vous pondre la vérité dans l'eau claire de mes premières danses. J'ai gardé précieusement dans une fiole ce doux parfum pour le répandre le jour venu, des souvenirs par milliers, un bouquet puissant et délicat, irrésistible et effrayant. C'est dans la justesse des mots, dans la découverte de cette autre réalité, qui peu à peu se transforme en vapeur, que vous accéderez à la part des anges.

*

Olga revit très souvent Bobby, mais je n'eus aucun écho de leurs conversations. Ils avaient noué des liens solides, pourtant, de ce que je devinais, il n'était pas amoureux. J'en étais soulagé et, à mon sens, Olga était loin d'atteindre son but – obliger mon ami à renoncer au combat, à abandonner son titre de champion du monde au profit d'un Russe. Il était totalement improbable qu'il fasse un tel choix. Mais alors, où se trouvait la solution ?

Olga naviguait entre Moscou et Los Angeles où Bobby s'était installé. Dans les locaux du Kremlin, elle vint annoncer que le dénouement de cette histoire aurait lieu dans les semaines suivantes et réclama l'entière disponibilité de tous les protagonistes. Son sourire annonçait une victoire éclatante des services secrets. Mais les autres visages restèrent dubitatifs ; personne n'avait la moindre idée de ce qu'elle tramait.

Une certaine effervescence régnait néanmoins en ces lieux. À la demande d'Olga, une maison avait été louée près de Bienne, en Suisse, et une équipe d'ouvriers, envoyée de Russie, y travaillait sous la direction d'un architecte devenu membre honorifique de la cellule. Un physicien spécialisé en optique géométrique avait été également mandaté et, à son retour de Suisse, il avait déclaré avoir réussi son œuvre. Olga, réjouie, l'avait embrassé en affirmant que toutes les écorces de lumière seraient déposées à l'endroit exact. Par son plan, cherchait-elle se hisser à la place de Dieu ? Tout n'avait-il pas commencé par la lumière ? « *Fiat lux* », dans la Bible, disait l'avènement de la Création.

Chacune de ces particules serait indépendante, écartant *de facto* tout phénomène de cohérence, avait-elle ajouté. Dans quel univers allait-elle nous plonger ? L'expert en vitraux avait lui aussi achevé sa tâche avec brio, et les photos de son ouvrage contentaient pleinement Olga. Quant à Andropov, il se tenait en éveil, prêt à obéir aux ordres de la commandante en chef.

Des joueurs d'échecs avaient eux aussi été réquisitionnés, quatre exactement, et non huit. Assignés à résidence à l'hôtel National, ils étaient dans les starting-blocks. Brejnev, désormais relégué au rang de secrétaire d'Olga, avait accédé à sa dernière demande, tout aussi incongrue : un avion, prêt à décoller, devait être mis à sa disposition dans un aérodrome de Los Angeles. Enfin, Olga lui dicta une lettre qu'elle s'empressa de mettre sous pli.

Elle repensait non sans plaisir à ses lectures passées, à cette femme qui lui avait servi de modèle, la marquise de Merteuil, parvenue à tenir les rênes de son monde en mettant en œuvre une politique décrite dans la fameuse lettre 81 du roman de Choderlos de Laclos. À présent, Olga était aux commandes d'un pays tout entier. Elle n'avait plus besoin de vivre par procuration ces histoires dans lesquelles elle s'immergeait, enfant, et qui la mettaient dans une transe spectaculaire. Aujourd'hui, c'était elle, l'héroïne qui infléchissait le destin de la grande Russie.

Elle partit finalement en avion direction New York, afin de passer une soirée avec mon père et moi. Nous étions ravis de constater l'importance que nous avions à ses yeux, et la soirée se déroula à merveille. Nous étions cinq : mes parents, ma femme Luz María et moi. Olga avait apporté une bouteille de champagne, l'un des meilleurs, un Perrier-Jouët, et de fabuleux cigares Gloria Cubana. Elle nous offrit même une bouteille de cognac. Alors que nous baignions tous dans une ivresse joyeuse et familière, Olga déposa une lettre sur la table et déclara :

— Brejnev en personne l'a écrite et adressée à vous deux. Vous la lirez quand je serai partie.

Au moment de nous quitter, dans une franche accolade, elle murmura à l'oreille de mon père, puis à la mienne, une phrase d'une importance capitale. Je ne peux vous la révéler dès maintenant, mais une chose est certaine, elle me fit l'effet d'une détonation. Olga, c'était évident, se trouvait dans une impasse qui pourrait être fatale !

Un sentiment de tendresse s'empara de moi. La belle Russe s'était montrée touchante tout au long de ce repas, faisant tomber le masque à plusieurs reprises. Elle semblait éprouver des sentiments très forts pour mon ami Bobby, et était manifestement heureuse de le retrouver le lendemain à Los Angeles.

Comment ne pas être un fervent admirateur de notre héroïne ? Rendez-vous compte, par cette phrase chuchotée à nos oreilles, elle anticipait là une rencontre qui aurait lieu dans plusieurs mois. Plus tard dans notre histoire, mon ami vint en effet sonner à ma porte par l'un de ces hasards que le destin crée avec malice et délectation. Bobby voulait avoir des nouvelles d'Olga, savoir où elle était, et comprendre pourquoi elle restait injoignable. Dans son regard, l'inquiétude traduisait la peur d'entendre l'insoutenable. Il ferma les yeux lorsque je lui dévoilai ce qu'elle avait susurré à mon oreille ce jour-là. Aussitôt après, il s'en alla, projeté de force dans un monde tragique.

Le soir de ce dîner, mon père ouvrit la lettre de Brejnev et s'empressa de me la lire. Elle ne contenait rien de très important. Seulement une mise en garde : il fallait écouter Olga et faire précisément ce qu'elle nous demanderait. Sinon, des sanctions seraient prises à notre encontre. À quoi bon répéter ce que nous savions déjà ?

Pourtant, quand il reposa la lettre sur la table basse du salon, je vis une larme rouler sur sa joue. Son âme était à l'image de tout un peuple, les joueurs d'échecs. Est-il nécessaire de le dire ? Bobby occupait une place particulière dans le cœur de chacun d'entre nous, à travers le monde. Tous, par l'analyse de ses parties, nous avions essayé de percer une infime part du mystère qu'il incarnait – hélas sans y parvenir. Comment, par une succession de coups simplistes, arrivait-il à trouver le chemin de la victoire ? Tous nous étions convaincus qu'il détenait les clés de ce jeu. L'Immaculée Conception des stratégies qu'il a mises en œuvre en atteste.

21

Le souffle magique de son inspiration

Le jour suivant marqua un tournant décisif. Olga se rendit auprès de Bobby. Ils entamèrent une conversation ambiguë au cours de laquelle elle lui fit prendre conscience qu'il n'avait désormais plus de rêves. En effet, les vingt-neuf premières années de sa vie, il avait tendu vers un unique but : remporter le titre suprême. Il l'avait d'ailleurs conquis de fort belle manière. Bobby acquiesça, pourtant, il n'était pas entièrement d'accord. Il était encore tenaillé par le désir de porter une nouvelle estocade aux Russes. Olga lui opposa que ce second titre n'aurait pas la même saveur que le premier. Qu'il lui suffirait de s'asseoir et de jouer, la victoire lui étant acquise d'avance.

Puis, au détour d'une phrase, Olga aborda la question de Dieu et se confia sur sa foi. Elle prêchait un convaincu et savait qu'elle faisait mouche. Au cours d'un raisonnement dont la lenteur traduisait la prudence, la virtuose élabora un scénario hollywoodien improbable : et si Bobby se mesurait au Créateur ? De cette partie, elle serait la maîtresse de cérémonie.

Bobby était un croyant fervent et son orgueil démesuré l'avait conduit à penser qu'il avait été touché par la grâce divine. C'était tout de même lui qui avait déclaré aux médias qu'il n'était pas un génie des échecs, mais un génie au service de ce jeu. Il restait néanmoins dubitatif.

— Quelle belle vision, Olga ! mais j'ai bien peur que ce ne soit impossible. Dieu ne pourrait Se rabaisser de la sorte.

— Tout est du domaine du possible, en ce monde. Laisse-moi tenter cette aventure… De toute façon, tu n'as rien à y perdre !

Dans le pire des cas, Il ne daignera pas Se présenter et me couvrira de ridicule…

Bobby éclata de rire et, dans un élan de naïveté enfantine ou de crédulité propre aux croyants, répéta :

— Quelle idée fabuleuse…

Ce furent ses derniers mots. Quelques instants après, il était plongé dans un sommeil profond. Un somnifère destiné à calmer les ardeurs des chevaux avait été introduit dans son verre. Deux agents transportèrent le corps. Un biréacteur Mystère 20 développé par Dassault Aviation, d'une capacité de huit passagers, les attendait à l'aérodrome, ainsi que deux officiers du KGB.

À son réveil, Bobby se trouvait auprès d'Olga, dans une maison remodelée pour lui donner l'aspect mystique tant souhaité, et le résultat était remarquable.

Les yeux maintenant grands ouverts, le pauvre homme se croyait toujours à Los Angeles, malgré le froid et l'humidité de l'air. Lorsque Olga lui apprit qu'il était en Europe, et plus précisément en Suisse, très agacé, il exigea d'être aussitôt ramené aux États-Unis. Olga se contenta de rire, ce qui ne fit que l'énerver davantage. Bobby observa le paysage par la fenêtre, soudain habité d'un vide immense. Le moment était critique. Olga ne voulait pas le voir fuir à travers les champs. Elle ne lui demanda qu'une heure de son temps, elle avait une révélation à lui faire. Si, ensuite, il souhaitait encore partir, ses désirs seraient exaucés. Bobby ne répondit que par des questions purement pratiques : comment était-il arrivé là ? Où était-il exactement ? Que faisait-il ici ? Combien de temps avait-il été inconscient ? Il eut la réponse à toutes ses interrogations, puis Olga sortit sa carte maîtresse. Elle le prit par la main pour traverser un jardin au fond duquel se trouvait une tour. Ils se dirigèrent vers elle, empruntèrent un escalier en colimaçon qui les mena tout en haut, vers l'unique pièce de cet édifice. Au centre de celle-ci, disposé sur une table, était placé un échiquier. Une fenêtre circulaire faite de vitraux décrivant le périmètre entier de la salle laissait passer divers faisceaux de lumière. Le visage d'Olga s'était métamorphosé ; il était devenu extatique. D'une voix vibrante, elle lui lança :

— Si Dieu daigne jouer contre toi, ce sera en ces lieux ! J'ose imaginer qu'Il utilisera la force du Soleil en faisant converger ses rayons pour venir les déposer sur l'échiquier, te donnant ainsi une indication sur le déplacement des pièces… Mais, écoute-moi attentivement. Nous avons osé défier le Créateur, nous aurons donc les noirs… Je ne suis pas certaine qu'Il acceptera d'entamer une partie avec un simple mortel. En espérant un signe de Sa part, tu viendras chaque soir à la tombée de la nuit, durant cet instant magique et dramatique à la fois, qu'on appelle entre chien et loup. Tu scruteras l'échiquier et tu découvriras s'Il t'a ou non répondu. S'Il t'accorde ce privilège, la partie pourra commencer. Mais, si tu décides d'engager ce combat, tu devras te plier à des règles strictes. Tu as osé mettre en doute la notion d'infini et Sa propre perfection. La sentence sera exemplaire ; si tu ne gagnes pas, il te faudra abandonner les échecs pour te consacrer pleinement à Lui, en implorant Sa clémence. Peut-être qu'Il finira par t'accorder Son pardon d'avoir été si orgueilleux, et le droit de revenir à ta vie d'avant… À dire vrai, Bobby, je crains qu'Il ne se présente pas. Pour cela, il faudrait qu'Il te considère comme un égal et t'élève au rang de divinité. Or, si tu es bien un génie, tu n'es pas un dieu.

Ému, conscient des efforts déployés par la jeune femme, qui avait probablement englouti toutes ses économies dans cette œuvre, Bobby lui donna une semaine, et pas un jour de plus.

Olga, les mains tendues, les paumes de ses mains tournées vers le ciel, la tête légèrement inclinée vers le haut, lui paraissait l'incarnation de la bonté divine.

— Si seule la curiosité t'incite à continuer, Bobby, si tu ressens de l'effroi ou une forme d'indifférence, ne va pas plus loin. Si tu ne veux pas faire taire les passions du monde, partons d'ici. Rentrons à Los Angeles, il est encore temps…

— Non, je veux continuer !

— Alors il faut rédiger ton testament. Que veux-tu qu'il subsiste de toi ?

À cette dernière question, Bobby, bien loin d'être effrayé, lui répondit avec sincérité :

— Une traînée lumineuse.

Le lendemain soir, il était redevenu un enfant qui courait vers la tour et montait quatre à quatre les marches de l'escalier interminable pour se retrouver face à son destin. Après avoir scruté le moindre indice sur l'échiquier, il redescendit nonchalamment, traversa le jardin afin de rejoindre Olga, tout en lui faisant un signe négatif de la tête. Cela n'entamait pas la joie qu'ils avaient à dîner en tête à tête.

Ce jour-là, Olga décida d'égayer l'atmosphère en lui dévoilant une histoire sur l'origine de ce jeu. Bobby était tout ouïe. Elle se leva de table pour être libre de ses mouvements. La voir s'exprimer était un spectacle d'une rare beauté. Aucune photo ne pourrait immortaliser la splendeur de ses gestes, de ses mimiques, de son regard. De l'intonation de sa voix qui, avec sa finesse d'analyse, donnait au récit toute sa force de persuasion.

— À l'aube du ve siècle, vivait aux Indes un jeune roi très puissant, dont les terres étaient situées aux alentours de l'embouchure du Gange. Oubliant qu'un monarque doit être le père de son peuple, il perdait la considération de ses hommes et sa puissance commençait à décliner. Les brahmanes et les *rajas*, c'est-à-dire les prêtres et les grands seigneurs, durent intervenir : un sage nommé Sissa fut nommé précepteur du jeune monarque ; il eut alors l'idée de créer un jeu où la réflexion, l'anticipation primeraient sur la chance. Ce jeu devait se montrer aussi pédagogique que divertissant pour donner envie au roi d'y jouer. Or, au cours de l'une de ses prières, le sage eut une révélation divine. Les mécanismes de notre société lui apparurent clairement au sein d'un jeu mystique : un échiquier, sur lequel chaque pièce se caractérisait par un rôle bien précis et dont le roi était la pièce maîtresse. Mais bien que puissante, cette pièce était vulnérable sans l'aide de ses sujets. Comme cette vision lui était apparue en haut de la montagne Chaturanga, Sissa donna son nom au nouveau jeu. Le *chaturanga* est donc l'ancêtre des échecs. D'après la légende, le prince en fut émerveillé et, en gage de sa gratitude, déclara à son professeur qu'il lui donnerait, en récompense, tout ce qu'il souhaiterait. Ce fut de là que naquit la légende… Sissa demanda une quantité de riz calculée à partir des cases d'un échiquier. Il voulait un grain sur la première case, deux sur la deuxième, quatre sur la troisième, et ainsi de suite, en doublant chaque fois jusqu'à remplir les soixante-quatre cases. Le roi, un peu surpris, ordonna qu'on le paie sans tarder. Mais il n'y parvint jamais ! En réalité, la quantité de riz finale était insensée, si je peux m'exprimer ainsi ! Et pour te donner une idée de ce que cela représentait, si on la multiplie par le volume d'un grain et qu'on divise le tout par la superficie totale de l'Inde, on obtient assez de riz pour couvrir la totalité du pays !...

» Bobby, je pense que Dieu a créé cette fable de Sissa pour qu'elle franchisse l'épreuve du temps. En traversant les siècles, elle aura eu le mérite de transporter la flamme du *chaturanga*, sans que jamais elle s'éteigne. Voilà pourquoi je suis persuadée que Dieu est un joueur d'échecs. La partie aura lieu !

Olga sourit avant de reprendre :

— Tu sais, Bobby, quelle que soit leur origine, les échecs ont été conçus à l'image du monde, à l'époque où les rois, les ministres, les éléphants, les chars, les fantassins et les cavaliers se disputaient la victoire dans un combat sans merci. (Elle se rapprocha de lui.) Sissa, quant à lui, aura réussi sa mission, dans cette lutte des blancs contre les noirs ; il aura montré au prince que, lorsque l'on détient les rênes de l'État, gouverner, c'est prévoir. Moi, Olga, à la manière de Sissa, je suis avec toi, mon roi... Je suis là pour te divertir et t'enseigner que les échecs sont bien plus qu'un simple jeu. Leur dimension ludique n'est que la partie émergée. Les échecs ont évolué en synchronie avec l'histoire, et en cela, ils sont le miroir de l'humanité. La fascination qu'ils exercent sur l'homme découle du fait qu'ils sont à la frontière entre l'infini et le fini, seul endroit dans l'univers où Dieu est susceptible de Se promener. C'est pour cette raison que je garde espoir dans notre folle entreprise.

Ce conte ramena Bobby là où tout avait commencé, face au visage de sa mère. Il se remémora le combat de sa vie. László lui demandant d'entamer son ascension vers le titre. Olga avait raison, elle venait de lui apporter la preuve par l'évidence. Tout comme Foucault avait fait la démonstration que la Terre tourne sur elle-même grâce à un pendule, Olga, par le souffle magique de son inspiration, avait résolu cette énigme – celle des échecs et de sa relation au divin. Il devait maintenant lui répondre, sans pour autant lui avouer toute l'admiration, voire le désir qu'elle faisait naître en lui. Il n'était tout de même pas un pourceau d'Épicure !

Il se leva à son tour pour parler, avec la simplicité qui le caractérisait.

— Tu es ma plus belle rencontre ! Je voudrais moi aussi te remercier pour tout. Si, à la manière de Sissa, tu me demandes l'impossible, je ne dirai pas oui, mais je tenterai de te satisfaire.

Cette manœuvre de séduction n'est pas sans me rappeler celle qu'avait utilisée Olga pour assujettir son médecin. Rappelez-vous, médusé par une logorrhée qui déployait un immense savoir, le psychiatre avait lui aussi écouté sans piper mot le discours d'Olga. Avant de se demander comment elle pouvait avoir une connaissance si fine et si précise, non seulement de l'histoire du cigare, mais aussi des sensations qu'on éprouvait à le fumer. Ce soir-là, Bobby dut également s'interroger. Comment Olga avait-elle pu pénétrer le monde des échecs avec autant d'intelligence ?

Lorsqu'elle avait décidé de s'approcher au plus près de Bobby, le geste n'était pas anodin. La phrase devait être prononcée les yeux dans les yeux. Je pense bien sûr à « Moi, Olga, à la manière de Sissa, je suis avec toi, mon roi. » Une bataille importante venait d'être remportée par la Russie ce soir-là.

*

Bien des années plus tard, Bobby m'avouerait qu'il avait été décontenancé par la notion échiquéenne de cette révélation. Mon pauvre ami pensait encore en toute logique : « Si je suis son roi, alors elle est ma reine. » J'ai compris ce jour-là la beauté du plan mis en place par Olga. Elle s'était insérée dans une partie d'échecs en devenant une pièce, la dame. Et, tout au long de sa vie, Bobby la protégerait, en grand champion qu'il est.

Le vieil homme que je suis n'a cessé de se demander comment l'on pouvait créer à partir de rien. Par quel processus mystérieux Olga l'avait-elle entraîné dans un monde imaginaire ? Platon croyait que l'invention était le fruit d'une inspiration divine, un cadeau des dieux. Descartes ne partageait pas cet avis ; selon lui, tout raisonnement innovant était le produit de l'esprit déductif plutôt que des muses. Pour Kant, penseur du siècle des Lumières, la création était une activité spontanée, volontaire, indépendante de l'assistance divine ou de règles antérieures. Olga, dans l'un de ses carnets, en donne, elle, une définition poétique :

> « Les ailes déployées, le corps haletant, on se sent léger, privé de toutes les contraintes sociales et même morales. Alors, l'homme, dans un instinct de vengeance, défie l'apesanteur et, d'un sursaut, s'élève. »

J'ai fini par comprendre la symbolique de ce fragment : la capacité de créer est intimement liée à la non-acceptation, c'est un acte de bravoure qui s'affranchit des codes pour établir un ordre nouveau. À son apogée, nous pouvons accéder à la folie. Voilà pourquoi, de toutes les spécialités, Olga avait choisi la psychiatrie, afin de vivre au plus près de ce qu'elle convoitait : l'aliénation, la plus puissante des révoltes de l'esprit.

Comment pourrait-on la juger, elle qui, pour sauver son âme, devait, par une manœuvre d'évitement, tout comme le mouvement de sa mère à l'agonie, se détourner du réel ? Sa vie, ses choix, ses écrits sont le reflet d'un monde qui s'oppose à ce réel. Dans l'organisation méthodique de sa propre destruction, par une politique de la terre brûlée, elle devint le terreau de l'inventivité, sa seule échappatoire. Mais, tenue par un fil – un espoir de représailles –, elle gardait sa poupée au plus près de son cœur.

*

La cellule suivait pas à pas le déroulé du plan, guettant, fascinée, son dénouement. Olga était adulée, et plus que jamais l'inscription sur la porte d'Enigma était gravée dans l'esprit de ses membres : « Si elle ne le peut, alors nul ne le pourrait. » Les quatre joueurs d'échecs (dont je tairai les noms) furent dépêchés en Suisse. Pas besoin de les sacrifier eux aussi au besoin de véracité de cette histoire. Ils se reconnaîtront. Il en reste quelques-uns en ce monde qui connaissent la vérité et j'espère qu'ils auront le courage d'annoncer à la Terre entière que cette incroyable machination a bien eu lieu.

Sur ordre d'Olga, Andropov devait attendre dans la maison, en compagnie de huit agents qui jouaient le rôle de domestiques et avaient été choisis pour leur air scandinave. Ils parlaient l'anglais couramment, sans accent puisqu'il était bien sûr interdit de s'exprimer en russe. Olga, dès leur rencontre, avait fait croire à Bobby qu'elle avait des origines norvégiennes, ainsi qu'un grand-père russe. Le moindre détail risquait d'éveiller ses soupçons et de lui faire deviner une manigance du KGB.

Une deuxième soirée se déroula sans que rien se passe sur l'échiquier, puis une troisième. Lors de la quatrième nuit, ne trouvant pas le sommeil, Bobby se leva précipitamment pour sortir dans le jardin. Une fois dehors, il longea une haie et se dirigea vers un point lumineux, à quelques centaines de mètres. Une sorte de désordre intérieur le poussait à fuir cet endroit. Dans le froid, l'humidité et le silence, il finit par prendre peur. D'un pas plus rapide, il franchit un pont en bois sous lequel coulait un ruisseau. C'est là qu'il aperçut une petite bâtisse, une chapelle où des dizaines de bougies se consumaient lentement. Il en fut déçu, il aurait préféré trouver un signe de vie, ou même un téléphone pour joindre ses proches. Il inspectait l'endroit quand son regard s'arrêta sur un banc sculpté dans de la pierre. Au mur trônait une représentation traditionnelle de la Vierge, dans une niche en bois.

Olga fut réveillée par les gardes, on lui expliqua la situation. À son tour elle se rua dehors pour rattraper Bobby avant qu'il ne soit trop tard. Pieds nus, elle traversa le jardin. Arrivée devant le lieu saint, elle le vit de dos, agenouillé devant la Madone. Sans faire de bruit, elle l'observa une longue minute. Il contemplait avec étonnement cette figure, se demandant pourquoi Dieu choisissait de ne Se manifester qu'à certains d'entre nous.

— Laisse-toi bercer par le regard de Marie, lui murmura Olga. La foi saura saisir ta robe de chair pour t'entraîner vers la lumière.

Bobby, transi, ne se retourna pas. Il ressentait l'obscurité. Il attendait un signe de la Providence. Olga se sentait désemparée. Avec délicatesse, elle se rapprocha pour apercevoir son visage. Il était baigné de larmes. Soigneusement, elle passa les mains sur ses joues, et ses pouces balayèrent les fines particules de tristesse. Ensuite, son front vint se coller contre le sien. Ses doigts glissèrent derrière sa nuque, elle appuya avec force. En relâchant la pression, tel un animal, elle passa sa langue pour essuyer les dernières bulles de chagrin. Bobby, totalement décontenancé, se blottit contre son épaule. Dans chacune des respirations profondes qu'Olga relâchait dans son cou, elle lui semblait anormale, mi-ange, mi-animal. Elle était son égal. Une créature étrange aux multiples facettes.

Main dans la main, ils rentrèrent sans dire un mot. Olga rejoignit sa chambre, bouleversée par l'odeur qu'elle avait emprisonnée en reniflant la peau de Bobby. Elle aimait cette émanation, un équilibre entre agressivité, passion et inconscience. Sa couleur était rouge sang. Cette source, un mystère encore inexploré ; elle était pure, elle était vierge.

Bobby, de nouveau sur son lit, affaibli, éperdu, s'interrogeait : le sentiment qu'il avait éprouvé pour Olga, était-ce de l'amour ? Il avait ressenti l'envie de l'embrasser, mais plus encore, un violent besoin de l'étreindre. Tourmenté, il cherchait une explication. Il essaya d'analyser la situation comme un joueur d'échecs, il disséqua chaque détail de ce qu'il venait de vivre. Il y avait identifié deux phases. La première, incluant les quelques mots d'Olga, n'avait pas dissipé son énervement. La seconde, lorsqu'il avait été transporté par une force supérieure au point de ne plus être maître de lui-même, était mystérieuse. Après réflexion, cette volte-face, ponctuée par l'exigence d'un contact physique avec Olga, exprimait de l'adoration. Mais cette conclusion ne le satisfaisait pas. Olga était bien trop belle et envoûtante pour qu'il n'éprouve pas de désir pour elle.

Au matin, Bobby avait en lui une certitude : cette expérience – une partie contre Dieu – avait enfin une chance d'aboutir. Car Olga, l'entremetteuse, était elle-même une déesse. Quelques secondes plus tard, il en éclata de rire. Il resta cloîtré dans sa chambre de longues heures, à envisager tous les scénarios. Dans l'un d'eux, il était tout simplement un peureux qui n'avait pas le courage de prendre de bonnes décisions dans la vie réelle. Il aurait voulu tenter sa chance, sentir le goût des lèvres d'Olga sur les siennes.

Il sortit en début d'après-midi et se dirigea vers la cuisine où il l'aperçut. Il lui dit bonjour d'une voix fluette avant de changer de ton.

— Si tu as bien dormi, moi, je n'ai pas trouvé le sommeil. J'ai pensé à toi.

— Alors tu as rêvé, je n'existe pas vraiment.

— Tu vois, c'est pour ce genre de réponse que tu m'obsèdes. Tu désorganises ma pensée…

— Quel hommage, venant d'un homme aussi puissant, celui-là même qui est plus important que cent vies !

— Je ne comprends pas, Olga.

— Je dois te l'avouer, j'ai entrepris quelques recherches sur toi et, de tout ce que j'ai appris, un fait m'a particulièrement troublée. Le vendredi 1er septembre 1972, sur NBC, le présentateur vedette John Chancellor a ouvert son journal par des mots qui en disent long sur ta place dans la société et dans le cœur des gens. Laisse-moi me souvenir… Oui, voilà : « Bonsoir. Nous allons dans un instant développer les derniers événements concernant l'affaire du Watergate, nous écouterons George McGovern parler du resserrement de son équipe de campagne et nous reviendrons sur la situation de la guerre au Vietnam et sur les chiffres du chômage. Mais d'abord, la grande information du jour, les échecs, Bobby Fischer… » As-tu idée ? Tes performances sur un plateau en bois sont plus importantes que le décompte des morts durant la guerre du Vietnam. C'est presque indécent. Quelle aura tu dois avoir, pour élever une discipline, qui n'est qu'un jeu, au firmament de la pensée humaine !… Tiens-toi prêt. Dieu connaît tes exploits. Il a peut-être choisi de venir Se promener en ce lieu.

— Je suis triste de te le dire, mais ce projet n'a aucune chance d'aboutir. C'est beau d'y croire, mais la chute sera terrible, Olga. Cette ligne de jeu est forcément perdante.

— Reste concentré. Le vent souffle fort dehors, la luminosité est particulière aujourd'hui, la lune sera pleine et je suis remplie d'espoir.

— J'espère que la nature saura te consoler de toutes tes attentes, de toutes tes folies.

Le cinquième jour, par un soir de pleine lune argentée, Bobby, désabusé, se rendit tout de même à la tour, comme à son habitude. Quarante-huit heures le séparaient du délai qu'il s'était fixé. Il éprouvait une certaine peine, non pas tant pour lui que pour Olga. Elle s'était tellement investie dans cette aventure, sa foi était si forte que, malgré son caractère égocentrique, il ne pouvait s'empêcher de penser à elle.

Il entra dans la pièce qui demeurait inchangée, baignant dans une semi-obscurité. Il se demanda néanmoins comment un point lumineux pouvait bien se déposer sur l'échiquier. En effet, la fenêtre qui encerclait la pièce était trop basse pour que cela soit plausible. Bobby contempla la table dans laquelle était inséré l'échiquier, elle-même scellée au plancher. Il se saisit d'une figurine et s'aperçut qu'elle était anormalement lourde. *Sûrement du plomb dans ses entrailles*, pensa-t-il. Il se remémora cette partie contre László où la dame avait marqué un temps d'arrêt sur c7 avant de se remettre à avancer vers c8. Un sentiment avait uni, dans une véritable communion, tous ceux qui avaient assisté à la scène – celui d'un indéfectible attachement à lui-même. Selon eux, ce n'était pas l'effet d'une force centrifuge qui avait fait avancer la dame, mais bien la main de Dieu. Un signe de la Providence sanctionnant son orgueilleux adversaire qui, dans une partie précédente, n'avait pas hésité à faire tomber sa pièce pour gagner du temps. Bobby, frappé par la certitude d'une élection divine, avait lui aussi refusé de croire à une convergence de paramètres liés au hasard. Alors oui, ce soir, il nourrissait un espoir, même s'il était minuscule.

Tandis qu'il se dirigeait vers la porte pour aller rejoindre Olga, une lumière venue d'en haut inonda la pièce.

Bobby ressentit Sa présence, il fallait maintenant Lui faire face. Le corps frémissant, il se retourna et contempla un spectacle incroyable : soixante-quatre faisceaux de lumière s'étaient abattus sur les soixante-quatre cases de l'échiquier. Ils avaient percé les poutres de part en part, avec une puissance indéfinissable. Chaque rayon avait la forme d'un halo, laissant danser en lui des particules, des écorces de vie. Bobby, pétrifié devant l'inconcevable, sentit tout son être se dissoudre. Les tremblements l'avaient quitté, mais sa respiration se bloqua un temps qui lui parut interminable. Brutalement, la pièce s'assombrit et chaque faisceau se retira, l'abandonnant dans la pénombre de son existence. Il ne parvenait toujours pas à esquisser le moindre geste quand apparut soudain un filet de lumière qui se posa sur la case d4. Dieu, comme Il s'était incarné en Jésus pour être à la mesure de l'homme, venait, dans une bonté et une générosité qui Lui étaient propres, de Se mettre de nouveau au niveau de Sa création. Et Il semblait convier Bobby au miracle d'un moment en Sa compagnie.

Le vieil homme que je suis est tout autant un spectateur à part entière qu'un scientifique saluant les traits de génie du metteur en scène. Je parle bien d'Olga, qui a sans doute utilisé un dioptre, un cône de réfraction, ou que sais-je encore. Des travaux rigoureux ont dû être menés en optique géométrique, afin de calculer les coefficients de réflexion et de transmission. Le goût du détail les a conduits à cacher dans le toit une machinerie infernale destinée à émettre des lasers. J'applaudis à ce subterfuge et je comprends mieux la joie qu'elle a manifestée lorsque le physicien lui a annoncé que tout était en place. Il était enfoui dans les poutres, ce mécanisme qui a poussé Bobby à briser son point d'inflexion et à croire en son stratagème.

Mon ami était maintenant confronté à un dilemme. S'il osait participer à ce combat, il devrait se soumettre aux règles édictées par Olga. D'un côté, il éprouvait le besoin furieux de déplacer une pièce et, de l'autre, il craignait de mettre en péril son art en l'abandonnant sur l'autel de sa vanité. Mais, dans un geste inconsidéré, incapable de résister plus longtemps, il saisit son cavalier et le plaça sur la case f6, après avoir déplacé le pion blanc divin sur la case d4. Il venait d'atteindre le point de non-retour. Olga avait parfaitement lu en lui et savait qu'il ne pourrait refuser. Les ailes déployées, le corps haletant, l'homme, dans un instinct de vengeance nourri par l'amertume de la finitude humaine, défit l'apesanteur et, d'un sursaut, s'éleva.

Aussitôt les coups joués, il dévala les marches de l'interminable escalier en colimaçon pour courir se jeter aux pieds d'Olga. À genoux, les mains tendues vers le ciel, le regard éperdu d'adoration, il exultait :

— Je suis émerveillé. Tu avais raison, c'est en ces lieux qu'Il S'est révélé à moi ! Je te suis infiniment reconnaissant, car c'est toi qui as créé cet instant magique. Il m'a d'abord signifié Sa présence en envoyant un faisceau lumineux sur chacune des cases de l'échiquier. J'ai pu Le voir respirer à travers des milliers de particules qui dansaient en Lui. Il S'est retiré brusquement, me laissant dans la pénombre, pour resurgir par un seul halo sur la case d4. J'en ai déduit qu'Il me faisait l'honneur d'une partie, et que cela correspondait à son premier coup. J'ai répondu par cavalier f6. Il a alors décroché un nouvel éclair sur la case c4 afin de me signifier Son mouvement suivant. Puis Il S'est de nouveau caché pour me laisser dans l'obscurité, mais la chaleur de Sa présence s'est imprégnée en moi pour l'éternité.

Bobby se tut, le corps parcouru de tremblements. Olga s'avança d'un pas afin de poser doucement sa main sur sa tête.

— Ne t'inquiète pas… Tu as été dissous, démembré, mais c'est pour mieux te rassembler sous une autre forme, là où la finitude côtoie l'infini. Tu m'as dit avoir vu les particules danser dans les faisceaux de lumière ? Si tu connaissais le code qui les anime, tu pourrais déchiffrer le message qu'Il t'a envoyé…

Olga, étonnamment, se sentait triste et désemparée. Bobby allait être sacrifié, et elle en était la cause. Son plan avait une faille. Une odeur persistante s'était emparée d'elle et allait bientôt perturber le bon déroulement des opérations du KGB.

Bobby, lui, avait compris qu'il ne pourrait l'aimer à la façon dont un homme aime une femme. Et pour cause : il la vénérait comme une divinité. Dans son esprit, l'amour était générateur de souffrances, mais l'adoration conduisait à la purification de l'âme, par-delà l'absurdité des destinées. Maigre consolation.

22

Dieu est un joueur d'échecs

À des milliers de kilomètres, la cellule exulta en apprenant les dernières nouvelles. La donne était simple. Tous les yeux étaient désormais braqués sur les quatre gladiateurs, les grands maîtres internationaux qui, dans l'ombre, devaient arracher une partie nulle pour régler l'affaire. Ça, c'était du domaine du possible. Olga avait métamorphosé cette situation désespérée en leur laissant entrevoir une porte de sortie. Solomentsev les fit bien rire quand, devant Brejnev, il prit la parole.

— Bien sûr, c'était la solution ! Mais pourquoi n'y a-t-on pas pensé avant ?

Car cette mise en scène ne pouvait venir que d'un génie ou d'un être totalement détraqué ! Plusieurs d'entre eux appartenaient à cette deuxième catégorie et, en soi, ce mode de raisonnement aurait pu être le leur. Mais, en réalité, ils étaient convaincus après réflexion que seule la folie d'Olga pouvait faire la différence. Ils repensèrent à la légende de Sissa, qui prenait désormais tout son sens. Les rires fusèrent devant cette phrase devenue leur nouveau mantra : « Dieu est un joueur d'échecs. »

Olga avait même affirmé que, grâce à cette faille dans l'enfance de Bobby, elle était certaine d'atteindre son but. Disposait-elle d'un plan encore plus élaboré ? Sinon, ses propos n'étaient que partiellement vrais. On avait tout de même une chance de perdre cette partie et de revenir à la case départ. Encore une fois, les membres de la cellule tentèrent de s'immiscer dans sa stratégie globale, sans succès.

Constantin se montrait le plus impressionné par l'inventivité d'Olga.

— Vous vous rendez compte ? Elle s'est désolidarisée de toute logique, en s'affranchissant des règles, pour venir jeter à nos pieds une construction intellectuelle incluant l'indicible, l'insoutenable, l'impensable ! Une partie entre Dieu et Bobby, la mystification ultime ! Son plan détruit un monde fait de certitudes, il ressuscite en moi la fraîcheur de l'enfance. Avez-vous conscience de la beauté de son œuvre ? De la dictée magique de son inspiration ?

La cellule considéra qu'un long silence était la meilleure des répliques. Mais Constantin ne parut pas satisfait de ce moment de recueillement.

— Je suis un littéraire, mais aussi un metteur en scène qui a réussi une multitude de films de propagande pour nous tous, messieurs. Mais, avec cet univers où les événements les plus invraisemblables semblent normaux, où l'esprit critique est aboli, où les contraintes disparaissent, nous voilà jetés à corps perdu dans le merveilleux ! Olga a éloigné Bobby du monde réel pour l'engloutir dans une approche fantastique, là où la raison perd son contrôle et que se dévoile une autre facette… En outre, avec chacun de ces faisceaux de lumière déposées sur l'échiquier, elle a accompli le miracle de fondre le merveilleux dans l'ordinaire, et ce de la façon la plus naturelle au monde. Elle est ici, la prouesse de son génie !

L'esprit cartésien de la cellule avait subi une seconde estocade, et les langues se délièrent pour partager leur joie et leur admiration. Grigor, le mathématicien, revint sur un détail que personne n'avait relevé. « Tu m'as dit avoir vu les particules danser dans les faisceaux de lumière ? Si tu connaissais le code qui les anime, tu pourrais déchiffrer le message qu'Il t'a envoyé » : cette remarque d'Olga lui semblait très malicieuse. Elle sous-entendait qu'elle avait déjà vécu ce genre d'expérience. Et plus encore, Grigor était persuadé qu'elle connaissait l'algorithme permettant de déchiffrer ce fameux message.

Visiblement, certains, dans la cellule, avaient basculé dans un monde enchanteur.

Olga avait disséminé des astuces diverses pour que la partie ne s'éternise pas. Une microcaméra insérée dans une poutre située à huit mètres de hauteur permettait aux quatre grands maîtres de répliquer de façon presque instantanée. Aux échecs, les dix premiers coups appartiennent à la théorie des ouvertures ; pas besoin d'une concertation poussée. Au cours du dîner, Olga demanda donc à Bobby de rester dans la pièce, au cas où Dieu enchaînerait plusieurs coups, et si la réponse tardait trop, c'était sans doute qu'Il préférait lui laisser le temps de la réflexion.

Voilà comment, au cours de cette soirée qui s'acheva vers 1 heure du matin, sept coups furent joués de part et d'autre, dans une défense Grünfeld. Pour les amateurs d'échecs, je vous en révèle le contenu : 1 d4 Cf6 2 c4 g6 3 Cc3 d5 4 Cf3 Fg7 5 Db3 dxc4 6 Dxc4 o-o 7 e4 Cc6 ! Le dernier coup de Bobby était imprévisible, il avait toujours joué fou en g4. Les quatre grands maîtres furent abasourdis par cette réponse issue de nulle part. Les rouages de leur préparation venaient de se gripper devant le caractère impétueux de notre héros. Ils se rassurèrent tant bien que mal en se disant que l'Américain jouait pour la première fois cette sous-variante. Mais la réalité était tout autre. Bobby avait déjà travaillé cette position avec Jack Collins, son ancien entraîneur. Pour couronner le tout, le livre de László considérait Cc6 comme la ligne de jeu la plus incisive pour les noirs, et des analyses précieuses en découlaient.

Si, pour vous, la lecture de ce passage peut se révéler distrayante et instructive, c'est un moment difficile pour moi. Je ne cesse d'imaginer mon ami pris dans la gueule du loup. J'ai terriblement mal, un besoin pressant d'en finir. J'aurais pu vous décrire l'architecture de l'endroit, la végétation environnante, bref, donner plus d'atmosphère au récit, mais je préfère m'abstenir.

Au matin du sixième jour, la position était incertaine, Bobby n'ayant pas hésité à entrer dans les complications de la variante. Olga vint rendre visite aux joueurs russes, lesquels affirmèrent que cette position mènerait à la victoire de l'un ou de l'autre camp. En langage échiquéen, il n'y aurait pas d'égalité, pas de « partage du point ». Techniquement, leurs chances de gagner le pari venaient de diminuer, passant à 50 %.

Au vingt-sixième coup de la partie, Olga décida de mettre un terme au débat. La scène se déroula dans le jardin. Comme à son habitude, elle attendait Bobby qui était monté tout en haut de la mystérieuse tour. Lorsqu'il en redescendit, il lui lança, les yeux brillants, après avoir analysé la position :

— Je ne veux pas y croire ni même rêver, car rien n'est encore fait de part et d'autre…

L'air excédée, Olga leva les yeux au ciel et, soudain, explosa :

— Comment fais-tu pour être aussi naïf ? Je ne peux plus le supporter ! Tu n'as pas compris que tu ne joues pas contre *Dieu*, mais contre *la Russie* ?… Dans la petite maison de l'autre côté de la propriété, quatre grands maîtres se cachent et sont tes adversaires. Le KGB est derrière cette stratégie et, moi, je suis leur instrument… Tout est factice, le créateur en ces lieux n'est qu'un démon !

Une larme roula sur la joue d'Olga. Après un moment de stupeur, Bobby bredouilla :

— Y a-t-il quelque chose de vrai, ici ?

Andropov, qui se tenait à une dizaine de mètres, oscillait entre le désir de croire à un plan machiavélique d'Olga ou à une haute trahison de sa part. La larme finit par donner raison au pire des scénarios. Il bondit hors de sa cachette, se rua sur son agente pour la ligoter de ses bras et la pousser à terre, pendant que la jeune femme criait :

— Notre amour est gravé en lettres capitales, par la verticale de ton cœur !

Quelques secondes plus tard, Bobby était plaqué au sol par trois hommes, et le contenu d'une seringue lui fut injecté dans le cou. Olga, étonnamment, regardait Andropov en souriant. Pour son cynisme, elle reçut un coup de pied au visage qui la laissa K.-O. L'un des militaires dégaina son arme pour tirer sur elle, mais Andropov s'y opposa de son corps, avant de le désarmer et de s'écrier :

— Vous voyez, Brejnev a raison : le génie n'existe pas, c'est une farce ! Olga n'est qu'une femme cultivée, à qui il reste peu de temps à vivre.

La souffrance, brutalement, s'était invitée dans leurs vies. Bobby, en perdant connaissance, demanda à son cœur de battre si fort qu'il puisse sortir de son corps.

Mon ami, une nouvelle fois drogué à l'aide d'un puissant sédatif, fut déposé dans un parc de Los Angeles. À son réveil, il était allongé sur un banc, la tête sur un coussin, une casquette sur son visage. Il ignorait quelle signification donner à toutes les images qui l'envahirent. Rêve ou cauchemar ? Il transpirait abondamment et sortit son mouchoir pour s'essuyer le front. En dépliant le morceau de tissu, il découvrit un bout de papier, sur lequel quelques mots avaient été gribouillés.

J'ai, pour m'éloigner de cette trahison, toute la distance qui me rapproche de toi. À la manière de Sissa, je suis avec toi, mon roi. Faut-il que je le paie de ma vie ?

Ta reine

Bobby n'eut d'autre choix que de s'allonger de nouveau. Pris de vertige, trempé de sueur, le regard dans le vide, exténué, il trouva la force de rire, jusqu'à en pleurer des larmes de joie.

*

Au Kremlin, c'était une triste journée. Le monde s'était écroulé. Les détails fournis par Andropov ne laissaient pas planer le moindre doute. Olga était une traîtresse qui, en succombant à l'amour, avait abandonné son pays, ses valeurs et, bien sûr, la cellule. Personne n'eut la force d'épiloguer, et chacun partit panser ses blessures. L'histoire avait été aussi belle que dévastatrice. Le lendemain, envahis par la nausée, les membres d'Enigma virent leur état s'aggraver. Nombreuses seraient encore les nuits avant qu'ils ne se débarrassent des sueurs froides et des tremblements.

Au bout d'une semaine, ils furent obligés de se réunir. Personne ne souhaitait revenir dans cette salle du Kremlin où l'odeur de la défaite s'était incrustée, mais Solomentsev, qui ne plaisantait plus, les y obligea.

Neuf chaises, aucune formule de politesse. Ils s'étaient pourtant tant confiés les uns aux autres, pendant les mois précédents. Les centaines d'heures passées ensemble ne pesaient plus lourd dans la balance. Elle penchait inévitablement du mauvais côté. La honte, le poids du déshonneur, la bassesse d'avoir fait confiance à une femme dans un monde d'hommes faisaient d'eux des coupables. Aucun n'avait envie de croiser le regard de ses compagnons, de peur de s'y voir dans un miroir, et d'être confronté à l'abject.

Andropov présida la séance avec Constantin à sa droite et Vladimir Alatortsev à sa gauche. Ruslam, le neuropsychiatre, se tenait à l'autre bout de la pièce en compagnie de Grigor, le mathématicien. Lev Abramov s'était, lui, placé au centre avec Mikhaïl Solomentsev. La réunion commença avec la présence d'un invité surprise, le charognard Souslov, venu avec son camarade Brejnev. À l'ordre du jour, ils devaient débattre du cas Komarova, qui avait perdu le droit d'avoir un prénom. Trois cas de figure étaient envisageables : la tuer pour haute trahison, la torturer dans le but de comprendre ce que l'on savait déjà puis s'en débarrasser, ou la condamner à l'isolement afin de la faire souffrir le plus longtemps possible.

Personne ne voulut prendre la parole. Exaspéré, Andropov apporta une nouvelle précision à l'histoire. Il avait passé au crible la vie d'Olga. À force de recherches, le KGB avait découvert que ses parents avaient été assassinés à la suite d'une bévue des services de l'armée. Cette petite fille le savait peut-être car, au moment des faits, elle n'était pas chez les voisins. Le rapport était incorrect. Si elle avait bien assisté à leur mise à mort, elle avait des comptes à régler avec les institutions russes. Son désespoir avait dû se transformer, avec le temps, en un violent désir de vengeance. Et ils lui avaient donné une arme puissante, en lui faisant cadeau de la cellule Enigma, pour les punir. Il conclut ainsi :

— Cette information nous est arrivée bien trop tard pour faire machine arrière. Brejnev, Souslov et moi-même avons décidé de croire en notre bonne étoile et de lui faire confiance.

Les membres de la cellule refusèrent pourtant de remettre la responsabilité de cet échec sur les épaules du trio. Cette révélation eut, au contraire, un effet fédérateur et réveilla l'instinct patriotique. Les langues se délièrent, chacun fit son *mea-culpa*. Quant au sort de Mlle Komarova, il serait scellé après la victoire de Bobby Fischer au championnat du monde, d'ici quelques mois. Olga serait alors condamnée à mort pour haute trahison. Une bien maigre consolation face à leur honteuse défaite. À la fin de la réunion, Brejnev demanda même à Andropov de faire brûler la porte de la salle. L'inscription gravée dessus devait disparaître. En un battement de cils, Olga était parvenue à basculer de la lumière aux ténèbres. Au nom de l'amour, oui, mais lequel : celui d'une fillette pour ses parents ? ou d'une femme pour un homme ? Comment ferait-elle pour voler de nouveau et s'élever là-haut, là où il n'y avait âme qui vive ?

Olga, nous restions tous ensorcelés par ton charme et ton intelligence. Après tout, moi-même, je n'ai pas réussi à te détester. Je dois avouer que, dans un dernier baroud d'honneur, toi qui étais si friande de la notion d'unicité, tu auras réussi à associer le dualisme de la lumière et des ténèbres. Tu auras mis en évidence que, pour l'homme, le danger est de tout confondre, de ne pas discerner le reflet de la flamme, de prendre le savoir pour la connaissance, et les mots pour des idées. Dommage qu'au bout du compte notre colombe ait succombé à ces blessures profondes ! Nous irons tous fleurir ta tombe et les pétales de nos pensées s'envoleront pour te rejoindre.

De nouveau enfermée, la jeune femme avait pourtant griffé sur les murs de sa cellule :

« Nous allons gagner.
J'ai découvert une faille dans son armure,
nous allons nous y engouffrer,
je vais vous mener à la victoire.
Ô Dieu, que de monde entre Toi et moi ! »

Brejnev avait pris connaissance de cette inscription. Il pensait que la pauvre femme était désespérée et n'avait plus toute sa raison. Il esquissa un sourire qui ressemblait fort à une expression d'agacement et de colère. Un visage comme le sien, aux sourcils broussailleux, n'était pas habilité à témoigner de sa peine ou de toute autre forme de faiblesse. Voilà pourquoi il était difficile de deviner son état d'esprit. Mais je ne crois pas me tromper en affirmant qu'il était désemparé. Il aurait voulu croire jusqu'au bout à cette vision surréaliste, celle d'une île paradisiaque sous les flammes de l'enfer, sortie des flots pour leur venir en aide. Il aurait préféré avoir tort lorsqu'il pensait que le génie était une farce, que seuls le travail, le don de soi et le talent pouvaient nous faire gravir des sommets.

Comme il en avait l'habitude dans ce genre de situations, il demanda à son camarade de venir boire un whisky dans son bureau. C'était une sorte de code entre eux. Andropov accourut pour essayer de comprendre quel était le problème. *Les accords SALT sur la limitation des armes stratégiques*, songea-t-il en entrant dans la pièce. Brejnev, un verre à la main, déclara sans préambule :

— Tu crois qu'on a bien fait de mettre Olga en cellule d'isolement ? Nous ne l'avons même pas interrogée pour comprendre ses motivations… Merde, et si tout ça faisait partie de son plan ?

— J'y ai pensé. Mais j'ai beau retourner la question dans ma tête, je ne comprends pas quel avantage elle pourrait tirer à se retrouver entre la vie et la mort… Elle nous a trahis et nous en aurons la confirmation par la détermination qu'aura Fischer à nous écraser, lors du prochain championnat du monde. Finalement, le génie, ça n'existe que dans les contes…

— Moi aussi, je me suis fait berner, Iouri ! Passons. Il faut s'attendre au pire… Terminons nos verres et allons nous coucher en espérant trouver une solution dans la nuit… Putain de jeu ! Putain de pays qui se rengorge d'appartenir à une élite intellectuelle, avec son putain de titre de champion du monde !

— C'est bien normal, si je puis me permettre. Le peuple souffre de notre politique agricole, il a faim, nous avons perdu la course aux étoiles. Les échecs sont le dernier symbole de notre fierté nationale, celle d'appartenir au régime communiste…

— Tu as pris connaissance de l'inscription qu'elle a réussi à graver sur le mur de sa cellule ?

— Je ne suis pas le patron des services pour rien ! Du reste, la deuxième phrase me paraît surprenante : « Ô Dieu, que de monde entre Toi et moi ! » Mais peut-être est-ce normal venant d'elle ? Je l'ai fait analyser. Aucun intérêt, c'est dénué de sens. Je crois qu'elle a vraiment sombré dans la folie… Pauvre femme…

Les deux hommes ne purent se quitter avant les premières lueurs du jour. Olga avait accaparé leur esprit, dans les vapeurs de l'alcool. Quelques étages plus bas, celle-ci, nue, les jambes repliées sur la poitrine, n'avait qu'un seul but : ne pas se faire violer par ses geôliers. Dans cette ordonnance de vie, elle trouva la force d'enduire son corps de ses excréments, pour leur inspirer le dégoût.

*

Anatoli Karpov avait gagné le tournoi des candidats en battant en finale son compatriote Viktor Kortchnoï. Petit homme, maigre et chétif, il devait désormais se préparer à affronter Bobby Fischer, alors qu'il n'avait que vingt-trois ans. La ville de Manille, aux Philippines, s'était portée candidate, avec une dotation de cinq millions de dollars. Cela en faisait l'événement planétaire le plus lucratif de l'histoire ! Nous étions bien loin des deux cent cinquante mille dollars proposés par Reykjavik en 1972. Si nous devions évaluer cette somme aujourd'hui, elle s'élèverait à cinquante millions de dollars. Les chiffres montrent à eux seuls l'importance de cette confrontation entre les deux nations. Trente-cinq chefs d'État projetaient d'y assister ! Il faut l'admettre, l'essence même de la guerre froide s'était concentrée dans un jeu, un art, les échecs.

Bobby était aux États-Unis lorsqu'il apprit l'heureuse nouvelle. Il bondit de joie.

— Cinq millions pour Manille ! Tu vois, László, je te l'avais bien dit ! Je suis devenu un homme et j'ai élevé les échecs au rang suprême. Cinq millions ! Cette fois-ci, je ne vais pas me contenter de gagner, je vais les humilier. Comment osent-ils me défier ?

Bien sûr, la somme en jeu était amplement suffisante à ses yeux. Il ne pouvait y avoir de conflit sur ce point avec la Fédération internationale des échecs. Son problème était tout autre. Une phrase tournait en boucle dans sa tête : « Notre amour est gravé en lettres capitales, par la verticale de ton cœur. »

Chaque réveil se faisait dans la douleur. Olga, cette traîtresse, avait fini par lui révéler la vérité au péril de sa vie. Cette notion de sacrifice obsédait Bobby. Elle le ramenait à ses premières années, où lui-même s'était donné corps et âme pour le salut de sa mère. Combien de fois avait-il été indifférent aux cris des gamins de son âge qui jouaient près de lui ? Combien de fois s'était-il détourné de l'essence même de l'enfance, le plaisir et l'insouciance ? Il ne fallait pas succomber à la tentation, il fallait être digne de l'amour d'une mère. S'offrir en sacrifice avait été la solution. Par ce don ultime, Olga était devenue son égale. Elle avait montré son courage et un tout autre visage, en lui faisant l'offrande de sa propre existence. Elle était entrée dans son cœur de la plus belle des façons. Seule la notion de sacrifice pouvait ouvrir cette porte, et le génie d'Olga l'avait compris. Était-elle donc là, cette faille entrevue dans l'armure de Bobby ?

Un matin, celui-ci vint sonner à ma porte pour me demander des nouvelles d'Olga. Je me rappelai alors la lettre de Brejnev. Nous étions sommés de faire exactement tout ce que la Russe exigeait de nous, et si tel n'était pas le cas, des sanctions seraient prises envers notre famille. Puis les dernières paroles d'Olga me revinrent en mémoire, celles qu'elle nous avait murmurées à l'oreille : « Un jour, Bobby viendra te demander de mes nouvelles. Tu lui diras que je suis en cellule d'isolement, entre la vie et la mort. Que je n'ai pas peur. Que son amie la reine lui donne sa vie pour sauver son roi. »

Sentant une nouvelle fois le spectre du KGB planer au-dessus de nous, je n'eus pas la possibilité de le rassurer. J'obéis aux ordres en crachant mot pour mot ce qu'on m'avait ordonné. Bobby en parut si triste, si désemparé qu'il ne resta pas. Le jeune con que j'étais le laissa partir, persuadé qu'Olga usait d'un stratagème minable pour le conquérir. Dans les romances, on le sait, ne faut-il pas savoir rester à distance ? Mais, dans ce cas précis, celui d'un homme de trente-deux ans qui n'avait jamais connu la passion amoureuse, j'aurais pu me montrer plus malin, sachant qu'il était mon seul ami. Sauf que moi, comme mon père, ignorions les derniers faits !

Bobby se trouvait maintenant face à un dilemme et, une chose était sûre, les deux cas de figure étaient inenvisageables. La première option consistait à défendre son titre de champion du monde, en envoyant l'élue de son cœur à l'abattoir. La seconde, non moins cruelle, consistait à laisser triompher son ennemi de toujours en refusant le combat échiquéen. Auquel cas, les Soviétiques épargneraient peut-être Olga.

Bobby se remémora toutes les discussions qu'il avait eues avec elle au cours des longues soirées qu'ils avaient passées ensemble. Elle avait abordé une série de notions qui prenaient tout leur sens aujourd'hui. Bien sûr, cet épisode suisse avait été un échec, il n'avait pas rencontré Dieu, mais tout, néanmoins, ne lui semblait pas négatif : beaucoup de questions existentielles avaient été résolues.

Olga avait su l'attirer par ses raisonnements captivants pour l'attacher au mât de la déraison. Elle l'avait enveloppé de ses charmes sans pour autant lui verser de la cire dans les oreilles. Le dernier soir, avant que leurs vies ne basculent cruellement, Olga s'était allongée sur le canapé pour relater un conte, d'une importance capitale dans son plan :

— Quand un aigle courtise une femelle, celle-ci le met au défi avant d'accepter ses avances. Elle prend dans son bec une branche d'arbre, monte haut dans le ciel puis la lâche. Le mâle qui la suit doit la rattraper et la lui rapporter. S'il y parvient, elle redescend en saisir une plus lourde et renouvelle l'expérience, jusqu'à se saisir d'un rameau équivalent à son propre poids. Lors de cette dernière épreuve, si le prétendant réussit à le lui rendre alors qu'elle s'élève le plus haut possible, au plus près des étoiles, il aura démontré sa volonté, son sens du courage et son abnégation, et deviendra son compagnon à jamais.

À la toute fin de ce récit, Bobby contemplait, subjugué, Olga en transe, le visage illuminé d'une candeur propre à l'enfance. Pendant de longues minutes, il resta face à elle, épousant la moindre de ses respirations, le moindre de ses tremblements, jusqu'à ce qu'Olga, dans un cri, semble ressusciter, exténuée par ce voyage. À ce moment précis, Bobby était persuadé que, dans cette extase, l'âme de la jeune femme s'était élevée, jusqu'à se purifier dans un jardin céleste. À la question : « Comment est-ce possible ? », elle lui avait répondu : « Demain, tu sauras. »

Bobby était hanté par cette part de mysticisme, au point d'en être rongé de l'intérieur. Lorsqu'il prendrait sa décision, toutes les histoires qu'Olga lui avait racontées tourbillonneraient éperdument dans sa tête.

De la réponse aux prochaines questions dépendait la réussite ou l'échec du plan d'Olga. Les liens qu'ils avaient noués seraient-ils assez forts pour faire saigner mon ami au plus profond de son âme ? Allait-il s'élever pour tenter de la rattraper et lui offrir son titre de champion du monde ? Le rameau de cette dernière épreuve n'était-il pas trop lourd pour qu'il puisse prendre son envol ? Bobby, délesté d'une partie de sa sève, aurait-il encore assez d'énergie pour entamer son ascension ?

De cette force à vous détourner des horizons coutumiers, où la raison et la logique anéantissent tout élan d'imagination, d'inspiration, vous pourrez, ou non, admirer la solution choisie par Bobby.

23

L'aigle noir

Lors du championnat du monde de 1975, le premier joueur totalisant dix victoires serait sacré vainqueur. Pour se donner le temps de trouver une échappatoire, Bobby se mit à critiquer les règles. Dans un trait d'humour destiné à humilier les Russes, il écrivit, dans une lettre à leur fédération :

Vous avez osé me défier, alors, en cas d'égalité de neuf à neuf, je devrais être considéré comme gagnant.

Vous l'avez compris, il faisait allusion au pseudo-match contre Dieu. La FIDE, ne connaissant pas le fin mot de l'histoire, espérait trouver un accord.

Mon ami, lui, se terrait dans son monde. Sa motivation, battre les Soviétiques, était intacte. Pour cela, il avait visionné toutes les parties du prétendant au titre, Anatoli Karpov. Il positionnait ensuite un échiquier sur une table et, grâce à un dédoublement de sa personnalité, jouait, à la fois contre Anatoli et contre lui. Il avait depuis l'enfance acquis cette capacité à se soustraire à lui-même pour se fondre dans un autre. Il dépensait une énergie folle à passer de chaise en chaise, abandonnant le costume d'un joueur pour se glisser dans l'autre. De chacun de ces combats il en sortait épuisé. Mais il avait réussi à pénétrer l'algorithme menant aux prises de décision du champion soviétique. Un monde de subtilités lui ouvrait grand les bras pour le mener, de nouveau, sur le chemin de la victoire.

De toutes ses aptitudes, c'était sa capacité à distinguer le savoir théorique de la connaissance pratique qui faisait de lui un personnage exceptionnel. Pour vous donner un exemple, il considérait à juste titre qu'on ne pouvait répondre à la question « Qu'est-ce que l'amour ? » autrement que par l'expérience. Aucune conjecture, aucun livre, aucune théorie ne remplacerait le goût du premier émoi, du premier vertige. Voilà pourquoi, à la manière d'Olga, il s'était immergé dans le cerveau de son futur adversaire, jusqu'à devenir lui, par oscillations constantes.

Au bout de cette aventure, il avait acquis la certitude qu'Anatoli Karpov serait un combattant redoutable, capable de manœuvrer en milieu de partie sans dégrader sa position. Infatigable, le champion russe attendrait la moindre imprécision de sa part. Bobby connaissait désormais la marque de fabrique de son opposant : la lenteur et la détermination. Il avait aussi deviné ses pulsions les plus secrètes, les plus ténus de ses fantasmes.

Ce fut du moins ce qu'il m'expliqua quand je l'appelai pour prendre de ses nouvelles. Au bout d'une longue conversation, il m'affirma qu'il gagnerait contre Karpov par dix victoires et douze nulles ! Pas une fois le prénom d'Olga ne fut prononcé. J'étais rassuré : le championnat du monde d'échecs de 1975 aurait bien lieu. La Terre entière allait vivre un autre moment historique, la débâcle du système communiste. Cette fois-ci, plus d'excuses possibles, plus de mensonges, le peuple russe saurait !

Mais non, tout n'était pas aussi simple. Je restais torturé par le sort réservé à Olga, qui vivait ses dernières heures. J'en étais convaincu, son destin et celui de Bobby étaient liés par un pacte faustien. Ma tristesse me surprit. Le binôme « amour, raison » s'était décomposé.

*

Pris dans cette tourmente, me voilà parti à la conquête d'un souvenir. S'il ne fallait retenir qu'un geste, une idée, une image qui caractérisait Olga, lequel choisir pour matérialiser les ravages splendides qu'elle laissa sur sa route ?

Au champ d'honneur, ses faits de gloire étaient multiples. Mais l'un d'eux avait retenu toute mon attention. Cela s'était passé lors de mon interrogatoire. J'avais besoin d'une cigarette et nous étions sortis. Dans le silence de cette délivrance nicotinique, elle avait pris la parole à voix basse, donnant aux mots un souffle qui, j'en étais sûr, n'était pas censé m'atteindre :

— Un jour, il faudra révéler au monde ce qui va se produire dans les mois à venir. En extraire un sens. Revenir aux fondements de la légende, ne négliger aucun indice. Dans une construction circulaire parfaitement ciselée. Ce sera un témoignage qui ne court pas après la reconnaissance, empreint d'humilité par le biais d'une signature neutre... L'histoire devra graviter autour d'une poupée tachée de terre et de sang qui se bat pour obtenir une sépulture décente. Trouvera-t-elle un jour le repos ?

Des propos déroutants, incohérents. À ce moment, dans la force qu'elle puisait à s'en convaincre, il m'avait semblé normal de ratifier la victoire de mon ami, des échecs, du bien sur le mal.

Mon soulagement fut de courte durée. J'appris à mes dépens qu'au moment où vous rencontrez l'amour, même le plus pur et le plus inavoué, vous devenez un autre. L'expérience change l'être. Il se produit une discontinuité. Bobby était mort pour renaître sous une forme différente.

Au bout d'une traversée, longue et cruelle, dans les arcanes de ses passions, de ses aspirations, Bobby, impuissant à trouver une troisième issue, préféra abandonner son titre de champion du monde. Le plus grand joueur de tous les temps venait de mettre mat son propre roi pour sauver sa reine. Seul comptait l'envol pour la rattraper. Une fois sa décision prise, un sentiment de bonheur immense l'envahit. Il était convaincu d'avoir fait le bon choix.

L'écho de cette décision fit le tour du monde. Les joueurs d'échecs étaient en deuil. Les explications pleuvaient. Chacun tentait de donner une interprétation logique à ce renoncement. Les psychanalystes, à l'honneur, échafaudèrent des hypothèses fantaisistes, où Bobby était devenu un être faible aux portes de la folie. Aujourd'hui encore, il m'arrive d'entendre ici et là des mensonges sur mon ami. Mais comment vous en vouloir ? Il fallait bien trouver une raison. Tu nous as fait tellement de mal en nous quittant ! Ta communauté ne s'est jamais relevée et les échecs ont un peu à peu perdu de leur splendeur.

Vous qui avez vécu cette époque comprenez le sens des révélations faites ici. Vous qui êtes joueur d'échecs, connaissant Bobby comme le Mozart de notre art, vous et vous tous, allez donc leur raconter à ceux qui, alors, l'ont cru fou ! Il faut que la vérité éclate. Vous leur direz ce que les Russes ont fait pour lui voler son titre. Faites-le avec force et conviction. Faites-le par amour.

Il reste quelques pages, de la douleur et des larmes. Non, je ne serai pas de ces individus infâmes qui relatent la triste vie de Robert James Fischer après 1975.

Olga avait vu juste bien avant l'heure, et ne s'était pas privée de le dire à Bobby, au péril de son plan. Souvenez-vous de ce premier rendez-vous dans le parc. À la question de Bobby qui, excédé, lui avait demandé : « Mais pour qui me prenez-vous, Olga ? », elle avait répondu par une allusion à la mythologie grecque. Un récit qui exprimait la colère d'Aphrodite. Et dont la morale était liée au fait qu'Ulysse, après avoir été mis en garde par Circé, était parvenu à résister au pouvoir de séduction des muses. Il avait fait couler de la cire dans les oreilles de ses compagnons, afin qu'ils ne puissent entendre le chant des sirènes, tandis que lui se faisait attacher au mât de leur navire. Ainsi, ils n'avaient pas perdu le sens de l'orientation et leur bateau ne s'était pas fracassé sur les récifs, où ils auraient été dévorés par les enchanteresses. Le message d'Olga était clair, encore fallait-il connaître ce mythe, Bobby ! Il y avait là la solution : elle ne t'aimait pas, elle voulait t'exiler, te détruire et, comme elle l'avait dit si justement : « Vous ne serez alors plus entouré que d'un amas d'ossements et des chairs desséchées, celui des idéaux que vous aurez fait périr ». Olga dévoilait par là une autre facette de sa personnalité, son génie était cabotin…

Assis sur ce banc, je m'adresse à vous, lecteur. La fin est proche. Vous attendez le verdict. Je vous tiens sous mon emprise, vous êtes mon prisonnier. C'est le moment tant attendu où l'écrivain fait durer le suspense, les descriptions deviennent interminables. Mais je préfère m'essayer à un autre genre d'écriture.

*

De l'autre côté de l'Atlantique, le téléphone sonna. C'était la ligne sécurisée de Brejnev. Il décrocha, reposa le combiné puis s'interrogea. Comment était-ce possible ? Qu'avions-nous fait ? Était-ce un miracle ?

Léonid réunit immédiatement dans son bureau un petit comité de la cellule Enigma, pour tenter de comprendre l'impensable. Bobby Fischer venait d'envoyer un télégramme au patron de la Fédération internationale : il abandonnait son titre de champion du monde au profit d'Anatoli Karpov. Tous exultèrent de joie pour s'arrêter net au souvenir d'Olga. Il fallait maintenant se rendre à l'évidence et obtenir le pardon de leur héroïne. Rien de tout cela ne serait arrivé sans sa fougue, sa passion, son génie… Or eux, pauvres ignares, l'avaient enfermée entre quatre murs.

Ils en étaient déjà à rédiger de plates excuses avec l'espoir d'obtenir une infime dose d'indulgence de sa part. Et si tel était le cas, peut-être daignerait-elle enfin dévoiler son plan dans son intégralité ? Aurait-elle la bonté de se rabaisser une dernière fois à leur niveau ?

Dans un premier temps, il fallait la libérer et la soigner de la malnutrition en l'envoyant à l'infirmerie. Un médecin et une infirmière devraient se tenir à son chevet nuit et jour. Interdiction de l'approcher. Andropov s'exclama :

— Le roi est mort, vive la reine !

Seul Solomentsev restait dans la tourmente : il avait ordonné au chef de la police d'abattre les animaux de compagnie d'Olga. Le pauvre homme espérait maintenant les remplacer, au plus proche de leurs caractéristiques esthétiques. Il forma une brigade de cent hommes pour sillonner la ville à la recherche de son salut.

Olga prit son temps, mais elle n'était pas si mal en point. Elle savourait sûrement cette première victoire sur son ennemi, tout en considérant Bobby comme un dommage collatéral. Le vieil homme que je suis comprend votre étonnement à la lecture de cette dernière phrase.

Finalement, elle leur apparut. Olga. Encore plus belle et rayonnante. La scène eut lieu, là aussi, dans le bureau de Brejnev. On lui demanda de s'asseoir pour écouter le *mea-culpa* de chacun. Elle n'était ni en colère ni choquée par leur comportement. Magnanime, elle leur reconnut même des circonstances atténuantes :

— Votre attitude est compréhensible. Si je vous avais dévoilé la totalité de mon plan, vous auriez su qu'il n'y avait pas l'ombre d'un doute, que nous allions triompher. Mais je ne l'ai pas fait pour des raisons importantes. Je dois maintenant vous les donner devant toute la cellule réunie. Je me refuse à le faire devant vous quatre. Nous serons neuf, car chacun a été partie intégrante de la réussite de cette mission.

Le 3 avril 1975, Anatoli Karpov devint le douzième champion du monde d'échecs, et cela sans avoir déplacé une pièce sur l'échiquier.

Olga dévoila à Enigma l'explication de ce mystère dans un exposé, que j'ai intitulé « Le discours d'une reine ». Je vais vous en livrer la teneur, mais pas l'intégralité. Pour l'occasion, Léonid Brejnev organisa une réunion fastueuse dans une immense salle de l'ancien palais tsariste. Tandis que le printemps moscovite commençait à déshabiller le blanc les coupoles de la place Rouge, le Kremlin semblait célébrer son triomphe, exhibant aux yeux des passants la couleur de la passion.

Ce jour-là, dans la salle Saint-Georges où tout rappelait le passé glorieux de la Russie, des centaines de roses rouges, dans leurs vases de cristal, semblaient s'incliner en signe de pardon.

Une fois de plus, Olga entra avec la nonchalance qui avait achevé de faire d'elle une force tranquille. Un ange passa. Brejnev, l'œil gourmand, surligné d'un épais et broussailleux sourcil, laissa filtrer un sourire de vainqueur. Plus que jamais, leur madone était devenue la gardienne de l'ordre et l'émanation de la justice. D'un mouvement qui lui était propre, Olga leva les yeux vers le ciel avant de prendre la parole.

— Il y avait bien une faille dans le dispositif Fischer. Elle m'a été révélée par Arthur, son ami d'enfance. Au fil de son récit, la carte d'identité émotionnelle de Bobby m'a été dévoilée, laissant apparaître une insatisfaction constante de sa part. Une couleur violine, pour ceux qui ont appris à me connaître… Il estimait en son for intérieur que personne n'était digne de lui et, par ce fait, qu'il était seul au monde, à moins de se rabaisser. De plus, son caractère indivisible en faisait un être incorruptible, ne lui ouvrant qu'une voie : l'exil. J'avais déjà bien avancé sur le chemin menant à la résolution de cette énigme. Il me fallait cependant savoir ce qui le rendait unique à ses yeux.

» C'est dans son passé que j'ai trouvé la réponse, pas dans les balbutiements de ses premiers pas, mais dans ce passage étroit de l'enfance à la conscience de soi. À sept ans, Bobby avait fait le don de sa propre existence à sa mère Regina. Admirable ! Rien n'était trop audacieux pour la satisfaire, pas même le rêve secret d'envisager les échecs comme un jeu d'argent, et de devenir le meilleur joueur au monde.

» Tout cela s'est réalisé avec pour seul moteur les possibilités infinies du cerveau humain et un carburant d'exception : le don de soi. La combustion s'est faite à partir de milliers de particules façonnées par l'intensité de son amour. Son caractère a été lui aussi un ingrédient décisif.

» Pour lui ressembler, il fallait donc lui prouver par une démonstration sans aucun faux pas qu'on était capable de s'offrir sans partage, de s'immoler les yeux dans les yeux de son bourreau, d'être son égal. La beauté résidait dans les moyens mis en œuvre ; ni un fou, ni un cavalier, ni même une tour ne ferait l'affaire. Comme aux échecs, il fallait que la combinaison soit si magistrale qu'elle implique un sacrifice de dame.

» J'ai donc imaginé un match contre Dieu en exploitant la fascination de Bobby pour le mysticisme. Je me suis insérée dans l'échiquier par une porte dérobée, inconnue des mortels. J'ai enfanté cette position magique où le joueur d'échecs combine afin de transformer un avantage positionnel. Au bout du compte, mon dévouement lui a dévoilé ma condition de reine et de traîtresse, mais qu'importe, j'étais parvenue à me hisser dans son monde. Il ne serait plus seul, nous serions deux pour l'éternité. Tout comme lui, je m'étais sacrifiée au nom de l'amour.

» Il y avait aussi des détails techniques à régler pour ne pas laisser le hasard décider à notre place. Il fallait que Iouri Andropov soit face à moi pour voir une larme rouler sur ma joue, qu'il puisse entendre des paroles qui ne pouvaient prêter à confusion. La situation réclamait qu'on me ceinture, qu'on me jette face contre terre, qu'on m'humilie. Il fallait une intensité dramatique, du réalisme dans l'action, sinon tout se serait effondré comme un château de cartes. Je ne voulais pas d'acteurs pour lui faire ressentir la splendeur de ma révolte.

» Mais cette construction intellectuelle n'aurait pas abouti sans une déclaration d'amour parfaitement structurée. Elle représentait la pierre angulaire, le point d'orgue qui finirait par percuter son cœur. Je l'ai trouvée dans les derniers instants, après avoir épuisé mille possibilités. Elle est devenue une évidence et le symbole de notre réussite, elles ont été mes dernières paroles : « Notre amour est gravé en lettres capitales, par la verticale de ton cœur. »

» Ce n'était pas pour autant terminé. J'avais en effet gagné une bataille, mais c'était insuffisant pour envisager la reddition de Bobby. J'en ai donc conçu une seconde. Dans cette dernière, il allait être confronté à lui-même dans un dilemme cornélien. Il aurait le choix entre deux mondes. Défendre son titre en me sacrifiant, ou m'épargner en se retirant de la compétition. Des deux variantes, son caractère choisirait la plus admirable, le plus beau tracé de lumière, le seul capable d'illuminer sa vie…

Après le discours d'Olga, un lourd silence exprima toute la stupéfaction de l'assemblée. Olga était devenue une magicienne d'un nouveau genre, ayant épuré leur âme et métamorphosé les esprits. À son contact, les métaux vils avaient été transformés en or. La cellule était orgueilleuse d'avoir cherché et trouvé la pierre philosophale. Elle était le ferment mystérieux, elle était l'Alchimiste.

Brejnev gardait sur elle ses yeux remplis d'admiration. Il était temps d'emprisonner à tout jamais dans sa mémoire ce moment unique. Son esprit pragmatique et cartésien avait, pour une fois, fait fausse route. Lorsqu'il avait pris la décision de pister à travers toute la Russie quelqu'un pouvant correspondre à la définition du génie humain, il voulait simplement montrer à ce groupe d'élite que notre grandeur venait du respect des règles, du travail collectif, du don de soi pour une noble cause. Notre école de pensée devait donc considérer le génie comme une illusion, voire une supercherie ou, dans le meilleur des cas, une légende.

Le premier secrétaire du Parti avait un plan : redonner toute la confiance nécessaire à ses troupes pour envisager l'avenir de façon sereine en balayant cette notion de génie, abstraite et sans fondements. Bobby Fischer était juste un très bon joueur d'échecs, et nous, nous étions la Russie. Hélas, cette farce mise en place par ses soins avait abouti à démontrer le contraire ! Pire encore, le système communiste venait de subir une écrasante défaite, le menant au constat que la collectivité devait être au service des individualités, et non l'inverse.

Brejnev, ce jour-là, eut la certitude que cette conspiration devait rester secrète à tout jamais, car elle s'attaquait aux fondations de leur propre système de pensée. Rien ne devait transpirer de cet épisode étrange où l'essence même de la guerre froide s'était condensée dans un espace clos de soixante-quatre cases. Ce fut à travers ce paradoxe que s'éteignit le communisme dans sa forme la plus pure.

Une lampe allumée non loin d'Olga baignait d'une lumière douce son visage rêveur. Léonid lui déclara au nom de toute la cellule qu'ils lui avaient réservé une surprise. Chacun sortit une feuille de sa veste, et la lecture de cette page se fit à l'unisson.

— Chère camarade, vous êtes un mur face à l'océan, fait de pierre et de brique. Ses fondations sont enfouies dans le sable. Côté mer y sont accrochés toutes sortes d'objets, des tableaux, des photos, des souvenirs. Vous y avez également gravé des règlements, des lois, mais aussi vos peurs et vos angoisses, vos rêves et vos désirs. Ce mur, l'architecte l'a bâti d'un seul bloc et lui a donné une résistance aux intempéries toute relative. Certes, la nature aura le dernier mot, mais, en dépit de l'érosion du temps, il restera debout quelques décennies. De plus en plus fragilisé, il s'est fissuré et les inscriptions commencent à s'effacer. Percé de trous, de part en part, le vent et la pluie martyrisent ses entrailles ; cependant, les veines ainsi creusées ouvrent un chemin à la lumière de la Lune, comme à celle du soleil… Vous, vous êtes ce mur face à la mer dont les fondations vacillent, vous exposant aux doutes, aux incertitudes, aux fantômes du passé. Vous êtes ce funambule pris en otage dans l'espace-temps entre la vie et la mort. En définitive, vous sentez la terre battre votre cœur, le vent lécher vos blessures et les astres vous aspirer dans l'éternité. Et, dès que vos entrailles perçoivent la chaleur du Soleil, vos veines se gorgent d'un magma incandescent et la lumière émise finit par nous éblouir… Nous, nous en avons été les spectateurs et, par vos actes et vos mots, vous nous avez offert la plus belle des batailles, la plus belle des victoires et la définition du génie humain. Vous resterez à tout jamais dans nos cœurs l'Alchimiste.

Olga leva les yeux pour contempler le plafond peint d'or et de couleurs chatoyantes en signe de triomphe. Elle le savait, ils finiraient par pleurer des larmes de sang. La prochaine phase serait enclenchée dans les mois à venir. Andropov replaça ses lunettes noires sur son nez d'un geste mécanique. Il était le seul à ressentir une forme d'inquiétude, celle que les fins politiciens et les hommes de pouvoir perçoivent face à un être intellectuellement supérieur. Il était néanmoins loin de se douter que, à la pesée des âmes, seule Olga serait épargnée.

Là où Khrouchtchev pouvait être emporté par son tempérament et piquer des colères à grand renfort de *mat*, une insulte russe particulièrement grossière, Brejnev savait se retenir et écouter ses interlocuteurs. Il tissait patiemment une toile de réseaux en déployant aux postes clés des gens qui lui seraient fidèles. Il était l'homme des clans, formés du temps de sa jeunesse en Ukraine, puis en Moldavie et au Kazakhstan. Toujours sûr de ses décisions, il considérait n'avoir jamais fait de mauvais choix et jauger à merveille les capacités de chacun. C'était sa marque de fabrique. Avant de quitter la salle Saint-Georges, il demanda à Olga de devenir sa conseillère. D'un sourire comparable à l'envergure d'un aigle en plein vol, elle répondit instantanément :

— Ce serait un honneur.

La prédatrice tracerait des cercles concentriques pour finalement plonger sur sa proie ! Oui, le premier secrétaire du Parti commit ce jour-là une bévue dont la Russie ne se releva pas.

Quelques minutes après sa sortie, Brejnev revint avec Nikolaï Podgorny. La fête battait son plein. Cette fois-ci, la totalité des forces vives du pays étaient réunies dans une même pièce. Andropov, devinant une dernière prise de parole, demanda le silence. Il avait pleinement raison. Le président du présidium du Soviet suprême de l'URSS s'adressa directement à Olga pour lui poser une question qui lui brûlait les lèvres :

— Pourquoi avez-vous pris la décision d'interrompre la partie d'échecs contre Dieu, sachant que nous avions une forte chance d'arracher le match nul et de triompher ? Les analystes russes étaient formels, et vous le saviez. De plus, une variante semblait donner un net avantage à notre équipe avant que la partie ne soit arrêtée par vos soins, un sacrifice de dame.

— Devant nous se dressait un combattant exceptionnel, le plus grand joueur d'échecs de tous les temps ! Ma mission était fondée non pas sur des suppositions, mais sur la victoire de notre grande nation, quel que soit le cas de figure. Il me fallait pour cela atteindre son cœur en y gravant mon nom en lettres capitales. Comme je l'ai déjà dit, la notion de sacrifice était l'unique biais pour y accéder. Le don de soi, cette offrande faite au Ciel, se devait d'être à la hauteur. À ma connaissance, c'était le seul moyen pour parvenir à la part des anges vaporeuse et silencieuse, et qu'il en boive jusqu'à l'ivresse, jusqu'à la déraison. La partie divine n'avait été conçue que pour me servir de passerelle, pas pour qu'elle soit menée à son terme.

— C'est une belle expression que vous employez, Olga ! La part des anges désigne les vapeurs qui s'échappent de l'alcool, lors de son vieillissement en fût. Elle viendrait de l'alchimie, qui qualifiait d'« ange » les substances volatiles… Mais, pour avoir visité ce genre d'endroit, j'ai une tout autre explication : l'arôme qui s'échappe est si bon, si enivrant qu'il n'est pas destiné aux simples mortels, c'est la quote-part d'une divinité.

— Sachez que ces vapeurs sont à l'origine d'un champignon microscopique, dont le nom scientifique est *Baudoinia compniacensis*. Il noircit les pierres et les âmes, il ne faut pas l'inhaler.

— Bien… J'ai tout de même une seconde question pour vous, Olga. J'ai suivi avec attention votre prise de pouvoir. Au bout du compte, vous avez fait voler en éclats la forteresse Fischer. Pour reprendre vos propres mots, vous avez découvert une faille dans son enfance et vous l'avez exploitée… Cependant, d'où vient cette idée folle d'une *partie contre Dieu*, de bouleverser les règles en faisant de la reine la pièce maîtresse du jeu ?

— L'homme, depuis la nuit des temps, a ressenti le besoin de codifier l'affrontement. Les échecs, avec ses règles qui donnent un cadre à la bataille, en sont un symbole. Ses pièces, par leurs déplacements, sont la manifestation de notre imagination, elles en concrétisent la construction mentale, celle de nos plus belles représentations. Elles sont l'alphabet qui traduit nos pensées, nos rêves et nos peurs dans le monde réel. Un trait d'union, un pont entre deux rives, le code secret qui ajoute aux idées le dessin de l'homme. C'est sans doute le point de départ de mon raisonnement… D'où vient cette idée folle d'une partie contre Dieu, de bouleverser les règles en faisant de la reine la pièce maîtresse du jeu ? Je vais vous le dire… L'ancêtre de cet art est sans doute le jeu de senet, dont on a retrouvé des traces au cœur des pyramides de l'Égypte antique, sur des peintures ou des hiéroglyphes datant de près de trente siècles avant notre ère. La fresque qui m'a le plus frappée, c'est celle qu'on a découverte dans l'antichambre de la sépulture de la reine Néfertari, dans la nécropole de Thèbes. On l'y voit de profil, assise devant les trente cases et les pions noirs, en forme de cônes, d'un jeu de senet. Mais face, surtout, à un adversaire invisible. La portée allégorique en paraît évidente : Néfertari n'est-elle pas en train de jouer contre les dieux le droit d'entamer son voyage dans les arcanes d'un autre monde ?… Cette même symbolique a refait surface plusieurs milliers d'années plus tard dans mon stratagème, où Bobby dispute une partie contre Dieu, pour tenter d'échapper à sa finitude. (Olga marqua un temps d'arrêt.) Séduits par la beauté de cette histoire remise au goût du jour, les dieux n'avaient pas d'autres choix que de me faire triompher.

24

Une poupée tachée de terre et de sang

Le vieil homme que je suis reste sceptique. Pourquoi s'être fait plaquer au sol, envoyer, des mois durant, en cellule d'isolement ? Olga aurait-elle été saisie d'un élan patriotique au point de se sacrifier en prenant le risque d'être condamnée à mort sur-le-champ, tout cela au nom de la vraisemblance ? Ou bien avait-elle un intérêt particulier à être hissée au rang d'icône, à être injustement rabaissée pour mieux rejaillir ensuite dans la lumière ? On n'apprend pas à un vieux singe à faire la grimace. Olga aurait pu se contenter de se venger de la Russie en faisant triompher Bobby. Mais, en vérité, derrière ce mensonge se cachait un projet machiavélique. Plus elle entrerait dans le cœur de ses compatriotes, plus douloureuse serait la blessure infligée. Être au plus près du pouvoir faisait partie d'un plan plus ambitieux, d'une construction intellectuelle parfaite. Et Bobby n'était qu'un dommage collatéral. Tout comme Pierre, l'apôtre le plus proche de Jésus, l'avait renié par trois fois avant le chant du coq, elle allait livrer en traîtresse adulée l'honneur de la Russie aux pieds de son ennemi.

Je pourrais vous faire le récit de cette trahison qui conduisit l'URSS à poser les deux genoux à terre devant les États-Unis. Les Soviétiques en sont peu fiers et gardent cette autre histoire secrète. Encore aujourd'hui, quiconque se risquerait à la dévoiler s'exposerait à des représailles. Si Dieu m'en donne le temps, je vous la raconterai. C'est au péril de sa vie qu'Olga atteignit son but. La tâche exécutée, elle dut vivre en recluse, loin de son pays, sa tête mise à prix. Mais je ne dois pas oublier l'objectif de ce livre : rétablir la vérité sur le plus grand champion d'échecs, un chevalier sans armure, un éternel enfant, un être pur ayant trouvé la folie comme seule échappatoire à la fourberie des hommes.

*

Il ne reste que quelques touches de couleur, quelques pages pour en finir, autant de scènes arrachées des confins de ma mémoire. Elles sont les dernières déambulations d'un vieillard pour atteindre son but, vous peindre le tableau d'une époque à travers un champ de bataille, vous faire ressentir les subtilités d'un jeu qui jadis était l'élixir de tout un peuple, pour vous confier ma foi qui se dérobe chaque fois que je prononce son prénom. Et tout cela arrive à son terme.

Oui, de cette expérience j'aurai appris qu'une phrase, tout comme une formule mathématique, peut contenir des codes. Si je me hasarde un peu plus loin dans cette direction, je sais maintenant qu'il n'y avait aucune échappatoire. Bobby, dieu rebelle, et Olga, déesse de la guerre, étaient nés pour s'affronter sur cette Terre. Tout l'indique, le hasard est devenu une succession de coïncidences. Et moi, simple mortel, je n'ai jamais eu la moindre emprise sur leur destin. Me voici donc soulagé de ma culpabilité. C'est le masque du vieil homme qui m'a révélé ce secret.

Revenons à lui, cet être fragile, idéaliste et emporté. Ce fut un gladiateur de l'impossible, venu s'échouer « au milieu d'un amas d'ossements et de chairs desséchées, celui de ses idéaux ». Dépossédé de sa raison, sombrant dans l'abîme de la passion, il succomba. Les prédictions de notre prêtresse s'étaient réalisées.

*

Après l'abandon de son titre de champion du monde en 1975, Bobby, pour échapper à une horde de journalistes, s'embarqua sur un navire pour un tour du monde de neuf semaines. Là, il eut tout le loisir de rêver à ses retrouvailles avec Olga. Face à l'intensité de ce moment, son esprit s'était peu à peu apaisé. Il savait qu'à son retour elle serait là. Le cœur gonflé d'une espérance folle, il était dans la peau de ce chevalier courtois qui a sacrifié son titre pour sauver sa dame. Par la beauté de son geste, il avait le sentiment de mériter l'amour. Sa grandeur d'âme lui avait à la fois fait pardonner à Olga sa trahison et déposer les armes du combat échiquéen. Il allait connaître une félicité à nulle autre pareille.

Lors d'une escale en Inde, il déambula dans les rues à la découverte du pays de Sissa. *C'est ici, le berceau de l'humanité*, se disait-il, *là où les plus anciennes traces de vie humaine ont été trouvées, là où le noble jeu a fait son apparition à l'aube de notre ère*. S'étant un instant arrêté, le temps de se pencher sur une montagne d'épices, au cœur d'un marché, il aperçut un attroupement, des mains qui virevoltaient au-dessus de plateaux multicolores. Des joueurs d'échecs. Refusant d'être importuné par un photographe, un curieux, un demandeur d'autographes, il s'était laissé pousser la barbe depuis de longues semaines. Une casquette de base-ball vissée sur la tête jusqu'aux sourcils, il s'avança en direction de sa tribu.

Dès qu'il arriva à la hauteur de la table principale, un homme lui fit une proposition :

— Voulez-vous disputer quelques parties, avec une petite récompense pour le gagnant ?

Bobby n'avait aucune envie de s'enrichir sur le dos de ce malheureux et refusa. Offusqué, l'homme lui répondit d'un ton grave :

— Mais vous ne savez pas qui je suis !

Bobby, avec un regard affectueux, répliqua :

— C'est bien le problème, mon cher, je ne vous connais pas.

Les parties eurent néanmoins lieu. L'homme, qui était très fort dans son royaume, reçut la foudre du meilleur gladiateur qui fût. Le feu d'artifice se déroula devant des dizaines de spectateurs qui jouaient des coudes pour apercevoir l'échiquier, comme jadis à Central Park, au temps de ses sept ans. Bobby se leva sans prendre l'argent, en demandant simplement à la foule :

— Connaissez-vous l'actuel champion du monde ?

Ayant compris qu'ils venaient de vivre un moment historique, ils s'écrièrent d'une seule voix :

— Robert James Fischer !

Bobby tourna les talons, les yeux noyés de larmes.

Un enfant l'avait suivi, un gros baluchon sur le dos. Sur le chemin les ramenant au navire, il interpella Bobby, ouvrit fièrement son sac et en sortit un échiquier fabriqué à la main par sa sœur. Mon ami l'acheta pour lui faire plaisir. La somme qu'il avait déboursée était modique, et tout le reste de la traversée il se lamenta de n'avoir pas payé dix fois le montant demandé par le bambin. Sculptées dans du bois de santal, les pièces étaient façonnées avec art.

À son retour aux États-Unis, il s'installa à l'abri des regards, dans un petit appartement en sous-sol sur Mockingbird Lane, à South Pasadena, près de Los Angeles. Il attendit longtemps. Le temps s'écoulait, et il n'avait aucune nouvelle d'Olga. Elle devint une obsession. Bobby croyait la reconnaître partout. Un espoir le caressait dès qu'il apercevait une chevelure blonde, et le quittait aussitôt. Il retournait sans fin dans son esprit cette déclaration qu'elle lui avait faite avec tant d'émotion. N'était-ce pas un aveu d'amour ?

*

Le vieil homme que je suis se rappelle le désespoir de mon ami Bobby, ce moment où s'éloigne imperturbablement de la rive le voilier tant espéré. Je n'osais lui ouvrir les yeux. Olga n'avait pas forcément menti. Elle avait gravé des lettres de sang sur le cœur de mon ami, l'atteignant au plus profond de son être, mais elle n'avait jamais déclaré l'aimer en retour.

Curieusement, les obstacles peuvent venir de ceux que l'on dresse devant l'autre, en agissant à l'encontre de ses propres sentiments. Si l'on fuit devant la passion, l'amour poussé à son paroxysme devient impossible.

Mais, Olga, laisse-moi te le dire : les échappatoires ne sont que des leurres. Au fond de moi, je le sais, tu étais tombée amoureuse, mais rien ne pouvait te détourner de ton désir de vengeance. Plus tard, quel cortège de regrets ont dû t'envahir dans le secret de ton âme… Cependant, toi qui considères que les passions n'existent que parce qu'elles sont combattues par des forces contraires – ta façon de te mettre à l'abri de toute forme de souffrance –, dis-moi donc : renoncer, est-ce une forme de courage ou de lâcheté ?

Bobby, lui, n'a pas hésité ; son cœur n'a jamais connu le moindre doute, la moindre inclinaison dans son ascension vers un monde plus vertueux. La noblesse de son art n'a eu d'égale que la pureté de son destin, un chef-d'œuvre qui illustre la quête de l'idéal. Elle est là, la plus belle des parties, et c'est bien lui qui l'a remportée pour l'éternité. Il est à lui seul ce qui fait la différence entre une jolie romance et un récit intemporel… Il est allé jusqu'à utiliser la folie en dernier rempart. Ainsi, il s'est inventé un mouvement qui ébranle toute logique et, contre le temps qui passe, il n'a cessé de croire en cet amour réciproque. Il était l'artiste qui, par une voie différente, finit par révéler une conception nouvelle de la réalité.

Dès lors, je me rends compte que nous sommes deux à devoir lui rendre hommage. Pour lui, j'aurais tant aimé que, derrière le masque du vieil homme, se cache une femme prénommée Olga !

Mais, sans cesse poursuivie par les services russes qui voulaient ta mort, je te comprends : ce manuscrit aurait scellé ton destin.

Une idée vient de me traverser l'esprit. Ne serais-je pas en train de vivre un cauchemar pascalien ? « Qui sait si cette autre moitié de la vie où nous pensons veiller n'est pas un sommeil un peu différent du premier, dont nous nous éveillons quand nous pensons dormir ? » Vais-je enfin me réveiller pour découvrir cette autre vérité, un monde meilleur où le principe de réalité nous révélerait que Bobby et Olga se sont retrouvés et ont vécu heureux ?

Avant la toute fin, une vague d'émotions vient m'envahir, des moments enfouis refont surface, mon roi. Ton regard s'invite en moi, plus vrai que jamais. La chaleur de ta présence. Je me souviens, tu venais d'avoir neuf ans. Un homme aux cheveux grisonnants était venu s'asseoir face à toi pour parier quelques dollars. Assez vite, tu lui avais demandé de te dévoiler ce qui était accroché au bout de son porte-clés. Il t'avait répondu : « Une patte de lapin, c'est mon porte-bonheur. » Au lieu d'enclencher la pendule pour démarrer le match, tu l'avais regardé fixement pendant de longues secondes. Finalement, avec un ton légèrement narquois, tu avais répliqué : « Si cela vous porte chance, le lapin ne pourrait pas en dire autant… » Ce domaine enchanté où la raison perd son contrôle, où les contraintes disparaissent et un univers fantastique apparaît, tu l'avais en toi, par droit de naissance, Bobby.

La première fois, je n'avais aperçu qu'une petite silhouette, à une trentaine de mètres, assise sur un énorme coussin bleu qui lui permettait d'atteindre la hauteur minimale pour regarder une partie. Une étrange émotion m'avait envahi.

L'étincelle qui jaillissait de la vitalité de ton inspiration, de ton esprit révolutionnaire a donné un sens à ma vie. Aujourd'hui, je le sais.

Bobby erra de port en port pour venir s'établir à la fin de sa vie à Reykjavik, l'endroit même où il avait été sacré champion du monde. Je lui rendis visite à plusieurs reprises, mais sachez qu'il n'était plus que l'ombre de lui-même. En vérité, il était mort en 1975, comme un rameau tombé du ciel.

Quelque temps après notre dernière entrevue, Bobby s'éteignit, le 17 janvier 2008, à l'âge de soixante-quatre ans, comme le nombre de cases sur un échiquier. Allongé sur son lit, dans son dernier souffle, le regard émerveillé, il murmura une phrase incompréhensible pour la jeune infirmière se tenant à ses côtés : « Notre amour est gravé en lettres capitales, par la verticale de mon cœur – la plus belle des variantes. »

Une poupée tachée de terre et de sang, au visage triste, debout, les bras le long du corps, les paumes de ses mains tournées vers l'extérieur, le regardait avec tendresse.

À toi, mon roi

5

Un manuscrit à la paternité douteuse

Écris-moi une histoire et je te dirai qui tu es.
Le choix des mots est à l'écriture
ce que l'homme est à sa destinée.
Qu'elle soit longue ou courte, une fiction ou un témoignage,
poignante, enivrante ou décevante,
je saurai mieux te définir, t'appréhender, te nommer.

Olga Komarova, cahier n° 41

Cannes, 21 juillet 2019

Alexandre a pris son téléphone, consulté son dernier message. Son poste de commandement en était convaincu, j'étais défaillant, et l'objet référencé défectueux ! Il m'a lu leur rapport à voix haute :

Nous en sommes à présent presque certains, notre hôte est déstabilisé. C'est le signe de la fatigue, de l'alcool et de sa gêne à soutenir obstinément qu'il est l'auteur de ce manuscrit. De nombreuses irrégularités ont été répertoriées par l'algorithme. Nous pouvons passer à l'étape suivante. La méthode Marusenko mettra un point final à nos doutes.

J'ai regardé Alexandre droit dans les yeux.

— Vous ne comprenez pas, je ne suis pas fatigué ni alcoolisé, je suis las, je n'ai plus envie d'en parler.

— Bien, Arthur… Je n'attends pas que vous me disiez quoi que ce soit. Maintenant, vous allez écrire. Je vous avais prévenu que ce serait un interrogatoire un peu spécial… Connaissez-vous Mikhaïl Marusenko ?

— Non, je devrais ?

— C'est quelqu'un que j'admire. Chercheur à l'université de Saint-Pétersbourg et diplômé de la chaire de linguistique mathématique. Il s'est rendu célèbre en France il y a une dizaine d'années en tant qu'expert de l'investigation littéraire. Eh oui, ça existe ! Pour tout vous dire, il a prouvé que la plupart des pièces de Molière avaient en réalité été écrites par Corneille. Incroyable, non ? Vous imaginez le scandale dans ce beau pays où l'on se vante de parler la langue de Molière ! Les universitaires ont bien sûr hurlé… Quel est son secret, me direz-vous ? Il est le spécialiste mondial de la stylométrie : il a en effet mis au point un algorithme de reconnaissance stylistique infaillible, qui lui permet d'identifier l'auteur de n'importe quel écrit. Vous devriez vous renseigner sur son travail, vraiment, c'est passionnant ! Tout est dans le domaine public : les formules, calculs, algorithmes et les fichiers électroniques des œuvres ont été communiqués à l'ensemble des chercheurs qui le souhaitaient. Aucun n'a infirmé ces conclusions, bien au contraire… Le FSB détient une version améliorée de cette arme linguistique.

— Parfait, avec le nombre de rapports que j'ai envoyés au Central Bureau de Moscou pendant des années, votre expert a sous la main tout ce qu'il faut pour comparer. Quel est son verdict ?

— C'est ça, le hic, Arthur ! L'analyse linguistique mathématique ne se fait qu'à partir d'écrits de même nature. Vous me suivez ? Autrement dit, le logiciel ne peut comparer ce manuscrit qu'avec une autre fiction, une histoire, si vous préférez, alors que vos rapports sont des comptes rendus informatifs.

— Vous attendez donc de moi que j'écrive un autre récit ?

— Exactement.

— Comme celui que vous avez lu, un récit noirci par des effluves mystiques ?

— Noirci par des effluves mystiques ! Vous êtes habile, vous passez d'une ivresse à l'autre, de la littérature à l'alcool, de la part de Dieu à celle des anges… C'est très fin, mais gardez votre inspiration d'artiste pour tout à l'heure, Arthur, car une nuit studieuse vous attend… Vous savez, j'ai beaucoup de chance aujourd'hui car je vais réaliser un rêve. On ne voit jamais un écrivain écrire, non, jamais. Il se cloître chez lui, il se retire dans son bureau pour se retrouver seul face à sa feuille, son carnet ou son écran d'ordinateur. Vous êtes-vous déjà demandé pourquoi tous les métiers se donnaient à voir, sauf celui d'écrivain ?

— Oui, et j'ai la réponse ! Avez-vous une simple idée du temps que j'ai passé à écrire ce texte, coupé du monde, de la vie ? à noircir des centaines de feuilles de papier ? Onze mois, Alexandre ! Onze longs mois à me lever tous les jours à 5 heures du matin, onze interminables mois à raconter ma trahison, la plus horrible de toutes, celle qui a causé la perte de mon meilleur ami. J'ai passé onze mois – rendez-vous compte ! – à être le spectateur de ma propre vie, à faire le *mea-culpa* de ma traîtrise. Cette souffrance dans l'écriture est devenue ma rédemption… Et vous, vous me demandez pourquoi on ne regarde pas un écrivain écrire ? Mais la souffrance n'est pas un spectacle, Alexandre.

— Bravo, l'écrivain, vous parlez bien, c'est un bon point ! Je reconnais même les envolées lyriques du manuscrit, c'est vous dire… Mais vous ne me convaincrez pas si facilement. J'ai une autre explication qui ne va pas vous plaire, j'en ai peur. Si on ne voit pas les écrivains créer, c'est parce que ce ne sont pas toujours eux qui tiennent la plume…

— Sérieusement, Alexandre, vous pensez qu'en une nuit et une matinée, je peux écrire un nouveau livre ?

— Mais personne ne vous demande d'écrire un livre ! Juste quinze pages, pas plus, vous n'avez qu'à raconter votre semaine, que sais-je ? Votre dernier séjour sur la Côte d'Azur. Ou ajoutez un chapitre à ce manuscrit si ça vous chante, peu importe, je n'attends pas de vous un chef-d'œuvre, rassurez-vous, ce ne sera jamais publié… Vous n'aurez même qu'un lecteur : un ordinateur ! Un putain d'ordinateur qui me dira si vous êtes bien l'auteur du manuscrit.

Le sourire aux lèvres, Alexandre s'est saisi de la bouteille de cognac pour en verser une larme dans nos deux verres, avant de reprendre :

— Ma ravissante assistante va vous apporter un ordinateur portable. Vous aurez aussi des feuilles de papier et, au cas où, je vous laisse ce stylo. Il paraît que certains auteurs sont incapables de travailler sur un ordinateur, ceux de la vieille école sans doute… Tâchez de trouver vite l'inspiration et, avec un peu de chance, vous regagnerez bientôt votre chambre au Carlton !

Il a levé son verre et s'est exclamé : « *Zdorovie !* » Je l'ai regardé quitter la chambre. Vraiment, il était ridicule avec ses chaussettes roses, mais mon esprit était ailleurs. Je pensais déjà à ce que j'allais devoir écrire. Je pourrais en effet ajouter un chapitre au manuscrit, c'était facile, tout n'avait pas été raconté. Je me suis emparé de la feuille bleue laissée sur la table et j'ai regardé longuement la mer à travers la baie vitrée. J'ai hésité, puis je me suis mis à griffonner. Peu après, j'ai posé mon stylo et contemplé le papier. Impossible de poursuivre, l'idée d'être lu par un logiciel me paralysait. J'avais l'impression qu'un œil inquisiteur au-dessus de moi m'observait, une créature prête à s'abattre au moindre écart de style. Je n'avais qu'à raconter ma journée, me suis-je dit, ce serait plus aisé, et je pourrais glisser çà et là quelques anecdotes de mon invention. De toute façon, personne ne me lirait. Avant de continuer sur ma lancée, j'ai soudain eu une envie, celle de parcourir quelques pages du texte. Rien de plus simple : il était sur la table, juste sous mes yeux. Cela m'aiderait à retrouver un style que je n'étais pas sûr de pouvoir reproduire. J'ai ouvert le manuscrit.

— Alors, l'écrivain, on triche ? m'a lancé Alexandre en revenant dans la pièce, un ordinateur à la main.

— Avec un surveillant comme vous, ce serait difficile !

— Mon assistante était occupée, je viens vous apporter moi-même cette merveille… Voilà, c'est simple, il n'y a pas de connexion Internet, vous pouvez utiliser Word, mais c'est tout. Aucune communication avec le monde extérieur. Une collation va vous être servie, me permettez-vous de me joindre à vous ?

— Oui. Pour tout vous dire, je suis en panne d'inspiration.

— D'accord, on va venir dresser la table et je vous rejoins aussitôt après. Je vous préviens, on va se régaler ! Je vais même vous raconter une petite histoire afin de vous faciliter la tâche.

Je lui ai prêté l'oreille pendant tout le repas. Alexandre m'a raconté comment il avait mis la main sur le manuscrit un an et demi plus tôt, dans un appartement parisien. Il m'a précisé des détails étonnants, certains pour le moins rocambolesques. L'interrogatoire prenait vraiment un tour étrange. Assis l'un en face de l'autre, nous dégustions du caviar accompagné d'un vin délicieux, dans une ambiance apparemment détendue. Il faisait l'essentiel de la conversation. À la fin, j'avais presque oublié que j'étais retenu contre mon gré. J'avais l'impression de pouvoir lui serrer la main et rentrer tranquillement à l'hôtel. Il me fallait pourtant rester vigilant, la partie était loin d'être finie. Quand il s'est levé pour quitter la pièce, il m'a lancé d'un ton chaleureux :

— Allez, l'écrivain, courage ! Dès que vous aurez fini et qu'on aura le résultat, vous serez chez vous. Travaillez vite, mais travaillez bien. Et surtout, si vous avez la moindre envie, n'hésitez pas ! Mon assistante est là pour vous, Arthur.

Alexandre savait recevoir, il avait dû sortir major de l'école Andropov.

J'ai finalement réalisé le travail qu'il m'avait demandé, un fichier Word de quatre mille neuf cents mots. Le jour s'était levé depuis un bon moment. J'ai baissé le volet roulant pour dormir un peu. Quelques heures plus tard, Alexandre est venu me réveiller. Du café et des amuse-gueules étaient posés sur la table. Je le sentais impatient : d'un moment à l'autre, il allait recevoir les résultats du test. Il en a profité pour me faire des confidences. Il n'avait pas menti, il avait bien fait des études littéraires poussées.

— Quand j'étais enfant, Arthur, les livres étaient toujours présentés comme l'œuvre d'un écrivain parfaitement identifié, dont le nom figurait en toutes lettres sur la couverture. Comment aurais-je pu imaginer qu'on avait déjà commencé à me mentir ? Avec le temps, j'ai découvert que tous ces contes qui me berçaient depuis le plus jeune âge, *Le Petit Chaperon rouge*, *Cendrillon*, *Barbe bleue* ou *Le Petit Poucet*, n'avaient pas été écrits par Charles Perrault, mais par Pierre Darmancour… Quant aux fables d'un certain La Fontaine, ces histoires d'animaux qui ont dû être pour vous aussi des motifs d'émerveillement, elles avaient déjà été rédigées en substance, dans l'Antiquité, par Ésope ou par Phèdre. Je ne pouvais y croire, ça me paraissait ignoble ! J'ai dû me procurer les originaux pour m'en assurer… Je pense avec le recul que cette façon de présenter les choses – chaque texte aurait une paternité unique et incontestable – est une supercherie. Il est au contraire essentiel de connaître les nuances, l'ambiguïté de l'origine d'un récit, sans quoi une grande partie de son sens et de sa richesse nous échappe. C'est mon combat.

» Prenez une œuvre comme *Le Dernier Jour d'un condamné* de Victor Hugo ; sont-ce les confessions authentiques d'un détenu ou bien le fruit de l'imagination d'un romancier ? Dans un cas ou dans l'autre, elle n'aurait pas la même saveur, n'est-ce pas, Arthur ? Certes, quoi qu'il en soit, ce livre reste un chef-d'œuvre, mais fallait-il pour autant laisser planer le doute ? Hugo avait sûrement la réponse lorsque ce livre a été publié pour la première fois sans son nom. Et que s'est-il passé par la suite pour que celui-ci apparaisse subitement en couverture ?

» Aujourd'hui je le sais, un auteur peut réécrire l'œuvre d'un autre, publier sous un pseudonyme ou encore ne pas avoir écrit une ligne de l'opus qui lui est attribué. Quel monde bizarre… La liste est longue : *Le Livre des merveilles* n'est pas l'œuvre de Marco Polo mais d'un certain Rustichello. Encore une supercherie puisqu'on nous le cache. Il est bien là, le problème ! En tout cas, c'est un grand écrivain, ce monsieur, et l'autre un grand voyageur.

» Pour la petite histoire, un auteur, Edgar Allan Poe, m'a réellement fasciné : il avait à mes yeux des tournures de phrase qui frôlaient la perfection dans la formulation de l'horreur. J'en ai appris certaines par cœur pour briller en société et pour mon propre plaisir. J'ai longtemps cru citer Poe, en réalité je citais son traducteur, Baudelaire. J'ai compris avec le temps que j'étais plus sensible au talent de celui-ci qu'au conteur américain. Mais le mal était fait, encore une fois, j'avais été berné.

» Arthur, voilà comment je suis devenu méfiant quant à la paternité de certaines œuvres. Vous me comprenez mieux maintenant… C'est pour cela que Montesquieu lui-même, avec ses *Lettres persanes*, n'a eu aucun effet sur moi. Ce classique des Lumières aurait pu m'induire lui aussi en erreur. Naïvement, j'aurais pu admirer sa fantaisie, son inventivité, sa fougue, son esprit philosophique. Mais son truc à lui, c'était la traduction d'une correspondance entre Persans. Bravo, l'artiste !

» Après cette victoire, plus rien n'a échappé à mon sens critique. Avant de lire *Robinson Crusoé*, j'avais déjà mené ma petite enquête. Je savais que Defoe n'en était pas l'auteur. Et que, là encore, le nom de l'écrivain ne figurait pas sur la couverture des premières éditions car ce roman voulait donner l'illusion d'être un témoignage authentique, celui de Robinson. Ma perception n'était déjà plus celle du lecteur *lambda*.

— Vous en avez fait du chemin, je savais bien que vous étiez perspicace, Alexandre !

— Moquez-vous, vieil homme, moquez-vous de moi, mais je n'ai pas encore fini… Pour dégager les intentions d'un texte, il faut comprendre toutes les motivations de l'auteur, et donc en savoir un peu plus sur lui. Par exemple, dans le recueil de Victor Hugo *Les Contemplations*, quelques poèmes, discordants, semblent extrêmement difficiles à saisir. Surtout si vous ignorez que l'écrivain lui-même revendiquait ne pas être l'auteur de ces textes, qui lui auraient été dictés au cours de séances de spiritisme... Qu'est-ce qu'il a été nous inventer là, ce cher Victor : du spiritisme pour ne pas avouer un zeste de plagiat !

— La question « Qui est l'auteur ? », au centre de votre réflexion, est somme toute assez légitime. D'une part au regard des doutes suscités par l'écriture, et d'autre part en raison de l'influence du nom de l'auteur sur le sens qu'on donne à l'œuvre. Mais où voulez-vous en venir ? « Les nègres ne sont jamais invités à un lancement de livres, on les trouve trop embarrassants, comme une maîtresse à un mariage. » Personne ne l'ignore...

— J'ai trouvé qui vous êtes dans le monde littéraire, Arthur ! Vous êtes une version miniature d'Émile Ajar... En se tirant une balle dans la bouche en 1980, Romain Gary, capitaine de l'armée française, diplomate et écrivain récompensé par le prix Goncourt en 56, tue également un second auteur : Émile Ajar, à la tête de quatre romans à succès dont un, *La Vie devant soi*, récompensé lui aussi par le prix Goncourt en 75. En effet, Ajar, cet auteur dont la plume novatrice avait su renouveler la littérature, n'était autre qu'un des pseudonymes de Gary. Cette mystification unique, qui a vu la même personne récompensée à deux reprises par le Goncourt sous deux noms différents, a connu une consécration dans une brève autobiographie, signée de Gary et intitulée *Vie et Mort d'Émile Ajar*. Il l'a achevée en 79, mais ne l'a envoyée à son éditeur que le jour de sa mort... C'est ce qu'il va se passer si Olga décède. A-t-elle prévu une suite ?

— Vous êtes complètement fou !

— Non, lucide. Vous voulez que je vous cite d'autres livres à la paternité douteuse ?

— Non, par pitié ! J'ai trop d'estime pour leur travail. Et puis, « tout grand esprit fait dans sa vie deux œuvres : son œuvre de vivant et son œuvre de fantôme ». C'est notre bon Victor lui-même qui l'a dit… Mon cher, il y a tant de paramètres que vous ne prenez pas en compte ! Pour preuve, cette scène mémorable de *À la recherche du temps perdu* dans laquelle le jeune narrateur, admiratif du célèbre écrivain Bergotte, se retrouve par hasard en sa présence. Il ressort très perplexe de cette rencontre, ne reconnaissant pas dans cet homme, au physique et au comportement quelconques, l'auteur qu'il a tant aimé lire. Proust donne la clé de cette incompréhension dans un autre de ses textes : « Un livre est le produit d'un autre moi que celui que nous manifestons dans nos habitudes, dans la société[1]. » On ne peut que lui donner raison, n'importe quel admirateur de Céline qui boirait un verre avec lui finirait même par douter qu'il est bien l'auteur du *Voyage au bout de la nuit*…

— Je viens de réaliser un fait étrange, tout en vous écoutant : dans notre manuscrit, la totalité des livres français dont il est fait mention ont une paternité ambiguë.

— Faux. Pas *Le Comte de Monte-Cristo* !

— Vous plaisantez ? Auguste Maquet est allé jusqu'au procès pour tenter d'obtenir l'ajout de son nom sur la couverture de tous les romans qu'il avait contribué à écrire : *Les Trois Mousquetaires*, *La Reine Margot* ou… *Le Comte de Monte-Cristo* ! Et, certes, la justice a condamné Dumas à verser cent quarante-cinq mille francs – payables en onze ans ! – pour rétribuer le travail de son écrivain fantôme, mais elle l'a tout de même autorisé à conserver seul la paternité des textes.

— Quelle culture vous avez, Alexandre ! Et pour *Les Liaisons dangereuses* ?

1. Marcel Proust, *Contre Sainte-Beuve.*

— L'effacement de l'auteur est chose courante dans les romans épistolaires. La lettre, plus encore que le récit, se prête à ce procédé. Dans *Les Liaisons*, Choderlos de Laclos se présente non pas comme l'auteur, mais comme un simple « rédacteur » qui se serait contenté de sélectionner les lettres méritant d'être publiées, de les mettre en ordre et de modifier les noms de tous ceux dont il est question dans le texte. Encore une mystification de l'auteur, un déguisement. C'est vraiment lui, l'auteur !

— Vous me l'apprenez encore. Bravo.

— Vous vous rendez compte du ridicule de la situation ? Je suis en train de vous expliquer la manière dont vous avez conçu votre propre livre, le pourquoi de chaque référence, et vous en semblez ébahi !... La seule chose que je ne m'explique pas est ce titre ridicule, *Notre amour est gravé en lettres capitales, par la verticale de ton cœur*. Il doit bien y avoir un sens caché, un code ? Je voudrais le découvrir... On pourrait lier la verticalité à la notion de sacrifice, le cœur à une dame en langage échiquéen, les capitales à l'Histoire avec un grand H, mais le résultat ne donne rien de concluant : notre amour est gravé dans l'histoire, par le sacrifice de ta dame...

— En langage échiquéen, Alexandre, le cœur peut aussi être associé à un roi, et notre amour à notre désir de vaincre. On obtient ainsi : notre désir de vaincre est gravé dans l'histoire, par le sacrifice du roi.

— C'est ridicule, les rois ne se sacrifient pas, et encore moins aux échecs ! Ils ont des sujets pour faire le sale boulot. C'est l'essence même des règles. Le roi est le tout-puissant qu'il faut capturer, mais nous ne pouvons pas l'abattre... Vous êtes décevant dans vos explications.

— Passons, on l'aura compris : un lecteur aussi soupçonneux que vous a toutes les raisons de douter de l'identité réelle d'un auteur, car les pratiques de brouillage sont innombrables. Mais, loin d'être de simples mystifications, on peut les voir comme des processus de création littéraire.

— Arrêtez, vieil homme, je vais devenir vulgaire ! La duperie et la fourberie pour faire passer un message, ce serait bien, selon vous ? Vous êtes un charlot et, moi, je suis assez averti pour saisir que ce n'est pas *vous* mais *Olga* qui est derrière cette plume… En inventant Ajar, Gary est parvenu à se libérer des préjugés des lecteurs, qui se fondent pour la plupart sur un ou deux livres qu'ils ont lus. On le comprend, en s'affranchissant de son nom, Gary a retrouvé une liberté indispensable à son écriture, liberté qui a tragiquement pris fin lorsqu'il s'est senti enfermé dans une autre identité… Peut-être était-ce d'ailleurs là la véritable ambition de Gary, comme celle d'Olga : créer un auteur fictif qui permette de lire différemment sa propre œuvre ?

Alexandre a allumé une cigarette. C'est à cet instant que son téléphone a vibré. Ses yeux se sont éclairés, et j'ai compris qu'il avait sa réponse.

— Tiens, tiens, on dirait que le dénouement approche, j'ai reçu le mail !

Je l'ai vu faire défiler rapidement le message, puis il a levé la tête pour me défier du regard.

— La partie est finie, j'ai le résultat… c'est écrit là, vous voyez ? a-t-il ajouté en pointant du doigt l'écran de son iPhone.

— Et donc, que dois-je en conclure ?

— Eh bien, vous n'avez pas réussi votre coup, Arthur ! Écoutez ça : « Après l'analyse du système hiérarchique complexe décrit par un ensemble de paramètres de différenciation de style (je vous passe les détails), je peux affirmer formellement, grâce à mon algorithme de reconnaissance, que le scripteur du texte de onze pages que vous m'avez envoyé dans la nuit n'est pas l'auteur du manuscrit en question. » Je vous l'avais dit, vos talents de conteur ne font pas le poids contre un ordinateur !

— Mais c'est pourtant moi, l'auteur ! Et si cette foutue machine – comme vous l'appelez – ne me reconnaît pas, ça m'est égal… Attendez, maintenant que j'y pense, j'ai omis un détail qui avait peut-être son importance. Vous savez, quand j'écris, c'est à la main. Je ne me sers pas d'un ordinateur car, pour tout vous dire, j'ai très vite mal aux yeux. Or j'ai la chance de connaître une jeune femme qui a accepté de taper le texte pour moi, alors vous pensez bien que j'ai sauté sur l'occasion…

— Qu'est-ce que vous inventez là encore ? À votre âge !

— Non, non, laissez-moi finir. En fait, elle ne s'est pas contentée de le taper, elle l'a peu à peu corrigé, c'est-à-dire que les feuilles qu'elle me rendait le soir n'étaient pas tout à fait les mêmes que celles que je lui avais données le matin. Que voulez-vous, elle avait du talent et, quand elle était là, je me sentais moins seul, alors je lui ai donné carte blanche.

— Vous êtes en train de me dire que vous avez employé une nègre ?

— Non, pas une nègre, juste une secrétaire, rien de plus. C'est elle, de son propre chef, qui s'est mise à réécrire le manuscrit, et je vous l'ai dit, comme c'était beau, je l'ai laissée faire. Et puis vous savez, un vieil homme comme moi, seul du matin au soir…

— Vous êtes fort, Arthur, vraiment très fort ! Maintenant que vous êtes piégé, vous me dégottez une pauvre histoire de secrétaire que vous auriez fait venir pour vous tenir compagnie. Vous voulez me faire croire que j'ai envoyé au directeur de la chaire de linguistique mathématique de l'université de Saint-Pétersbourg et à notre président un texte écrit par une pute ?

— Calmez-vous, Ale…

Il est difficile pour moi de raconter ce qu'il s'est passé ensuite. Tout s'est déroulé très vite, je dirais en une fraction de seconde, même si, objectivement, c'est impossible. Il faut comprendre que je n'étais pas préparé à pareille irruption. Alexandre non plus, d'ailleurs. Pour rendre compte de ma stupeur, le mieux est certainement d'être concis. Alors que je m'apprêtais à répondre, des détonations ont éclaté dans la maison, quatre ou cinq, pas plus, et presque simultanément. Au même instant, la porte s'est ouverte à la volée. J'ai juste eu le temps d'apercevoir un homme vêtu de noir, dissimulé sous un masque intégral. Une sorte de brouillard ou de fumée s'est répandue dans la chambre, tandis que l'homme se précipitait sur moi pour me passer un masque à oxygène.

— Suivez-moi, a-t-il dit en me prenant par le bras, n'ayez pas peur, c'est Olga qui nous envoie !

Je ne sais pas pourquoi, inconsciemment, j'ai attrapé l'ordinateur portable, peut-être pour sauver mon texte. Il m'a poussé vers l'escalier. En bas, un autre nous attendait. Il m'a fait signe de ne pas bouger et a lancé à son acolyte :

— Occupez-vous des caméras, il faut qu'elle ait tout sur son écran. N'oubliez pas le portable. !

Je ne saurais dire combien de temps je suis resté là, à attendre, mais cela a été très court. Un troisième type est arrivé en courant :

— Allez, on dégage !

Je suis sorti de la maison, escorté par six hommes qui m'ont fait grimper dans un van noir garé devant le portail.

— On vous emmène voir Olga, m'a annoncé l'un d'eux.

J'étais comme sonné.

— Vous aurez la suite du film chez elle, a-t-il ajouté.

J'ignorais de quoi il parlait.

4

Un manuscrit à la maternité avérée

L'architecture du mensonge
exprime les sinuosités de la pensée.

Olga Komarova, cahier n° 26

Cannes, 22 juillet 2019

15 heures. Alexandre, allongé sur le canapé du salon, reprenait connaissance. Cette sensation de soif intense, il l'avait déjà vécue, il la connaissait parfaitement. Son foie était atteint mais, d'ici quelques heures, il aurait évacué une grande partie des toxines. Il fallait boire de l'eau. Une bouteille avait été déposée à ses pieds. Cela l'a fait sourire. Chaque gorgée était un supplice, le goût métallique lui donnait envie de vomir. La baie vitrée était ouverte, encore une délicate attention, sinon il aurait dû rassembler ses forces pour se lever, sortir au grand jour, et s'étendre sur la pelouse.

Il s'est donné un court instant avant d'essayer de comprendre la raison de ce silence. Pas un bruit aux alentours, en dehors du vrombissement d'une moto au loin, qui l'a rassuré : il n'avait pas perdu l'ouïe pendant l'attaque. Il semblait être le seul de son équipe à s'être réveillé. Les quatre autres, deux hommes, deux femmes, étaient sûrement des petites natures. Cette réflexion lui a arraché un autre sourire.

16 heures, le calme devenant assourdissant, Alexandre s'est dégagé du canapé pour examiner de plus près le théâtre des opérations. Il a vacillé, s'est immobilisé, a pris une profonde inspiration et scruté un olivier au fond du jardin pour vérifier sa vision de loin. Acceptable. Il allait pouvoir faire le tour du propriétaire. Dans la cuisine, les colosses du FSB avaient été abattus de plusieurs balles. Aucun n'avait eu le temps de se saisir de son arme. La concentration en produit toxique était forcément des plus fortes. Le commando n'avait pas dû employer de CS[1], encore moins du BZ[2] (il ne serait pas en état de parler), mais un anesthésiant fluoré, dont les effets hypnotiques dépendaient de la qualité du produit. Au deuxième étage, dans la pièce faisant office de poste de commandement, les femmes étaient allongées par terre, chacune une balle en pleine tête.

L'attaque avait été menée de main de maître, et les quatre tués dans un intervalle très court. Cela impliquait trois binômes se déplaçant à grande vitesse, qui avaient cinq cibles et s'étaient positionnés face à elles au même moment. Les agentes n'avaient pas eu le temps de dégainer ni de donner l'alerte. Cette notion de *tempo*, consistant à envoyer en premier ceux qui avaient la distance la plus longue à parcourir, l'a laissé songeur. Il avait fallu déterminer avec précision le top départ de chaque équipe avant le bouquet final. Leur intervention avait l'air simple, pourtant elle était loin de l'être, d'autant qu'ils avaient un paquet fragile à récupérer.

Alexandre devait maintenant appeler l'équipe de nettoyage, saisir pourquoi il était toujours en vie, et

1. « Gaz lacrymogène ».
2. « Benzilate de 3-quinuclidinyle ».

brûler cette fausse toile de Dalí, *La Persistance de la mémoire*. Elle le mettait mal à l'aise. Trois montres molles devant une plage… Mais le problème n'était pas là : il détestait les répliques.

Pieds nus, il cherchait ses chaussures, des Berluti. Il a fini par les trouver dans la chambre, bien alignées. Quelqu'un avait même pris soin d'y insérer des embauchoirs. En les enfilant, il a réalisé qu'une des deux femmes décédées, Yulia, était la meilleure dans son domaine, l'as des as en psychologie comportementale. Ses patrons feraient la gueule en apprenant la nouvelle. Elle n'avait que trente-deux ans.

Fait secondaire, mais qui avait tout de même son importance, son après-midi était foutu. Il avait un tennis de prévu dans une heure, avec Marc au club d'en bas, le Montfleury. Il ne pourrait pas s'y rendre.

Alexandre déambulait dans la villa en quête d'indices sur les mercenaires qui avaient attaqué son équipe. Il ruminait sa frustration tout en se réjouissant : cette agression était bien la preuve qu'elle était en vie et qu'elle était l'auteure du manuscrit. Qui d'autre aurait pu organiser un tel carnage ? Une fois de plus, elle ne s'était pas contentée de faire le ménage, elle narguait son adversaire. Voilà pourquoi il n'avait pas été descendu ! Elle lui montrait le pouvoir de vie et de mort qu'elle avait sur lui, en fonction de son bon vouloir. Aujourd'hui, Olga avait pointé son pouce vers le haut, mais quel serait son verdict le demain ? La garce avait toujours un coup d'avance sur les services russes.

Alexandre a alors téléphoné à son ami pour s'excuser, un imprévu regrettable dans le boulot. Et Marc lui a répondu :

— Ne t'inquiète pas, j'ai déjà eu un message similaire d'une de tes assistantes, tôt ce matin ! Elle m'a dit que tu serais indisponible aujourd'hui. Que tu attendais de pied ferme une équipe de nettoyage. Un dégât des eaux, c'est ça ? J'espère que t'es bien assuré, mon pote !

Défait, Alexandre a brutalement mis fin à la conversation. Son amour-propre venait de le projeter sur le canapé avec violence. Il ne pourrait pas faire mention dans son rapport de ce détail de l'histoire, il se ridiculiserait.

— Elle est joueuse, la salope ! s'est-il écrié.

18 h 30. Il restait bloqué dans cette villa, à attendre l'intervention de deux personnes qui ne seraient là que le lendemain. Il a commandé une pizza et l'a engloutie sur place. Une fois ses facultés récupérées, son cerveau s'est mis à bouillonner. Olga, Esmeralda, peu importait son nom, n'avait jamais procédé de cette façon dans le passé. Elle n'épargnait personne. Elle considérait, à juste titre, que l'ennemi qu'elle n'abattait pas de sang-froid pourrait être son bourreau, à leur prochaine rencontre. La bouche pâteuse, il reprenait une gorgée d'eau quand la sonnette du portail a retenti. Il n'a pas eu peur. S'il avait dû mourir, cela aurait déjà été fait. Il est allé ouvrir, désarmé. C'était un autre livreur. Quelqu'un, visiblement soucieux de son bien-être, lui offrait un dîner. Alexandre a demandé au jeune sur son scooter :

— Qui a payé cette livraison ? Et comment ?

Le type n'en savait rien. Alexandre a pris le sac, sorti de sa poche un billet de cent euros et lui a demandé de le recontacter dès qu'il aurait des renseignements. Le gamin, tout heureux, a enregistré son numéro de portable.

19 h 15. Alexandre a déballé le repas libanais sur la table du salon. Une lettre à son nom avait été glissée dans le paquet. Il n'avait plus faim, il avait envie de la dévorer. Juste avant de commencer sa lecture, il a monté au maximum la climatisation dans les pièces

contenant des cadavres. Puis il s'est assis confortablement sur le canapé du salon, convaincu que la nuit allait être longue.

Cher Alexandre,

Sachez qu'Arthur se joint à moi dans la rédaction de cette lettre.

J'ai été immensément surprise par la qualité de votre travail, ces cinq dernières années. Il s'en est fallu de peu ! Le soir du réveillon de Noël, il y a près d'un an et demi, j'ai été prise au piège dans mon appartement parisien. Si vous aviez apporté un scanner mural pouvant détecter une cavité suspecte, j'aurais pu faire de vous un héros. Comment êtes-vous parvenu jusqu'à moi ? Cela est longtemps demeuré un mystère. Je l'ai enfin résolu. Et j'ai décidé de vous livrer le fruit de ma réflexion.

Tout d'abord, vous connaissez mieux que quiconque mes efforts à me faire discrète depuis mon enterrement au Venezuela. À bien y réfléchir, j'avais gagné la partie, mes parents avaient été pleinement vengés. J'avais donc réglé le contentieux qui me liait à notre belle Russie. De plus, vous me croyiez morte : le temps de vivre paisiblement et de m'adonner à mes diverses passions était finalement arrivé. Je dois vous faire une confidence : après avoir appris à renaître pour ne pas mourir, j'étais enfin née pour découvrir le monde.

Fâcheusement, l'irruption d'un manuscrit est venue détruire la sérénité et la douceur de mon existence. J'ai d'abord été mise au courant de l'histoire qu'on se proposait de raconter, avant de me procurer le texte. Une fois en main, j'ai dû admettre l'insoutenable : la signature du vieil homme n'était pas crédible. « À toi, mon roi », ces quatre petits mots qui se substituaient au mot « fin » m'ont fait terriblement mal. Si une femme en était l'auteure, je devenais la coupable idéale. Vous sauriez que j'étais vivante, la publication de cet écrit l'attesterait et toutes vos forces allaient converger vers moi. Je pouvais aisément deviner le contenu de n'importe quel rapport de lecture. S'il m'avait été donné de le formuler, j'aurais écrit ceci :

« Un doute subsiste sur l'identité de l'auteur. Or, celle-ci change la perception du texte. Nous avons élaboré plusieurs hypothèses. Le masque du vieil homme, symbole de vérité et de sagesse, suscite la confiance et l'empathie du lecteur, qui s'avère ainsi plus réceptif. En revanche, si Olga avait été présentée comme l'auteure, le lecteur aurait pu percevoir ce récit comme une manifestation de son orgueil, de son autosatisfaction, et se serait nécessairement montré plus sceptique. Par ailleurs, peut-on faire confiance à une narratrice qui parvient à manipuler et à tromper le héros ? Enfin, pour mieux comprendre le choc vécu par Bobby Fischer après sa partie contre Dieu, quoi de plus efficace que de provoquer un autre choc chez le lecteur lui-même ? À ceux qui douteraient que Fischer puisse avoir été si facilement manipulé, cette fin apporte la réponse en démontrant qu'eux aussi l'ont été. Néanmoins, ce mystère n'altère en rien la nature des faits évoqués. »

Et puis, après réflexion, l'effort dantesque fourni par l'écrivain pour s'insérer dans des détails dont si peu avaient connaissance m'a demandé de revoir mon jugement. Et si c'était un homme talentueux, au point d'épouser mon style et de se faire passer pour moi ? Dans ce cas précis, mon ciel s'éclaircissait, il ne pouvait s'agir que d'Arthur. L'amitié qui nous unit avait donc une limite, celle de l'amour qu'il ne cesserait de porter à son meilleur ami. Il se devait de lui rendre hommage en provoquant ma chute. D'autant que j'avais envoyé Bobby côtoyer des rivages mystérieux. Le pauvre n'a pas survécu, il l'a payé le reste de son existence.

Mais comment Arthur savait-il que j'étais encore en vie ? J'ai pris la décision de le rencontrer au risque de tomber dans un traquenard. J'avais la désagréable sensation qu'il allait servir d'appât pour me capturer. J'ai ainsi constitué une équipe, que dis-je, une armée, pour vous rendre la tâche plus difficile. En observant de près le harponnage du FSB en plein centre-ville de Cannes, j'en ai déduit qu'il n'était pas des vôtres. Ma théorie venait de subir un sérieux revers, à moins que tout cela ne soit une mise en scène. Cependant, je ne vous estime pas assez pour vous juger capable d'élaborer un plan aussi sophistiqué. J'ai alors commandité une attaque éclair par un commando d'élite pour extraire Arthur de vos griffes. Cette expédition punitive avait l'ordre de vous épargner. Enfin face à lui, j'allais obtenir les réponses à mes questions et le féliciter pour son œuvre.

Le problème qui nous anime semblait donc résolu. Eh bien, non, pas tout à fait. Arthur m'a convaincue de son innocence, il n'est pas l'auteur de ce manuscrit. Il a joué ce rôle pour me protéger, persuadé que je me cachais derrière ce masque. Il m'a d'ailleurs félicitée à son tour pour ma stratégie, ma capacité à brouiller les pistes tout en laissant planer le doute.

Nous voici donc confrontés au sujet sensible de l'Immaculée Conception. Je vous rassure, j'écarte cette dernière possibilité. C'est en apprenant comment Arthur s'était procuré un exemplaire que mes doutes se sont évanouis.

Sergueï faisait partie des rares personnes suffisamment informées pour avoir été en mesure d'accomplir cette tâche. Mieux encore, il avait un mobile. C'est lui qui a su déceler très tôt en Bobby l'étoffe d'un futur champion du monde. C'est encore lui qui avait été son entraîneur et son mentor pendant plusieurs années, avant de vous l'offrir en pâture en l'envoyant en Russie. Vous lui avez ri au nez, et chacun connaît la suite de l'histoire… Son titre en 72, la menace qu'il a laissée planer, en 75, d'une guerre civile dévastatrice qui aurait détruit le régime en place… Avez-vous une seule fois admis vos torts ? Avez-vous récompensé Sergueï d'une manière ou d'une autre pour avoir vu juste ? Il faut l'admettre, le meilleur de vos éléments a été sacrifié sur l'autel de l'oubli et de l'ingratitude. Ce manuscrit est la rançon de votre ignominie. Néanmoins, Sergueï ne parle pas le français correctement et ce livre a été écrit par une femme, il est là, notre embarras, mon instinct ne me trompe pas ! C'est donc Tasha, sa seconde épouse, qui a fait le travail. Nous en avons eu la confirmation quelques minutes avant la rédaction de cette lettre. Elle a eu le courage d'expliquer au monde à quel point nous avons rampé pour satisfaire notre ego.

Le voile est définitivement levé, monsieur Alexandre, vous allez maintenant devoir faire votre rapport. Il serait élégant de votre part de vous attribuer le mérite de cette découverte. L'attaque subie par votre cellule française n'a pas de lien direct avec notre affaire, elle est sans doute liée à vos activités antérieures – vous avez bien une idée ? Et, moi, je ne suis qu'un fantôme.

Je convoite la sérénité comme d'autres l'argent. Grâce à votre clairvoyance, mon désir de vivre en paix et votre soif de filles belles et dociles, nous pouvons trouver un terrain d'entente. Je vous contacterai dans les prochaines heures. Avant de nous quitter, je vous souhaite un prompt rétablissement ; ne soyez pas inquiet, vous allez récupérer votre odorat dans les prochains jours, si ce n'est déjà fait.

Pour information, contrairement à vous, je n'ai ni héritier ni attache. Je suis déterminée, riche, intelligente et malicieuse. Au sein de votre gouvernement, mon nom est l'Alchimiste, je suis Olga Komarova.

Votre ange gardien

Alexandre, les yeux rieurs, est allé faire un tour dans le jardin. Il rugissait de plaisir. Son analyse était la suivante : le peu d'exemplaires de ce manuscrit était entre les mains de gens qui n'avaient aucune envie de le voir publier. Sergueï avait été traité comme un chien après avoir voué sa vie à notre belle et grande nation. Olga était une femme de parole, en qui il avait confiance du moment qu'elle était dans son camp. Le temps était donc venu de s'affranchir de son statut de salarié. C'est en héros qu'il quitterait son travail, il serait à tout jamais celui qui a découvert l'identité de l'écrivaine. Au Kremlin, la majorité des locataires étaient sur leurs gardes, convaincus que l'île paradisiaque avait resurgi des flammes de l'enfer. Il serait l'artisan de la bonne nouvelle. L'autre cas de figure était difficilement envisageable. Dire toute la vérité l'exposerait à des représailles, et non des moindres, celles d'une femme à ses trousses, une femme considérée par tous comme l'incarnation du génie humain. C'était bien elle qui avait ravi le titre de champion du monde d'échecs au meilleur joueur de tous les temps, et cela, sans connaître les règles de ce jeu. Le tuer serait pour Olga une simple formalité. Un frisson a parcouru son dos pour venir se loger dans sa nuque. Alexandre s'en est débarrassé en secouant frénétiquement la tête, tout en haussant les épaules.

Il s'est dirigé vers la piscine en ruminant : *Comment ai-je pu passer à côté de la vérité ?* Il voulait comprendre les raisons de son échec, lui qui travaillait sur ce dossier depuis près de cinq ans. Les yeux rivés sur la mer, il réfléchissait. Tous ses sens étaient en alerte. C'était évident, Sergueï avait tissé des liens avec chacun des protagonistes de l'histoire. Lui qui était à la fois l'entraîneur de Bobby, le père d'Arthur, le confident de Regina, l'ami de László, l'agent du KGB. Il n'ignorait aucun détail, les nombreux rapports qu'il avait envoyés en étaient la preuve. Olga avait raison, il était le maillon essentiel de cette histoire, si essentiel qu'on avait fini par l'oublier. Avec ce récit, il se rappelait à nous. Pour brouiller les pistes, il avait choisi le français, sa femme étant professeure de littérature française et traductrice. Un peu plus tard, en s'endormant sur le canapé, Alexandre s'est répété jusqu'à l'épuisement : *Trois millions de dollars seraient une somme acceptable pour entreprendre de nouvelles aventures.*

Au petit matin, il a pourtant eu la peur de sa vie. Sa main, tremblante, est venue se plaquer contre sa propre bouche. Voulait-il s'empêcher de crier ? Une photo de ses parents posée sur la table basse du salon lui implorait de prendre la bonne décision. Il s'est emparé d'un falafel et a croqué dedans. *Dégueulasse*, s'est-il réjouit en regardant la caméra au plafond. Il a de nouveau fixé le point vert et a articulé :

— Trois millions de dollars, et l'affaire est conclue.

Il est sorti de la pièce et monté au deuxième étage pour débrancher le système de surveillance. Ce n'était plus utile à présent, le spectacle avait assez duré. À côté de l'interrupteur, un papier lui indiquait qu'il était le détenteur d'un compte off-shore aux îles Caïmans pour cette même somme. Il a encore une fois murmuré entre ses dents :

— Elle est joueuse, la salope ! Affaire conclue.

Au même moment, contemplant la scène derrière son ordinateur, Olga s'est fendue d'un sourire, Arthur à ses côtés.

3

Le manuscrit dévoile une senteur

Derrière chaque grand homme il y a une femme,
mais au fait qu'en est-il pour elles ?
Un livre, peut-être ?
Un parfum subtil et délicat, enivrant et raffiné, sûrement.
Oui, il glisserait sur le tapis du vent
au-dessus de vos marécages.

Olga Komarova, cahier n° 32

Septembre 2020

Alexandre pensait avoir réussi un coup de maître. Sur son voilier aux abords du canal de Panama, le son était assourdissant. À moitié ivre, il dansait nonchalamment sur une musique romantique. Les yeux admiratifs d'une amazone dénichée à Cuba quelques semaines auparavant étaient l'un des symboles de sa victoire. La jeune fille riait aux éclats tout en l'enveloppant d'un regard énamouré. Les cristaux de sel incrustés sur sa peau métissée miroitaient au soleil, la faisant scintiller de toutes parts. Alexandre se laissait envahir par la splendeur des faisceaux lumineux. Il était aux anges. Subitement, cette vision lui a rappelé Olga. Il a replongé à l'intérieur du manuscrit.

Il a délaissé quelques instants sa compagne pour descendre dans sa cabine, a ouvert le texte et relu l'un des passages, la partie contre Dieu. Encore une fois bluffé par ce stratagème défiant l'entendement, il s'est demandé si lui aussi ne s'était pas fait berner. Un doute subsistait. Qu'aurait-elle eu à gagner ? Peut-être le fait de pouvoir publier le livre en toute quiétude et de ridiculiser une nouvelle fois le FSB ? La manœuvre aurait été habile.

Alexandre a décidé de revenir aux fondamentaux en analysant de nouveau l'œuvre. Il lui paraissait évident que le style en était parfois trop lyrique, emportant le lecteur dans des sphères déroutantes, qui tranchaient avec d'autres chapitres. Quant aux redondances, trop nombreuses à son goût, elles laissaient presque supposer qu'il s'agissait d'erreurs dans la structuration du récit. C'était à son sens la preuve qu'Olga n'en était pas l'auteure. Non, une femme de son envergure n'aurait pas commis ces maladresses ! Voilà qu'il était rassuré. Alexandre est revenu à l'avant du bateau pour observer l'immensité liquide dans les bras de sa dulcinée. Allongée sur le dos, hissée sur les coudes, les jambes légèrement pliées, la peau ruisselante, Victoria était une invitation au désir.

Toujours décontenancé par cette sueur froide qui l'avait traversé, Alexandre a interrogé Victoria :

— Tu connais ce jeu, les échecs ?

Il n'attendait pas forcément de réponse. À vingt-huit ans, elle était bien trop jeune et trop belle pour accorder de l'importance aux reliques d'un passé glorieux, celui de sa terre natale. Mais la réplique de la fille ne s'est pas fait attendre.

— Évidemment ! Un des plus grands champions du monde est cubain : José Raúl Capablanca. Chaque année, un grand tournoi est organisé à La Havane pour lui rendre hommage… J'y ai déjà participé, comme mon frère et mon père ! Tu sais, sur notre île comme dans ton pays, les échecs sont sacrés… Tu veux faire une partie avec moi ? Oh, dis-moi oui !

Alexandre était surpris par le degré d'instruction de Victoria. Il aurait préféré qu'elle se contente de lui sourire. Il se demandait si une femme cultivée n'était pas un obstacle à la conception qu'il se faisait de la beauté. Pour l'instant, il préféra ne pas répliquer, il savourait une idée surprenante qui venait de lui traverser l'esprit. Il décida d'en savoir plus sur l'érudition de son invitée.

— Dis-moi, ma belle, tu as déjà entendu parler d'un joueur d'échecs nommé Bobby Fischer ?

— Bien sûr, c'était le plus grand ! Il est devenu champion du monde avant de sombrer dans la folie. Il ne s'est pas présenté trois ans plus tard pour défendre son titre… Je connais quelques-unes de ses parties. Tu veux que je te montre ? Va chercher l'échiquier.

— Pas tout de suite ! Si je te dis qu'en 75, il n'avait pas réellement *sombré dans la folie*, pour reprendre tes propres mots, quelle serait ta réponse ?

— J'aurais du mal à te croire… Non, tu te trompes : vu son don, il n'avait peur de personne, c'était un sacré attaquant. Il essayait de gagner avec les blancs autant qu'avec les noirs. Ce n'est pas l'attitude d'un lâche, mais d'un conquistador ! Il lui aurait suffi de s'asseoir et de jouer pour gagner.

— Je n'ai pas dit qu'il avait eu peur. Passons. Ton avis m'intéresse à un autre titre… Je vais te raconter une histoire et, à la toute fin, tu me diras qui, d'après toi, a pu l'écrire. J'ai besoin du point de vue d'une femme.

— Une énigme, une devinette, j'adore. Vas-y, raconte !

— Ça risque d'être long, mais je crois que tu vas aimer…

Après trois longues heures, Alexandre lui avait tout divulgué du manuscrit et du mystère qui l'entourait. Il ne craignait pas d'avoir trop parlé, plutôt d'avoir omis certains détails. La jeune fille avait été emportée par l'épopée de ce petit garçon qui trimballait son gros coussin bleu pour se hisser à hauteur des échiquiers. C'était l'image qu'elle garderait en mémoire. Mais, exténuée par tant d'informations, elle décida d'aller dormir sans même donner son avis.

Le matin venu, comme à son habitude, elle ouvrit les yeux dans la joie et rejoignit Alexandre pour lui demander de lui faire l'amour. Celui-ci s'exécuta, mais le désir n'y était plus. Il n'attendait d'elle qu'une réponse ; elle lui permettrait de comprendre les schémas de déduction logique d'une femme. Victoria le ressentit instinctivement.

— Si c'est Olga, elle t'a bien mené en bateau ! Elle a carrément changé de style pour brouiller les pistes. Peut-être même qu'elle s'est répétée volontairement. Dans ce cas, elle est vraiment très maligne…

— Impossible, Victoria. Tu peux aisément manipuler un homme, mais tu ne peux pas sortir de ton champ lexical ni de ta propre perception des événements sans finir par te trahir. Ma chérie, Olga a beau être un génie, je ne crois pas qu'une telle mystification soit possible sur trois cents pages… Cela dit, je t'avoue que j'ai eu l'impression que le manuscrit changeait plusieurs fois d'auteur. C'était très perturbant.

— Alex, je ne sais pas qui a écrit ce texte, il faudrait que je le lise en français, or je ne parle pas cette langue. Mais je ne doute pas qu'une femme pouvant mettre en scène une partie contre Dieu puisse aller encore plus loin dans les objectifs qu'elle s'est fixés. Par exemple publier un jour ou l'autre le manuscrit, en y insérant la clé de l'énigme sur l'identité de l'auteur, et si c'est bien elle qui…

— C'est du délire !

— Tu sous-estimes sa force de persuasion pour obtenir ce qu'elle souhaite. C'est-à-dire ridiculiser encore une fois les services secrets russes !... Dis-moi, Alex, pourquoi n'entrelace-t-elle pas la vie de Bobby avec la sienne ? Pourquoi s'infliger une difficulté supplémentaire en coupant le lecteur du récit initial ? Ça, c'est peut-être sa signature – le goût du défi... Tu me l'as dit hier soir avant de t'effondrer. Tu te souviens ?

— Tu as raison, mais est-ce qu'il ne manque pas un je-ne-sais-quoi pour mystifier complètement le lecteur ?

— Tu viens de répondre à la question que tu m'as posée ! Dans ce cas, ce ne peut pas être elle qui l'a écrit, bel homme... Si seulement ce texte était en espagnol ou en anglais, je pourrais le lire !

Rassuré par la tournure de la conversation, Alexandre est allé préparer l'annexe pour se rendre sur la minuscule île paradisiaque devant laquelle ils avaient jeté l'ancre, tandis que Victoria s'occupait du repas qu'ils dégusteraient à l'ombre d'un cocotier. Mais, une fois sur place, la jeune Cubaine n'a pu s'empêcher de repenser à cette histoire ; Bobby, Olga, Arthur, Sergueï, Regina, Elizabetha tournoyaient dans sa tête. Partir en quête du génie ultime afin d'empêcher la victoire de l'Américain et la déroute de l'Empire russe, voilà se disait-elle, qui était un projet fascinant. Elle s'est mise à assaillir de questions Alexandre, qui n'avait pas imaginé ce cas de figure. Il a fini par lui demander de passer à autre chose. Mais Victoria ne pouvait pas.

— Tu ne comprends pas ! J'ai une énigme à résoudre et je vais y parvenir, si tu me fais confiance.

— Tu as déjà donné ton avis et je suis persuadé au bout du compte que nous ne saurons jamais réellement la vérité. C'est mieux comme ça. Un mystère a laissé place à un autre. Et ce dernier sera encore plus difficile à dénouer.

— Depuis la nuit des temps, nous les femmes, nous avons dû apprendre à survivre, à faire preuve de perspicacité, voire d'ingéniosité pour échapper à la folie des hommes. Votre barbarie, bien loin de nous abattre, a fait de certaines d'entre nous, non pas des individus fragiles, mais des êtres redoutables. Olga en est la preuve vivante. Elle est le feu sous la glace… Moi, en tant que femme, je suis convaincue d'arriver à découvrir si elle t'a dit la vérité, ou si elle a simulé un orgasme pour te faire jouir à ton tour…

— Du haut de tes vingt-huit ans, tu caches bien ton jeu, ma chérie ! Mademoiselle est plus perspicace que tous les moyens que j'ai mis en œuvre. Plus efficace que le FSB…

— Oui, je suis une fille, une survivante qui a dû relever la tête et se battre encore et encore. Toi, tu n'es qu'un homme.

Alexandre était conquis. Finalement, elle méritait de tenter l'expérience et il fallait bien tuer le temps, alors pourquoi ne pas regarder de plus près ce que son amazone avait dans les tripes ? L'idée était tentante. Le soir même, Alexandre a envoyé le texte à l'une de ses connaissances. Il avait décidé de le faire traduire en espagnol.

Naviguant d'île en île sur les mers du Pacifique, Victoria vivait un moment unique. Mais elle n'oubliait pas à quel point elle avait souffert du régime de Castro, de l'embargo que les États-Unis faisaient subir à son pays comme de tant d'autres sévices, et, chaque soir, elle continuait à demander à Dieu de lui venir en aide.

Alexandre, lui, était admiratif. Il appréciait de plus en plus la combativité de la jeune Cubaine, son caractère exceptionnel. De l'amour, il n'en avait jamais ressenti, ni envers elle ni envers aucune autre femme, mais beaucoup d'amitié et de tendresse les liaient désormais. Au détour d'une conversation, il s'était même fait une idée de ce qu'elle avait enduré à la mort de sa sœur. Vraisemblablement, l'hôpital de Cienfuegos ne disposait pas du traitement qui aurait pu la sauver. Ah, ces enfoirés d'Américains et leur embargo sur les médicaments ! Bande de connards…

En attendant de recevoir dans sa boîte mail le fichier traduit, Alexandre répondait à toutes les interrogations de la jeune fille. Et, chaque soir après le dîner, ils jouaient une partie d'échecs. Alexandre, qui avait pourtant un bon niveau, n'arrivait pas à gagner, et cela l'énervait profondément. Ils finissaient par se réconcilier en faisant l'amour, et après quelques verres de rhum. Cette vie aux antipodes de la civilisation leur convenait parfaitement. L'un avait besoin de reprendre son souffle avant de décider ce à quoi il allait occuper son temps ; l'autre était au paradis et commençait à s'attacher à lui, en dépit de leur différence d'âge.

Alexandre s'était toujours lassé rapidement de ses compagnes, bien qu'il ne comprît pas lui-même comment le désir et la passion pouvaient laisser place en quelques semaines à l'indifférence. Or, face à Victoria, il était surpris de ne ressentir encore aucun signe d'agacement. Il finit par se demander si cette gamine n'était pas un mur face à l'océan. Bien loin de lui dévoiler une paroi lisse, il apercevait ses doutes, ses entailles et ses tremblements. Était-ce donc cela, le mystère de l'amour ? songeait-il, être capable d'explorer les blessures, de se frayer un passage dans les veines ainsi creusées ? comme le dirait Olga. Peut-être que la notion de génie et la capacité à aimer étaient intimement liées. Cette définition poétique n'était pas dénuée de sens, tout compte fait. Et lui, en succombant aux aspérités de cette surprenante Cubaine, en faisant preuve de compassion, était en train de tomber sous son charme.

Suspicieux de nature, Alexandre s'interrogeait. Était-ce le manuscrit qui l'avait transformé ou lui qui avait changé, indépendamment de cette lecture ? L'œuf ou la poule ?

Un matin, il s'est exclamé :

— Enfin ! Victoria, tu vas avoir de la lecture. Je transfère le récit sur la tablette.

Ravie, elle l'a embrassé avant de se mettre au travail. Mais le voyage l'a vidée de toute son énergie. Après la dernière phrase, elle s'est allongée à la proue du bateau. « *Para ti, mi rey.* » Elle a bredouillé ces quelques mots en espagnol en tentant d'éprouver ce qu'avait ressenti l'auteur lorsqu'il s'était soustrait à sa propre identité.

Victoria était pensive : son interprétation était différente de celle d'Alexandre, et même radicalement opposée. Si Olga en était bien l'auteure, elle n'avait qu'un but, faire triompher la femme. Il fallait prouver au « sexe faible » qu'il pouvait prendre les rênes du pouvoir, qu'il avait l'intelligence autant que la malice pour arriver à ses fins. Ce livre lui était donc destiné, il serait un hymne, un champ d'honneur, une invitation à l'espoir pour toutes celles qui avaient souffert de l'injustice, des maltraitances des hommes. Aux yeux de la jeune Cubaine, Olga devenait à son tour une figure de l'émancipation féminine, dans la lignée de la marquise de Merteuil. Pour Victoria, il n'y avait d'ailleurs pas le moindre doute : sans *Les Liaisons dangereuses* qui avaient tant fait écho à sa propre souffrance, Olga n'aurait jamais appris à ériger la manipulation en science. Ce manuscrit pouvait être lu comme un hommage rendu au livre qui avait façonné sa personnalité profonde, avant qu'elle ne tire sa révérence.

Cette perception n'enchantait pas Alexandre. Si Victoria avait raison, cela voudrait dire qu'il serait publié un jour ou l'autre. Soudain, il ne put s'empêcher de la regarder avec suspicion. Mais pour quelle raison une espionne s'intéresserait-elle à lui maintenant ? Un tel geste de la part d'Olga était dénué de sens, elle savait bien qu'il ne romprait jamais leur pacte.

Au coucher du soleil, respectant la tradition qu'ils avaient instaurée, ils firent une partie d'échecs, la dernière. Alexandre observait avec attention sa complice. Il aurait aimé enterrer définitivement ses doutes, mais le visage angélique de Victoria n'était pas en soi une preuve suffisante. Les mille facettes qu'offrait son regard ainsi que sa spontanéité n'étaient pas non plus un gage de son innocence. Non, elle pouvait tout à fait le manipuler comme une marionnette. Le Russe opta alors pour une approche directe.

— Tu es impressionnante : tu me bats souvent aux échecs, tu me convaincs du bien-fondé de tes arguments au sujet du manuscrit, tu danses pour moi à m'en faire perdre la raison… Je pourrais me demander si je mérite autant d'égards d'une fille aussi belle. Si notre rencontre est bien le fruit du hasard ou s'il a eu un petit coup de pouce du destin… Tu pourrais être là pour me surveiller. Au service de la Russie ou d'Olga ? C'est quand même dingue, toutes les idées qui me passent par la tête… Tu crois que je délire, Victoria ? Trop de soleil, trop de rhum, trop d'ivresse ?

— Non, si j'étais toi, je me méfierais, tu as raison… C'est moi qui t'ai dragué. Je n'étais pas surprise quand tu m'as dévoilé que tu avais travaillé pour le FSB. Je suis d'origine cubaine et, tu le sais, nos pays sont deux frères inséparables. Il aurait été facile pour les services russes de me recruter… Et si Olga m'avait engagée pour te suivre au bout du monde, sur ton voilier, elle aurait sûrement une raison.

— Laquelle, selon toi ?

— Une raison poétique, te faire l'amour, te serrer dans mes bras, nous rendre heureux… Ou, maintenant que j'y pense, peut-être que sa motivation était tout autre. Et s'il lui manquait quelques chapitres et que nous les écrivions à sa place en ce moment ?

— J'adore ta créativité, ma chérie, et ton insouciance ! Je comprends mieux pourquoi je n'arrive plus à ne pas t'aimer… Alors, d'après toi, je serais un dommage collatéral du besoin d'Olga d'étoffer son récit ? J'ai enfin compris pourquoi elle m'avait laissé en vie pour une poignée de dollars…

— On reconnaît un artiste à sa sortie… Je suis sûre qu'Olga devrait encore se laisser entrevoir. Ce sera sa note de cœur.

— Tu as bien dit « note de cœur » ! Tu fais allusion au monde des senteurs ?

— Oui, Alex, c'est bien ça. Il existe trois notes, dans un parfum. La première que l'on sent est fugace, c'est la note de tête. Puis vient la note de cœur, celle qui dure plusieurs heures. Pour ma part, c'est la plus importante. Enfin arrive la note de fond, celle qui tiendra le plus longtemps. Souvent lourde, capiteuse.

— Je te remercie, Victoria. Grâce à toi, je viens de comprendre comment l'auteur a construit son récit : évidemment comme un parfum ! C'est étrange, en réalité, c'était la seule chose qui importait réellement à mes yeux. Comprendre la structure du manuscrit, son cheminement intellectuel. Enfin, je le sais… Tu as parfaitement raison, et moi aussi par la même occasion, il manquait bien un ingrédient pour finaliser le produit, une troisième note. Elle va l'ajouter à la fin, une touche de volupté, une histoire avant et après le manuscrit. C'est un travail de maître parfumeur qu'elle se propose d'adapter à la littérature. Elle est étonnante… Je crois finalement que tu n'es pas là par hasard, ma belle. Elle voulait que je le comprenne… À bien y réfléchir, j'ai fait une erreur, Victoria, j'ai négligé un détail. Je savais déjà qu'elle avait une passion pour les senteurs. C'est le président Poutine lui-même qui me l'avait précisé. Il m'avait aussi mis en garde, il savait que j'allais me faire balader. Ça, c'est chose faite !

— Oui, je te l'accorde… Les parfums évoquent toujours une forme de poésie et éveillent des émotions chez ceux qui les portent… En tentant de capturer une expérience olfactive par des mots, Olga cherche à rester à jamais l'Alchimiste.

— Je vois que, toi aussi, tu as une imagination débordante ! C'est pour ça que j'aime t'écouter. Dis-moi, d'où vient ton inspiration ? De Jean-Baptiste Grenouille, le héros du *Parfum* ?

— Je n'avais pas fait le rapprochement, mais pourquoi pas ? Dans son roman, Süskind n'hésite pas à le comparer à une tique qui attend son heure, puis ne lâche jamais prise !

Victoria a éclaté de rire mais, distraite, a commis une grosse bourde. Alexandre a fait glisser son cavalier en b7 et en a profité pour lui susurrer :

— Tu es échec et mat, *mi corazón*.

La nuit venue, malgré la fatigue et l'alcool, Alexandre n'a pu trouver le sommeil. Il se remémorait le livre de Patrick Süskind. L'histoire de Grenouille – parfumeur de génie, qui part en quête de sa propre odeur, sans succès, et finit par se suicider – lui rappelait, à lui en donner le vertige, la trajectoire d'Olga, cette femme qui accomplissait seule son passage sur cette Terre. Et pour cause, elle n'avait jamais réussi à trouver l'amour, son alter-fragrance. Elle en était incapable : prématurément arrachée à ses racines, l'orchidée aux pétales fragiles et vaporeux n'avait aucune chance de survivre. Sa tige, entaillée, laissant échapper la sève vitale, elle n'arriverait jamais à cautériser la plaie, même avec une volonté et un caractère exceptionnels. Olga, il est vrai, ne s'était pas suicidée, mais elle avait choisi une autre impasse, elle s'enfermait dans des passions qui s'apparentaient à des combats perdus d'avance.

Non, on ne peut pas capturer un parfum avec des mots. Oui, ses parents s'en étaient allés à tout jamais et le Divin resterait muet à ses incantations. Il n'y avait pas de pourquoi, comme l'avait dit un SS, lorsque Primo Levi était arrivé à Auschwitz.

Au lever du jour, Alexandre est allé se blottir contre Victoria, qui dormait à poings fermés. Il pensait bien sûr à toutes ces hypothèses, elles étaient manifestement l'effet d'un taux excessif d'eau-de-vie dans le sang. Cela l'a fait sourire.

À son réveil, un détail qui avait toute son importance est pourtant venu le tenailler. Dans le manuscrit, Olga avait été découverte au sein même de la cellule par un jeune officier, qui l'avait comparée à Némésis, déesse de la guerre et de la justice. Une légende voulait que Zeus la désire et qu'elle lui échappe en changeant de forme, devenant castor, poisson, puis oie. Alexandre s'interrogeait : si cette fable n'était pas qu'une construction irrationnelle de l'esprit, Olga avait-elle le pouvoir d'épouser plusieurs styles d'écriture ? D'être un tout, parfois redondante, parfois déroutante ? N'avait-elle pas décidé d'entremêler plusieurs univers au sein d'un même livre ?

Alexandre, une fois encore, revint à la raison. Un mythe était une supercherie, un artifice, il ne fallait pas trop y prêter attention, aussi beau et intense soit-il. Victoria s'approcha de son homme, qui frémissait, visiblement tourmenté. Était-il en train de perdre toute objectivité, de sombrer peu à peu dans un délire paranoïaque ? Olga avait-elle enclenché en lui un mécanisme autodestructeur, tout comme elle l'avait fait avec Bobby ?

Le Russe n'était pourtant pas au bout de ses surprises. Victoria lui tendit une feuille de papier, l'impression d'un mail qu'elle venait de recevoir.

S'il m'était donné de te répondre, cher Alexandre, je commencerais par te raconter une belle histoire, celle d'un homme, un esclave ne sachant ni lire ni écrire. Son nom peut induire en erreur, ce n'était évidemment pas un sultan : Mir Malik Sultan Khan était le domestique du maharaja du Pendjab, sir Umar. Son maître est venu à Londres en 1929 afin d'aider le gouvernement britannique dans son combat contre le nationalisme hindou. Dans ses bagages, il a emmené ses domestiques. C'est comme cela que le pauvre Khan, tuberculeux de surcroît, s'est retrouvé, à vingt-six ans, à des milliers de kilomètres de sa ville natale, plongé dans un monde qui lui était parfaitement étranger. Même le jeu qu'il aimait tant, le pendjab, la version indienne des échecs, était là-bas bien différent. Très vite, il s'est familiarisé avec les nouvelles règles jusqu'à disputer quelques tournois, avec le consentement de son maître. Et c'est là que l'histoire devient intéressante.

À la surprise générale, sans connaître les ouvertures ni la somme de théorie qu'il faut avoir assimilée pour oser défier de grands maîtres, il s'est imposé quelques mois plus tard dans le championnat de Grande-Bretagne. Puis il a battu les meilleurs joueurs du monde : l'ancien champion du monde cubain, José Raúl Capablanca ainsi que Frank Marshall et Xavier Tartacover, des figures emblématiques des échecs ! En 1933, sir Umar, ayant fini sa mission après quatre ans à Londres, est rentré en Inde avec son domestique, qui se réjouissait de retrouver un climat plus approprié à ses problèmes de santé. Et Mir Malik Sultan Khan n'a plus jamais joué aux échecs. Il a néanmoins laissé de très belles parties, au style pur et enfantin. Les récits de l'époque soulignent tous l'immense humilité de cet homme, en dépit du miracle qu'il avait accompli.

Pourtant, mon cher Alexandre, peu de gens connaissent cette histoire. Si nous osons une comparaison avec Bobby Fischer, il y a un point de divergence, et non des moindres. L'Américain était avant tout un gros bosseur et, comme le dit Buffon : « Le génie n'est qu'une plus grande aptitude à la patience[1]. » Alors qui était Mir Malik Sultan Khan ? Un souffle, une inspiration, un être possédé par les muses, une âme délicate et immaculée qui avait reçu l'éveil ? Nous naviguons ici dans les eaux troubles de la philosophie. D'après Kant : « Le mot génie est vraisemblablement dérivé de genius, *l'esprit particulier donné à un homme à sa naissance pour le protéger et le diriger, et qui est la source de l'inspiration dont procèdent ses idées originales[2]. » Et notre pauvre Khan, analphabète, qu'est-ce qu'il en penserait, lui, de cette esthétique kantienne ? Était-il, pour reprendre les termes de Schopenhauer, « un homme qui contemple un autre monde que le reste des hommes » ? Même si d'autres nous mettent en garde : « C'est notre vanité, notre amour-propre qui nous poussent au culte du génie : car il faut l'imaginer très loin de nous, en vrai* miraculum, *pour qu'il ne nous blesse pas… Nommer quelqu'un "divin", c'est dire : "Ici, nous n'avons pas à rivaliser." »*

Moi, je crois en Khan et en Bobby de la même manière, ils sont tous deux, pour des raisons différentes, proches de

1. Cité dans le *Vocabulaire technique et critique de la philosophie* d'André Lalande.

2. Emmanuel Kant, *Critique de la faculté de juger.*

leur art, en leur apportant la fougue et l'envie de rendre un tableau à nul autre pareil. Il faut simplement qu'il soit à leur image.

Je crois en notre pouvoir de plonger dans l'essence du monde en rejoignant l'infiniment grand dans l'infiniment petit. Nous en sommes tous capables et, si nos fondations vacillent au gré du vent sans jamais céder, nous y parvenons. Si de nos doutes, de nos blessures, de nos entrailles nous percevons la lumière du soleil, nous triomphons. Telle est mon expérience de l'inspiration, qui ne saurait être expliquée par un raisonnement philosophique aussi élaboré soit-il, mais par une démonstration. L'histoire de Mir Malik Sultan Khan en apporte la preuve.

Et toi, qui es-tu ? Un je du jeu. Celui qui arbore fièrement une montre en or et délègue aux autres la résolution de l'énigme enrobant le manuscrit, avant de reprendre les rênes et d'explorer par toi-même les différentes pistes. Nous sommes séduits par ton approche. Ton enthousiasme, nourri des éclats de lumière qui émanent de Victoria, libère peu à peu toute la richesse de ton imagination. Mais il te manque des ingrédients essentiels, le courage, l'audace, un caractère hors normes. Il ne suffit pas d'avoir de bonnes idées, encore faut-il savoir se battre quand ton instinct te demande de les creuser. N'abandonne pas si vite, bel homme ! Et si un jour tu ressens l'exaltation d'un cri de souffrance, celui-là même qui précède les plus grandes victoires, tu comprendras alors que la route fut belle, ardue et enivrante.

2

La mer, cette terre d'équilibre

Le manuscrit reposait dans un tiroir. Vladimir Poutine ne pouvait se résoudre ni à le lire ni à s'en séparer. Mais la donne avait changé, il avait appris l'heureuse nouvelle. Elle était bien morte au Venezuela. Le capitaine Alexandre avait été clair : son rapport ne souffrait aucune ambiguïté, il dévoilait même l'identité de l'auteur du texte. Alors, pourquoi ne pas en lire quelques pages ? Absorbé par l'histoire d'Olga, il en était à la fin du quatrième chapitre, quand un besoin despotique l'a saisi : comprendre pourquoi l'un de ses meilleurs éléments avait été corrompu. L'évocation de ses viols était édifiante, seule Olga pouvait en avoir fait cette interprétation. Il s'est aussitôt ressaisi. Si l'auteur s'était appuyé sur ses journaux intimes, cela restait plausible. Mais, l'espace d'un instant, un sérieux doute l'avait envahi, ce qui n'était pas de bon augure. *Il faudra refaire un tour là-dedans, très vite*, s'est-il dit avant d'aller dormir.

Sur son voilier, au large des côtes du Panama, Alexandre parcourait les dernières nouvelles du monde sur sa tablette. Alexeï Navalny était en détention. Contraint de regarder la télévision d'État et des films de propagande huit heures par jour, on voulait le briser. C'était le programme de rééducation des prisonniers mis en place par Poutine, afin de perpétuer la tradition. Alexandre s'est exclamé :

— Le Purgatoire aux belles âmes égarées était plus élaboré. Mais l'idée typiquement russe qu'on peut modeler les esprits les plus récalcitrants reste d'actualité…

Victoria, après avoir lu le mail d'une de ses amies, a annoncé à son homme :

— La météo n'est pas bonne, il faut se mettre immédiatement à l'abri.

L'intonation de sa voix était sans appel. Alexandre, dans l'heure, a entrepris de rebaptiser son bateau. *King Sacrifice* serait son nouveau nom. Victoria en a souri. Aux échecs, toutes les pièces peuvent être sacrifiées sauf une, le roi. Associer ces deux mots était donc absurde, exception faite de l'histoire de Bobby Fischer.

Quelques heures plus tard, assise sur la plage arrière, navigant au gré du vent, Victoria mesurait toute l'horreur du stratagème qui avait été mis en place pour anéantir le plus grand joueur de tous les temps. Comment pouvions-nous tomber si bas pour satisfaire l'honneur d'une nation ? Accablée, elle cherchait désespérément un signe du destin, un supplément d'âme qui lui permettrait de comprendre.

Les lettres bleues glissaient sur la mer, laissant sur leur sillage une traînée d'écume. Des milliers de particules d'eau prenaient vie pour lui offrir le plus beau des spectacles, une danse. En l'observant, elle a su, elle ne serait plus jamais la même, elle avait été confrontée à des forces supérieures. Olga, Bobby, le manuscrit avaient bouleversé son être. Elle sentait la lumière s'infiltrer dans ses fêlures. La mer, ce lieu d'équilibre aux couleurs de l'absolu, était venue lui dévoiler ce mystère.

1

Le seul remède, la vérité

Janvier 2018

Marie-Louise n'a pas eu le choix. L'homme a sorti une tablette et lui a montré des images filmées par la caméra du palier. On voyait Esmeralda de dos qui se rendait chez sa voisine, une sacoche en bandoulière et, sur le plan suivant, qui rentrait chez elle, un cigare à la main. Dans la vidéo d'après, Marie-Louise entrait à son tour dans l'appartement de son amie, puis en ressortait, une bouteille sous son bras. Alexandre, le sourire en coin, en a profité pour lui glisser :

— Je vois que vous êtes une œnologue avertie, c'est inaccoutumé, pour une dame… Laissez-moi vous surprendre à mon tour, je suis féru de haute couture, mais entendez-moi bien, mon domaine de prédilection, c'est la maroquinerie. Sauf erreur de ma part, je pense que vous pourriez avoir quelque chose à me présenter qui pourrait me satisfaire, si possible fait de cuir. Cuir vernis, corroyé, tanné, nubuck, maroquin, cuir de Russie, je ne suis pas difficile à contenter. Croyez-moi, madame, le cas échéant, je saurai mettre le prix.

— Je dois avoir quelque chose en stock, a répondu Marie-Louise, effrayée, je reviens.

— Permettez-moi de vous suivre, madame.

Les jambes flageolantes, elle s'est exécutée comme une automate, s'est rendue dans sa chambre, a soulevé le matelas et sorti la sacoche.

— Tenez, mais ne me faites pas de mal, je vous en prie… je ne sais même pas ce qu'il y a dedans.

— Je vous remercie, madame. Un Yves Saint Laurent, très bon choix !

L'homme l'a ouvert, a regardé à l'intérieur et fait un signe de la tête à son acolyte. Ils sont repartis vers l'entrée. Elle les a suivis, elle n'avait qu'une hâte, qu'ils sortent de chez elle et disparaissent à jamais.

— Il va de soi, madame, que nous ne nous sommes jamais rencontrés, a-t-il conclu en lançant un regard à Georges.

Le chihuahua s'est mis à grogner.

— Oui, oui, a-t-elle répliqué, sans vraiment comprendre ce qu'il lui arrivait.

Quelques secondes plus tard, Marie-Louise a éclaté de rire, elle avait gardé l'essentiel, la clé USB et la lettre.

*

Décembre 2019

Marie-Louise repensait à la lecture de ce texte. Elle avait eu l'impression curieuse de tenir entre ses mains un livre écrit pour les joueurs d'échecs. Une perception comparable à celle qui nous saisit en face d'un tableau où le personnage représenté semble vous fixer du regard, quelle que soit votre position. Et comment, se disait-elle – si l'on fait bien sûr abstraction du fait qu'il s'agissait d'un asile –, ne pas envier Olga lorsque s'offrait à elle une bibliothèque majestueuse composée de milliers d'ouvrages ? Bref, Marie-Louise venait d'accéder à un monde de passions, de héros qui, par soif d'absolu, guidaient les événements, plutôt que de les subir. C'était si approprié à ceux qui s'adonnent à ce jeu.

Il fallait donc le publier, pour eux, pour l'immense famille des joueurs d'échecs dont faisait partie son père, et pour tous les autres. Marie-Louise le savait : dans une vie, les grandes révélations étaient rares. Elle avait pris sa décision et gardait en mémoire une poupée tachée de terre et de sang.

Mais voilà, ce texte, elle ne l'avait plus.

Décembre 2020

Le soir du réveillon de Noël, la vieille dame se sentait seule et triste. Agacée soudain de cette frustration qui la rongeait, elle s'est dirigée vers la commode et a pris la lettre, le dernier vestige inexploré de la vie d'Esmeralda.

Trois années avaient passé depuis la disparition de sa voisine. Jusque-là, elle s'était résolue à ne jamais ouvrir cette enveloppe. Car tant qu'elle en ignorait le contenu, un doute subsistait sur l'identité de l'auteur et sur le sort de son amie. Longtemps, elle avait préféré continuer à rêver, à garder espoir. Mais la douleur avait assez duré, la vérité était le seul remède, l'unique solution.

Marie-Louise s'est adressée à son chien qui la contemplait avec admiration :

— Le moment est venu de savoir si mon instinct dit vrai… Georges, j'ai bien peur d'être accablée, de ne plus avoir la moindre raison d'espérer. Les services secrets russes l'ont sûrement traquée, trouvée et tuée, sinon, depuis tout ce temps, j'aurais déjà eu des nouvelles rassurantes. Elle m'aurait donné un signe de vie pour ne pas me faire souffrir. N'est-ce pas, mon cher ami ?

*

Sur l'enveloppe était écrit :

En mécanique quantique, il existe un principe fondamental, le principe d'exclusion, selon lequel deux particules élémentaires ne peuvent être dans le même état au même moment.

Mais l'impatience de la vieille dame ne l'autorisait pas à déchiffrer le message qui se cachait derrière cette phrase. Elle a déchiré le papier, en a sorti quelques feuillets. Elle aurait voulu les lire les yeux fermés, comme dans un rêve. Sentir le bruit des vagues bercer son cœur au rythme des phrases. Se réveiller sur une plage déserte au milieu de l'océan, aveuglée par le soleil, sa main dans la sienne. Elle s'est élancée, d'un battement de cils, au firmament de ses angoisses.

La vérité se devait d'éclater un jour. En 1972, à Reykjavik, le plus grand joueur de tous les temps a été sacré champion du monde. Presque cinquante ans nous séparent désormais de cette date anniversaire ! Une longue période au cours de laquelle joueurs d'échecs, admirateurs, historiens, psychiatres, philosophes ont tenté de déchiffrer l'algorithme de son moi profond. En vain. La nature ayant horreur du vide, Bobby a fini par être enterré sous les arcanes de l'inexplicable, de l'insondable, bref de la folie. En 1975, Robert James Fischer souffrait tout simplement d'une forme de démence – commode, messieurs, aisé, terriblement facile ! Mais comment pourrais-je vous jeter la pierre ? À cette rumeur j'aurais pu mettre un terme bien avant et je ne l'ai pas fait.

J'ai attendu ce moment, ce passage étroit de l'indignation à la colère, pour retourner m'asseoir sur ce banc et ressentir l'ivresse de la jeunesse, encore une fois, une dernière fois. Je suis alors entré de plein fouet dans les souvenirs d'un vieillard venu se confesser. Et je vous ai livré, en témoin privilégié, tous les détails d'un affrontement hors normes, celui d'une grande nation, la Russie, qui a lutté pour sa survie en combattant un seul homme. Ne vous y trompez pas, cela est notre histoire. Celle d'un être qui, en vivant pleinement sa passion, a trouvé la folie dans la raison. Dieu, as-Tu inséré un mécanisme d'autodestruction en chacun de nous pour protéger Tes secrets ? Aujourd'hui, je le sais. Tu T'es trahi. La preuve par l'évidence : si Tu n'existais pas, la plus fine particule stellaire ne T'obéirait pas. Si Tu n'existais pas, la folie, la plus belle des rébellions contre la dictature des sens, ne serait pas l'unique moyen de Te rencontrer. Alors, si l'eau courbe mon épée, ma raison jubile.

Vous oublierez cette partie contre Byrne, la plus belle jamais jouée, le coussin bleu donnant au garçonnet la hauteur minimale pour observer une partie, son ascension, son sacre, Olga, László... Mais, jamais vous ne pourrez effacer de votre mémoire qu'un homme sur cette Terre, le plus grand joueur d'échecs, dans un moment de lucidité extrême, a mis mat son propre roi pour sauver sa reine. C'est son œuvre. La plus belle des histoires d'amour qu'il m'ait été donné de raconter.

Étrange, tout de même, l'écriture m'a révélé une autre facette de ce gamin miséreux de Brooklyn, devenu une figure emblématique des échecs, de la guerre froide, du rêve américain. Moi qui pensais le connaître parfaitement, j'aurais appris que, si l'art vit des songes, il a aussi été un artiste.

Ce n'est pas tout, quand l'idée de rendre un dernier hommage au talent de Bobby a germé en moi, j'aurais pu simplement aller déposer un bouquet de fleurs sur sa tombe. J'ai préféré procéder autrement. M'exprimer sans aucune contrainte. Pour cela, j'ai mélangé tous les genres, écrivant au gré de mes envies, négligeant les descriptions, me répétant, faisant surgir encore et encore le vieil homme. Je me suis détourné d'un horizon borné pour te ressusciter en moi, mon roi. Il aurait aimé ce choix, lui qui avait fait un pari osé, celui de ne pas vivre à travers le regard des autres.

C'était bien ça, son caractère, et leur dénominateur commun, à Olga et à lui – deux effrontés ne pouvant dévier de l'objectif à atteindre, avec pour seule arme la conviction d'être seul au monde.

C'est alors qu'une définition du génie s'est imposée, devenant bien plus que le simple « talent qui ose ». Olga, messagère des dieux, tels les oracles de l'Antiquité, nous a révélé ce mystère. Elle qui par son histoire peut témoigner d'un miracle. Celui d'une mère qui, une balle en pleine tête, trouva l'inspiration d'une dernière danse.

Si les légendes ont été créées pour franchir l'épreuve du temps, si la fable de Sissa a eu le mérite de propager cette flamme – les échecs – pour qu'elle ne s'éteigne, cet écrit aura tenté de remplir une mission : montrer aux rois, dans cette lutte des blancs contre les noirs, qu'il n'y a pas de pièce maîtresse sur l'échiquier de la vie. Qu'à tout moment l'amour peut en modifier les règles du jeu. C'est de cette courbure, de cette inclinaison d'un esprit désorienté qu'on peut se jeter à corps perdu dans le merveilleux. Et, alors, la raison jubile.

Voilà pourquoi, si par l'un de ces hasards que la vie crée sans malice, quelqu'un vous demande de quoi il s'agit, vous lui direz sans pâlir : c'est l'histoire d'un homme, déçu par l'humanité tout entière, qui se laissa emprisonner dans un monde composé de soixante-quatre cases. C'est aussi l'aventure d'une femme qui conçut de toutes pièces une partie d'échecs entre Dieu et cet homme. Par son génie à s'insérer dans les subtilités de l'âme, la femme ouvrit une porte inconnue des mortels la menant à l'échiquier, où elle renversa la dame pour devenir la reine. C'est là, au plus proche de son roi, qu'elle lui murmura contes et légendes, tout comme son père le faisait, petite, avant qu'elle ne s'endorme. À la toute fin, quand la raison eut perdu son contrôle, le roi n'eut d'autre choix : désormais, il sacrifierait tout, pour protéger sa reine.

J'ai une dernière requête. Je m'adresse ici, à vous tous, du plus petit au plus grand, qui êtes entrés dans la sphère de ce jeu comme on embrasse une religion. Faites-vous les apôtres, répandez la bonne nouvelle, celle d'une figure christique venue s'immoler sur l'autel du noble art. Alors, courez, ne ménagez pas votre peine ! Cet homme de trente-deux ans, déchu de son titre et de son honneur, doit rejaillir dans la lumière pour l'éternité. Ne vous trompez pas, ceci est notre histoire, notre combat.

Au crépuscule de ce récit, fatiguée par les faux-semblants, je m'en remets à vous. Je dépose à vos pieds le masque du vieil homme.

Je signe mon œuvre.

Des larmes coulent sur mes joues.

Livie Hoemmel

Le zéro absolu

Je n'ai jamais appris en me voyant dans les yeux des adultes ;
étant enfant, je n'étais pas ce monstre qu'on forge
avec des attentes et des soupirs.
Nous étions semblables, Bobby et moi.

Olga Komarova, Kremlin, septembre 1974

Le zéro absolu correspond à la température la plus basse possible : – 273,15 °C. Elle est théorique et inaccessible. Mais, en approchant de cette limite, certaines substances développent néanmoins des propriétés spécifiques. On parle alors de superfluidité ou de supraconductivité. C'est aussi le titre de ce chapitre. Pourquoi ? me direz-vous. Car, à l'approche de la vérité, les lois de la physique quantique, le principe d'incertitude de Heisenberg, le principe d'indétermination s'appliquent à nous-mêmes. En langage commun, cela signifie que nous savons ce que l'entendement est susceptible de comprendre, mais qu'au plus près de nos certitudes, nous finissons par douter. L'univers se défend, tout comme l'atome emmagasine de la chaleur de façon exponentielle à l'approche de ce fameux zéro degré Kelvin, pour le restituer avec violence.

Alors que tout semblait s'éclairer, Marie-Louise a tout de même fini par douter, comme si le monde se rebellait. Qui pouvait bien être cette femme nommée Livie Hoemmel ? Elle a murmuré son nom à plusieurs reprises. *Livie Hoemmel, Livie Hoemmel…* « Je signe mon œuvre » était un signal, une balise, un message. Elle a alors compris qu'elle vivait un moment rare, celui qui brise un secret jusque-là bien gardé. Elle était la première à le savoir. Esmeralda n'était pas l'écrivaine, ni même Olga. Une idée a surgi. Cette signature n'était-elle pas le mot de passe de la clé USB ? Elle a décidé de tenter sa chance. L'instinct était à ce prix.

Les mains sur le clavier, guidée par l'espoir, elle a tapé chaque lettre avec rage et détermination LIVIE HOEMMEL. Au moment d'enfoncer la dernière touche, elle a fermé les yeux. En les ouvrant, une passerelle vers un site Internet occulte s'est affichée, elle a cliqué. Une image a inondé son écran comme un diamant scintille au milieu du charbon. Un texte est apparu, elle s'y attendait : l'histoire de deux enfants pris dans la tourmente du XXe siècle.

Mais ce qui l'a surprise, c'est qu'un récit auréolait le manuscrit. Elle en a entamé la lecture. De page en page, elle est arrivée au chapitre « Marie-Louise », qui ne contenait que trois phrases :

> « À toi d'écrire notre histoire, ma chère et douce. Dis, tu en as mis du temps pour arriver jusqu'à moi, toi qui aimes tant les devinettes ! Elle était pourtant aisée, cette première énigme, Livie Hoemmel ne peut pas être réel, voyons : c'est un code qui t'est spécialement destiné, pour te divertir. »

Marie-Louise s'est pris la tête entre les mains, stupéfaite. En redistribuant les lettres, « le vieil homme » devenait en effet Livie Hoemmel. Comment était-elle passée à côté d'une telle évidence ? Il fallait dès lors être sur ses gardes, ce manuscrit cachait sûrement d'autres secrets. Déçue d'elle-même, Marie-Louise s'est consolée : cette découverte en était la preuve, Esmeralda était en vie.

Mais cette contrariété – ne pas avoir réussi à déchiffrer l'anagramme sans l'aide d'Esmeralda – allait avoir des conséquences inattendues…

Les temps modernes et les nouveaux modes de communication laissaient la vieille dame sans voix. Avoir la capacité d'intervenir si facilement sur le texte relevait de la magie. Elle avait lu : « À toi d'écrire. » Cependant, il lui fallait en être sûre : à l'endroit indiqué, elle a tapé un premier paragraphe, puis s'est déconnectée du site pour y entrer de nouveau. C'était bien réel, elle pouvait se relire, et se congratuler de ses premiers pas d'auteure.

La symbolique de son acte, la communion des esprits qui s'unissent dans un même but – faire jaillir la vérité en déléguant le pouvoir aux gens les plus à même – lui paraissaient splendides. Et une manifestation de plus de la singularité d'Esmeralda.

Mais Marie-Louise était-elle la seule à en bénéficier ? En scrutant l'écran, visiblement non : trois numéros avec un point rouge ou vert le laissaient présager. Le sien était le 128, le seul qui se parait de la bonne couleur, les deux autres étaient rouge sang. Alors, qui pouvait bien être cette troisième personne ? Marie-Louise attendait sa présence avec impatience.

Avant de se lancer dans sa tâche, elle a pris soin de lire la totalité du récit. Une fois fini, elle n'a plus eu de doute. Cette invitée mystère ne pouvait qu'être Victoria. Elle s'est aussitôt ressaisie : la jeune femme ne parlait pas le français, elle ne pouvait donc intervenir sur le manuscrit. Il ne restait qu'une possibilité, Alexandre. Mais cette dernière supposition semblait tout aussi improbable. En définitive, elle a conclu que la Cubaine avait menti sur l'étendue de ses connaissances. Victoria était bien trop cultivée et ses répliques trop pertinentes. Les services secrets russes avaient été bernés encore une fois.

Alexandre, combien de fois t'a-t-on trahi depuis ton enfance ?

Après une semaine sans avoir ajouté la moindre ligne, Marie-Louise a décidé de prendre son travail très au sérieux, en retouchant l'intégralité du texte. Trop complexe pour un lecteur, il fallait le rendre accessible. Au bout d'un mois de dur labeur, elle en avait presque fini. Sa seule crainte était d'avoir écrit sur un support volatile. Sa hantise était de se réveiller un matin et de s'apercevoir que tout avait été effacé en un clic, ou par la faute d'un problème technique. Le bon vieux support papier aurait donné plus de consistance à son œuvre.

Elle aurait pu imprimer toutes les pages, mais elle ne l'a pas fait. Au bout du compte, cette histoire n'était pas la sienne, elle était juste une ombre au tableau, un fantôme sous les lumières tamisées de la scène.

*

À l'approche du dernier chapitre, il fallait bien l'admettre, l'une des hypothèses d'Alexandre était plausible et la laissait songeuse. Plus elle y réfléchissait, plus elle se persuadait que le Russe avait bien découvert le chemin intellectuel emprunté par l'auteure. Oui, ce livre était construit comme un parfum.

Et, ce jour-là, une odeur de sainteté a soudain envahi la pièce. Assise sur son lit, Marie-Louise a incliné la tête pour regarder le petit autel aménagé au-dessus de son bureau. La Vierge Marie, les bras ouverts, les paumes de ses mains tournées vers l'extérieur, la regardait fixement. Elle semblait prendre vie en lui apportant une dernière révélation.

Le titre du manuscrit dévoilait évidemment un mystère. Le décrypter ferait jaillir une autre vérité ! *Notre amour est gravé en lettres capitales, par la verticale de ton cœur* ne pouvait être qu'un code, une mise en garde, une confidence. Pour le déchiffrer, il fallait interpréter cette phrase d'un point de vue échiquéen. La verticalité faisait appel à la notion de sacrifice, le cœur à la reine.

Alexandre avait une nouvelle fois raison.

La partie entre Dieu et Bobby ne s'était pas déroulée comme prévu. Dans une position éminemment complexe, il existait une ligne de jeu gagnante pour les Russes. Les Soviétiques allaient l'emporter à la suite d'une combinaison audacieuse, où Bobby perdrait sa dame contre une tour, et par conséquent le face-à-face. Olga l'avait découvert avec l'aide d'un joueur extérieur à la cellule, dont elle préservait l'anonymat. Son espion avait du talent, sûrement un ancien champion du monde.

Ce cas de figure n'avait pourtant pas été envisagé. Bobby était censé les anéantir, les crucifier. Après réflexion, Marie-Louise en était convaincue : Olga ne pouvait donner aux quatre grands maîtres l'opportunité de s'en apercevoir et de l'exécuter. Elle avait mis brutalement fin au débat par la beauté de cette formulation ambiguë, et pour cause, son expression ne devait être intelligible que d'un roi ou d'une reine. Derrière ce cri de colère, il fallait comprendre : « Notre amour est gravé en lettres capitales, par le sacrifice de ta reine. »

Olga avait-elle fait le pari de s'offrir pour faire triompher son désir de vengeance, en épargnant Bobby ? Ou peut-être que non ?

Une tout autre explication se distinguait à l'horizon.

L'aigle noir dans un bruissement d'ailes avait pris son vol pour regagner le ciel, un rameau dans son bec. Olga avait délibérément laissé une chance de retrait à son adversaire afin de soulager sa conscience. Elle ne voulait pas être tenue comme seule responsable de la chute de Bobby, si celle-ci se produisait. Il fallait laisser le destin décider.

Mais, lui, allait-il comprendre la signification ultime de cette phrase hurlée par Olga à plusieurs reprises, face contre terre, ceinturée, humiliée ? Allait-il s'apercevoir qu'elle avait saisi la position sur l'échiquier, dans toutes ses nuances ? Pourrait-il faire le lien avec les quelques mots découverts dans son mouchoir, lorsqu'il s'était réveillé à Los Angeles, allongé sur un banc : « J'ai, pour m'éloigner de cette trahison, toute la distance qui me rapproche de toi. À la manière de Sissa, je suis avec toi, mon roi. Faut-il pour cela que je le paie de ma vie ? Ta reine » ?

Pour rendre cela possible, Bobby allait devoir écouter une voix intérieure, le stratagème mis en place par le Tout-Puissant pour nous guider : l'instinct. Cette minuscule part de nous-mêmes qui nous échappe si souvent, ce chuchotement des dieux.

S'il y parvenait, Bobby n'aurait plus le choix, son sens de la loyauté lui interdirait d'abandonner sa dulcinée. Et cela se ferait à travers la plus noble des variantes, encore jamais jouée : *le sacrifice du roi* pour sauver sa reine.

En revanche, si Dieu Se taisait enfin, elle mourrait victorieuse. Bobby jouerait en 1975. Les États-Unis conserveraient leur titre. Recroquevillée dans son cachot, nue, les genoux serrés contre sa poitrine, Olga accueillerait Sa sentence avec délectation. La Terre l'engloutirait enfin, elle se transformerait en engrais puis en fleur. Ses pétales s'offriraient au ciel, ses racines à la terre, ses arômes aux mortels et aux anges.

*

La trajectoire de Bobby Fischer l'a démontré : Olga a remporté la plus belle des batailles, celle que nous nous devions de vous raconter. Mais la Russe n'avait pas cette interprétation des faits. Elle était indignée par la décision que les dieux avaient prise ce jour-là. Dans un geste qui lui était propre, elle avait levé les yeux vers le ciel. Elle y cherchait en vain une réponse, un symbole. Et, au plus profond d'elle-même, elle avait fini par trouver une explication :

« Le Créateur voulait-Il donner une leçon de vie à Bobby ? Ou mieux encore, qui avait réellement joué contre Bobby ? Dieu, amoureux des échecs, n'avait peut-être pas su résister. Il s'était immiscé dans cette partie et, ne voulant laisser de traces de Sa présence, Il avait condamné Bobby à errer sur cette Terre comme une âme en peine… Comment ne pas croire en ce conte ? Les échecs ne sont-ils pas le seul jeu qui, dans un espace clos de soixante-quatre cases, recèle des possibilités exponentielles ? En d'autres mots, le seul endroit à la frontière de deux univers, le fini et l'infini. Un passage étroit dans lequel, lors d'un moment d'égarement, il est possible de ressentir une présence supérieure. »

Marie-Louise a soudain eu la certitude de toucher le zéro absolu. Cette ultime touche, cette transmutation des faits étaient la signature d'Olga. Celle-ci avait attendu, patiemment, le moment exact pour distiller sa note de cœur. En créant cette fêlure entre deux mondes, deux explications différentes d'une même histoire, Olga, en maîtresse de cérémonie, avait ouvert un passage secret, l'interstice où s'infiltrait la lumière. Et elle dévoilait une dernière senteur. La seule qui manquait terriblement à leur palette aromatique.

*

Le lendemain, lorsque Marie-Louise a allumé son ordinateur pour achever son travail en corrigeant le dernier chapitre, elle a constaté avec stupeur qu'il avait disparu. En lieu et place figurait le dessin d'un aigle aux yeux couleur rubis, dont les plumes étaient aussi sombres que la nuit.

L'une des parties les plus importantes du livre avait été amputée. Celle qui dévoilait la signification du titre du manuscrit et tout ce qui en résultait. L'avait-elle rêvé ? À force de tenter de découvrir un message caché, ne l'avait-elle pas fabriqué elle-même ? Déçue de ne pas avoir compris l'anagramme, avait-elle inventé cette autre interprétation de l'histoire ? Voulait-elle se faire pardonner en donnant une vision plus raffinée des événements ? Tant de questions, et Marie-Louise ne distinguait plus le vrai du faux. Elle sombrait peu à peu. Elle développait les mêmes symptômes qu'Alexandre sur son voilier. Elle avait peur, elle avait froid.

Dans un sursaut d'orgueil, elle s'est ressaisie. *Impossible*, se disait-elle. *Trop de détails, trop d'éléments qui ne peuvent être le fruit de mon imagination, je ne suis pas folle.* Elle a observé avec suspicion le visage de Marie, qui fredonnait une chanson de Barbara. Lentement, la douce mélodie l'a entraînée vers une pulsion primitive.

Tiraillée entre la raison et les rêves, par envie, par besoin, par défi, elle a trouvé l'énergie d'écrire le passage manquant, intitulant ce chapitre « Le zéro absolu ». Peu lui importait de savoir si elle était la proie d'hallucinations. Il le fallait.

Sur le coin droit de l'écran, les trois voyants ont viré au vert. Trois lucioles à la saison des amours. Deux spectatrices suivaient pas à pas le dénouement de l'œuvre. Marie-Louise sentait leur présence, leur impatience. Par moments les mots couraient, les phrases dansaient et, les mains au-dessus du clavier, elle devenait lectrice à son tour.

Marie-Louise se moqua du venin
qui avait glacé son âme.
La Vierge esquissa un sourire complice.
Son âme sœur était bel et bien une émanation du génie,
elle était l'Alchimiste.

En cette année 2023, avec la parution de ce livre,
l'inscription sur sa pierre tombale est enfin conforme :

Maintenant tu peux dormir en paix, vieil Islandais

Les joueurs d'échecs ont un système de jeu qui leur est propre, composé des variantes qu'ils affectionnent. Elles ont toutes un nom : par exemple, la défense sicilienne, le gambit dame, l'anglaise… Les plus forts en connaissent les pièges, les idées, les motifs tactiques. Ils ont aussi appris la théorie, c'est-à-dire la suite de coups réputée la meilleure dans telle ou telle ouverture. Les grands maîtres y travaillent sans relâche, en explorant des pistes pouvant conduire à de nouvelles subtilités. Si l'un d'eux y parvient, les commentaires dans les revues spécialisées font apparaître un symbole, un « N » majuscule, première lettre du mot nouveauté. Les analystes déterminent alors la qualité de cette trouvaille. La plupart du temps, c'est juste une tentative de sortir des sentiers battus de la théorie pour entraîner son adversaire dans des schémas qui n'ont pas encore été défrichés. Il arrive cependant que cette découverte soit essentielle, qu'elle améliore sensiblement la position du joueur qui l'exécute. Dans ce cas précis, de plus en plus exceptionnel, nous voyons apparaître un « N » suivi d'un point d'exclamation – N ! – dans l'annotation de la partie. Les joueurs du monde entier sont alors accaparés par cette découverte.

Il existe un autre cas de figure, bien plus rare encore, qui ne se produit presque jamais. Le coup trouvé donne un avantage décisif, mettant un terme à cette variante. La communauté des joueurs d'échecs est alors en émoi, en deuil, une infime partie du mystère de ce jeu vient d'être résolu. La beauté et la profondeur de cette constatation font table rase du passé, une montagne de savoir est réduite à néant dans cette petite mort. Désormais, nous ne jouerons plus cette ligne de jeu, elle est bannie. Le verdict est sans appel et figure dans les livres et magazines par une inscription :

N !! Fin de variante

Remerciements

Merci à Lorraine de Plunkett, mon éditrice, et à Marc Monnery, sans qui ce livre n'aurait jamais été le même.

Table

Pour en savoir plus
sur les Éditions Plon
(catalogue, auteurs, vidéos, actualités…),
vous pouvez consulter
www.plon.fr
www.lisez.com

lisez!

et nous suivre sur les réseaux sociaux

Editions Plon
@EditionsPlon
@editionsplon

#lisez! engagé
www.lisez.com
Pour plus d'information :
Imprimé sur du papier issu de forêts gérées durablement.

CET OUVRAGE A ÉTÉ ACHEVÉ D'IMPRIMER SUR ROTO-PAGE
PAR L'IMPRIMERIE FLOCH À MAYENNE EN AVRIL 2023

N° d'impression : 102406
N° d'édition : P31624/01
Imprimé en France